Anne Golon
Angélique und die Verschwörung

Roman

GOLDMANN VERLAG

Aus dem Französischen von Ulrike von Sobbe und Petra Vogt
Titel der Originalausgabe: Angélique et le Complot des Ombres

Made in Germany · 5. Auflage · 9/87
© by Opera Mundi, Paris
Alle deutschen Rechte Blanvalet Verlag GmbH, München 1976
Umschlagentwurf: Atelier Adolf & Angelika Bachmann, München
Umschlagfoto: Manfred Schmatz, München
Gesamtherstellung: Elsnerdruck, Berlin
Verlagsnummer: 3883
MV · Herstellung: Peter Papenbrok/Voi
ISBN 3-442-03883-9

Erster Teil
Ein Alptraum

Erstes Kapitel

Angélique erwachte. Draußen war tiefe Nacht. Das sanfte Schaukeln des vor Anker liegenden Schiffes war das einzige, was sie zunächst spürte. Schwaches Mondlicht schimmerte durch die Fenster des Achterdecks. Die Konturen kostbarer Möbel hoben sich von dem dunklen Hintergrund des Salons der *Gouldsboro* ab, und das Gold auf den erlesenen Nippessachen glänzte.

Der Alkoven am Fuße des breiten, orientalischen Diwans, auf dem Angélique ausgestreckt lag, blieb im Dunkeln.

Ein Gefühl, aus einem grenzenlosen Bedürfnis nach Liebe und Unruhe, ja sogar Angst vor einer unbekannten Bedrohung gemischt, hatte sie geweckt. Sie versuchte sich an den Traum zu erinnern, der in ihr diese Gefühle hervorgerufen hatte – Angst und Verlangen –, beides in einem solchen Maße, daß sie davon sogar aufgewacht war. Hatte sie geträumt, daß Joffrey sie in seine Arme nahm oder daß man versuchte, sie zu töten? Sie konnte sich an nichts mehr erinnern.

Die Erregung, die sie bis in ihre Brüste, bis in die Haarwurzeln spürte, ließ sie nahezu alles um sich herum vergessen.

Doch im Hintergrund lauerte die Angst.

Sie war ganz allein. Das war an sich nichts Ungewöhnliches. Die zerwühlten Kissen ließen noch die Gegenwart des Mannes ahnen, der während einiger Stunden dort gelegen hatte. Es kam häufig genug vor, daß Joffrey de Peyrac aufstand, um irgendwann im Laufe der Nacht einen Kontrollgang durch das Schiff zu machen.

Angélique setzte sich auf. Zum ersten Male, seit sie den St.-Lorenz-Strom hinauffuhren, setzte sich in ihr ein Gedanke fest, der sie bis dahin nur flüchtig gestreift hatte: *Sie befanden sich im Herrschaftsgebiet des Königs von Frankreich.*

Ihr Gemahl, ein einst zum Tode Verurteilter, dem Scheiterhaufen entflohen, sie, eine Verstoßene, auf deren Kopf ein ho-

her Preis ausgesetzt war: Sie beide hatten sich in das Land gewagt, aus dem sie vor langer Zeit verbannt worden waren.
Sie kamen allerdings mit einer starken Flotte von fünf Schiffen. Doch war die Macht Ludwigs XIV., wie weit er auch entfernt sein mochte, nicht grenzenlos?
Zahlreiche Feinde erwarteten sie hier in Kanada, Männer, deren Schicksal Ludwig von Frankreich aus lenkte, denn er war auch hier Herrscher über Leben und Tod.
Seit damals, als sie ihr Schicksal in die Hände eines anderen gelegt hatte, in den Wäldern des Poitou, als sie sich an der Revolte gegen den König von Frankreich beteiligte, hatte Angélique nie mehr so stark empfunden, in die Enge getrieben zu sein, in einer Falle zu sitzen.
Sie mußte an ihre abenteuerliche Flucht aus Frankreich denken und daran, wie sie in Amerika ihre wiedergewonnene Freiheit genossen hatte. Jetzt waren sie hier, um in Québec Verbindung mit ihrem Vaterland aufzunehmen. Sie hatten dieser Versuchung nicht widerstehen können.
Plötzlich wurde ihr klar, wie unvorsichtig das war! Wie hatte sie es nur zulassen können, daß Joffrey diesen Plan verwirklichte! Sie hätte ihn zurückhalten müssen! Sie hätte gleich erkennen müssen, daß dort keine Gnade zu erwarten war, daß da, wo der allmächtige König herrschte, Gefahr auf sie wartete.
Welcher Illusion hatten sie sich nur hingegeben? Welcher Sehnsucht waren sie erlegen?
Wie hatten sie glauben können, daß Blutsverwandtschaft Hindernisse aus dem Weg räumen könnte und daß die Zeit die Rachsucht des Königs gemildert habe. Nun waren sie wieder in seiner Gewalt.
Es war ihr, als durchlebe sie einen Alptraum. Es schien ihr, als ob sie wirklich nach Frankreich zurückgekommen wäre, in ihr Schloß im Poitou. Sie hatte das gleiche Gefühl wie damals vor sechs Jahren, als sie so schrecklich allein gewesen war, von allen verlassen, gequält von dem Verlangen, einen Mann zu lieben, von dem Schmerz um ihre verlorene Liebe und von der Angst vor den Gefahren, die auf sie lauerten. Sie zitterte am ganzen

Körper, unfähig, sich von dieser schrecklichen Erinnerung an das Unglück, das sie durchlitten hatte, zu lösen.
Angélique glitt vom Diwan, richtete sich auf, tat zögernd ein paar Schritte in den Raum, berührte mit den Händen die Möbel, um in die Wirklichkeit zurückzufinden. Ihre Finger ertasteten die Bücher, den Globus. Aber all das konnte sie nicht beruhigen. Sie sah sich als Gefangene dieses Salons mit seinen leblosen Möbeln und den Fenstern, die in dem erbarmungslos kalten Mondlicht wie silberne Gefängnisgitter wirkten. Dahinter lag das Leben. Sie war tot.
Aber die Rache des Königs wartete auch hier auf sie. Die Wälder seiner uneinnehmbaren Provinz, in denen sie die Rebellion gegen ihn mit angeführt hatte, schützten sie nicht mehr. Nichts war der Macht des Königs unmöglich. Er konnte sie überall fassen, wohin sie auch fliehen würde. Sie saß in der Falle. Das war das Ende.
Joffrey? Wo war er? Auf der anderen Seite, dort, wo die Sonne schien – nicht der Mond, dort, wo Leben war.
Niemals mehr würde sie seinen Körper spüren, der von Verlangen nach ihr besessen war. Sie war dazu verurteilt, eine Gefangene dieses Phantomschiffes zu sein, dieses düsteren Ortes, der als qualvollste Marter die Erinnerung an irdische Freuden, an seine Umarmungen und seine wilden, unerreichbar gewordenen Küsse lebendig machte.
Das ist die Hölle!
Der Gedanke an diesen Verlust raubte ihr fast den Verstand.
»Nicht noch einmal! Nicht das!« stöhnte sie.
In ihrer ausweglosen Verzweiflung lauschte sie nach draußen in die Nacht. Sie hörte sich nähernde Schritte. Dieses verhaltene, gleichmäßige, aber lebendige Geräusch brachte sie zurück in die Wirklichkeit.
»Aber wir sind in Kanada«, sagte sie sich. Erleichtert lehnte sie sich gegen den Sekretär. »Wir sind auf der *Gouldsboro*«, wiederholte sie sich noch einmal. Sie sagte »wir«, um eine Einheit wiederherzustellen, derer sie sich fast schmerzlich bewußt wurde. Wir! Zuerst Joffrey de Peyrac, der dort oben irgendwo auf dem Deck sein mußte, dann seine Männer und seine Flotte,

die am Fuße der Steilküste von Sainte-Croix-de-Mercy vor Anker lag. Sie erinnerte sich wieder an diesen Namen: Sainte-Croix-de-Mercy.
Es war ein Fjord, ein abgelegener Schlupfwinkel, außerhalb des reißenden Flusses. Der Lotse vom St.-Lorenz-Strom hatte ihnen gesagt: »Das hier ist Sainte-Croix-de-Mercy. Man kann hier für die Nacht vor Anker gehen.«
Von diesem Ort hatte sie schon gehört, aber dennoch hatte er für Angélique eine seltsame, fast mystische Bedeutung. Es schien ihr, als müsse sich der Lotse mit seiner Wollmütze gleich in den Fährmann des Styx verwandeln. Hier herrschte der Tod, hier war das Tor zur Hölle.
Sie zog sich mechanisch an. Ganz bewußt hatte sie nicht die Kerze angezündet, die lang und weiß in ihrem silbernen Halter am Kopfende des Bettes stand. Eine unbestimmte Furcht hielt sie zurück, das Licht anzuzünden, das ihr vielleicht die gräßliche Gewißheit geben würde: Ich bin tot! Er ist fort!
Sie warf einen Mantel um ihre Schultern und öffnete die Tür. Tiefe Nacht umgab sie, und Angst schnürte ihr fast die Kehle zu. Es roch nach Salz, nach frisch gescheuerten Planken, nach Tauen und Segeln. Ein Geruch von geröstetem Fleisch hing in der Luft. Die Matrosen hatten die Gewohnheit, Gerichte nach Art ihrer Heimat zuzubereiten. Und man hatte in dieser Mannschaft, weiß Gott, die verschiedensten Rezepte zur Auswahl, da sie aus allen Teilen der Welt zusammengewürfelt war.
Angélique lehnte sich gegen die Tür. Langsam wurde sie ruhiger. Sie atmete tief ein, und ihr Herzklopfen legte sich. Joffrey war in der Nähe. In wenigen Augenblicken würde sie bei ihm sein. Sie brauchte nur ein paar Schritte zu gehen, ein paar Stufen der lackierten Holztreppe hinaufzusteigen, und schon würde sie ihn erblicken. Lässig an die Reling gelehnt, würde er dort stehen. Sie würde seine starken Schultern erkennen, seine schmalen Hüften, in denen sich eine so brennende Leidenschaft verbarg. Er würde sie nicht gleich bemerken, sicherlich wäre er in Gedanken versunken. Er hatte die Angewohnheit, nachts während seiner einsamen Rundgänge Pläne zu schmieden. Sie würde sich ihm nähern, und er würde fragen:

»Ihr schlaft nicht, mein Schatz?«
Und sie würde ihm antworten:
»Ich mußte Euch sehen, in Eurer Nähe sein, mich von Eurer Anwesenheit überzeugen, Liebster. Ich hatte einen schrecklichen Traum. Ich hatte solche Angst!«
Er würde lächeln, und seine zärtlichen Blicke würden sie trösten.
Es war ihr bewußt, daß sie allein die Fähigkeit besaß, solchen Ausdruck in den schönen Augen dieses Mannes zu wecken, in diesen stolzen, durchdringenden, manchmal harten Augen, die so sanft blicken und grenzenlose Zärtlichkeit versprechen konnten. Sie allein konnte ihn mit ihren schmalen, zarten Händen glücklich machen. Sie war die einzige, der er sich hingab, vor der er niederzuknien bereit war, er, der Herr über so viele Schicksale. Mit einem einzigen Blick konnte sie diesen stolzen Mann, diesen in unzähligen Schlachten gehärteten Krieger verführen, und sie wußte, daß sie mit einem Lächeln seine verborgenen Wunden heilen konnte und daß er bei ihr all die erlittenen Erniedrigungen und Ungerechtigkeiten vergaß. Sie wußte, daß er die Wahrheit sprach, wenn er ihr sagte, daß sie ihn zum glücklichsten Mann der Welt mache. Die Gewißheit ihrer Macht über diesen gefürchteten Verführer der Frauen, in dem nur sie Eifersucht zu wecken vermochte, und das Bewußtsein der Zusammengehörigkeit, das sich bei ihnen so sehr vertieft hatte, gaben ihr neue Kraft.
Von diesem Bewußtsein erfüllt und in ihren Gefühlen bestärkt, konnte sie es kaum erwarten, bei ihm zu sein. Sie würde vorsichtig seine warme Hand ergreifen, deren Stärke und Schönheit, deren leichten Tabakgeruch sie so sehr liebte, und sie würde jeden seiner Finger küssen. Er würde ihre Wange streicheln und leise, zärtlich sagen: »Verrückter Liebling!«

Zweites Kapitel

Er war nicht da. Angélique sah nur den Norweger Erikson, der, seine lange Pfeife rauchend, mit der für ihn so typischen Verläßlichkeit Wache hielt. Er war der perfekte Untergebene, der alles sofort und ohne viele Worte begriff. Ein erfahrener Seemann, ungehobelt und furchterregend, der wortlos sein Schiff steuerte und wie ein Wachhund auf alles aufpaßte, was ihm anvertraut war.

Angélique warf ihm einen prüfenden Blick zu, wie um sich zu vergewissern, daß es sich wirklich um ihn und nicht um Joffrey handelte. Einen Augenblick lang hatte das Deck des Schiffs wieder etwas Unheilvolles. Der Wald jenseits der spiegelnden Wasseroberfläche wirkte wie ein schwarzer Wall, anonym und grausam.

Sie näherte sich ihm und sagte: »Guten Abend, Monsieur Erikson, habt Ihr Monsieur de Peyrac gesehen?« Dabei fiel ihr auf, daß die Küste viel näher war, als sie geglaubt hatte. Sie konnte das Flackern eines Feuers erkennen, das am Ufer brannte. »Ist er vielleicht an Land gegangen?«

Erikson hatte seinen mit Federn besetzten Filzhut abgenommen, den er trug, seit er im Winter anläßlich der Europakreuzfahrt zum Kapitän der *Gouldsboro* ernannt worden war. Eine Wahl, der alle an Bord zugestimmt hatten. Die Autorität dieses schweigsamen Mannes bei seiner Schiffsmannschaft stand außer Frage.

»Ganz recht, Madame«, antwortete er. »Vor etwa einer Stunde.«

»War er in Begleitung?« hörte Angélique sich mit zitternder Stimme fragen.

»Er hat nur seinen Junker Yann Le Couénnec mitgenommen.«

»Yann . . .?«

Wieder blickte sie hinüber zum dunklen Ufer. Der dichte kanadische Wald, Schlupfwinkel der Bären und Indianer, schien sich endlos in die Nacht zu erstrecken. Was konnte es bedeuten, daß er hinübergefahren war, sich in den Wald begeben und zwei

Wachtposten bei dem Boot am schmalen Ufer zurückgelassen hatte?
Sie wandte sich wieder Erikson zu und versuchte, sein im fahlen Mondlicht bleich und undurchdringlich wirkendes Gesicht zu ergründen.
»Hat er Euch gesagt, wohin er gehen will?«
Erikson schüttelte den Kopf. Er schien zu zögern, nahm seine Pfeife aus dem Mund und brummte:
»Man hat ihm eine Nachricht überbracht.«
»Wer? Ein Indianer?«
»Ich weiß nicht, aber Monseigneur schien Bescheid zu wissen. Ich habe nur gesehen, wie er den Brief las und daraufhin zwei von seinen Leuten den Befehl gab, ins Boot zu steigen. Er bat mich, die Wache zu übernehmen, und sagte mir, daß er an Land ginge und in ein bis zwei Stunden wieder zurück sei.«
Angélique war mit einem Male völlig ernüchtert. Jegliches Gefühl hatte sie verlassen, Sorgen wie Ängste. Sie war hellwach. Vor einer solchen Gefahr war sie in ihrem Traum gewarnt worden. Sie hatten das Territorium des Königs von Frankreich betreten, ein zwar weitgehend unbewohntes Gebiet, aber es konnte trotzdem zu einer Falle werden.
Sie dankte dem Norweger und stieg wieder in ihre Kabine hinunter. Dort angelangt, handelte sie rasch und entschlossen. Sie schürte die Glut im Ofen, zündete die Lampen an, holte ihre Pistole und den Munitionsbeutel aus einer Schublade, lud die Waffe und steckte sie in ihren Gürtel. Dann ging sie wieder hinauf, blieb zögernd stehen, blickte sich suchend um. Was wollte sie in dieser düsteren Nacht, die nach Salz und verdorrtem Unterholz roch? Ein Mitglied der Mannschaft ging, ohne sie zu sehen, laut gähnend vorbei. Er hatte vermutlich beim Würfeln eine schöne Summe verspielt und suchte nun seine Hängematte auf, um sein Mißgeschick zu verschlafen. Sie erkannte Jacques Vignot, den Zimmermann aus Wapassou. Das war wie eine Erleuchtung. Sie wußte, was sie zu tun hatte.
»Jacques!« rief sie. »Holt mir Kouassi Bâ und Enrico Enzi. Sagt ihnen, sie sollen Waffen mitnehmen und am Fallreep auf mich warten.«

Als sie sich umwandte, bemerkte sie den Maat, der offenbar die Wache übernommen hatte.
»Erikson wartet unten auf Euch, Madame!« sagte er.
Erikson hatte bereits ein Boot ins Wasser hinuntergefiert.
»Ich dachte mir, daß Madame an Land gehen möchte. Erlaubt, daß ich Euch begleite. Monsieur de Peyrac wäre es sicher nicht recht, Euch allein an Land zu wissen.«
Sie verstand sofort, daß er genauso beunruhigt war wie sie und ihre Initiative als Vorwand nahm, um eine Wachanweisung zu umgehen, die ihm momentan äußerst lästig war.
Sein Herr machte auch ihm manchmal das Leben schwer. Die Ergebenheit, die er ihm entgegenbrachte, bereitete ihm oft Kummer. Joffrey de Peyrac, der seine Unabhängigkeit über alles liebte und Freude am Risiko hatte, nahm nicht immer Rücksicht auf die Ängste derer, die ihn liebten.
Angélique lächelte ihm verständnisvoll zu.
»Ich glaube, wir verstehen uns, Monsieur Erikson«, sagte sie.
Auf ihre Bitte hin ließ der Kapitän den Lotsen kommen, den sie am Kap von Gaspé angeheuert hatten. Angélique wünschte, sie würde sich an diesem öden Ort besser auskennen, wo die Flotte an diesem Abend vor Anker gegangen war.
»Was gibt es hier in Sainte-Croix-de-Mercy?«
»Du meine Güte, hier gibt es nichts.«
»Aber es muß doch irgend etwas geben! Ein Indianerlager, einen Handelsplatz oder ein paar abgelegene Häuser?«
»Absolut nichts, Madame!« erwiderte der Mann.
Aber was hatte Joffrey de Peyrac dann an einem solchen Platz zu suchen?
»Da, schauen Sie, dort oben!«
»Wo?«
Der Mann deutete mit dem Finger zur Höhe der Klippen hinauf. Man konnte halbzerfallenes Gemäuer erkennen, ein verlassenes Kapuzinerkloster, wie der Lotse erklärte, das die Indianer manchmal als Warenlager für ihre Felle benutzten.
Wer konnte sich an diesem gottverlassenen Ort mit Joffrey verabredet haben?
In diesem Moment trafen die Männer ein, die sie zu sich bestellt

hatte: der Neger Kouassi Bâ, der Malteser Enrico Enzi und Vignot, der Zimmermann.
Sie kletterten ins Boot, und kurz darauf legten sie am Ufer an.
Erikson ließ die beiden Ruderer bei den Posten zurück, die das Feuer bewachten und von denen er sich hatte zeigen lassen, in welche Richtung Monsieur le Comte mit seinem Junker gegangen war. Sie hatten ihm einen zur Höhe der Klippen hinaufführenden Pfad gewiesen.

Drittes Kapitel

Bald waren sie am Fuß der Klippen angelangt. Sie hatten die Laterne gelöscht. Schwaches Mondlicht erleuchtete den steilen Weg. Während Angélique unter den herabhängenden Zweigen hindurchging, verlor sie jegliches Gefühl für Ort und Zeit. Sie war wieder in die Haut der Kämpferin geschlüpft, die sie im Wald von Poitou gewesen war, als sie das wahnwitzige Abenteuer der Revolte gegen den König von Frankreich gewagt hatte. Damals hatte sie sich genauso mit ihren Partisanen zwischen den Bäumen hindurchgekämpft, gehetzten Wölfen gleich, getrieben vom Haß und vom Glauben an ihr Ziel: Hugenotten und Katholiken, Bauernsöhne und Junker, alle an ihre Fersen geheftet, um den Tod zu säen. Mehr als zwei Jahre lang war es ihnen gelungen, ihre Gegner, »die gestiefelten Kater«, wie sie abschätzig genannt wurden, in Schach zu halten und sogar das Regiment des Königs zurückzuschlagen, das ausgeschickt war, um sie in die Knie zu zwingen. Sie hatten sich verwegener Methoden bedient: waren unversehens von Felsen oder Bäumen auf die ahnungslosen Reiter des Königs herabgesprungen oder hatten sie in Hohlwegen und auf dunklen Pfaden überrascht.
Während sie so den Berg hinaufhastete, getrieben von einer übermenschlichen Energie, so daß sie weder den ermüdenden Anstieg spürte noch die Dornen der Zweige, die ihr ins Gesicht

schlugen, wurden in ihr Erinnerungen und Gefühle wach, als hätte ihr damaliges Ich wieder von ihr Besitz ergriffen ...
Aber diesmal kämpfte sie für den Mann, den sie liebte.
Die Lichtung auf dem Grat war klein und schmal und fiel am Rand steil ab. Es war der einzige Vorsprung, der über das dunkle Wasser des St.-Lorenz-Stroms hinausragte. Gaspé war gar nicht so weit entfernt mit seinen senkrecht aufsteigenden Festungsmauern voller Nischen, in denen Tausende von Vögeln nisteten. Man konnte das Rauschen der Wellen hören, die die Flut ans Land trieb, und ein eisiger Wind kühlte ihre erhitzte Stirn.
Am Rand des Abgrunds stehend, sah Angélique einen Moment auf die weiß leuchtende Fläche des Strandes hinunter, als jemand sacht ihre Schulter berührte, um ihre Aufmerksamkeit auf sich zu ziehen.
Es war Vignot, der nach rechts oben deutete. Sie gewahrte einen schwachen Lichtschimmer und die Umrisse einer Holzhütte. Der Schatten des Waldes, an dessen Rand sie gebaut worden war, verbarg sie fast völlig. Nur durch das zeitweilige Aufflakkern des Lichts hob sie sich vom dunklen Hintergrund ab. Vielleicht kam es von einer Kerze im Inneren der Hütte oder einem Feuer?
Die Gruppe blieb am Waldrand stehen. Angélique gab Kouassi Bâ ein Zeichen. Kouassi Bâ zog die Kapuze seines Umhangs über sein weißes Haar. Mit seinem schwarzen Gesicht war er in der Dunkelheit kaum zu erkennen. Er schlich am Waldrand entlang der Hütte zu.
Sie konnten nur ahnen, daß er sich ihr näherte und durchs Fenster spähte. Schnell war er wieder zurück. Er meldete flüsternd, daß das Licht von einem in der Hütte brennenden Feuer herrühre, aber er habe nichts erkennen können, weil die vor die Fensteröffnung gespannten Fischhäute undurchsichtig seien. Er habe aber Stimmen gehört, und er könnte schwören, daß eine die des Grafen Peyrac gewesen sei.
Er war also dort!
Aber mit wem?
Angéliques angstvolle Spannung legte sich ein wenig. Der Ge-

danke, daß er in der Nähe und am Leben war, erleichterte sie. Irgend jemand hatte den Grafen Peyrac sprechen wollen, und er war zu diesem Treffen gegangen, ohne eine möglicherweise zu seinem Schutz nötige Begleitung mitzunehmen. Nur Yann Le Couénnec war bei ihm. Das bewies, daß er wußte, was ihn bei diesem Treffen erwartete. Aber er hatte ihr kein Wort davon gesagt. Sie hatte ihn im Laufe der Zeit kennengelernt; es war seine Gewohnheit, seine Unternehmungen bis ins kleinste zu durchdenken und lange Zeit im voraus zu planen.

Und diese Reise nach Québec! Wer konnte wissen, wie lange er sie schon geplant hatte? Übrigens wäre sie keineswegs überrascht gewesen, wenn es sich hier um eine Begegnung mit Monsieur de Frontenac handelte, Neufrankreichs Gouverneur, der ihnen sehr ergeben war, jedoch in geheimster Mission gekommen sein mußte, da er die Feindseligkeit und Furcht von Regierung und Bevölkerung ihnen gegenüber kannte. Dieser Gedanke beruhigte sie, und sie beschloß, im Augenblick nichts zu unternehmen.

Aber aus einem ihr unbekannten Grund war ihr der Ort unheimlich, und die mählich wieder in ihr wachsende Angst, die es ihr unmöglich machte, sich zu bewegen, schien sich auf ihre Begleiter zu übertragen. Sie rührten sich nicht. Auch sie waren mißtrauisch. Sie betrachtete sie in dem durch die Blätter fallenden schwachen Licht, blickte in ihre verschlossenen, aufmerksamen Gesichter. Einer von ihnen berührte ihren Arm und wies mit dem Zeigefinger auf etwas, das sich auf der anderen Seite der Lichtung bewegte. Sie hielten den Atem an. Es war Yann Le Couénnec, der völlig ungedeckt gelassenen Schritts auf der Lichtung eine Wachrunde drehte. Der Junker blieb eine Weile am Rande des Abgrunds stehen, schaute in die dunkle Schlucht hinunter, wo tief unten die Wellen gegen die Felsen klatschten, und stieg dann wieder zur Hütte hinauf. Auf halbem Wege hielt er inne, um sich seine Pfeife anzuzünden. Er gähnte. Die Nacht schien ihm lang zu werden. Offensichtlich erforderte die Situation keine allzu große Wachsamkeit von ihm.

Einen Moment lang überlegte Angélique, ob sie den Bretonen auf sich aufmerksam machen sollte, doch er machte einen so

sorglosen Eindruck, daß er ihre Beunruhigung sicher nicht verstanden hätte. Würde Joffrey sie verstehen?
Aber das war jetzt nebensächlich. Plötzlich war Angélique die andere Seite des Abenteuers klar, auf das sich der Graf von Peyrac und seine Leute eingelassen hatten. Sie waren nicht ohne Vorbehalte gefahren, aber zweifellos unterschätzten sie die Gefahr, die mit dieser Reise verbunden war. Viele von ihnen waren Franzosen, und nun hatten sie wieder französischen Boden betreten.
Yann, der einen Waldhüter des Seigneurs von Helgoat getötet hatte, weil dieser hohe Herr seinen Vater wegen Wilderei hatte aufhängen lassen, dieser offene und lustige Junge hatte anscheinend vergessen, daß auf französischem Territorium noch immer der Galgen auf ihn wartete.
Sie waren nicht so vermessen, irgend etwas dem Zufall zu überlassen, aber es war ihnen dennoch klar, daß sie jetzt noch vorsichtiger sein mußten. Die Urteile, die gegen sie ausgesprochen waren, stempelten sie in den Augen ihrer Landsleute zu Galgenvögeln. Jeder von ihnen war ein Geächteter. Nur ihre Kraft und ihr Mut würden es ihnen ermöglichen, unversehrt aus dieser Sache herauszukommen und aus diesem verrückten, wenn auch notwendigen Unternehmen als Sieger hervorzugehen wie ein Salamander, der das Feuer durchquert.
Sie durften sich nicht täuschen lassen.
Sogar hier in diesem entlegenen, weitgehend unbewohnten Winkel am Ufer des großen Stroms im hohen Norden durften sie nicht vergessen, daß jeder Kontakt mit den Bewohnern dieses Landes, egal, ob es sich um Indianer, Bauern, Fischer, Geistliche oder Beamte des Königs handelte, den Tod bedeuten konnte.
Diese Überlegungen beschäftigten sie noch, als sie gedankenverloren wieder zur Lichtung hinübersah und unversehens glaubte, einem Trugbild zum Opfer zu fallen.
Nur als dunkle Schatten erkennbar, waren zwei Männer lautlos aus dem gegenüberliegenden Wald getreten, hatten mit einigen raschen Schritten Yann erreicht und sich auf ihn gestürzt. Es gab einen kurzen Kampf, bei dem der hinterrücks angegriffene

Bretone schnell unterlag. Er brach zusammen und blieb regungslos liegen.
Eine Stimme drang gedämpft durch die Nacht zu ihnen herüber:
»Nicht nötig, ihn zu fesseln. Wir brauchen ihm nur einen Stein um den Hals zu binden und ihn hinunter in den Fluß zu werfen. Einer wäre damit schon erledigt.«
Im fahlen, zeitweilig von Nebelschwaden verschleierten Mondlicht war der Überfall so rasch vor sich gegangen, daß die am Waldrand Verborgenen gar nicht so schnell begreifen konnten, was passiert war.
Erst als sie sahen, daß die beiden Männer Yanns regungslosen Körper zum Rande des Abgrunds schleiften, reagierten sie. Angélique voran, stürzten sie vor, in stummer Übereinkunft bemüht, jegliches Geräusch zu vermeiden, um die Komplicen der beiden, die sich vermutlich mit dem Grafen Peyrac in der Hütte befanden, nicht zu warnen. Erikson zog seinen alten Säbel und spaltete mit ihm den Schädel des einen Angreifers, der wie ein Baum unter der Axt fiel. Als der andere sich daraufhin umdrehte, traf ihn ein furchtbarer Faustschlag voll ins Gesicht. Er wollte schreien, doch Kouassi Bâ drückte ihm mit unglaublicher Kraftanstrengung die Kehle zu, wie eine Boa, die ihre Beute erbarmungslos erwürgt, und mit einem heftigen Ruck nach hinten brach er ihm das Genick.
Kämpfe und Gefahren hatten die meisten von Peyracs Männern, vor allem diejenigen, die schon lange bei ihm waren, zu gefürchteten Kriegern gemacht.
Jetzt lagen die beiden Opfer neben dem bewußtlosen Yann.
Angélique gab ihren Männern durch Gesten zu verstehen, daß sie die Toten hinter die Bäume des Waldsaums ziehen sollten. Sie wollte sie durchsuchen, um herauszufinden, in wessen Auftrag sie gehandelt hatten. Waren es Matrosen ohne Heuer, Herumtreiber, Mörder, die von ihren Herren gedungen waren? Auf alle Fälle waren es Männer, die vor nichts zurückschreckten. Sie zweifelte keine Sekunde daran, daß sie nicht nur den Auftrag hatten, Yann unschädlich zu machen, sondern auch den Grafen Peyrac zu töten.

Die Szene hatte etwas Unwirkliches, inmitten dieses unberührten kanadischen Waldes, in dem Bäche rauschten und den Schreie wilder Tiere durchdrangen. Angéliques Vorahnung hatte sich bewahrheitet. Der Kampf hatte begonnen.
Durch die Unruhe aufgeschreckt, flatterten Vögel auf, die in ihren Nestern in den Felsspalten geschlafen hatten, und stießen schrille Schreie aus. Ihre weißen Schwingen hoben sich vom dunklen Nachthimmel ab. Einige von ihnen ließen sich schnatternd auf der Lichtung nieder.
Plötzlich entstand Bewegung im Innern der Hütte, und blitzschnell verschwanden Angélique und ihre Komplicen im Schatten der Bäume. Die Toten schleiften sie hinter sich her. Bereit, jederzeit loszuschlagen, starrten sie gebannt zu der sich öffnenden Tür der Hütte hinüber, aus der laute Stimmen drangen.
»Was sind das für Schreie?« hörte man eine Stimme fragen.
»Es sind nur die Vögel«, antwortete Joffrey de Peyrac. Er mußte sich bücken, um durch die Tür zu kommen. Zögernd trat er auf die Lichtung hinaus.
Man konnte ihn im Mondlicht deutlich erkennen. Sie beobachteten, wie er sich suchend umsah. Offenbar konnte er nichts Auffälliges entdecken, aber irgend etwas schien ihm verdächtig vorzukommen.
»Yann, wo bist du?« rief er.
Der Junker antwortete nicht.
In diesem Moment tauchte hinter dem Grafen ein zweiter Mann auf.
Soweit sich bei dem diffusen Licht aus der Entfernung feststellen ließ, handelte es sich um einen Mann mittleren Alters. Er wirkte etwas untersetzt und machte einen lässigen, leicht resignierten Eindruck. Er sah durchaus nicht gefährlich aus. Ebenso wie Peyrac schaute er zur Lichtung hinüber, über der die Vögel aufgeregt herumflatterten.
»Es muß jemand gekommen sein«, sagte Peyrac. »Oder es ist Yann. Aber wo steckt er?«
Der Klang der rauhen Stimme, die ihr soviel bedeutete, ließ Angéliques Herz höher schlagen. Im bleichen Mondlicht er-

kannte sie Joffreys geliebtes Gesicht. Ein Gesicht, das Furcht einflößen konnte und gleichzeitig Sicherheit ausstrahlte, vor allem, wenn man seine Herzlichkeit, seine Intelligenz, sein ungeheures Wissen und seine vielseitigen Fähigkeiten kannte.
Er lebte! Sie war im rechten Augenblick gekommen! Die Arglosigkeit, die von den beiden Männern ausging, konnte sie jedoch nicht täuschen. Die Gefahr war noch nicht gebannt. Joffrey spürte sie sicher auch. Sie glaubte, es an seiner Haltung ablesen zu können.
Angéliques Hand legte sich um den Griff der Pistole, die sie bereits gespannt hatte.
Sie ließ den Fremden nicht aus den Augen. Er hielt sich im Hintergrund bei der Tür und blickte sich ebenfalls prüfend um.
»Er wird sich fragen, wo seine Häscher geblieben sind«, dachte sie. »Ich wette, er wird zögern, Joffrey von hinten anzugreifen, was eigentlich das Nächstliegende wäre. Er ist nicht der Mann, der selbst einen Mord ausführt.«
Im selben Augenblick sah sie, daß der Mann, wie um ihr das Gegenteil zu beweisen, seinen Degen zog und sich auf Joffrey stürzte.
Sie schrie auf und feuerte gleichzeitig.
Der Graf Peyrac sprang zur Seite – sofort kampfbereit, den Degen in der Faust. Aber der Schuß hatte den Fremden bereits in dem Augenblick getroffen, in dem er zustoßen wollte. Er taumelte. Das Krachen eines zweiten Schusses zerriß die Stille, und er brach zusammen. Er lag gekrümmt wie eine riesige Schlange im fahlen Mondlicht auf der Erde.
Peyrac hob die Augen. Rechts am Waldrand erblickte er Angélique, in ihrer Hand die rauchende Pistole.
Sie war schön und stolz wie eine Amazone.
»Schöner Schuß, Madame!«
Das waren die ersten Worte, die er an sie richtete, während sie sich ihm näherte. Sie schien über den Boden zu schweben. Das Mondlicht unterstrich die Blässe ihres Gesichts. Ihre Erscheinung hatte fast etwas Geisterhaftes. Mit ihrem hellen Haar und dem Silberfuchs, den sie über die Schultern geworfen hatte, wirkte sie wie eine Elfe. Es war nichts Hartes, Wirkliches an ihr,

außer der Pistole, die sie immer noch in der Hand hielt und deren Metallbeschläge schimmerten. Doch an der Art, wie sie die Waffe hielt, war zu erkennen, welche Kraft in ihr steckte. Angéliques Hand zitterte nicht. Sie war bereit, von neuem zu schießen. Eine Entschlossenheit und Härte war in ihrem Blick, die Peyrac noch nicht an ihr kannte.
Sie trat an seine Seite. Joffrey hatte das Gefühl, seinen Schutzengel leibhaftig vor sich zu sehen.
»Sie wollten Euch töten«, flüsterte sie.
»Ohne Zweifel. Und wärt Ihr nicht im rechten Moment zur Stelle gewesen, wäre ich jetzt tot.«
Welch schreckliche Vorstellung! Hätte sie nicht eingegriffen, wäre Joffrey nicht mehr am Leben! Sie erinnerte sich an ihren Alptraum: von ihm getrennt zu sein, ihn für immer verloren zu haben!
»Wir müssen fliehen«, sagte sie. »Wie konnten wir nur diese Unklugheit begehen?«
Aber er mißverstand ihre Worte und bezog sie nur auf die gegenwärtige Situation.
»Ich sehe ein, daß es meine Schuld war. Dieser Mann hat sich als Bote Monsieur de Frontenacs bezeichnet. Ich konnte daher von ihm keinen Verrat erwarten. Aber es wird mir eine Lehre sein. Von nun an werde ich mich doppelt vorsehen. Ohne Euch, Liebste . . . Aber wo ist Yann?«
Yann war inzwischen wieder zu sich gekommen. Die Männer sammelten sich um den Grafen, und Erikson berichtete in kurzen Worten von dem Angriff, dessen Opfer sein Junker geworden war. Das bewies ihm endgültig, daß die Männer mit der Absicht gekommen waren, ihn zu töten.
Peyrac beugte sich über den Verräter. Die erste Kugel hatte ihn in die Brust getroffen, die andere seinen Rücken durchbohrt, während er zu Boden stürzte. Er war tot. Es gab keinen Zweifel. Sein Gesicht war bleich und eingefallen, sein weitgeöffneter Mund drückte Erstaunen aus.
»Es ist der Marquis de Varange. Der Gouverneur dieses Landes hat ihn geschickt. Er sollte mir eine Botschaft überbringen, in der er mich herzlich willkommen hieß«, sagte Peyrac. »Er weiß,

daß seine Politik in gewissen Kreisen nicht sehr geschätzt wird. Deshalb bat er mich um äußerste Diskretion, was diese Unterredung anbelangt, denn er will Québec bezüglich unserer Ankunft vor vollendete Tatsachen stellen. Unter diesen Umständen war an seiner Bitte nichts Merkwürdiges. Ich habe mich deshalb auch strikt an seine Anweisungen gehalten und zu niemand ein Wort darüber verloren. Von dem Moment an, als ich Varange gegenüberstand, habe ich es allerdings sehr bedauert. Er kam mir sofort verdächtig vor, ohne daß ich hätte feststellen können, warum.«
Plötzlich war von dem Pfad her, der vom Fluß heraufführte, das Geräusch von Schritten und unter Stiefelsohlen knackenden Zweigen zu vernehmen. Eine Stimme rief: »Was ist los?«
Durch die Pistolenschüsse alarmiert, waren zwei der Männer, die auf das Feuer und die Boote aufpassen sollten, losgezogen, um nach ihnen zu suchen.
»Nehmt das in die Hand, Erikson«, sagte Peyrac schnell. »Dieser Vorfall darf unter keinen Umständen bekannt werden.«
Der Kapitän der *Gouldsboro* ging eilig den Männern entgegen.
»Alles in Ordnung, Burschen!« hörten sie ihn sagen. »Geht wieder auf euren Posten.« Dann kehrte er zu Peyrac zurück. Sie beratschlagten, was zu tun sei. Es gab drei Tote, einer war ein renommierter Beamter der Kolonie, die rechte Hand des Gouverneurs. Aber der entlegene Ort, der zur Ausführung dieses niederträchtigen Attentats auf Peyrac gewählt worden war, würde es erleichtern, die Spuren des Dramas zu beseitigen.
»Der Wald ist groß, und der Fluß ist tief«, sagte Peyrac, »und ihr seid imstande, ein Geheimnis zu bewahren. Das habt ihr schon oft genug bewiesen.«
Sie würden schweigen, dessen war er sicher. Wenn etwas in ihrem Gedächtnis ausgelöscht werden mußte, war es für immer vergessen. Selbst auf der Folterbank würden sie sich nicht mehr daran erinnern.
Joffrey de Peyracs Arm legte sich um Angélique.
»Und Ihr, Madame, wie habt Ihr erfahren, was sich hier abspielte, so daß Ihr genau im richtigen Augenblick zur Stelle wart?«

»Es war eine Vorahnung. Sie war ungewöhnlich stark. Die Angst, Euch bei diesem Treffen ohne ausreichenden Schutz zu wissen, in diesem Land, in dem unsere Feinde auf uns warten, ließ mich nicht schlafen. Ich konnte es nicht länger ertragen. Deshalb bat ich die Männer, mich zu begleiten. Aber ich kann Euch versichern, daß sonst niemand Bescheid weiß.«
»Ohne Madame la Comtesse wären wir ganz schön reingefallen, Monseigneur«, meinte Erikson.
»Schön reingefallen in diesen St.-Lorenz-Strom«, sagte Peyrac ironisch.
Angélique begann plötzlich zu zittern, und er fühlte unter seinen Händen den Körper dieser Frau beben, die eben noch so stark und unerbittlich gehandelt hatte. Nun war sie wieder ganz Frau.
Erst jetzt war sich Angélique richtig bewußt geworden, welcher Gefahr sie entronnen waren. Ihre rege Phantasie machte es ihr leicht, sich die Dinge vorzustellen: Sie sah den ermordeten Joffrey mit einem Stein um den Hals von den Klippen stürzen . . .
Noch einmal war er dem sicheren Tod entronnen. Joffrey hatte recht. Niemand hätte jemals etwas von dem Verbrechen erfahren, da man offensichtlich auf höchste Geheimhaltung bedacht gewesen war. Sie mußten diese Sache mit der gleichen Verschwiegenheit behandeln. Nichts von den Geschehnissen dieser Nacht durfte an die Öffentlichkeit dringen.
Der Ruf, der ihnen vorausging, verbreitete ohnehin schon Angst und Schrecken bei der Bevölkerung. Man mußte unter allen Umständen verhindern, daß auch noch die Ermordung des Marquis de Varange hinzukam. Es würde als Feindseligkeit ausgelegt werden und nicht als rechtmäßige Verteidigung. Das Volk würde auf Rache drängen.
»Ich weiß nicht, was dieser Schwachsinnige vorhatte«, bemerkte Peyrac nach längerem Überlegen, »aber ich bin mir fast sicher, daß er nicht im Auftrag Frontenacs gehandelt hat. Das ist ausgeschlossen. Québec ist, was uns anbelangt, in zwei Lager gespalten, und Frontenac hatte eben nur das Pech, den falschen Mann für seine Botschaft auszuwählen.«

Er kniete nieder, um die Taschen des Toten zu durchsuchen. Er fand einige Zeichnungen, die er daraufhin prüfte, ob sie über das Komplott Aufschluß gaben. Dann steckte er alles wieder an seinen Platz zurück.
»Wir dürfen keine Spuren hinterlassen. Man darf nichts bei uns finden, woraus man schließen könnte, daß wir mit diesen Männern zusammen waren. Ich werde Frontenacs Brief wieder in Monsieur de Varanges Tasche stecken, damit es so aussieht, als hätte er ihn noch gar nicht überbracht. Sie werden auf die gleiche Art verschwinden, die sie für uns vorgesehen hatten.«
Er schickte Erikson in die Hütte, um nachzusehen, ob sich dort wirklich nichts befände, was als Hinweis auf dieses Treffen dienen konnte.
Dann nahm er Angéliques Arm, um mit ihr zum Schiff zurückzukehren. Kouassi Bâ, Vignot und Enzi blieben zurück, um alle Spuren zu beseitigen.
Auf halbem Weg blieb Joffrey de Peyrac stehen, nahm Angélique in seine Arme und drückte sie leidenschaftlich an sich.
»Ihr habt mir das Leben gerettet, Angélique. Seid tausendfach dafür bedankt.«
Die schrillen Schreie der Vögel, die sich von neuem aufgeschreckt in die Lüfte erhoben, drangen zu ihnen herüber.
Die Natur um sie herum wirkte völlig unberührt vom Drama dieser Nacht, das über den verlassenen Ufern des St.-Lorenz-Stroms nichts als ein Alptraum gewesen zu sein schien.

Viertes Kapitel

Der Anblick der *Gouldsboro* gab ihr ein Gefühl der Geborgenheit. Dort würden sie sicher sein.
Das Licht der Fackeln, in roten und goldfarbenen Glaslaternen, spiegelte sich im ruhigen Wasser wider. Während sich ihr Boot mit schnellen Ruderschlägen dem Schiff näherte, klammerte sie sich an Joffreys Arm. Wortlos blickte der Graf auf sie nieder. Er verstand, daß sie nach der Spannung der letzten Stunden

noch immer aufgeregt war. Es erging ihm ähnlich. Weniger wegen der Gefahr, in der er geschwebt hatte, als wegen ihres mutigen Eingreifens. Sie war genau im richtigen Augenblick aufgetaucht, zu allem bereit, um ihn zu retten. Ihre Hand hatte nicht gezittert, als sie auf den Mann schoß, der ihn bedrohte. Er verdankte ihr sein Leben, ein größeres Liebesgeständnis hätte sie ihm nicht machen können. Es wurde ihm klar, wie sehr er sie liebte. Nie würde er diese Nacht, die ihn so unendlich glücklich gemacht hatte, vergessen.
Als sie endlich allein waren in ihrem Salon auf der *Gouldsboro*, in dem sie so viele Stunden der Leidenschaft durchlebt hatten, verlor Angélique die Nerven. Sie machte ihm heftige Vorwürfe: »Wie konntet Ihr solche Unklugheit begehen? Ihr hättet mich wenigstens unterrichten können. Ich hätte die Gefahr vorausgeahnt. Ich kenne mich. Ich habe dem König von Frankreich die Stirn geboten, ich war die Revolutionärin des Poitou, und ich weiß, zu welchem Verrat seine Handlanger fähig sind ... Aber Ihr vertraut mir nicht. Ich bin ja nur eine Frau, die Ihr nicht anerkennen wollt.«
»Mein Liebling«, murmelte er, »beruhigt Euch. Ihr habt mir soeben das Leben gerettet, und nun macht Ihr mir solch eine Szene.«
»Das eine schließt das andere nicht aus.« Stürmisch warf sie sich in seine Arme. »Oh, Liebster, es war grauenvoll! Ich glaubte, wieder den Alptraum zu erleben, den ich früher so oft hatte, als ich weit von Euch entfernt war. Ich lief in einem Wald auf Euch zu, ich wußte Euch in Gefahr, aber ich kam immer zu spät.«
»Nun, diesmal seid Ihr nicht zu spät gekommen.«
Er umarmte sie und strich zärtlich über ihr herrliches Haar. Sie warf den Kopf in den Nacken, um ihm in die Augen sehen zu können.
»Laßt uns umkehren, Joffrey! Ich habe begriffen, wie unvorsichtig es wäre, weiterzufahren. In Amerika waren wir vor dem König, gegen den ich gekämpft habe, und der Kirche, die Euch verdammt hat, in Sicherheit. Jetzt kehren wir zurück und begeben uns wieder in ihre Gewalt. Das ist Wahnsinn!«

»Aber wir kommen mit Schiffen voller Gold und mit Verträgen. Und inzwischen ist soviel Zeit vergangen ...«
»Ich glaube nicht an die Gnade des Königs. Ich habe Angst.«
»Wollt Ihr schon beim ersten Anzeichen von Gefahr einen Rückzieher machen? Ich dachte, Ihr wäret gewohnt zu kämpfen. Das war nur der Anfang. Aber haben wir nicht gerade bewiesen, daß unsere Verbundenheit stark genug ist, um ans Ziel zu gelangen?«
Er drückte sie fest an sich, als wollte er seine Kraft und seine Zuversicht auf sie übertragen. Aber sie konnte sich nicht beruhigen.
»Müssen wir denn unbedingt nach Québec?« fragte sie angstvoll. »Bis jetzt sah für mich alles ganz einfach aus. Es schien mir, als würden wir zu Freunden zurückkehren. Aber plötzlich sehe ich auch die andere Seite. Sie haben uns hierhergelockt, um uns zu töten.«
»Ihr dürft nicht die Nerven verlieren. Ich weiß, daß die Situation nicht leicht für Euch ist, aber sie ist auch nicht so schwierig, wie es Euch jetzt scheint. Wir haben hier einige treue Freunde, auf die wir uns verlassen können.«
»Aber auch unerbittliche Feinde!«
Sie schüttelte den Kopf und wiederholte: »Müssen wir wirklich nach Québec?«
Er zögerte mit der Antwort.
»Ja, ich glaube schon«, sagte er schließlich mit entschlossener Stimme. »Wir lassen uns zwar auf ein Glücksspiel ein, aber wir müssen die Gefahr auf uns nehmen. Denn nur so können wir über die Feindseligkeiten triumphieren. Erst dann werden wir, unsere Kinder, unsere Freunde und Untergebenen in Frieden leben können, ohne den unsere wiedergewonnene Freiheit nichts als eine Illusion wäre, denn wir wären für den Rest unseres Lebens Gejagte.«
Er nahm ihr Gesicht in beide Hände und sah in ihren hellen, smaragdgrünen Augen abgrundtiefe Verzweiflung. Die gleiche Verzweiflung, die die schöne Marquise du Plessis-Bellière damals erfüllt haben mußte, als die Revolte im Poitou schon zusammengebrochen war und sie nur noch allein mit ihren

schwachen Truppen gegen den König von Frankreich gekämpft hatte.

»Habt keine Angst, meine Geliebte«, murmelte er. »Diesmal werde ich bei Euch sein.«

Seine Worte beruhigten sie wie durch Zauberei, und sie sah der Zukunft wieder zuversichtlicher entgegen. Jetzt erst konnte sie das Glück, ihn in letzter Sekunde gerettet zu haben, in vollen Zügen genießen. Es raubte ihr fast den Atem. Dort, wo die Hand Joffreys lag, spürte sie ihre Leidenschaft wieder erwachen.

»Also gut, laß uns gemeinsam nach Québec fahren, mein Liebster. Aber erst mußt du mir versprechen . . .«

»Was?«

». . . daß du mich niemals verlassen und mich immer beschützen wirst, was auch immer geschieht.«

»Das verspreche ich dir«, sagte er mit einem Lächeln.

Ihre Lippen vereinigten sich, und dieser Kuß ließ sie alles um sich herum vergessen. Sie gaben sich völlig ihrer Liebe hin, die jeden Tag stärker wurde, die bereits ein Sieg war.

Zweiter Teil
Auf dem Fluß

Fünftes Kapitel

Der Marquis de Ville d'Avray sah zum Himmel auf und seufzte:
»Wie sehr mir doch diese Atmosphäre der Liebe zusagt.«
Der Intendant Carlon sah ihn verblüfft an. Sie befanden sich auf der Brücke des Schiffes, das durch den kalten Novemberabend glitt. Die Tatsache, daß der verhangene Himmel sich am Horizont ein wenig aufklärte und goldenes Licht durch die Wolken schimmerte, konnte wohl kaum diesen Seufzer des Entzückens rechtfertigen. Das Wasser war blaugrün und bewegt, und zu beiden Seiten des breiten Stroms erhoben sich die Laurentiner Berge, deren Gipfel jetzt im Abendrot aufzuleuchten begannen. Von Zeit zu Zeit sah man einen Vogel vorüberfliegen, dessen schrille Schreie langsam in der Dämmerung verhallten. Was erinnerte da schon an Liebe?
»Spürt Ihr es nicht, Carlon? Die Liebe! Das einzige Klima, in dem man sich als menschliches Wesen entspannen kann. Wie angenehm ist es doch, neue Kraft daraus zu schöpfen. Selten habe ich sie mit solcher Intensität um mich herum gespürt.«
Welche Liebe konnte er wohl meinen? fragte sich Carlon leicht beunruhigt. Der Marquis de Ville d'Avray war ein Original, daran gab es keinen Zweifel. Aber in gewissen Augenblicken konnte man wirklich an seinem Verstand zweifeln. Carlons argwöhnischer Gesichtsausdruck stachelte den Marquis nur noch mehr an.
»Die Liebe mit ihren Freuden, ihrer Ohnmacht, ihren sanften Zärtlichkeiten, ihren Auseinandersetzungen voller Koketterie, ihren Ängsten, die doch bald wieder besänftigt werden, ihren Hoffnungen und Gewißheiten, all das Feuer, das unaufhörlich angefacht wird, läßt die Liebenden in einer anderen Welt leben, in der es nur ihre Zweisamkeit gibt. Man ist sogar bereit zu streiten, denn jeder Augenblick erreicht den Gipfel paradiesischen Glücks, der an Intensität nicht zu übertreffen ist.«

»Ihr habt anscheinend zu tief ins Glas geguckt.«
Carlon warf einen mißtrauischen Blick auf den niedrigen Tisch, auf dem ein kleines Abendessen für sie bereitstand. Die kostbaren Kristallgläser und Silberbestecke glänzten in den Strahlen der untergehenden Sonne. Aber die Wein- und Likörkaraffen schienen unberührt.
»Ja, ich bin trunken«, gestand Ville d'Avray befriedigt. »Ich habe mich an diesem göttlichen Elixier gelabt, von dem ich Euch bereits berichtete: der Liebe, von deren paradiesischen Strömungen ich ganz ergriffen bin...«
»Strömungen«, wiederholte Carlon. »Ja, in der Tat gibt es Strömungen, aber sie haben nichts Paradiesisches an sich. Es ist übrigens merkwürdig, daß der Geruch des Meeres uns bis hierher verfolgt, obwohl wir schon so weit ins Landesinnere gelangt sind.«
»In diesem Zusammenhang sprecht Ihr vom Meer«, stöhnte der Marquis. »Ihr seid wirklich scheußlich realistisch. Ich bemühe mich vergeblich, Euch ein wenig mitzureißen.«
Enttäuscht wandte er sich ab und nahm ein Bonbon aus einer der Kristallschalen. Seine gute Laune schien dadurch wiederhergestellt, und er fuhr mit seinen Lobeshymnen fort:
»Selbst in diesen Köstlichkeiten sehe ich ein Zeichen der Liebe, denn sie sind eigens dazu da, die angebetete Geliebte auch an solch verlassenen Orten zu verwöhnen. Heißt Liebe nicht ganz einfach, alle Reichtümer der Welt vor den Füßen der Angebeteten auszubreiten? Sollte man Mut und Geist nicht ausschließlich diesem edlen Ziele widmen? Gibt es überhaupt einen Menschen auf dieser Welt, der angesichts solcher Leidenschaft gleichgültig bleiben könnte? Ja, nicht einmal Ihr...«
Um seine Worte zu unterstreichen, stieß er den armen Carlon heftig gegen die Brust.
»Ihr tut mir weh, und außerdem redet Ihr Unsinn.«
Monsieur de Ville d'Avray, der Gouverneur Akadiens, war beleidigt. Er packte seinen Gesprächspartner, der ihn um einen Kopf überragte, beim Kragen und schüttelte ihn.
»Wollt Ihr mir etwa weismachen, daß Ihr völlig gefühllos seid? Auch unter Eurer rauhen Schale schlägt ein fühlendes Herz.«

Carlon entwand sich ärgerlich seinem Griff.
»Ihr vergeßt Euch, Marquis. Laßt Euch ein für allemal sagen, daß ich nichts von Euren überspannten Reden verstehe. Es ist kalt, es wird Nacht, wir fahren in Richtung Québec, wo uns unzählige langweilige Verpflichtungen erwarten, und Ihr fühlt Euch plötzlich von einem Taumel der Liebe ergriffen. Was für eine Liebe, frage ich Euch?«
»Warum fragt Ihr mich nicht, wen ich liebe?«
Der Marquis stampfte vor Zorn mit den Füßen auf.
»Schaut dorthin, blindes Huhn, das Ihr seid!«
Mit theatralischer Geste wies er auf eine Gruppe, die eben auf dem Achterdeck auftauchte. In der Abenddämmerung unterschieden sich die Personen, deren mit Federn geschmückte Hüte sich schwarz vom Gold des Himmels abhoben, nur wenig voneinander, aber man konnte von weitem die Silhouette einer Frau unterscheiden.
»Da kommt sie! Eine Frau, ausgestattet mit allen Gaben der Natur, mit dem Charme einer Weiblichkeit ohne Makel. Sie, die uns mit einem einzigen Blick betört, die uns mit einem einzigen Wort, das über ihre wunderbaren Lippen kommt, für immer gefangenhält. Sie, deren Zärtlichkeit uns verführt, deren Temperament uns anspornt. Sie, von der man nicht weiß, ob sie an unsere Stärke appelliert, um ihre liebenswerte Schwäche zu beschützen, oder ob sie unsere Schwäche weckt, um ihre verborgene, unbesiegbare Kraft noch besser zu zeigen. Die das Verlangen weckt, sich an ihre weichen Hüften zu schmiegen. In deren Gegenwart es keinem männlichen Wesen möglich ist, gleichgültig zu bleiben. Sie hat eine unwiderstehliche Anziehungskraft, die für mein Gefühl die ursprünglichste Eigenschaft der Frau ist – der Frau an sich.«
Er mußte Luft holen. Carlon schwieg, doch ein Schimmer von Interesse leuchtete in seinen Augen auf. In diesem Augenblick kam Angélique, Comtesse de Peyrac, in Begleitung ihres Mannes und einiger Schiffsoffiziere die lackierte Holztreppe herunter, die zur ersten Brücke führte. Alle waren äußerst elegant gekleidet. Doch selbst auf diese Entfernung zog Angélique alle Aufmerksamkeit auf sich. Man wußte nicht, ob das Licht, das

von ihr ausging, von den Strahlen der untergehenden Sonne kam, deren Abglanz auf ihr Gesicht fiel, oder von dem glücklichen Lächeln, das um ihre Lippen spielte, während sie sich mit ihren Begleitern unterhielt. Man schien sich zu amüsieren.
Sie trug einen großen weißen Hut, der ihr Antlitz wie ein Glorienschein umgab. Ihr Hermelinmantel öffnete sich halb über einem grünen Samtkleid, das sich ihrer Augenfarbe vorteilhaft anpaßte. Es war der Mode entsprechend vorn gerafft und mit einem Kragen aus Silberspitzen verziert. Eine wundervolle dreireihige Perlenkette vervollkommnete diese Pracht. Den Saum des Rockes schmückte eine doppelte Silberbordüre. Mit der einen Hand raffte sie die Falten ihres Rocks, um die Treppe sicher hinuntergehen zu können, die andere Hand war in einem Muff aus weißem Pelz verborgen, der an einer Silberkette um ihren Hals hing.
Ihre Bewegungen waren so voller Anmut und Leichtigkeit, daß Ville d'Avray begeistert ausrief:
»Wäre sie nicht würdig, an der Seite des Königs die Freitreppe von Versailles hinunterzuschreiten?«
»Man sagt, sie habe das auch getan ...«, murmelte Carlon.
»Wie? ... Die Freitreppe von Versailles hinunter? ... An der Seite des Königs ...?«
Der Intendant antwortete nicht, sondern beschränkte sich darauf, dem Marquis einen wissenden Blick zuzuwerfen.
»Ihr wißt etwas über sie? Redet! ... Ah, ich sehe, Ihr wollt Euch in Schweigen hüllen, aber eines Tages werde ich es schon aus Euch herausbekommen.«
Eine Katze, die sich deutlich vom Hintergrund des Himmels abhob, sprang mit ein paar Sätzen auf die Gruppe zu, beäugte Angélique neugierig und begann, feierlich vor ihr auf- und abzuschwänzeln.
»Die Katze!« jubilierte Ville d'Avray. »Seht, selbst die Tiere lieben es, sich der Gräfin Peyrac unterzuordnen. Ah! Wenn Ihr sie in Gouldsboro mit dem Bären gesehen hättet!«
»Was für einem Bären?« fragte Carlon entsetzt.
»Einem riesigen, zotteligen Tier. Er war schrecklich wild. Sie

beugte sich zu ihm hinab und sprach besänftigend auf ihn ein.«
»Aber das ist sehr beunruhigend! Ihr habt mir nicht erzählt, daß Madame de Peyrac solche Fähigkeiten besitzt.«
»Es war ein unvergeßliches Schauspiel.«
»Das grenzt ja förmlich an Hexerei.«
»Aber nein! Es ist ihr Charme ... Ihr seht einfach nicht, wie außergewöhnlich sie ist.«
»Mag sein. Dafür weiß ich, daß wir in der Hand Monsieur de Peyracs sind, und ich sehe keinen Grund, deshalb vor Freude aus dem Häuschen zu geraten.«
»Wahrhaftig! Ihr habt die lästige Angewohnheit, immer alles zu schwarz zu sehen. Wir sind nur Gäste Monsieur de Peyracs, dem Helden vieler Abenteuer und obendrein reichsten Mannes Nordamerikas. Nachdem er uns in Akadien geholfen hat, besitzt er die Güte, uns bis Québec mitzunehmen, wohin er sich selbst begibt, um dem Gouverneur Neufrankreichs, Monsieur de Frontenac, seine Aufwartung zu machen.«
»Und was ist mit Eurer Angewohnheit, immer alles durch eine rosa Brille zu sehen?« fragte Carlon ironisch.
»Ich bin ein glücklicher Mensch, das ist alles. Ich bemühe mich, immer nur die angenehme Seite des Lebens zu sehen. Und was kann es Schöneres geben, als sich auf diesem Schiff zu befinden, in erfreulicher Gesellschaft, und damit meine ich auch die Eure ... wirklich, protestiert nicht ... und sich mit der entzückendsten Frau der Welt unterhalten zu können. Und außerdem hat mir Monsieur de Peyrac ein Schiff geschenkt, als Ersatz für meine *Asmodée*, die von Seeräubern gekapert wurde. Seht, dort hinten. Ist es nicht ein Kleinod? Ich weiß noch nicht, wie ich es nennen werde ... Und ich bringe Waren mit: wertvolle Pelze, eine Menge Jamaica-Rum und ... einen Kachelofen. Es grenzt fast schon an ein Wunder. Monsieur Peyrac ließ ihn für mich aus Frankreich kommen.«
»Sie langweilen mich mit Ihrer naiven Begeisterung. Alles, was ich sehe, ist eine Situation, die immer zwielichtiger und komplizierter wird. Unsere Aussichten sind alles andere als rosig. Auch wenn Ihr mir noch hundertmal versichert, daß Madame

und Monsieur de Peyrac die Liebe selbst verkörpern, können wir uns in Québec auf einiges gefaßt machen. Man wird auf uns schießen, dafür lege ich meine Hand ins Feuer. Falls wir jemals heil aus dieser Sache herauskommen, werden sie uns zwangsläufig mit ihnen identifizieren. Vielleicht wird man uns sogar exkommunizieren. Ihr wißt, daß der Bischof, Monsieur Laval, und die Jesuiten nicht mit sich spaßen lassen, vor allem, wenn es sich um Hexerei und ausschweifenden Lebenswandel handelt. Und ich kann mir beim besten Willen nicht vorstellen, daß sie uns mit Wohlwollen empfangen werden.«
»Ihr übertreibt, mein Bester! Sicher wird es Aufregung geben, aber ich gestehe, daß ich es liebe...«
»Oh, natürlich! Darin zumindest mußte ich Madame de Peyrac zustimmen, als sie sagte, nichts könne Euch soviel Freude bereiten, als eine ganze Stadt in Aufruhr zu versetzen.«
»Hat sie das gesagt? Wie klug erkannt! Sie ist charmant, wahr?«
»Es ist völlig sinnlos, mit Euch zu diskutieren. Ihr seid verliebt!«
»Aber nein, ich bin nicht verliebt... vielleicht ein bißchen... Ihr habt nichts begriffen, rein gar nichts... Ihr seid entmutigend. Ich werde nicht mehr mit Euch reden!«
Der Marquis de Ville d'Avray wandte sich schmollend ab. So geschah es, daß Angélique und ihre Eskorte die beiden in trübsinniger Verfassung antrafen.

Nach einem weiteren Tag war die kleine Flotte wieder in einer verlassenen Bucht am nördlichen Ufer des St.-Lorenz-Stroms vor Anker gegangen. Wie üblich hatten sich die Kapitäne der anderen Schiffe auf der *Gouldsboro* zu einem kleinen Abendessen eingefunden, in dessen Verlauf sie die Ereignisse des Tages besprachen und die nächste Etappe festlegten.
»Von hier aus ist es nicht mehr weit bis Tadoussac. Das ist der erste französische Posten.«
»Hoffen wir, daß man uns dort keinen allzu unfreundlichen Empfang bereiten wird.«
»Warum sollten sie? Es ist nur ein kleiner Marktflecken, und

sie haben dort fast keine Truppen. Wir sind also auf alle Fälle in der Übermacht. Und außerdem kommen wir mit friedlichen Absichten.«

Die Flotte war in der Tat gut ausgerüstet. Sie setzte sich aus drei Schiffen von jeweils 250 bis 350 Tonnen zusammen, dazu kamen zwei kleine, wendige holländische Yachten, die vorwiegend als Aufklärer dienten. Sie sollten so eingesetzt werden, daß sie im Bedarfsfall jedes Schiff mit ihren Kanonen verteidigen konnten.

Das sechste Schiff, die Yacht *Le Rochelais*, wurde von Cantor, dem Sohn Angéliques und Joffreys, kommandiert. Obwohl erst sechzehn, kannte sich der junge Kapitän schon gut auf dem Meer aus. Er war mit seinem Vater seit seinem zehnten Lebensjahr zur See gefahren und hatte im Mittelmeer und in der Karibik Erfahrungen gesammelt.

Vanneau, der ehemalige Kapitän des Piratenschiffs *Cœur de Marie*, kommandierte die *Mont-Desert*. Graf Peyrac hatte ihm vor vielen seiner älteren Kameraden den Vorzug gegeben, weil er in Frankreich nicht verfolgt wurde und außerdem Katholik war. – Bei der Auswahl seiner Mannschaft mußte er auf die Frage der Religion insofern Rücksicht nehmen, als Anhänger der reformierten Kirche Gefahr liefen, verhaftet, wenn nicht gar aufgehängt zu werden.

Das Kommando der *Gouldsboro* war weiterhin Erikson vorbehalten. Außerdem hatte Joffrey de Peyrac seine Leibgarde bei sich, die aus vier Spaniern bestand. Sie sorgten nun schon seit vielen Jahren für seinen persönlichen Schutz und nahmen weder zur französischen Bevölkerung noch zur Mannschaft der anderen Schiffe Kontakt auf. Die Kapitäne der beiden anderen Schiffe waren der Comte d'Urville und der Chevalier de Barssempuy, französische Adlige, die in der feinen Gesellschaft von Québec keinen Anstoß erregen würden, solange nichts von ihrer Vergangenheit bekannt wurde.

Angélique war das trübsinnige Gesicht Ville d'Avrays und Carlons mürrische Miene nicht entgangen. Die beiden hatten sich also wieder einmal gestritten. Armer Marquis, er war so sehr

bemüht, das Leben schön zu finden. Und da sie den Sorgen anderer gegenüber niemals gleichgültig blieb, ging sie geradewegs auf sie zu. Ville d'Avray fühlte sich gleich wohler, als er sich als Mittelpunkt ihres Interesses sah. Er hatte es gern, wenn man sich mit ihm beschäftigte.
»Was ist los, mein Freund?« fragte sie ihn. »Es sieht so aus, als ob irgend etwas nicht in Ordnung wäre.«
»Das kann man wohl sagen«, seufzte Ville d'Avray. »Allein, daß man gezwungen ist, mit solchen Menschen wie diesem hier zu leben, beweist, daß die Theologen recht haben, wenn sie behaupten, das Fegefeuer beginne schon auf Erden.«
»Ihr sprecht von Monsieur Carlon?«
»Von wem könnte ich sonst sprechen?«
»Setzt Euch zu mir und erzählt mir alles.«
Er ließ sich auf einem bequemen Sessel neben ihr nieder.
Fast bereute es Angélique schon wieder, sich auf dieses Gespräch eingelassen zu haben. Es war ein schöner Abend, viel zu schön für Unannehmlichkeiten. Nach zwei Tagen unaufhörlichen Regens empfand sie die klare Luft als wahren Genuß. Ihre Gedanken schweiften ab. Nach dem Aufenthalt in Sainte-Croix de la Mercy hatte man die Reise fortgesetzt, ohne daß auch nur ein einziges Wort über den tragischen Vorfall dieser Nacht gefallen wäre. Manchmal fragte sich Angélique, ob sie das Ganze nicht geträumt hatte. Das einzige, was sie daran erinnerte, war die feine Veränderung im Verhältnis zwischen ihr und ihrem Gatten. Er vertraute ihr mehr als zuvor und fragte sie häufiger um ihre Meinung zu seinen Problemen. Und es würden noch eine Menge Fragen geklärt werden müssen, bis sie in den Hafen von Québec einlaufen könnten.
Zur Zeit schien dieses Ziel noch weit entfernt. Man hatte ein wenig den Eindruck, außerhalb der Welt zu sein, vor allem jetzt, da sich die eisige Luft, die nach Meer, Wäldern und Fluß roch, mit den köstlichen Düften aus der Küche Monsieur Tissots mischte. Erikson hatte diesen Mann eingestellt. Er war ihm wärmstens empfohlen worden, und er schien sein Metier tatsächlich meisterhaft zu beherrschen. Die Stimme des Marquis rief sie in die Wirklichkeit zurück.

»Er ist der bornierteste Mensch, den ich kenne«, sagte er eben, während er von den gefüllten Pistazien kostete.
»Sprechen Sie immer noch von dem Herrn Intendanten?«
»Aber natürlich!«
»In diesem Punkt kann ich Ihre Ansicht nicht teilen, Marquis. Monsieur Carlon mag seine Launen haben, aber er ist ein sehr belesener Mann, dessen Konversation es nicht an Geist fehlt. Graf Peyrac schätzt es sehr, sich mit ihm über Handelsfragen zu unterhalten, ein Gebiet, auf dem er sehr kompetent zu sein scheint.«
»Und ich!« protestierte Ville d'Avray. »Bin ich etwa nicht kompetent in Handelsfragen? Bin ich nicht ebenso gebildet?«
»Aber natürlich ... Ihr seid einer der belesensten Adligen, die ich kenne.«
»Ihr seid charmant«, murmelte der Marquis und küßte ihr hingebungsvoll die Hand. »Wie sehr ich mich freue, Euch bei mir zu haben! Ihr werdet sehen ...« Und er erging sich in weitschweifigen Beschreibungen seines Hauses, das an Gastlichkeit seines Erachtens nichts zu wünschen übrig ließ.
Eins war sicher, dachte Angélique, die größte Schwierigkeit in Québec würde nicht etwa sein, dort in die vornehmen Kreise aufgenommen zu werden, sondern den ganzen Winter über die Gesellschaft dieses geschwätzigen und neugierigen Mannes zu überstehen, ohne daß er am Ende bis ins kleinste Detail alles über sie wüßte.
Aber noch waren sie nicht in Québec.
Trotz Joffreys Optimismus, der das Attentat, dem er beinah zum Opfer gefallen war, nicht für geplant hielt, geschweige denn für einen Auftrag des Gouverneurs Frontenac, machte sie sich darauf gefaßt, von mächtigen Feinden erwartet zu werden. Und sie war sich keineswegs sicher, ob diese nicht letzten Endes siegen würden.
»Wer war eigentlich der Marquis de Varange?« fragte sie leichtsinnig. Ville d'Avray stutzte. – »Varange? Ihr kennt ihn? Aber warum sagt Ihr *war*? Ist er denn tot?«
Angélique biß sich auf die Lippen. Sie hatte sich verraten. Um ihren Fehler wiedergutzumachen, log sie unverschämt.

»Jemand erzählte mir vor kurzem, ich glaube, es war Ambroisine de Maudribourg, er sei nach Frankreich zurückgekehrt.«
»Es ist ganz unmöglich, daß ich darüber nichts wissen sollte«, erklärte Ville d'Avray indigniert. Er dachte einen Augenblick angestrengt nach.
»Immerhin wäre es denkbar, daß unsere gute Herzogin ein Verhältnis mit ihm hatte. Das würde zu ihm passen. Ein alter, gelangweilter Beau, der sich in eine abgelegene Kolonie versetzen läßt, um sich dort ungestört seinen Affären widmen zu können. Er hat einen wichtigen Posten im Schatzamt von Québec. Aber ich werde ihn nicht besuchen . . . Sicherlich wußte diese Dame über jeden hier Bescheid, bevor sie überhaupt einen Fuß auf kanadischen Boden gesetzt hatte. Was für ein teuflisches Weib! Ich werde mich in Zukunft doppelt vor Varange in acht nehmen.«
Kouassi Bâ, der Getränke auf einem silbernen Tablett herumreichte, bot Angélique eine willkommene Möglichkeit, das Gespräch zu unterbrechen.
»Ja, ich werde gern etwas trinken«, sagte der Marquis. »Ich habe soviel geredet, während ich vergeblich versuchte, diesem borniertén Menschen Eure vielen Vorzüge zu schildern. Er hat mir die graue Mauer der Logik entgegengehalten, die nichts als die Realität anerkennt.«
Angélique mußte über diese unfreiwillige Ironie unwillkürlich lächeln. Der große Neger Kouassi Bâ entfernte sich mit einer Verbeugung. Angélique sah ihm gerührt nach. Er war die Treue in Person; ein Freund, der ihr zeit ihres Lebens zur Seite gestanden hatte.
Was könnte er nicht alles über die Vergangenheit des Grafen und der Gräfin Peyrac erzählen, was Ville d'Avray sicher brennend interessieren würde! . . . Seit damals in Toulouse, wo er sie zum ersten Male gesehen hatte, als sie in ihrem goldenen Kleid der prächtigen Kutsche entstieg, war sein Leben eng mit dem ihren verknüpft. Für die Fahrt nach Québec hatte ihn Joffrey aus Wapassou kommen lassen, wo er in einer Mine arbeitete.
Ein wenig später erschien Kouassi Bâ von neuem, um der Ge-

sellschaft das Abendessen zu servieren. Er trug eine goldbestickte Livrée, die jedoch dick gepolstert war, damit er nicht zu sehr unter der Kälte litt. Weiße Strümpfe mit Goldbordüren und Spangenschuhe mit hohen Absätzen betonten seine kraftvollen Beine aufs vorteilhafteste. Sein weißes Haar war unter einem Turban aus scharlachroter Seide verborgen, den ein Federbusch schmückte. Er unterstrich die markanten Züge seines schwarzen Gesichts. Zwei große Ringe aus purem Gold schmückten seine Ohren. Graf Peyrac hatte sie seinem treuen Diener vor kurzem geschenkt.
Ville d'Avray beobachtete neiderfüllt, wie sich der Neger mit der Geschmeidigkeit eines Panthers bewegte.
»Euer Maure wird in Québec Aufsehen erregen!... Wie oft habe ich schon davon geträumt, mir einen zu besorgen...«
Dieser Gedanke machte ihn ärgerlich. Man verlor doch wirklich jeglichen Sinn für Mode in diesem Nest Québec! Die Duchesse de Pontarville, eine Pariser Freundin, besaß zwei junge Pagen aus dem Sudan. Wenn er sie darum bäte, würde sie ihm sicher einen davon abtreten. Aber es war jetzt zu spät, um einen Kurier nach Europa zu schicken. Er mußte wohl oder übel das nächste Frühjahr abwarten.

Die laute Stimme Monsieur de Vauvenarts unterbrach seine unerfreulichen Gedanken:
»Warum seid Ihr eigentlich so spät aufgebrochen, Monsieur de Peyrac?... Es ist für diese Jahreszeit zwar erstaunlich mild, aber es hätte ja sein können, daß der Fluß bereits zugefroren wäre.«
»Meines Erachtens ist es besser, Eisbrocken auf dem Fluß vorzufinden als feindliche Schiffe.«
Carlon warf ihm einen gereizten Blick zu.
»Ihr scheint über die Probleme dieses Landes gut unterrichtet zu sein. In der Tat befinden sich im Augenblick alle verfügbaren Schiffe in Europa, und Ihr lauft nicht Gefahr, plötzlich ein Kriegsschiff vor Euch zu haben. Es war schon immer ein Streitpunkt zwischen Monsieur Colbert und mir, daß Neufrankreich über keine gut ausgerüstete Kriegsflotte verfügt. Aber wenn

sich Québec weigert, seine Tore zu öffnen, werdet Ihr dann nicht riskieren, Euren eigenen Berechnungen zum Opfer zu fallen?«
»Aber wie könnt Ihr nur glauben, daß Québec seine Tore vor ihm verschließen könnte?« warf Ville d'Avray ein, der sich diesen Abend auf keinen Fall verderben lassen wollte. »Ihr werdet sehen! Unsere Freunde werden am Quai stehen und uns jubelnd willkommen heißen . . . Lassen wir doch die Dinge auf uns zukommen. Sie sollten etwas von diesem köstlichen Gebäck versuchen . . .«
Die Tatsache, daß die Reise so friedlich verlief, konnte nicht darüber hinwegtäuschen, daß sie seit der Insel Anticosti den französischen Teil des St.-Lorenz-Stroms hinauffuhren. Sie waren in *feindlichem Gebiet*!
Der Fluß war weiterhin verlassen geblieben. Außer indianischen Kanus und ein paar vereinzelten Fischerbooten waren sie niemand begegnet. Die Eingeborenen schienen sich nicht für die Flotte mit der fremden Flagge zu interessieren, die in Richtung Québec fuhr.
In den ersten Novembertagen hatten sie das Cap von Gaspé passiert. Zahlreiche Inseln, auf denen Wildenten hausten, waren an ihnen vorübergezogen. Das Wetter hatte sich zusehends verschlechtert, nachdem die Flotte den Golf durchquert hatte. Sie fuhren durch eine trübe Landschaft, deren Eintönigkeit nur selten aufgelockert wurde. Dichter Nebel breitete sich über die Schiffe, die sich nur noch durch Hornsignale verständigen konnten.
Erst gegen Abend pflegten sich die Schleier zu lichten. Helle Abendröte überflutete den Wald, dessen Baumkronen in den schönsten Farben des Herbstes schillerten.
Da es für diese Jahreszeit verhältnismäßig warm war, konnte man sich auf der Brücke aufhalten. Es war immer die gleiche Gesellschaft gewesen wie an diesem Abend auch: die Kapitäne der sechs Schiffe sowie die königlichen Beamten, die Joffrey de Peyrac an der Französischen Bucht und der Ostküste aufgenommen hatte, nachdem sie durch englische Angriffe ihre Schiffe verloren hatten. Außerdem waren da noch die Herren

de Vauvenart, Fallières, de Grand-Bois und de Grand-Rivière, adlige Gelehrte, die die gute Gelegenheit benutzt hatten, um sich beim Gouverneur wieder in wohlwollende Erinnerung zu bringen.

»Da seht Ihr, was Ihr angerichtet habt«, sagte Ville d'Avray tadelnd zu dem Intendanten. »Ihr habt Madame mit Euren pessimistischen Überlegungen traurig gestimmt.«
»Ich bin zutiefst betrübt, Madame. Das wollte ich wirklich nicht.«
»Aber nein, Ihr habt völlig recht, wenn Ihr die Zukunft nicht so optimistisch seht wie der Marquis«, verteidigte sie ihn.
Joffrey de Peyrac galt bei vielen Franzosen als Verbündeter der Engländer, der gekommen war, um das französische Territorium in Kanada in Schach zu halten. Andere wiederum hielten ihn für einen gefährlichen und skrupellosen Piraten. Es waren so viele Gerüchte über ihn in Umlauf, daß es nicht so einfach sein würde, seinen Plan auszuführen. Sie konnte sich beim besten Willen nicht vorstellen, daß eine offenherzige Erklärung genügen würde, die Gemüter zu beruhigen. Die Anwesenheit des Intendanten, die einem Zufall zu verdanken war, machte die Situation nur noch komplizierter.
»Ich weiß, was Euch Sorgen macht, Monsieur Carlon, und warum Ihr Euch ab und zu mit dem Marquis streitet, der immer nur die angenehme Seite des Lebens sieht. Ich teile Eure Befürchtungen.«
»*Er* fürchtet sich sicher nicht«, warf Ville d'Avray ein, wobei er auf den Grafen Peyrac wies, den die Vorahnungen Carlons in der Tat nicht zu berühren schienen.
Angélique schüttelte den Kopf. Nein, er nicht ... Es hatte ihm schon immer Freude bereitet, das Schicksal herauszufordern.
Sie sah zu ihm hinüber. Er war in ein Gespräch mit Monsieur de Vauvenart und dem Mathematiker Fallières vertieft. Kouassi Bâ, der eine Zange mit glühender Kohle in der Hand hielt, reichte ihm gerade ein Stäbchen aus gerolltem Tabak, eine Zigarre. Der Graf bevorzugte diese Art des Rauchens schon seit

langem. Er zündete das Stäbchen an der glühenden Kohle an und stieß den Rauch genußvoll aus.
»Wie damals in Toulouse«, dachte Angélique.
Es schien sich alles zu wiederholen. Sie erlebte Momente, in denen alle Hindernisse zu schwinden schienen, und andere, die ihre alte Furcht von neuem weckten. Sie konnte ihren Blick nicht von ihm abwenden. Er wirkte so ruhig, so selbstsicher, daß sich seine Zuversicht auf sie übertrug. Ihn anzusehen, gab ihr Kraft, verlieh ihr Gewißheit, daß alles gut werden würde. Durch ihren Blick angezogen, richteten sich die dunklen Augen des Grafen auf sie. Sie leuchteten zärtlich, als wolle er ihr zu verstehen geben, daß sie nichts zu befürchten habe, da er ja bei ihr sei. Vor einem Jahr um dieselbe Zeit hatten sie sich in die Wälder der Neuen Welt geschlagen, unbekannte, schreckliche Gefahren vor sich. Gemeinsam hatten sie der Feindseligkeit der Kanadier, der mörderischen Kälte und dem Hunger getrotzt. Heute fuhren sie auf bewaffneten, prächtigen Schiffen, beladen mit Vorräten, um ihre Rückreise nach Nordamerika zu sichern. Ihre Freunde, Joffrey treu ergeben, begleiteten sie. Grenzte das nicht an ein Wunder? Bewies es nicht wieder einmal seine hervorragenden Fähigkeiten? Mit ihm zusammen entwickelten sich die Dinge nie so, wie man erwartete. Er war immer noch ein großartiger Kämpfer.
Tausenderlei Gefahren hatten sie im Laufe des Jahres zu überstehen gehabt. Man hatte ihre Niederlage verkündet, ihren Tod vorausgesehen. Man hatte sie für immer geschlagen geglaubt. Aber sie hatten alle Widerstände überwunden, hatten gesiegt und fuhren nun reich und mächtig nach Québec...

Sechstes Kapitel

Fröhliches Kinderlachen unterbrach die Unterhaltung. Angélique gewahrte ihre kleine Tochter Honorine. Von ihrem Freund Cherubin gefolgt, kam sie angerannt. Sie jagten die Katze, die sich einen Spaß daraus machte, den beiden zu entwischen, so-

bald sie sich ihr näherten. Sie sprang auf ein aufgerolltes Tau an der Reling, von dort auf das Rettungsboot, das vor der Brücke befestigt war, und verschwand urplötzlich, um sofort wiederaufzutauchen. Die Kinder waren völlig außer Atem.
»Du bringst uns noch um«, rief Honorine der Katze zu.
Cherubin war kleiner als das ungestüme kleine Fräulein, obwohl sie im gleichen Alter waren: Beide waren fünf Jahre alt. Er war der natürliche Sohn des Marquis de Ville d'Avray und Marcelline-la-Belle, der berühmten Pionierin der Französischen Bucht, einer Indianerin aus Akadien, temperamentvoll und mutig, listenreich wie niemand sonst.
Sie hatte Cherubin, den jüngsten ihrer Söhne (die alle verschiedene Väter hatten), nur mitfahren lassen, weil sich Angélique seiner annahm und weil ihre zwanzigjährige Tochter Yolande auf ihn aufpassen konnte. Die Tatsache, daß sein Vater ihn wie einen Prinzen erziehen wollte, verdrehte ihr nicht den Kopf. Warum sollte der Lausejunge nicht mit nach Québec fahren, um dort mit den Leuten der *Gouldsboro* den Winter zu verbringen? Sie wollte ihm diesen Spaß nicht verderben. Später würde man weitersehen.
In diesem Augenblick tauchte Yolande hinter den Kindern auf und mit ihr der Soldat Adhémar und Niels Abbial, ein Waisenjunge aus dem Sudan, den der Jesuit Louis-Paul Maraicher de Vernon im New Yorker Hafenviertel aufgelesen hatte. Für sie, die sich in der Obhut Angéliques und Joffreys befanden, hatte diese Reise die unterschiedlichste Bedeutung. – Yolande, die bisher nur Handelsposten, hölzerne Forts, halbzerfallene Kapellen und die Wildnis gekannt hatte, würde zum erstenmal in ihrem Leben eine wirkliche Stadt sehen, eine Stadt mit vielen Kirchen und einem Schloß. Adhémar riskierte mit dieser Reise, als Deserteur behandelt zu werden.
Was Cherubin betraf, so erwog der Marquis gerade bei seinem Anblick die Reaktion der wohlanständigen Stadt Québec auf sein Erscheinen. Er war im Augenblick gar nicht so sehr erpicht darauf, ihn öffentlich vorzustellen. Es waren schon genügend Gerüchte im Umlauf. Er konnte nur auf die starke Ähnlichkeit zwischen ihm und dem Jungen bauen, um seinen Mitbürgern

allmählich die Augen zu öffnen. Er betrachtete den Jungen mitleidig, während er an die ablehnende Haltung der Leute dachte. Aber sein geradezu sträflicher Optimismus verleitete ihn dazu, schon im nächsten Augenblick wieder hochtrabende Pläne zu schmieden: Eines Tages würde Cherubin Page am Hofe des Königs sein.

Insgesamt war das Leben auf dem Schiff für die meisten Passagiere angenehm.
Die Katze erblickte Angélique und lief sofort zu ihr. Das Tier empfand besondere Zuneigung für sie. Zu Anfang dieses Sommers hatte Angélique das herumstreunende Kätzchen, das in miserablem Zustand war, in Gouldsboro gefunden, und sie hatten seither die erstaunlichsten Abenteuer miteinander erlebt. Als Honorine sah, wie sich die Katze in Angéliques Schoß kuschelte, streckte sie ihre Ärmchen aus und umschlang eifersüchtig den Hals ihrer Mutter.
»Die Katze mag Euch viel lieber, Mama«, sagte sie betrübt.
Seit die Familie wieder vereint war, hatte sie begonnen, zu ihren Eltern »Ihr« zu sagen. Sei es, um damit zu beweisen, daß sie kein kleines Kind mehr war, oder um ihren Mißmut zum Ausdruck zu bringen, daß man sie so lange in Wapassou alleingelassen hatte.
»Aber nein, Liebling, sie amüsiert sich viel mehr mit dir als mit mir. Aber sie hat nicht vergessen, daß ich sie gepflegt habe. Sie ist ein dankbares Geschöpf.«
Angélique erzählte ihr, wie schlimm das Tier verletzt gewesen war und daß sie damals gleich daran gedacht hatte, daß sich die Kinder über den neuen Spielgefährten gewiß freuen würden.
Honorine hörte aufmerksam zu und beobachtete dabei ihre Rivalin, die Katze, die sie mit halbgeschlossenen Augen ansah. Das Mädchen schmiegte sich zärtlich an ihre Mutter, und Angélique nahm sie liebkosend in die Arme. Liebevoll betrachtete sie dieses Gesichtchen, das von wunderschönem, kupferfarbenem Haar eingerahmt war, und streichelte es voller Stolz. Ihre Tochter war wirklich wunderhübsch. Sie hatte in ihrer Haltung etwas von einer Prinzessin. Ihre Haut war nicht etwa sommer-

sprossig, wie man der Haarfarbe wegen hätte vermuten können, sondern goldbraun wie die der Mutter. Das hervorstechendste in ihrem ovalen Gesicht mit den feinen Zügen waren zweifellos ihre klaren dunklen Augen, die zugleich unerschrocken und tiefgründig blicken konnten und die zuweilen eine gewisse Strenge ausdrückten. Sie war schon jetzt eine kleine Persönlichkeit.
»Werden sie dich in Québec gut aufnehmen?« fragte sich Angélique. »Du bist eine Französin, im Poitou geboren, von den Händen der Melusine zur Welt gebracht, die im Rufe stand, eine Hexe zu sein.«
Die Stimme ihrer Tochter riß sie aus ihren Träumen.
»Magst du diesen Kuchen nicht?« fragte das Mädchen, das ihre Mutter mit Interesse beobachtete.
Jetzt erst fiel Angélique auf, daß sie ein Petit Four in der Hand hielt. Sie hatte unbewußt ein Stück abgebissen und betrachtete es nun mit kritischem Blick. Zweifellos hatte sie sich, während sie träumte, den Anschein gegeben, dem Gespräch ihrer Gäste zu folgen.
Ein Schatten löste sich von der Reeling, und ein Mann kam eiligen Schrittes auf Joffrey zu. Obwohl er mit gedämpfter Stimme sprach, konnte Angélique seine Worte verstehen:
»Ein Schiff verfolgt uns, Monseigneur.«

Siebentes Kapitel

Es war der Lotse Esprit Ganemont, den sie in der Baie des Chaleurs an Bord genommen hatten. Familienangelegenheiten hatten ihn an die Ostküste von Akadien verschlagen; nun wollte er nach Kanada zurück und sich nebenbei ein wenig Geld verdienen. Deshalb stellte er seine Kenntnis des St.-Lorenz-Stroms in den Dienst vorüberfahrender Schiffe. Mehrere Akadier, die sich an Bord befanden, hatten sich für seine Loyalität verbürgt, und Joffrey de Peyrac hatte ihm eine großzügige Summe bezahlt, um sich darüber hinaus noch die Ergebenheit des Mannes zu sichern. Esprit Ganemont würde also dafür sorgen, daß die ihm anvertraute Flotte Québec unbeschadet erreiche.

Angélique war spontan aufgestanden und zog Honorine und Cherubin mit einer beschützenden Geste an sich. Ihre Gäste hatten sich ebenfalls erhoben und blickten erwartungsvoll auf Peyrac.
Dieser hatte die Neuigkeit ganz ruhig aufgenommen. Als er die Gesichter der anderen sich zugewandt sah, stand auch er auf. Er zog noch einmal bedächtig an seiner Zigarre.
Die Nacht war hereingebrochen. Klamme Kälte stieg vom Fluß herauf.
Langsam und mit sichtlichem Vergnügen stieß Peyrac eine letzte blaue Rauchwolke aus. Dann legte er den glimmenden Zigarrenstummel in eine kleine, mit Wasser gefüllte Silberschale.
»Was ist passiert?« fragte Ville d'Avray, der Ganemonts Meldung nicht verstanden hatte.
Ruhig wiederholte der Graf:
»Ein Schiff verfolgt uns.«
Automatisch wandten sich die Köpfe in die Richtung, aus der das fremde Schiff kommen mußte.
»Wollt Ihr damit sagen, daß ein weiteres Schiff hinter uns den St.-Lorenz-Strom herauffährt?« rief d'Urville ungläubig aus.
»Um diese Jahreszeit? . . . Aber das ist unmöglich!«
»Vielleicht ist es ein Kriegsschiff, das der König zur Unterstützung nach Québec schickt«, warf ein Kapitän ein.
Peyrac lächelte.
»Welche Gefahr sollte der Stadt denn drohen? Und wer hätte dort rechtzeitig von meiner Absicht, im Herbst zu kommen, erfahren können?«
»Gewisse Gedanken sind schneller als Schiffe.«
Der Graf schüttelte den Kopf.
»Der König von Frankreich gehört nicht zu denen, die sich von vagen Vermutungen beeinflussen lassen.«
In diesem Moment trat Erikson zu ihm.

»Wollt Ihr mir irgendwelche Instruktionen bezüglich dieses Schiffes geben, Monseigneur?«
»Im Augenblick nicht. Wir liegen vor Anker und können nichts Besseres tun, als bis zum Morgengrauen zu warten. Denn ohne Zweifel kann dieses Schiff genausowenig wie wir seine Fahrt in der Dunkelheit fortsetzen.«
Der Lotse erklärte, das sei mehr als unwahrscheinlich, zumal das fragliche Schiff am frühen Nachmittag ein kleines Stück hinter der Pointe aux Rats eine Havarie gehabt habe.
»Aber das liegt ja weit hinter uns«, bemerkte der eng in seinem Mantel eingemummelte Carlon. »Wie konntet Ihr davon erfahren?«
»Durch ein paar Männer, die ich in Gaspé an Land zurückgelassen habe, um alles hinter uns abzusichern. Sie haben einen indianischen Läufer geschickt, der uns die Nachricht überbrachte.«
»Könnte es sich nicht um ein Schiff aus Akadien handeln?« fragte nun Angélique.
»Das glaube ich nicht«, erwiderte Joffrey. »In diesem Fall hätte man uns unbedingt benachrichtigt. Außer unseren eigenen Schiffen, die aber den Befehl haben, entweder an der Ostküste zu bleiben oder nach Gouldsboro zurückzukehren, kann ich mir höchstens noch *ein* Schiff vorstellen, das es wagen würde, um diese Zeit den St.-Lorenz-Strom hinaufzufahren, und das ist die *Sans-Peur* des Korsaren Vanereick. Oder habe ich vielleicht nicht recht, Monsieur de Vauvenart? Ihr habt es ebenfalls vorgezogen, zu uns an Bord zu kommen, statt Euch mit Eurem Klapperkasten in dieses Abenteuer zu stürzen.«
»Ganz recht!« stimmte Vauvenart zu. Er machte sich keine Sorgen. Er wollte nach Québec, um zu versuchen, von Frontenac eine Steuerbefreiung zu erlangen und um eine Dame zu besuchen, die er zu heiraten beabsichtigte. Da er inmitten der Wälder hauste, hatte er von den Zwistigkeiten des Herrn von Gouldsboro mit der Regierung Neufrankreichs keine Ahnung. Es war also nicht einzusehen, warum er nicht die Angelegenheit nützen sollte, mit einem komfortablen Schiff zur Hauptstadt zu fahren.

»Vielleicht ist es gar ein englisches Schiff? Das sollte man zumindest in Erwägung ziehen.«
Peyrac schüttelte entschieden den Kopf.
»Nein, das glaube ich ebensowenig. Abgesehen von meinem mutigen Freund Phips, der jedoch vor kurzem nach Boston zurückkehren mußte, würde sich kein Engländer allein in französisches Gebiet vorwagen. Er würde nur Gefahr laufen, im Eis steckenzubleiben und gefangengenommen zu werden. Ich vermute vielmehr, daß es sich um ein Handelsschiff handelt, das von Le Havre oder Nantes verspätet aufgebrochen ist und durch Stürme aufgehalten wurde.«
Während Joffrey sprach, hatte er sich mit ein paar Schritten Angélique genähert. Wegen der Dunkelheit konnte sie ihn nicht deutlich sehen, aber sie spürte seinen Arm, der sich um ihre Schultern legte. Ein vertrauter Duft nach Tabak und Parfüm umgab sie, und sie schmiegte sich schutzsuchend an ihn, ohne die beiden Kinder loszulassen, die sie noch immer an sich drückte.
»Was wollt Ihr jetzt unternehmen?« fragte Carlon.
»Das habe ich Euch bereits gesagt. Wir werden bis zum Morgengrauen warten, bis uns das Schiff eingeholt hat . . .«
»Und dann?«
»Das hängt ganz davon ab, wie sie sich verhalten. Wenn man uns angreift, werden wir kämpfen. Wenn nicht . . . um so besser. Auf jeden Fall werde ich überprüfen lassen, woher es kommt, welche Personen sich an Bord befinden und welche Beute in seinem Lagerraum zu holen wäre.«
»Aber das ist die Sprache eines Piraten!« rief der Intendant indigniert aus.
»Ich bin ein Pirat, Monsieur«, erwiderte Joffrey de Peyrac mit gefährlicher Ironie, »wenigstens behauptet man das von mir.«
Angélique ahnte, daß er bei diesen Worten lächelte.
»Und außerdem bin ich ein Hexenmeister«, fuhr er fort, »der vor siebzehn Jahren auf der Place de Grève in Paris bei lebendigem Leibe verbrannt wurde.«
Plötzlich wurde es totenstill. Ville d'Avray brach das drückende

Schweigen, indem er sich bemühte, die Sache von der lustigen Seite zu nehmen.
»Dafür seht Ihr aber noch ganz lebendig aus.« Er lachte schallend.
»Dank meiner magischen Kräfte konnte ich mich natürlich retten ... Aber jetzt im Ernst, meine Herren, der König von Frankreich – mein Dank sei ihm gewiß – hat das Urteil inzwischen aufgehoben. Der Comte de Peyrac de Morens d'Irristru, Seigneur de Toulouse, wurde nur symbolisch verbrannt. Heute kehrt er zurück.«
Diesmal hielt das Schweigen länger an. Man vergaß darüber sogar das fremde Schiff.
»Und ... der König hat Euch begnadigt?« fragte Carlon schließlich.
»Ja und nein ... eher vergessen. Und das ist mit ein Grund, warum ich mich heute in seine kanadische Hochburg begebe. Ich möchte mich wieder in Erinnerung bringen, möchte um sein Wohlwollen ersuchen. Es ist höchste Zeit. Ich bin dieser Verurteilung wegen viele Jahre in der Welt umhergeirrt.«
Matrosen näherten sich mit brennenden Fackeln. Da und dort zündeten sie Laternen an. Mit einem Male war die Szene erleuchtet, die Gesichter waren nicht mehr im Dunkeln verborgen.
Ville d'Avray jubilierte. Die Sache wurde interessant. Carlon war bleich geworden. Er hatte sich in ein Wespennest gesetzt. Es war schlimmer, als er geglaubt hatte. Peyracs alte Freunde Erikson und d'Urville zeigten keinerlei Erstaunen. Sie hatten zwar nicht mit solchen Enthüllungen gerechnet, aber bei ihrem Herrn mußte man auf alles gefaßt sein. Sie wußten vor allem, daß er nichts tat, ohne sich der Tragweite seiner Handlungen bewußt zu sein.
Diejenigen, die noch nicht lange in seinem Dienst standen, wie Barssempuy und Vanneau, bemühten sich ebenfalls, nach außenhin Gleichgültigkeit zu zeigen. Sie waren alle Abenteurer und wußten, daß jeder von ihnen ein dunkles Geheimnis verbarg und daß es nur von ihnen abhing, es zu enthüllen oder bis an ihr Lebensende zu bewahren. Heute abend hatte sich ihr

Herr entschieden zu sprechen. Das war seine Angelegenheit. Angélique war über alle Maßen beunruhigt. Sie spürte den Bann des Königs drohend über ihnen, und dennoch stellte sich Joffrey einfach hin und rief:
»Sire! Hier bin ich wieder! Der Seigneur von Toulouse, den Ihr vor langer Zeit verurteilt habt, weil er Eure Größe überschattete!«
War eine solche Provokation nicht wahnsinnig?

Der Intendant Carlon machte sich zum Echo ihrer Gedanken:
»Ihr scheint den Verstand verloren zu haben. Ein solches Geständnis vor uns abzulegen! Wie unvorsichtig! Der König von Frankreich repräsentiert eine kolossale Macht, und Ihr spottet über ihn!«
»Ihr tut mir unrecht. Sollte ich irgend etwas gesagt haben, was Seiner Majestät nicht schon längst bekannt wäre? Ich bin ziemlich sicher, daß er Auskünfte über uns eingeholt hat. In den drei Jahren seit meiner Ankunft in Nordamerika habe ich meinen wahren Namen nicht verheimlicht, wodurch es ein Leichtes war, in Paris Erkundigungen über mich einzuziehen. Ich habe ihnen Zeit gegeben, sich an diesen vor langer Zeit verbannten Vasallen zu erinnern. Ich verkörpere heute eine gewisse Macht. Die Jahre sind vergangen. Der König befindet sich auf dem Höhepunkt seines Ruhms, und er kann die heutige Situation deshalb mit mehr Nachsicht behandeln.«
»Welche Kühnheit trotzdem! Man sollte es nicht für möglich halten!« rief Carlon.
»Ich glaube kaum, daß sie ihm mißfallen würde.«
»Ihr seid und bleibt ein Hasardeur!«
»Und Ihr, Herr Intendant? Seid Ihr etwa kein Heuchler? Solltet Ihr nicht schon davon gewußt haben? Die Behörden von Québec sind doch bestimmt auf dem laufenden. In Berichten an Monsieur de Frontenac wurden derartige Dinge sicherlich erwähnt. Ich sage Euch also gewiß nichts Neues.«
Der Intendant stieß einen tiefen Seufzer aus:
»Natürlich waren Gerüchte im Umlauf, aber was mich betrifft, muß ich gestehen, daß ich ihnen nie viel Bedeutung beigemes-

sen habe. Man behauptete auch . . . nun ja, daß Eure Gattin die Dämonin von Akadien sei, was ich einfach lächerlich fand. Ich sah in diesen Schwätzereien nur einen Auswuchs der üppig wuchernden Phantasie des Volkes. Es kommt mich hart an, diese Anklagen aus Eurem Mund bestätigt zu hören.«
»Ihr hattet also nicht persönlich Gelegenheit, diese Berichte zu lesen, Monsieur Carlon?«
»Nein, unser Gouverneur, Monsieur de Frontenac, hält sie streng geheim. Ich weiß nicht einmal, ob er sie Monsieur Laval gezeigt hat. Auf keinen Fall aber den Jesuiten.«
»Man kann sich also wirklich auf ihn verlassen«, rief Peyrac erfreut. »Von einem *Bruder meines Landes* habe ich auch nichts anderes erwartet. Ich bin gespannt, was die Zukunft bringen wird. Meine Herren, es ist unnötig, sich aufzuregen. Ich gehe nach Québec, um die Mißverständnisse aus dem Weg zu räumen. Ich weiß nicht, wie viele Jahre mir noch auf der Erde bleiben werden. Aber ich möchte sie genießen, in Frieden mit meinen Landsleuten, von denen jeder einzelne für das Wohl des französischen Volkes arbeitet. Sind wir nicht wenigstens in diesem wichtigen Punkt einer Meinung, Messieurs?«
Ville d'Avray stimmte leidenschaftlich zu:
»Ob Ihr nun Pirat oder Hexenmeister oder beides seid . . . für mich zählt nur das eine, wie ich zugeben muß, nämlich daß Ihr der reichste Mann Nordamerikas seid. Und es ist ganz offensichtlich, daß wir nur Vorteile haben werden, wenn wir uns auf Eure Seite schlagen. Nicht wahr, mein lieber Carlon? . . . Also trinken wir auf den Erfolg unserer Unternehmungen, welcher Art sie auch sein mögen. Dieser Wein ist wirklich exzellent. Ein bißchen zu schwer zum Fleisch, aber zu dieser Pâtisserie ist er ein Genuß. Es ist ein spanischer Wein, nicht wahr, mein lieber Graf?«
»Ganz recht. Vanereick hat ihn mir aus Neumexiko mitgebracht. Ich hatte ihn beauftragt, einige französische Spitzenweine, Burgunder oder Bordeaux, ausfindig zu machen, aber . . . die Gelegenheit hat sich nicht ergeben. Schade, denn ich habe nur noch zwei Fässer, die aber für Monsieur Frontenac reserviert sind. Ich weiß, daß er häufig Gesellschaften gibt und

es sehr bedauert, keine französischen Weine anbieten zu können. Er ist ein ausgesprochener Gourmet.«
»Wir alle sind Feinschmecker. Das ist ein französisches Laster, und an Bord Eures Schiffes werden wir es uns bestimmt nicht abgewöhnen. Also laßt uns anstoßen! ... Kommen Sie, Carlon, lachen Sie! Das Leben ist so schön!«
Kouassi Bâ füllte von neuem die Gläser.

Achtes Kapitel

Honorine lag zugedeckt in ihrem Bettchen, neben sich die Katze und ihr Schatzkästchen. Man hatte im Zwischendeck eine Kabine für die beiden Kinder und die Tochter Marcellines hergerichtet. Sie war sehr geräumig, gut durchlüftet und mit bequemen Matratzen, Kissen und Fellen ausgelegt. Sie lebten dort wie kleine Prinzen. Vorhänge, die tagsüber zur Seite geschoben wurden, trennten sie von den Räumen, in denen die Mädchen des Königs unter der Obhut Delphine du Rosoys untergebracht waren. Die beiden Geistlichen, die Monsieur de Vauvenart und Monsieur de Grand-Rivière mitgebracht hatten, schliefen mit Monsieur Quentin, dem Prediger, am anderen Ende des Raums. Adhémar hatte sein Lager in einer dunklen Ecke bei den Heizkesseln. Das war für den armen Kerl schon ein beträchtlicher Luxus, da er seit seiner Gefangennahme durch die Engländer in den ärmlichsten Verhältnissen gelebt hatte. Er brachte zur Zeit Cherubin das Flötenspielen bei.
Im Augenblick beobachtete er verstohlen Yolande, die damit beschäftigt war, ihr dichtes Haar zu bändigen, das sie tagsüber bedauerlicherweise unter einer weißen Haube versteckte.
Die Mädchen des Königs knieten auf dem Boden und beteten ihren Rosenkranz. Dann bekreuzigten sie sich, standen auf und gingen zu Bett. Honorine musterte ihre Schätze: Muscheln, Steine, getrocknete Blumen, eine goldene Kinderklapper, die noch aus ihrer Babyzeit stammte, und einen Ring, den ihr Joffrey geschenkt hatte ...

»Ich werde ihnen alles zeigen, wenn ich erst in Québec bin, aber nur denen, die nett zu mir sind.«

Angélique schloß aus dieser Äußerung, daß die pessimistischen Überlegungen Carlons das kindliche Urteilsvermögen ihrer Tochter geweckt haben mußten.

»Die anderen werde ich töten«, fuhr Honorine heldenhaft fort.

Angélique mußte ein Lächeln unterdrücken. Sie hatte schon lange keine so schwerwiegende Erklärung mehr aus dem Munde ihres Kindes vernommen.

Die Reise nach Québec schien in ihr Erinnerungen an die Zeit zu wecken, als sie als ganz kleines Kind in La Rochelle um sich herum geheimnisvolle Gefahren gespürt hatte. Damals hatte sie die Angewohnheit gehabt, einen Stock in die Hand zu nehmen und auf die Person, die sie ängstigte, mit den Worten »Ich will dich töten . . .« zuzustürzen.

Während Honorine ihre Schätze in die Schatulle zurücklegte, streichelte Angélique ihre kleine, runde Wange. Doch die Kleine zog verärgert ihren Kopf zurück. Es gab Momente, in denen sie Zärtlichkeitsbezeugungen störten.

»Ich hatte auch einmal solch ein Schatzkästchen«, gestand ihr Angélique.

»Wirklich?« Honorine schien interessiert. Sie hatte das Kästchen neben sich gestellt und schlüpfte unter ihre Decke, um es sich zum Schlafen bequem zu machen. »Und was war drin?«

»Ich erinnere mich nicht mehr ganz genau . . . Da war ein Gänsekiel . . . die Feder eines Dichters aus Paris . . . und dann noch ein Messer, ein ägyptischer Dolch . . .«

»Ich habe kein Messer«, seufzte Honorine – fast fielen ihr schon die Augen zu –, »ich muß unbedingt eins haben. Monsieur d'Arreboust hat es mir versprochen . . . Wo ist dein Kästchen jetzt?« – »Ich weiß es nicht.«

Honorines Augenlider wurden schwer. Es machte ihr bereits Mühe zu fragen: »Und . . . wo ist der Dichter?«

Als Angélique ihrem schlafenden Töchterchen einen Gutenachtkuß gegeben hatte und sich eben anschickte zu gehen, hörte sie ein leises Flüstern. Es war Yolande:

»Madame, benötigt Ihr meine Dienste? Ich kann Euch beim Auskleiden behilflich sein. Meine Mutter hat mir aufgetragen, Euch jeden Wunsch von den Lippen abzulesen.«
»Du hast genug zu tun mit diesen beiden Teufelchen.«
»Das macht mir überhaupt nichts aus. Ich bin an Kinder und an Arbeit gewöhnt. Auf diesem Schiff kann ich mich fast auf die faule Haut legen. Hoffentlich befürchtet Ihr nicht, daß ich mich mit den Raffinessen der schönen Damen nicht auskennen könnte. Es ist vielleicht ein bißchen ungewohnt am Anfang, aber ich werde mich schnell damit vertraut machen. Ich kann mit meinen Fingern recht geschickt umgehen, obwohl ich selbst nicht gerade allzu hübsch bin.«
»Wie kann man nur so etwas behaupten«, protestierte Angélique lachend.
Sie liebte dieses brave, rundliche Mädchen, das ihr treu ergeben war. Yolande hatte es erst vor kurzem bewiesen.
»Mach dir um meine Bequemlichkeit keine Sorgen, Yolande. Es ist mir lieber, du paßt auf die Kinder auf, als daß du meine Kammerzofe spielst.«
»Dann nehmt eins von meinen Mädchen«, mischte sich Delphine du Rosoy ein. »Henriette zum Beispiel. Sie hat lange Zeit bei einer großen Dame gedient und ist auf diesem Gebiet unübertrefflich. Sie hat auch Madame de Maudribourg immer beim Ankleiden geholfen.«
»Nein, nein!« wehrte Angélique lebhaft ab.
»Und wie wäre es mit mir?« fragte Delphine schüchtern. »Ich bin an solche Tätigkeiten gewöhnt, und es wäre mir eine Ehre, Madame zu dienen.«
»Wirklich nicht!« wiederholte Angélique, denn allein die Erwähnung des Namens Madame de Maudribourgs hatte genügt, sie erschauern zu lassen. »Sie sind sehr liebenswürdig, alle beide, aber für den Augenblick komme ich ganz gut allein zurecht. Später in Québec werden wir weitersehen. Und nun gute Nacht, ich möchte mich zurückziehen.«

Enrico Enzi wartete mit der Laterne auf sie. Er führte sie über das dunkle Deck. Tiefe Nacht war hereingebrochen.

»Auch ich hatte einmal ein Schatzkästchen«, erinnerte sich Angélique, während sie ihm gedankenverloren folgte. »Wo habe ich es nur gelassen?« Sie versuchte sich an die Gegenstände zu erinnern, die sie darin aufbewahrt hatte. Es waren Erinnerungen an ihr Leben in Frankreich, in Paris, damals, als sie in die Schatten der Unterwelt hatte hinabtauchen müssen: die Feder des Dichters Claude le Petit, des Pamphletschreibers, ihres einstigen Liebhabers, der gehenkt worden war, und der Dolch Rodogones, des Ägypters ... ein langer, spitzer Dolch, mit dem sie den großen Coesre, den König der Rotwelschen, ermordet hatte ... Fröstelnd zog sie ihren Mantel fester um sich zusammen. Feiner Nieselregen fiel vom Himmel, das Mondlicht schimmerte durch die neblige Nacht.
Joffrey stand auf der Brücke. Sein Anblick verursachte ihr Herzklopfen. In der Dunkelheit sah er noch großartiger, noch ungewöhnlicher aus. Machte er sich Sorgen wegen des fremden Schiffs? Befürchtete er einen Kampf?
»Könnte das Schiff, das uns folgt, feindliche Absichten haben? Weißt du irgend etwas?« fragte sie Enrico.
Der Malteser schüttelte den Kopf.
»Überhaupt nichts ... Monseigneur ist überzeugt, daß es sich um ein Schiff handelt, das durch eine Havarie aufgehalten wurde. Wir können nichts anderes tun als warten. Auf alle Fälle sind wir in der Übermacht.«
Er wies auf die im Nebel unsichtbaren Schiffe, deren Gegenwart nur durch das Echo einiger Stimmen und das Licht der Schiffslaternen wahrnehmbar war.
»Monseigneur hat die Wachtposten verdoppeln lassen und den Kommandanten befohlen, während der Nacht auf Alarmposten zu bleiben. Ein paar Männer sind an Land gegangen und überwachen das Ufer.«
Nachdem sie die Treppen zur dritten Brücke erklommen hatten, blieben sie vor dem Eingang zum Salon stehen. Aus Ebenholz geschnitzte Figuren, zwei Mauren mit achatweißen Augen, die kunstvolle goldene Leuchter trugen, rahmten die Tür auf beiden Seiten ein. Alles war von zwei großen venezianischen Kristalllampen hell erleuchtet.

»Madame la Comtesse können unbesorgt zu Bett gehen«, fügte Enrico hinzu, indem er sich von ihr verabschiedete. »Es ist nicht das erste Mal, daß wir wegen eines fremden Schiffs in Alarmbereitschaft sind. Wir sind daran gewöhnt, uns zu verteidigen.«
Angélique dankte ihm lächelnd: »Es macht dir Freude, wieder zur See zu fahren, nicht wahr, Enrico? Du ziehst es dem Landleben in Wapassou vor.«
Der Malteser antwortete mit südländischem Charme:
»Ich bin überall glücklich, wenn ich mich in Gesellschaft des Grafen und der Gräfin Peyrac befinde.«
»Du verstehst es, Komplimente zu drechseln, Enrico. Ich sehe schon, du wirst vielen Töchtern dieses Landes den Kopf verdrehen.«
Enrico Enzi lachte fröhlich und entfernte sich zufrieden.

Angélique war eben dabei, den Salon zu betreten, als sie sich beobachtet fühlte und sich automatisch umdrehte. Sie sah Joffrey, der sich über die Balustrade beugte. Der Mond lugte zwischen den Wolken hervor, aber sie konnte seinen Gesichtsausdruck nicht erkennen.
»Ich habe Euch lachen hören, Madame. Mit wem habt Ihr Euch so charmant unterhalten?«
»Mit Enrico, unserem Malteser. Er hat mich beruhigt.«
»Und weshalb hattet Ihr solche Beruhigung nötig, meine Dame? Etwa wegen dieses Schiffs? Es ist in Seenot. Sie haben genug damit zu tun, sich flott zu halten. Da bleibt ihnen gar keine Zeit, sich mit uns zu beschäftigen.« Sekunden später fügte er hinzu: »Im geeigneten Moment werde ich mich sogar selbst um sie kümmern.«
Sie antwortete nicht, das Gesicht zu ihm erhoben, den Mantel eng um sich geschlungen. Er hatte ihr vorhin Angst eingeflößt, als er vor versammelter Mannschaft seine Vergangenheit ausgebreitet hatte. Es wäre ihr lieber gewesen, wenn alles geheim geblieben wäre. Sie fürchtete, daß dieser düsterste Teil ihres Lebens allzu sichtbar ans Licht kommen könnte: die endlosen Monate, in denen sie sich, von allen verlassen, in der Unterwelt

von Paris verborgen und nur mit Hilfe der Bettler und Banditen des Hofs der Wunder über Wasser gehalten hatte.
Sie konnte sich ganz genau daran erinnern: Die Luft über der Seine hatte einen üblen Geruch wie nach Scheiterhaufen, und man war sich stets bewußt gewesen, daß der König, wie weit Versailles auch entfernt war, auch hier sein strenges Regiment ausübte. Jetzt waren sie im Begriff, seiner Allmacht die Stirn zu bieten. Sie vernahm Joffreys geliebte Stimme. Sie klang sanft und zärtlich:
»Ihr werdet Euch erkälten, Chérie. Schnell, geht hinein und wärmt Euch auf. Ich werde bald zu Euch kommen.«
Ein Ofen verbreitete angenehme Wärme im Salon. Ganz hinten enthüllte ein Alkoven, dessen Brokatvorhänge hochgezogen waren, ein großes, bequemes Bett. Eine kostbare Spitzendecke war darübergebreitet.
Der Raum war komfortabel eingerichtet. Eine Vielzahl wertvoller Gegenstände schmückte ihn. Durch die großen Fenster des Achterdecks fiel mattes Licht, das die Bronze- und Goldbeschläge der Möbel und die kostbaren Einbände der in einem Palisanderschrank aufgereihten Bücher leuchten ließ. Jedesmal empfand Angélique hier Wohlbehagen und Sicherheit.
Sie warf ihren Mantel über einen Sessel und begann sich zu entkleiden. Bald wurde ihr klar, daß Yolande und Delphine recht hatten. Bei diesen luxuriösen Kleidern brauchte man tatsächlich Hilfe. Es sei denn, man besaß die Geschmeidigkeit einer Schlange, um die zahllosen Haken erreichen zu können, und die Geduld einer Biene, um sie alle, einen nach dem anderen, zu öffnen. Müde wie sie an diesem Abend war, kapitulierte sie vor diesem Unternehmen. Sie setzte sich auf den Rand des Bettes und ließ die Lyoner Seidenstrümpfe an ihren Beinen hinuntergleiten. Es widerstrebte ihr, die Hilfe der beiden Mädchen anzunehmen, aber sie mußte es wohl oder übel doch tun.
Kurz nach ihrer ersten Heirat hatte sie Margot als Zofe gehabt, und später als Madame de Plessis-Bélliére, als sie am Hofe des Königs aus und ein ging, hatte ihr Javotte geholfen. Javotte, die den Schokoladenfabrikanten David Chaillon geheiratet hatte. Dieses verrückte Frauenzimmer hatte sie mit ihrer Unbeson-

nenheit viel Zeit gekostet, aber sie war dennoch eine unerläßliche Hilfe gewesen. Vor allem, wenn man so angezogen sein wollte, daß man unter den Kronleuchtern von Versailles alle Rivalinnen ausstechen konnte. In Québec würde es nicht viel anders werden. Wie schade, daß sie Elvire oder Madame Jonas nicht hatte mitnehmen können. Von ihnen brauchte sie keine Indiskretionen zu befürchten. Aber leider gehörten beide der reformierten Kirche an, und die Anhänger dieser Glaubensgemeinschaft waren in diesem Land Freiwild.
Angélique gelang es, unter Verrenkungen ein paar Häkchen auf dem Rücken zu lösen. Dann widmete sie sich der Aufgabe, die Nadeln des Brustlatzes, der mit Perlen bestickt war, herauszuziehen. Sie löste ihr blütenweißes Satinmieder und konnte endlich Brust und Arme befreien. Sie stieß einen Seufzer der Erleichterung aus. Sie mußte sich erst wieder an das Korsett gewöhnen. Wie gern würde sie wieder raffinierte Kleider tragen, aber sie konnte nicht ohne fremde Hilfe zurechtkommen. Unzählige Male hatte ihr Joffrey beim Ankleiden geholfen, wobei er außerordentliches Talent entwickelt hatte, aber sie wollte ihn nicht immer um solche Dienste bitten. Sie mußte dringend jemanden finden. Doch sie würde dabei unweigerlich Gefahr laufen, etwas enthüllen zu müssen, was nie mehr ausgelöscht werden konnte. Sie ließ ihre Hand über ihre nackten Schultern gleiten, die glatt und warm waren, und versuchte, mit den Fingern das Zeichen der Schande zu ertasten: die bourbonische Lilie, die der Scharfrichter des Königs ihr damals mit einem glühenden Eisen eingebrannt hatte.
Die Narbe war immer noch da. Nie mehr würde sie dekolletierte Kleider tragen können wie einst in Versailles, als der Blick des Königs ihr begehrlich gefolgt war. Kleider, die ihre Schultern und ihren Rücken enthüllten und die sanfte Wölbung ihrer Hüften erraten ließen.
Die Vergangenheit, die sie überwunden zu haben glaubte, stellte sie nun vor unzählige Schwierigkeiten. Hatte sich Joffrey wirklich gründlich überlegt, welche Konsequenzen diese Reise haben konnte? Denn sie bedeutete die Rückkehr in ihr Vaterland, aus dem sie für immer verbannt worden waren.

Neuntes Kapitel

Québec, mitten im Herzen des amerikanischen Kontinents, eine verborgene, schillernde Perle ...
Im Verlauf seiner kurzen Geschichte war es einige Male in die Hände der Feinde gefallen und wiedererobert worden ...
Für wen? Und weshalb?
Québec hatte keinerlei Bedeutung. Es lag dort, versteckt in undurchdringlichen Wäldern, und mehr als sieben Monate des Jahres war es durch das Eis von der übrigen Welt abgeschnitten.

Angélique begriff plötzlich, daß sie um nichts auf der Welt darauf verzichten würde, dorthin zu fahren.
Wie auch immer, sie würden allen Schwierigkeiten trotzen: den Kugeln und der Feindseligkeit des Volkes. Sie freute sich auf einmal unbändig darauf, den Winter in dieser französischen Stadt zu verbringen, in der das Leben pulsierte. Sie würde auf Bälle gehen und an Prozessionen teilnehmen. Sie würde Nachbarn und Freunde haben, die sie zu Kaffee und Schokolade einladen könnte. Und sie würde mit Ville d'Avray einige Abende vor dem Kachelofen verbringen müssen, das war leider unumgänglich. Honorine würde bei den frommen Schwestern Lesen und Schreiben lernen. Sie selbst würde endlich wieder Zeit finden, sich neuen Werken aus Frankreich zu widmen. Seit Jahren wußte sie nicht mehr Bescheid, worüber man sich in der guten Gesellschaft unterhielt. Sie würde sich mit allerlei Flitterkram ausstatten und vor allen Dingen wieder in fashionablen Boutiquen einkaufen können, wo man die vornehme Welt antreffen würde. Man würde auf dem gefrorenen St.-Lorenz-Strom Schlittschuh laufen. Sie würde das Weihnachtsfest in der Kathedrale, den Dreikönigsempfang beim Gouverneur und nicht zuletzt den Karneval miterleben, bei dem sich unter der Tarnung der Masken die schönsten Skandale abzuspielen pflegten. Ville d'Avray hatte ihr versprochen, sie über alle Liebesaffären auf dem laufenden zu halten.
Angeregt durch diese Visionen, gelang es Angélique, sich lang-

sam von Wapassou zu lösen. Sie hatte genug von der Einöde, der Angst und dem hinter den Bäumen lauernden Tod.
Vor einem Jahr hatte Joffrey sie im Fort von Katarunk, das in die Hände der Kanadier gefallen war, in seine starken Arme genommen und ihr geschworen:
»Wenn wir jemals lebend hier herauskommen, garantiere ich Euch, daß wir eines Tages mächtiger sein werden als sie alle...«
Er hatte sein Versprechen gehalten. Kaum ein Jahr war seither vergangen, und sie hatten Gold und Silber im Überfluß, zahlreiche Niederlassungen entlang der Flüsse, Minen in den Bergen und handelskräftige Häfen am Atlantik. Sie hatten Bündnisse mit den einflußreichsten Indianerstämmen geschlossen, und seit neuestem machte Joffrey de Peyrac auch an der Ostküste Akadiens seinen Einfluß geltend. Er hatte das gesamte Territorium des alten Nicolas Parys dazugewonnen, das mit seinen Fischgründen erheblichen Gewinn einbrachte, weil dort das *grüne Gold*, der Kabeljau, in Mengen gefangen wurde.
Sie hatten überlebt. Aber sie konnte das Unglück, das sie vorher erlitten hatten, trotz allem nicht vergessen.
Sie hätten hundertmal sterben können: durch die Hand der Kanadier, durch die Pfeile der Irokesen und an den Folgen des harten Winters. Die Hafengebäude von Katarunk waren abgebrannt, und sie hatten sich ohne Obdach in einer entlegenen, öden Gegend durchschlagen müssen. Sie wären auch unweigerlich ums Leben gekommen, wenn nicht gegen Ende des Winters die Irokesen wie durch ein Wunder wiederaufgetaucht wären und ihnen Lebensmittel aus ihren Gebieten mitgebracht hätten. Sie hatten zu dieser Zeit im Fort von Wapassou nur noch Proviant für zwei Tage gehabt.
Mit Grauen dachte sie an diese Tage zurück, als Honorine neben ihr dahinvegetierte, totenbleich, mit geschwollenem Zahnfleisch, während viele andere Pioniere der Neuen Welt in der Einsamkeit den Tod fanden.
Nein, sie könnte so etwas nicht noch einmal durchmachen. Sie hätte nicht mehr die Kraft, unter den Ärmsten der Armen zu leben wie damals am oberen Kennebec. Sie wollte sich nicht

mehr die Finger wundreiben, um ein Feuer anzuzünden, sich die Fingernägel beim Scheuern von Kochtöpfen abbrechen und sich das Rückgrat beim Holzschleppen ausrenken.
Sie wollte lachen und tanzen, wieder zu neuem Leben erwachen und ein wenig zu sich selbst finden.
Angélique, einst gefeierte Schönheit am Hof von Versailles, Comtesse de Peyrac, vom König geliebt – sie wollte als Dame vom Silbersee, wie man sie neuerdings nannte, Aufsehen erregen.
Sie mußte vor allem gegen die Schatten der Vergangenheit ankämpfen: Phantome, die unerwartet aus dem Nichts auftauchten und sich ebensoschnell wieder verflüchtigten. Längst vergessene Gesichter erschienen ihr und riefen ihr zu:
»Angélique! Angélique! Wo bist du? Was ist aus dir geworden? . . . Wir haben dich nicht vergessen!«
Es schien ihr, als hätten sie Québec als Schlupfwinkel gewählt. Das erklärte auch die Stimmungsschwankungen, denen sie ständig unterworfen war. Manchmal war sie ganz Vorfreude auf kommende Feste und Vergnügungen, ein anderes Mal wollte sie lieber umkehren.
Aber hatte sie überhaupt noch die Wahl? Das Schicksal trieb sie vorwärts.
Seit Gaspé fuhr die Flotte des Grafen Peyrac mit geblähten Segeln unaufhörlich auf Québec zu. Es war stürmisch, und das Wasser schlug mächtige Wellen auf dem breiten Fluß. Der Nebel verbarg das weit entfernte Ufer vor ihren Blicken. Der Herbst des Nordens, ein unerbittlicher Gefängniswärter, brachte Eis und Schneestürme und verschloß ihnen den Rückweg. Es war unmöglich umzukehren. Sie mußten weiter in die einsame, geheimnisvolle Landschaft vordringen. In eine Wüste aus Wasser und Wäldern, die sich wie schwarze Girlanden am Horizont entlangzogen. Dann schließlich, wenn man sich schon verloren glaubte, entdeckte man im Herzen der dunklen, endlosen Wälder eine *Stadt* – mit weißen Häusern und silbrigen Dächern, eine lärmende, aktive, aggressive, souveräne Stadt.
Das französische Quebec! Ein Wunder, ein kleines Paris, ein Echo von Versailles – geschwätzig, intolerant, elegant, fromm,

sorglos –, das sich den Künsten, dem Luxus, dem Krieg, dem Gebet, der Mystik, dem Ehebruch, der Reue, politischen Intrigen und grandiosen Abenteuern widmete. Eine Insel im Ozean, eine Oase in der Wüste, eine Blume der Zivilisation im Herzen primitiver Barbarei, Zuflucht und Schutz vor den ungezähmten, heimtückischen Elementen, die dem Menschen nach dem Leben trachten.
Hatte nicht sogar Pater Vernon, damals ihr Beichtvater, ihr geraten: »Geht nach Québec. Das gebe ich Euch als Buße auf. Habt den Mut, dieser Stadt die Stirn zu bieten, ohne Angst vor der Schmach. Vielleicht wird etwas Positives für das Land Amerika dabei herauskommen.«
Pater Vernon war tot, ermordet. Im Gedenken an ihn fühlte sie sich noch mehr verpflichtet, diese Buße auf sich zu nehmen. – Was machte schon die königliche Lilie, die ihre Schulter zeichnete.
Das Leben war schön! Sie würde auf Bälle gehen, Karten spielen und um Mitternacht soupieren. An Sonnentagen würde sie mit Honorine auf der Stadtmauer spazierengehen und in der Ferne die Laurentiner Berge sehen.

Zehntes Kapitel

Er trat ein. Er ahnte, daß sie schon schlief. In der Luft hing noch der Duft eines Parfüms, das ihm so vertraut geworden war. Er mußte lächeln, als er die achtlos hingeworfenen Kleider sah. Wo war die wilde, kleine Hugenottin von La Rochelle in Dienstmagdkleidern, die der Rescator auf der Reise nach Amerika in seine Luxuskabine hatte kommen lassen, um zu versuchen, sie zu zähmen? Und wo war die Pionierin, die während jenes schrecklichen Winters am oberen Kennebec nicht von seiner Seite gewichen war und ihm mit ihrem grenzenlosen Mut beigestanden hatte? Er hob ein Spitzenkorsett auf, das ihre wundervollen Rundungen ahnen ließ.
Erst anonyme Dienerin, dann tapfere Kameradin eines Erobe-

rers der Neuen Welt, war seine Angélique schließlich wieder Madame de Peyrac, Comtesse de Toulouse geworden.
»Gott hat es so gewollt«, murmelte er und warf einen leidenschaftlichen Blick zum Alkoven hinüber, wo sich ihr prächtiges Haar über die Kissen breitete.
Sie schlief. Er ging zu dem Mahagonischrank, um eine Nachtlampe aus venezianischem Glas herauszunehmen, die er gleich darauf anzündete.
Dann näherte er sich leise dem Alkoven.
Am Kopfende des Bettes blieb er stehen und betrachtete sie.
Sie schlief den tiefen und reinen Schlaf, der so typisch für sie war, wenn sie vorher heftige Emotionen durchgemacht hatte, durch die für eine gewisse Zeit all ihre Kräfte beansprucht worden waren. Normalerweise hatte sie einen leichten Schlaf, den der Frauen, deren Herz wacht. Bei der geringsten Bewegung fuhr sie hoch, bereit, auf den Ruf eines Kindes oder ein verdächtiges Geräusch zu reagieren.
Aber das Schlimmste war überstanden. Sie konnte sich sagen, daß die Ihren außer Gefahr waren und sie nun nicht mehr brauchten. Wie oft hatte er sie schon so beobachtet: die Anmut dieses gelösten weiblichen Körpers, die Schönheit des total abwesenden Gesichts. Wo war sie jetzt? Weit entrückt, noch unerreichbarer als je zuvor. Sie hatte sich in das Heiligtum ihrer unveräußerlichen Seele zurückgezogen, die jedes Wesen in sich trägt und zu dem ihm der Zugang immer versperrt sein würde.
In solchen Augenblicken grenzte die Liebe, die er für sie empfand, an Schmerz.
Im Verlauf dieses Sommers hätte er sie beinahe verloren ...
Er hatte sie noch einmal zurückerobert, aber sie war seitdem verändert.
Niemals würde er vergessen, wie sie über den Strand auf ihn zugelaufen war, lachend und weinend zugleich, mit ausgebreiteten Armen. Er würde sich immer an den Ausdruck ihres Gesichts erinnern, als sie sich in seine Arme geworfen, ihn heftig an sich gepreßt und unzusammenhängende Worte der Liebe gestammelt hatte, die tief aus ihrem Herzen gekommen waren.

Sie hatte sie in diesem Augenblick herausgeschrien, bereit zu sterben, wenn es sein müßte, doch nicht, von ihm getrennt zu sein . . .
Er hatte damals ganz klar begriffen, wie sehr sie ihn liebte – und immer geliebt hatte –, trotz einer Trennung von fünfzehn Jahren. Ihr Elan füllte die Leere aus, die ihn gequält hatte; er hatte befürchtet, daß sie ihm gleichgültig gegenüberstünde.
Und die Zeit danach . . . Wie sollte man diese Erneuerung ihrer Liebe in Worte fassen? Die Zeit, in der sie in die dunklen Angelegenheiten der *Dämonin* verwickelt gewesen waren, als das Land endlich Frieden gefunden hatte und sie Vorbereitungen für die Abreise treffen konnten. Sie ging ihm nicht mehr aus dem Sinn, und er ahnte ein neues Wesen hinter ihrem ruhigen Lächeln und ihren klugen Worten.
Aber von dem Moment an, in dem sie nach Québec aufgebrochen waren, schien die Euphorie des Sieges sie verwandelt zu haben. Sie zeigte eine so überschwengliche Fröhlichkeit, daß ihre Umgebung hingerissen war. Mit geistreichen Worten, lustigen Geschichten und ihrem herzerfrischendem Lachen bezauberte sie alle ihre Gäste. Man hätte annehmen können, die Flotte Peyracs befinde sich auf einer Vergnügungsfahrt. Sogar die Männer der Besatzung zeigten sich in besserer Stimmung. Sie hatte es fertiggebracht, sie alle um den Finger zu wickeln.
In den ersten Tagen nach ihrem Aufbruch hatten der Himmel und das Meer die Farbe von Perlen, die Inseln glitzerten wie Edelsteine in der Sonne, und Angélique lachte, amüsierte sich über jeden geringsten Vorfall und schmiedete Pläne. Sie schien die Schatten der Vergangenheit völlig vergessen zu haben.
Und er entdeckte die Frau, die sie am Hofe von Frankreich gewesen war. Die Mondäne, die Mutige, die *Besondere*.
»Sie wird in Québec Wunder vollbringen«, dachte er.
Plötzlich wurde er von dem unwiderstehlichen Verlangen ergriffen, alles über ihre Vergangenheit zu erfahren. Wer war sie wirklich? Bisher hatte er solche Gedanken heftig von sich gewiesen, als wollte er niemals erfahren, wie sie ihn verraten hatte.

Von nun an zählte nur noch, daß sie bei ihm war und ihn leidenschaftlich liebte, daß er sie, wann immer er wollte, in seine Arme nehmen konnte. Im Gegenteil, manchmal wünschte er sich sogar, er könne an den Geheimnissen ihres Lebens teilnehmen, um ihr noch näher zu sein.
– Meine Frau! –
Joffrey de Peyrac senkte die Lampe ein wenig, um sich den goldenen Ring an ihrem Finger anzusehen. Er kniete nieder und küßte einen Finger nach dem anderen.
Wie tief sie schlief! Eine unerklärliche Angst ergriff ihn, und er stellte die Lampe ab, um sie von nahem zu betrachten. Er wollte sich vergewissern, ob sie wirklich noch lebte, wollte ihren Atem spüren. Wie töricht er doch war, er, der so oft dem Tod ins Auge gesehen hatte und wußte, wie sterbende Menschen aussahen. Wie konnte er nur vor diesem schönen, strahlenden Gesicht an so etwas denken? – Sie ruhte sich nur aus, schöpfte neue Kraft.
Er sah auf diesem sinnlichen Mund die Berührung fremder Lippen, die von ihrer Leidenschaft tranken, ihr aber auch Kraft geschenkt und sie zu neuem Leben erweckt hatten. Er war froh, daß es Männer gegeben hatte, die sie tröstend in die Arme genommen und sie aus mancher Verzweiflung erlöst hatten. Sie, die manchmal so zerbrechlich war. Und dennoch war es ihr gelungen, Persönlichkeiten wie Moulay-Ismaël und Ludwig XIV. in ihren Bann zu ziehen.
Welche versteckten Waffen besaß diese Frau, um die Herzen des grausamen Sultans und des allmächtigen Königs zu erobern?
Er stellte mit Genugtuung fest, daß er nicht mehr eifersüchtig war – oder doch nur noch ein klein wenig. Er sehnte sich nur danach, das Geheimnis ihres Herzens und ihres Körpers kennenzulernen.
Seit er ihr diesen Ring an den Finger gesteckt hatte, schien es ihm, als habe er seine Rechte gegenüber seinen unbekannten Rivalen der Vergangenheit erneut gewahrt, und seitdem hatte er aufgehört, sie zu hassen. Denn die gemeinsam durchstandene, schlimme Zeit hatte alle Zweifel ausgelöscht ...

Ihre unbekannte Vergangenheit, deren Bilder wahrscheinlich hinter ihren geschlossenen Augenlidern wieder erwachten, wie sah sie aus? Er wußte überhaupt nichts von ihr. Fragmente aus ihren Erzählungen kamen ihm in den Sinn. Aber seit der Affäre mit Colin Paturel war sie zurückhaltender geworden, wenn er versuchte, sie dazu zu bringen, ihm etwas anzuvertrauen.
Aber das war auch mit seine eigene Schuld. Er hatte sie auf häßliche Weise gequält. Durch seinen Zorn, hinter dem sich sein innerer Schmerz verbarg, hatte er zu den Schicksalsschlägen, die sie schon erlitten hatte, nur noch weitere hinzugefügt.
– Mein armer, kleiner Liebling! –
Voller Leidenschaft beugte er sich über ihr schlafendes Gesicht und konnte sich nicht zurückhalten, seine Lippen auf ihren halbgeöffneten Mund zu pressen. Er wollte ihren Schlaf nicht stören, aber seine Ungeduld, ihre Augen zu sehen, in denen sich Freude über seinen Anblick widerspiegelte, war stärker.
Angélique regte sich und murmelte:
»Schlaf schön, mein Liebster.«
Aber sie öffnete die Lider, und als sie ihn so nahe vor sich sah, leuchtete in ihren vom Schlaf noch leicht verschleierten grünen Augen ein Glücksschimmer auf.
»Du hast im Schlaf gelächelt, Liebes. Wovon hast du geträumt?«
»Ich war am Strand, in deinen Armen.«
»An welchem Strand?« Er tat ahnungslos. »Es gibt viele Strände . . .«
Sie lachte, schlang ihre Arme um seinen Hals und zog sein Gesicht zu sich herunter.
»Ich frage mich . . .«, sagte er.
»Was?«
»Wo du gewesen bist, schönste, verführerischste, begehrenswerteste aller Frauen? . . . Ich sehe dich überall, im Wind, in der Sonne und in den Stürmen. In La Rochelle oder an jenem Tage in Tidmagouche, wie du auf mich zuliefst. Ich weiß nicht, wofür ich mich entscheiden soll . . .«
»Ist das nicht gleichgültig? . . . Für mich ist nur wichtig, daß ich auf *dich* zugelaufen bin.«

Ja, sie war gerannt, geflogen ... Sie hatte nicht mehr den Boden unter den Füßen gespürt, besessen von dem Verlangen, ihn zu erreichen, um ihn endlich wieder zu umarmen ... Selbst auf die Gefahr hin, daß er sie zurückstoßen würde.
Aber er hatte sie nicht zurückgestoßen. Er hatte seine Arme ausgebreitet und sie mit aller Kraft an sich gezogen.
Der große Augenblick von Tidmagouche, inmitten des Chaos, war für sie wie eine Erleuchtung gewesen, die vieles verändert hatte. Es war wie ein Wunder gewesen, ein Geschenk des Himmels, um ihre Standhaftigkeit zu stärken, so daß sie den Fallen, in die man sie locken wollte, besser ausweichen konnte. Durch ihre Liebe erfuhr sie ein ganz neues Glücksgefühl. Sie war sich seines festen Charakters bewußt geworden: Ein freier, ehrlicher Mensch, dessen einzige Schwäche es war, sie zu sehr zu lieben. Er hatte es ihr gestanden. Und sie machte sich Vorwürfe, daß sie sich im Laufe der Jahre durch seine stattliche Erscheinung, seinen gelegentlichen Sarkasmus, seine Stärke und seine Macht über andere Menschen hatte einschüchtern lassen.
Man konnte ihn nicht so leicht durchschauen, denn wenn er sich auch bemühte, verstanden zu werden, spielte es für ihn letztlich keine allzu große Rolle, wenn er mißverstanden wurde.
Seine Stärke bestand vor allem darin, daß es nur wenige Menschen und Dinge gab, die die Macht hatten, ihn zu verletzen. Seltsamer Mann, den man hätte hassen können, weil er so gar nicht den gängigen Vorstellungen entsprach. Er hatte zusehen müssen, wie man ihm seine Werke, seine Paläste und sein Vermögen weggenommen hatte, aber damit hatte man ihn nicht wirklich treffen können, denn Freuden und Leiden hatten für ihn ihren Ursprung in ganz anderen, tieferen Werten.
»Woran denkst du?«
»An dich.«
Er strich zärtlich mit einem Finger über ihre Augenbrauen, um ihre sanfte Wölbung nachzuzeichnen, küßte ihre Fingerspitzen und schob den Träger ihres Spitzennegligés, der heruntergefallen war, wieder auf ihre nackte Schulter zurück. Aber sie zog

es mit einer einzigen, ungestümen Bewegung über ihren Kopf.
»Umarme mich! So umarme mich doch!«
»Du bist verrückt!« sagte er lachend. »Es ist kalt.«
»Dann wärme mich!«
Ihre nackten Arme umschlangen seinen Nacken, zogen ihn zu ihr hinunter. Sie suchte bei ihm Geborgenheit mit all ihrer Stärke, mit all ihrer Schwäche.
»Du!« flüsterte sie verführerisch. »Liebe mich!«
Er sah, wie ein Lächeln der Ekstase ihre Züge erhellte, das dann plötzlich dem verzweifelten, fast schmerzlichen Ausdruck wich, der so oft die tiefen Freuden der Liebe begleitet.
»Ein Mann, der mich liebt, der mich begehrt, der die Wärme meines Körpers braucht, so wie ich die seine. Er flößt mir Furcht und Vertrauen zugleich ein. Manchmal entgleitet er mir, und doch weiß ich, daß er immer für mich da sein wird.«
Welch einen Taumel der Leidenschaft er doch in ihr entfachte! Voller Begierde zog sie seinen Kopf an ihre Brust. Sie lachte kokett, und er umschlang ihren Körper, ungeduldig, dieses weibliche Verlangen zu erwidern, diesen Liebeshunger zu stillen, den sie ihm ohne Scham zu gestehen wagte. Seit Akadien fürchtete sie sich nicht mehr, ihm hemmungslos ihre Erregung zu zeigen. Hatte sie sich in den Armen ihrer anderen Liebhaber genauso verhalten? Vielleicht . . . Er stellte sich Madame du Plessis-Bellière, die Königin von Versailles, vor . . . In den Armen welcher Männer hatte sie so unverblümt, so rückhaltlos gelacht? Colins? . . . Des Königs? . . . Er wußte so wenig von ihr. Bei wem hatte sie solche exquisiten Raffinessen gelernt, die man nur bei verschiedenen Meistern üben kann, von denen jeder seine Vorlieben und Phantasien hinzufügt? Wer alles hatte diese berauschende Venus in seinen Armen gehalten und so ihre Brüste geküßt? Es war seine Rache an ihr, sie diese anderen Männer im Fieber der Lust vergessen zu lassen. Sie war für ihn immer wieder ein neues Erlebnis. Was sie zusammen wagten, hatte jedesmal den Reiz des prickelnd Neuen.
Zitternd sank sie in die Kissen zurück. Sie war wunderschön in ihrer Nacktheit. Ihr rotgoldenes Haar breitete sich wie ein kost-

barer Schleier über ihren Oberkörper. Er schob die Haare zärtlich zur Seite und enthüllte ihre bloßen Schultern und ihre Brüste, die er leidenschaftlich küßte. Seine Lippen liebkosten ihren hinreißenden Körper, der blaßgolden schimmerte, dessen reizvolle Kurven voller Anmut waren.
Sie stöhnte – wild, fremd in ihrer Ekstase, während sie ihren bebenden, gierigen weiblichen Körper seiner heißen Leidenschaft überließ. Das war ganz rückhaltlose Hingabe, und Joffrey konnte erkennen, daß sie keine Angst mehr vor ihm hatte, daß sie ihn als gleichwertigen Partner empfing. Heute war er nicht nur ihr Meister, der sie verführte und dem man nur das Vergnügen einer Nacht schenken durfte. Diese Nuance brachte Freizügigkeit und Leichtigkeit in ihre Beziehung.
Er begeisterte sich an ihrem Temperament. Alle Sorgen waren vergessen, nur die Lust und das Auskosten ihrer Liebe zählte für sie.
Danach fanden sie sich wieder, erschöpft und beglückt durch ihre Verbundenheit, die sie in den Armen des anderen erfahren hatten.
Ganz allmählich kehrten sie in die Wirklichkeit zurück.
»War es schön für dich?«
»Ja sehr, sehr . . .«
»Und du hast keine Angst mehr vor mir?«
»Überhaupt nicht. Du hast auch mich *verzaubert*!«
Sie lachte, und er bedeckte sie über und über mit Küssen, wobei er zärtliche Liebesworte stammelte: Er sei verrückt nach ihr, noch nie habe ihn eine Frau so rasend . . . so glücklich gemacht . . . Er neckte sie, indem er ihr sagte, jetzt erst verstehe er, warum alle Männer auf ihn eifersüchtig seien, da er in ihr einen einzigartigen Schatz besäße.
Zwischen ihnen war alles frei, schillernd, voller prickelndem Reiz . . .

»Könnten wir nur immer auf der *Gouldsboro* bleiben, das Meer vor uns«, seufzte Angélique.
»Keine Sorge! Auch an Land erwarten uns erfreuliche Dinge.«
»Ich weiß nicht, ich war so voller Hoffnung, aber je weiter wir

segeln, desto mutloser werde ich. Ich erinnere mich an Dinge, die ich längst vergessen hatte, und sehe die Menschen immer mehr, wie sie wirklich sind.«
»Aber du scheinst dich selbst zu unterschätzen. Du betrachtest die Vergangenheit, aber du verkennst deine heutige Stärke. Du strahlst von innen heraus.«
»Das verdanke ich nur dir«, murmelte sie und schmiegte sich an ihn.
Sie spielte gern das schwache Weib, um noch mehr gestreichelt zu werden. Er ließ sich nicht täuschen, nahm sie aber trotzdem in seine Arme.
»Wir werden uns wiedersprechen. Ich habe dich mit der Pistole in der Hand gesehen. Wir sind noch weit von Québec entfernt. Zunächst einmal werden wir in Tadoussac haltmachen, um uns von der Reise auszuruhen. Wir werden dort Menschen treffen, mit denen wir die ersten Verbindungen anknüpfen können. Ich prophezeie dir viel Gutes für Tadoussac.«
»Es genügt mir schon, wenn uns dort keine Kanonen erwarten.«
»Bestimmt nicht! Es gibt da nur ein paar Bauernhäuser, eine Kapelle und ein Indianerlager. Man treibt dort Handel, betet, lebt von Rindern und den vorbeifahrenden Schiffen. Sonst haben sie kaum eine Abwechslung. Wir sollten ihnen etwas Vergnügen bieten. Feste und Tanz am Flußufer. Was hältst du davon?«
»Ich kann dir nur sagen, daß mir die Eroberung Neufrankreichs immer weniger verlockend erscheint.«
Sie schwiegen. Das Schiff schaukelte im Wind, der das Echo von Stimmen, die Rufe der Wachtposten in den Salon wehte. Alles war friedlich.
Angélique schloß die Augen. Sie sah sich, wie sie die Hand nach einem Scheiterhaufen ausstreckte, um die große dunkle Gestalt zu erreichen, die an den ihn überragenden Pfahl gefesselt war. Die unerträgliche Hitze und das grausame Geprassel der hochschlagenden roten Flammen trennten sie von ihrem Geliebten, dem Hexenmeister, den man auf der Place de Grève verbrannte.

Die Vision dauerte nur eine Sekunde, sie schlug die Augen wieder auf. Hatte sie einen Schrei ausgestoßen?
Aber er schlief, stark und unversehrt. Ohne ihn zu wecken, legte sie ihre Hand auf seine kraftvolle, warme Faust, und sie spürte unter ihren Fingern das Leben pulsieren.
Der Traum, den sie gehabt hatte, vermischte sich mit dem Gefühl, das sie empfunden hatte, als sie auf der Insel Monegan in der Johannisnacht durch das Feuer der Basken gesprungen war. Die eiserne Hand des Harpuniers Hernani d'Astiguarra hatte ihr über die Flammen geholfen, und sie war heil auf der anderen Seite der lodernden Glut gelandet.
»Ihr seid verschont worden, Madame«, hatte der große Baske zu ihr gesagt. »Der Teufel wird Euch dieses Jahr nichts mehr anhaben können.«
Er hatte sich zu ihr heruntergebeugt und sie heftig auf den Mund geküßt.

Elftes Kapitel

Das Schiff, das ihnen gefolgt war, kam gegen Mittag des nächsten Tages endlich in Sicht. Regenschleier wehten über den Fluß, die die klaren Konturen des Waldes verwischten und den blassen Horizont vernebelten.
Die Flotte Peyracs, die einen Halbkreis von einem Ufer zum anderen bildete, versperrte dem Ankömmling den Weg. Wie der Graf es vorausgesehen hatte, stellte sich bald heraus, daß es sich um ein verspätetes Schiff handelte, das die stürmische Überfahrt nicht unbeschadet überstanden hatte. Es hatte Schlagseite nach Steuerbord, und die Reling war so zertrümmert, daß zuweilen des hohen Wellengangs wegen nur noch die Maste mit den geblähten Segeln zu sehen waren. Es folgte ihnen wie ein schwerverletztes, ängstliches Tier, das weder umkehren noch riskieren konnte, in die ihm gestellte Falle zu geraten. Es steuerte pathetisch hin und her, um die vor ihm liegende armselige Zukunft so weit wie möglich hinauszuzögern.

Honorine machte mit lauter Stimme einem erstaunlichen Gefühl Luft, das ihr kleines Herz sichtlich bedrückte:
»Armes, armes Schiff«, seufzte sie, von Mitleid übermannt. »Wie könnte man ihm nur zu verstehen geben, daß wir nichts Böses von ihm wollen?«
Sie war auf der Kommandobrücke an Joffreys Seite. Er hatte sie auf eine der Kisten gehoben, damit sie besser sehen konnte.
»Du wirst es doch nicht versenken?« fragte sie ihn leidenschaftlich. Manchmal, wenn sie ihn als Partner anredete, duzte sie ihn.
»Nein, mein kleines Fräulein! Es ist ein zu armseliges Schiff.«

Angélique, die sich auf der ersten Brücke befand, beobachtete sie von weitem. Sie konnte die Worte, die zwischen ihnen ausgetauscht wurden, nicht hören, aber sie freute sich an dem Bild der Vertrautheit, das sich ihr bot. Joffreys Aufmerksamkeit und Zuneigung schenkten dem kleinen Persönchen mit den roten Haaren Vertrauen und Kraft. Das Schicksal hatte das in einer Zeit von Unglück und Krieg geborene Kind mit dem Leben dieses außergewöhnlichen Mannes verbunden, der vom Nimbus einer großartigen Legende umgeben war. Das war in Angéliques Augen wie ein Wunder für die kleine Honorine de Peyrac, und sie blickte der Zukunft voller Zuversicht entgegen.
Honorine und Joffrey waren ihrem Blickfeld entschwunden. Wenig später sah sie sie die Treppe von der Kommandobrücke herunterkommen. Joffrey führte das Kind an der Hand. Er hatte seine Maske aus schwarzem Leder vor dem Gesicht, was seine wilde Erscheinung und die Zerbrechlichkeit des kleinen Mädchens im Reifrock noch mehr hervorhob. Angélique hörte, wie Joffrey gerade zu Honorine sagte:
». . . Wir werden bis Tadoussac unsere Route fortsetzen, ohne das Schiff zu behelligen.«
»Und in Tadoussac?«
»Dort werden wir uns ihnen vorstellen und uns informieren, ob keine gefährlichen Leute an Bord sind. Dann werden wir die Ladung inspizieren.«

»Ihr seid ein Pirat!« rief Honorine und ahmte den Tonfall des Intendanten Carlon nach.
Angélique konnte sich ein Lachen nicht verkneifen. Niemand, so dachte sie, würde der Liebe, die sie verband, etwas anhaben können. Die nächtlichen Stunden, die sie mit Joffrey verbracht hatte, hatten in ihr ein Gefühl der Euphorie hinterlassen . . .
Und ihr Herz schlug beim Anblick der beiden geliebten Menschen höher. Sie sah ihr reiches, berauschendes Leben in den schillerndsten Farben.
Das sterbende Schiff, das in ihrem Kielwasser fuhr, schien den Feind zu symbolisieren, der, nachdem er keine Chance mehr hatte, nicht zögerte, um Gnade zu bitten. War Joffrey deshalb so ruhig? Glaubte er, die endgültige Amnestie des Königs von Frankreich zu erhalten? Sie begann zu begreifen, daß die Macht Joffrey de Peyracs noch viel größer war als früher. *Er war frei.* Kein Vasallensystem kettete ihn mehr an seine Gesetze wie damals den Herrn von Aquitanien. Was hätte der König schon zu verlieren, wenn er ihm Gnade erweisen würde? Womit könnte ihm dieser weitentfernte Rivale jetzt noch Furcht einflößen?
Die Kommandanten der Flotte waren an Bord gekommen, um die Situation des fremden Schiffes zu diskutieren, das seine Fahrt nur unter allergrößten Schwierigkeiten fortzusetzen schien. Sollte man ihm zu Hilfe kommen? Kouassi Bâ und der Küchenchef, unterstützt von zwei jungen Burschen, reichten ein paar Erfrischungen, doch aller Aufmerksamkeit war ganz von dem in Seenot befindlichen Schiff in Anspruch genommen. Man war zu dem Schluß gekommen, daß es sich um ein Handelsschiff aus Le Havre handeln müsse, das vermutlich zur Handelsgesellschaft der Cents Associés gehörte.
Nachdem das fremde Schiff gesehen hatte, daß die verdächtigen Schiffe, von denen es annehmen mußte, daß es Engländer oder Piraten waren, weiterfuhren, hatte es seine beschwerliche Fahrt wiederaufgenommen. Die Frage war, ob es wenigstens bis Tadoussac durchhalten würde. Man diskutierte über die Gründe, die das Schiff gezwungen haben konnten, in so später Jahreszeit noch nach Kanada zu fahren. Es hatte auf alle Fälle im Golf von Saint-Laurent oder sogar in Tidmagouche haltmachen müssen,

und nun fragte man sich, warum es nicht dort geblieben war.
Das Fernglas wanderte von Hand zu Hand, als Adhémar ängstlich ausrief:
»Und was, wenn die Herzogin an Bord wäre?«
»Welche Herzogin?« tönte es wie aus einem Munde von allen Seiten.
Er wollte nicht antworten und bekreuzigte sich mehrere Male. Dann plötzlich verstanden sie. Und da sie wußten, daß die einfache Bauernbevölkerung, der dieser seltsame Soldat entstammte, nicht selten die Gabe des zweiten Gesichts besaß, erstarrten sie vor Schreck.
»Was sagst du da? Bist du verrückt geworden?« rief Angélique aus. »Die Herzogin ist doch längst tot.«
»Bei solchen Hexen weiß man nie«, brummelte Adhémar und bekreuzigte sich noch einmal.
Alle waren betroffen und richteten ihre Blicke auf den Grafen Peyrac. Er schien der einzige zu sein, dessen Kraft noch ein Gefühl der Sicherheit geben konnte. Aber Peyrac hatte sich entfernt. Und so wandten sie sich verzweifelt an Ville d'Avray.
»Meine Freunde, beruhigen wir uns«, sagte der Marquis mit fester Stimme. »Wir stehen immer noch unter dem Schock der Ereignisse, die uns stark erschüttert haben. Aber wir müssen lernen zu vergessen, *alles zu vergessen*. Hört auf mich! Bis wir in Québec angekommen sind, muß alles aus unserem Gedächtnis gestrichen sein, was sich im Golf von Saint-Laurent zugetragen hat. Wir haben keine andere Wahl, denn nur so können wir uns aus allem heraushalten . . .«
Er hielt inne mit einer Würde, die man an ihm nicht gewöhnt war und die bewies, daß sogar er nicht unterschätzte, was sich hinter dem Drama, in das sie verwickelt gewesen waren, verbarg: Mit der Inquisition war nicht zu spaßen.
»Obwohl wir uns nur ganz legitim gegen den Satan verteidigt haben« – er senkte seine Stimme und ließ seinen Blick in die Runde schweifen –, »wissen wir alle, daß es höchst delikat ist, in einen solchen Prozeß verwickelt zu werden. Ich habe es Euch bereits gesagt, Carlon: Schweigen und vergessen, das ist die beste Methode, sich bei neugierigen Leuten nicht zu verraten.«

»Und wenn sie doch zurückkäme?« wiederholte Adhémar und bekreuzigte sich abermals.
»Sie wird nicht zurückkehren!« schnitt ihm Ville d'Avray ziemlich brüsk das Wort ab. »Wenn du es noch einmal wagst, Anspielungen auf diese Person zu machen, werde ich dir meinen Spazierstock über den Schädel schlagen!« Er machte eine drohende Geste. »Oder ich werde dich als Deserteur hängen lassen, sobald wir in Québec sind.«
Zu Tode erschrocken, machte sich Adhémar schleunigst davon.
»Monsieur de Peyrac hat diese Angelegenheit bereits bestens geregelt. Wir wollen nicht mehr davon sprechen«, fuhr der Marquis fort, der bei passender Gelegenheit gern daran erinnerte, daß er Gouverneur von Akadien war. »Und ich möchte hinzufügen, daß wir alle gesund an Geist und Körper in Kanada ankommen werden, was nach allem, was wir durchgemacht haben, bereits ein kleines Wunder ist, für das wir Gott danken müssen. Wenn die Furcht vor einem dämonischen Geist unsere Seelen in Aufruhr zu bringen droht, dürfen wir nicht vergessen, daß wir uns von nun an auf christlicher Erde befinden, dank der unermeßlichen Aufopferung und Arbeit unserer Missionare, die seit mehr als fünfzig Jahren mit dem Schweiß ihrer Arbeit und dem Blut ihrer Märtyrer dieses heidnische Land geheiligt haben. Kanada ist nicht Akadien, wo noch viele Ungläubige leben. Ich habe schon immer darüber gewacht, daß man das Heidentum dort bekämpft. Und wir haben den Sieg über diese satanischen Kräfte davongetragen. Wir sind in Sicherheit. Darüber hinaus haben wir fromme Kirchenmänner an Bord, die uns kraft ihres Amtes Hilfe spenden werden. Wir haben heute morgen die heilige Kommunion von Pater Quentin empfangen ... die Hölle kann uns also nichts mehr anhaben.«
»Amen!« sagte Carlon hämisch. »Ihr solltet auf die Kanzel steigen.«
»Spottet nicht! Ich habe mich gegen vierundzwanzig Legionen von Ungläubigen zur Wehr setzen müssen«, rief Ville d'Avray aus und fuchtelte mit einem Spazierstock in der Luft herum.

»Ich weiß, wovon ich spreche. Ich habe mich zusammen mit Madame de Peyrac gegen die Verrückten verteidigt . . . Sie sind erst am Schluß dazugekommen, und ich habe gesehen, wie sie bleich geworden sind, als die besessene Dämonin am Strand von Tidmagouche ihren schrecklichen Schrei ausstieß. Also hören Sie auf meinen Rat. Alles, sage ich Ihnen, alles muß unter uns bleiben! Das ist die einzige Möglichkeit, uns in Québec Untersuchungen zu entziehen . . . Eine Wand des Schweigens müssen wir ihnen bieten. Vergeßt, was geschehen ist, und freut Euch des Lebens!«

Er nahm Angélique beiseite und legte seinen Arm um ihre Taille.
»Ihr dürft Euch nicht aufregen!«
»Aber ich . . .«
»Ich kenne Euch . . . Ich höre förmlich Euer Herz klopfen . . . Ah! Der verletzliche Schütze!«
Er streichelte ihre Wange.
»Man verkennt oft die tiefe Sensibilität dieses feurigen Zeichens, das sein Leben lang Zielscheibe des Hasses und der Liebe ist. Weil es die Hölle der Ungeduld durchläuft und seinen Pfeil auf die nackte Seele abschießt, hält man es für unbezähmbar und unschlagbar, aber im Grunde genommen leidet es darunter, gleichzeitig himmlisch und irdisch zu sein.«
»Ihr sprecht wohl von meinem Sternzeichen?« fragte Angélique, neugierig geworden.
»Ja, dem Zeichen des Schützen.«
Ville d'Avray schaute zum dunklen Firmament, als könne er dort den mythischen Zentaur vorbeigaloppieren sehen.
»Er ist der Bote des Irdischen, der aus den Gefilden des Jenseits kommt. Deshalb wart auch Ihr, Angélique, mehr als irgend jemand sonst das Opfer dieses dämonischen Wesens, denn in gewissem Sinne« – er neigte sich an ihr Ohr – »seid Ihr von *der gleichen Art*. Ihr allein konntet ihren Phantastereien folgen . . ., aber Ihr wart auch gleichzeitig dazu bestimmt, sie zu besiegen, denn Ihr gehört zum irdischen Universum. Man kann Euch nichts vormachen. Der Zentaur steht fest auf dem Boden

der Realität. Sorgt Euch also nicht um die Vergangenheit und um die Zukunft ...«
»Mir ist übel«, sagte Angélique. »Es genügt, mich an ihren schrecklichen Schrei zu erinnern, um mich krank zu fühlen. Ich muß gestehen, diesmal habe ich wirklich Angst gehabt. Ich bin ein bißchen abergläubisch ... Ich habe gelogen, als ich zu ihr sagte, sie könne mir keine Angst einjagen ... Ob irdisch oder überirdisch ... die Dämonen flößen mir Furcht ein.«
»Es ist Euch aber ausgezeichnet gelungen, dieses Gefühl zu überspielen, Madame.«
»Ihr kennt Euch also auch in der Astrologie aus, Marquis?«
»Ich kenne mich in fast allem aus«, gestand Ville d'Avray nicht ganz ohne Bescheidenheit.
»Und Ihr glaubt, daß es mit unserer Herzogin noch ein Nachspiel geben wird, nicht wahr? Ihr habt recht, sie hatte zu viele Verbindungen an der Bucht. Man wird in Québec nach ihr verlangen, sie werden dort wissen wollen, was aus ihr geworden ist.«
»Wir müssen schweigen, das versuche ich Euch ja die ganze Zeit klarzumachen.«
»Aber die Mädchen des Königs werden vielleicht etwas ausplaudern.«
»Dazu haben sie viel zuviel Angst. Ich werde es übernehmen, sie daran zu erinnern, daß sie im Dienst einer Dämonin gewesen sind, daß man auch sie auf den Scheiterhaufen bringen könnte. Die armen Mädchen! Ich glaube, sie werden bis an ihr Sterbebett fürchten, *sie* könnte ihnen erscheinen.«
Angélique mußte an das Attentat denken, bei dem der Marquis de Varange den Tod gefunden hatte. Schweigen auch darüber? Wie viele Komplicen mit unterschiedlichsten Geheimnissen befanden sich an Bord der Schiffe? Eine Kompanie von Verschwörern, die sich im Guten wie im Bösen bewußt waren, alle in das gleiche Intrigennetz verstrickt zu sein, aus dem sie sich nur durch Seelenstärke und mutige Offensive lösen konnten. Mit diesem Bewußtsein würden sie in Québec an Land gehen.
»Glaubt Ihr wirklich, daß sie tot ist?« flüsterte Angélique.

»Sie *ist* tot«, versicherte Ville d'Avray. »Und Ihr müßt Euch klarwerden, daß es so ist und daß sie uns lebend nichts mehr anhaben kann. Der verletzte Schütze nimmt mit hocherhobenem Pfeil seinen Kurs wieder auf, dem Triumph entgegen . . . Was die Wissenschaft der Astrologie anbelangt, werde ich Euch in Québec mit einem Geistlichen, der ein Freund von mir ist, bekanntmachen. Er ist auf diesem Gebiet versiert. Er wird Euch interessante Dinge über Euer Schicksal und das Monsieur de Peyracs erzählen können. Ihr werdet sehen! . . .«

Dritter Teil
Tadoussac

Zwölftes Kapitel

»Aufgepaßt, Matrosen!«
Eriksons tiefe Stimme schallte laut über die Bucht.
»Refft die Großsegel!«
»Fiert das Groß!«
Der Ruhe nach dem ersten Appell folgte das Trampeln der Matrosen über die Decksplanken. Die Männer machten sich sofort an die Arbeit.
»Rafft die unteren Segel und fiert die Geitaue!«
»Schoten fest!«
Der Morgenhimmel war in pastellblaues Licht getaucht. Die Kapitäne der einzelnen Schiffe gaben die Befehle weiter, das Geschrei der Möwen durchdrang die Stille wie fernes Echo.
»Matrosen, die Rahen hoch!«
»Klar Schiff!«

Auf der *Gouldsboro* waren Angélique und alle anderen Passagiere um Peyrac versammelt, während sich das Manöver des Segeleinholens abspielte. Erstaunen und Neugierde spiegelte sich in ihren Gesichtern wider, als sich plötzlich das Panorama eines neuen Ufers vor ihnen ausbreitete: Kleine Holzbauten und Bauernhäuser aus grauem Stein standen zwischen Obstgärten und Ackerstreifen.
In der Mitte des Dorfs erhob sich eine kleine Kirche, deren spitzer, mit Schiefer gedeckter Glockenturm in den Himmel ragte und im diffusen Morgenlicht hell glänzte.
Links auf dem Gipfel eines Hügels war ein hölzernes Fort mit vier Ecktürmen und einem rustikalen Bergfried zu erkennen, auf dessen Spitze eine Flagge mit drei goldenen Lilien flatterte... Tadoussac!... Frankreich!

Der Nebel, der über der Landschaft lag, ließ die Szenerie seltsam unwirklich erscheinen. Vereinzelt zwischen den Häusern stehende Ulmen und Ahornbäume bildeten goldene und purpurne Farbflecken. Und der Rauch, der weiß aus den Schornsteinen stieg, vervollkommnete das friedliche Bild, das einem Maler zur Ehre gereicht hätte. Eine große blaue Dunstglocke umgab das kleine Indianerlager, das auf halbem Wege zwischen dem Fort und dem Waldrand errichtet war.

»Auf den ersten Blick sieht alles ruhig aus«, sagte Peyrac und spähte angestrengt durch sein Fernglas. »Die Bewohner sind am Ufer, aber sie scheinen keine feindlichen Absichten zu haben, und im Fort rührt sich auch nichts.«
»Falls man aus Québec keine Verstärkung geschickt hat, zählt diese Garnison kaum mehr als vier Soldaten«, bemerkte Carlon.
»Ich danke Euch für diesen Hinweis, Herr Intendant.« Der Comte de Peyrac schob sein Fernglas zusammen und wandte sich Carlon und dem Gouverneur von Akadien zu.
»Also gut, Messieurs! Jetzt bleibt uns nichts mehr zu tun, als uns an Land zu begeben. Eure Anwesenheit wird die Leute von meinen friedlichen Absichten überzeugen.«
»Ah! Endlich zeigt Ihr Euer wahres Gesicht«, meinte Carlon sarkastisch. »Ihr laßt Eure Geiseln vorausgehen!«
»Seid ehrlich, Monsieur. Bekennt, daß Ihr nicht als Geisel an Bord meines Schiffes seid. Euer Schiff war in irgendeinem verlorenen Winkel des Saint-Jean-Flusses gestrandet, von den Engländern bedroht, und Ihr wärt anderenfalls gezwungen gewesen, in der Wildnis der Ostküste zu überwintern. Oder hättet Ihr es vielleicht vorgezogen, an Bord des Schiffes zu sein, das sich in unserem Kielwasser hinter uns herschleppt und dauernd unterzugehen droht? Denn es gab für Euch nur diese beiden Möglichkeiten ...«
Sie blickten zurück. Doch am völlig in Nebel gehüllten Flußhorizont war noch nichts zu sehen.
»Wir werden uns später um das fremde Schiff kümmern«, fuhr Peyrac fort. »Jetzt werden wir zunächst einmal sehen, was uns in Tadoussac erwartet.«
Ville d'Avray gab Angélique ein Zeichen.

»Ich werde bald wieder bei Euch sein«, flüsterte er, ohne daß die anderen es hören konnten. »Ich muß nur noch vorher ein, zwei kleine Angelegenheiten regeln.«
»Ich will das Jesuskind von Tadoussac sehen«, forderte Honorines helle Stimme.
»Das wirst du auch, ich verspreche es dir.«

Sie sahen, wie eine Schaluppe vom Schiff ablegte, von zwei weiteren großen Booten eskortiert, in denen bewaffnete Männer saßen. Doch abgesehen davon machte die Szene einen friedlichen Eindruck. Trotzdem blieb jeder in Alarmstellung. Wegen des Nebels konnte man die Bewegungen am anderen Ufer nicht erkennen.
»Eine Glocke!« rief eins der Mädchen des Königs. »Sie läutet zur Frühmesse.«
Das helle, blecherne Geräusch, wie häßlich es sich auch anhörte, verlieh den im Exil Lebenden dennoch ein vertrautes, heimatliches Gefühl. Ein französisches Dorf! . . .
»Werde ich nun endlich das kleine Jesuskind von Tadoussac sehen?« beharrte die Stimme Honorines.
»Ja, bald!«
Allmählich legte sich die Spannung. Angélique wurde der Aspekt, unter dem Peyrac diese Reise sah, immer klarer. Es war im wesentlichen der Besuch eines Gouverneurs bei einem Gouverneur. Tadoussac war nur eine Station. Die französischen Bauern Kanadas hatten keinen Grund, sich Landsmännern gegenüber feindlich zu zeigen, die ihnen nur Freundschaft entgegenbrachten. Peyrac und die Seinen hatten immer die besten Beziehungen zu den Trappern und Händlern aus den kanadischen Wäldern unterhalten, die bei seinen Posten Zuflucht und Hilfe gefunden hatten. Er hatte es stets vermieden – und das war nicht immer einfach gewesen –, auf die Provokation der Armee mit Gewalt zu antworten, und bis heute war der Frieden nicht gebrochen worden. Und man erzählte sich, daß bei dem Seigueur aus Maine dort unten im Süden die besten Waren für den Handel zu finden seien.
Angélique wurde plötzlich ganz deutlich bewußt, worauf die

Angst zurückzuführen war, die ihr manchmal das Herz zuschnürte.
– Es ist nicht das Volk, das ich fürchte, sondern die Macht. –
Das Volk verließ sich auf seine Instinkte. Vor allem waren die Kanadier ein freies Volk. Sie hatten sich mit der Axt ihrer Holzfäller, der Sense ihrer Bauern und den Gewehren ihrer Soldaten ein Stück Land erobert. Das Koloniallleben hatte sie so manche Mutproben und Abenteuer bestehen lassen. Sie waren bereits eine Rasse für sich, unabhängiger und objektiver als die Menschen in Frankreich.

Da kam die Schaluppe auch schon zurück. Der Graf Peyrac kletterte die Jakobsleiter zum Deck der *Gouldsboro* hinauf, während ihm die kleine Gruppe langsam entgegenkam.
Honorine war ganz aufgeregt und schrie: »Komm, komm, Mama, schnell! Wir können an Land gehen.«
Angélique hatte Mühe, ihr zu folgen.
»Es ist alles in Ordnung«, sagte der Graf zu ihr. »Ich habe die Stadtväter von meinen friedlichen Absichten überzeugt. Und ich glaube, es wäre ihnen lieber gewesen, es nur mit mir zu tun zu haben als mit dem Intendanten, der ihnen gerade eine Standpauke hält, einer Ladung wegen, die längst unterwegs nach Europa sein sollte. Sie waren nicht darauf gefaßt, Carlon so schnell wieder vor sich zu sehen, und alles in allem ist das der größte Verrat, den sie mir vorzuwerfen haben. Die Bewohner haben sich in ihre Häuser zurückgezogen, aber ich wette, daß sie hinter den Vorhängen stehen und uns beobachten. Jetzt liegt es an Euch: Spielt Euer Spiel, Madame, mit Euren eigenen Waffen. Ville d'Avray erwartet Euch. Ich zweifle nicht daran, daß es Euch gelingen wird, diese Leute rasch um den Finger zu wickeln.«
Er küßte ihr die Hand.
»Geht, Chérie! Setzt Eure hübschen Füße auf französischen Boden. Und gewinnt!«

Angélique schaute zu den Häusern hinüber. Das Abenteuer begann. Und während sich das Boot dem Ufer näherte, überlegte sie, ob sie sich nicht hätte eleganter kleiden sollen. Sie hatte sich an diesem Morgen eilig angezogen, in ungeduldiger Erwartung, endlich das Dorf Tadoussac zu sehen. Sie trug einen weiten Rock, ein Schoßjäckchen mit Fehpelz und einen weiten Umhang aus dunkler Wolle mit einer großen Kapuze. Ihr im Nacken zu einem Knoten zusammengebundenes Haar versteckte sie unter einem schwarzen Satintuch. Sie sah darin ein wenig streng aus, aber das war im Augenblick nicht so wichtig: Es war keine Zeit zu verlieren. In der Schaluppe hatten außer ihr noch die Kinder, die Mädchen des Königs, Yolande, Adhémar sowie Luis und Carlos, zwei der spanischen Soldaten, Platz genommen. Die Ruderer des Bootes trugen in ihren Gürteln solide Doppelschußpistolen französischer Herkunft, die im Heer für gewöhnlich nicht einmal alle Offiziere höheren Ranges besaßen. Peyracs Leute waren seit jeher bestens ausgerüstet.

Pater Baure und Pater Quentin warteten schon am Ufer auf sie, umringt von Neugierigen. In der Nähe der Kirche war Ville d'Avray bereits in voller Aktion. Man konnte ihn schon geschäftig gestikulieren sehen.
»Los, los, beeilt Euch! Pater Dafarel wird uns den Schrein mit dem Kirchenschatz öffnen . . .« Eine Gestalt in einer schwarzen Soutane, zweifellos ein Jesuit, stand nicht weit von ihnen entfernt. Ville d'Avray hatte sich offensichtlich bereits um alles gekümmert.
Der Nebel hatte sich gelichtet. Die Sonne war warm und blendete. Das kleine Dorf war leicht überschaubar. Das Ufer stieg steil an, und selbst die Bewohner der entferntesten Häuser konnten von ihren Fenstern aus leicht erkennen, wer im Hafen anlegte. Und die Soldaten des Forts sahen die ankommenden Schiffe schon von weitem.
Angélique spürte, daß die Augen aller Dorfbewohner auf sie gerichtet waren. Sie taten zwar so, als interessierten sie sich nur für ihre alltäglichen Beschäftigungen, aber in Wirklichkeit entging ihnen nicht die geringste Kleinigkeit von dem, was sich unten am Hafen abspielte.

»Schaut euch doch nur die Pistolen der Männer an, und wie lächerlich sich die Soldaten in ihren Helmen und schwarzen Lederjacken ausnehmen – man sagt, es seien Spanier. Wie alt wohl die Mädchen sind? – Schaut mal, die Kinder! – Sehen diese Herzchen nicht entzückend aus? Und sie scheinen wohlauf zu sein, trotz der beschwerlichen Reise. – Und die Frau da unten, die mit den Kindern an der Hand auf dem Weg zur Kapelle ... Sie sieht wie eine feine Dame aus ...«
Selbst aus dieser Entfernung wurde ihnen klar, das konnte nur *sie* sein ... sie, die man schon so lange erwartet hatte.
Der Weg schlängelte sich bis zum Kirchplatz den Hügel hinauf. Von dort aus konnte man den St.-Lorenz-Strom gut überblicken. Der Nebel hatte sich bereits bis ans gegenüberliegende Ufer zurückgezogen.
Angélique trat ohne Zögern auf den Jesuiten zu, der neben Ville d'Avray wartete.
»Pater, wie sehr haben wir uns gefreut, nach einer so langen Reise durch die Wildnis endlich wieder einmal Kirchenglocken zu hören und zu wissen, daß uns hier die Gegenwart Gottes erwartet.«
Und mit einer Bewegung zum Portal der Kirche hin, fügte sie hinzu:
»Erlaubt mir, bevor wie die Schätze bewundern, die uns Monsieur Ville d'Avray angekündigt hat, mit den Kindern und den Mädchen vor dem Altar niederzuknien, um *ihm* zu danken, den wir alle so dringend brauchen und den wir dank der Aufopferung, mit der Ihr Euer Amt bekleidet, auch hier in diesem Winkel der Erde finden können. Dafür danke ich Euch.«
Pater Dafarel nickte würdevoll. Er hatte eine stolze Haltung, und seine Augen funkelten ironisch. Es war ein Ausdruck, den man bei vielen Jesuiten fand, die es sich in den fünfzehn Jahren ihrer Exerzitien des heiligen Ignatius angewöhnt hatten, die weltlichen Geschehnisse mit einer gewissen Herablassung zu betrachten. Diesen meist scharfsinnigen, aufgeweckten Blick kannte Angélique bereits von ihrem Bruder Raimond de Sancé, der ebenfalls Jesuit war, von Pater Louis-Paul Maraicher de

Vernon, der sie vor dem Ertrinken gerettet hatte, oder auch von Pater Massérat aus Wapassou, der so vorzüglich Bier zu brauen verstand. Aber diese würdigen Mitglieder der katholischen Kirche konnten Angélique nicht sonderlich schrecken. Sie fühlte sich ihnen verwandt dank ihrer inneren Freiheit anderen Menschen gegenüber.

Indessen reichte sie Pater Dafarel nicht die Hand, da sie wußte, daß die Geistlichen es in der Regel vermieden, die Hand einer Frau zu berühren.

Dem Jesuiten folgend, betraten sie die dunkle, kleine Kirche, die nur ein einziges Schiff hatte und in der es nach Weihrauch roch. In einem roten Glas brannte eine Öllampe, die die Anwesenheit Gottes symbolisierte. Ergriffen von einer Atmosphäre, die für sie voller Erinnerungen war, fühlte Angélique plötzlich tiefe Frömmigkeit in sich aufsteigen. Wie viele Jahre war sie nicht mehr in einer Kirche gewesen, wo sich früher ein Teil ihrer Kindheit und Jugend abgespielt hatte: Frühmessen, Vesper, tägliche Beichte und Kommunion gehörten damals ebenso zu ihrem Tagesablauf wie Essen und Schlafen.

Spontan kniete sie vor dem Tabernakel nieder und faltete die Hände.

»Geliebtes Frankreich«, flüsterte sie, und ihre Augen füllten sich mit Tränen durch die Intensität dieses Gefühls aus Bedauern und Liebe, das sie so lange Zeit aus ihrem Herzen verdrängt hatte, das sie sich nicht hatte eingestehen wollen: die Liebe zu dem Land, in dem sie geboren war, und die Bindung an die Kirche, in der sie getauft worden war.

Sie verharrte einige Zeit in ihr Gebet versunken.

»O mein Gott«, flehte sie inbrünstig, »Du, der Du weißt, wer ich bin . . . bitte, hilf uns!«

»Bravo!« flüsterte ihr Ville d'Avray zu, als sie sich danach alle in die Sakristei begaben. »Das war wirklich sehr beeindruckend. Ich wußte nicht, daß Ihr so diplomatisch sein könnt. Ihr seid eine bewundernswerte Komödiantin.«

»Aber das war weder Diplomatie noch Komödie«, protestierte sie.

Das Jesuskind von Tadoussac war ein Geschenk des jungen Ludwig XIV. an die Jesuitenpater. Anna von Österreich, die Königinmutter, hatte das silberne Satinkleid mit Perlen bestickt und mit Kettchen aus purem Silber geschmückt. Honorine streckte die Hand nach ihm aus und wollte es zum Spielen haben.
Kostbare Meßgewänder, reich verzierte Meßbücher, zwei Monstranzen aus vergoldetem Silber, goldene, mit Rubinen eingefaßte Abendmahlskelche, deren Deckel ein Kreuz krönte, und Ziborien aus Silber bildeten den Schatz, dessen Wert und Schönheit in keinem Verhältnis zu der Armut des Dorfes stand. Das störte jedoch augenscheinlich niemanden. Es stand im Einklang mit der Geschichte des kanadischen Volkes: *Alles zur Ehre Gottes.* Mystische und leidenschaftliche Gefühle waren mit einer armseligen Realität konfrontiert. Die Leute aus dem niederen Volk hatten als Märtyrer ihr Blut vergossen wie damals in den Anfängen des Christentums. Der Prunk verdeutlichte hier nur, wie wertlos alle Reichtümer der Welt im Vergleich zum wahren Reichtum eines einfachen Lebens waren.

Als sie aus der Kirche traten, war offensichtlich ganz Tadoussac auf dem Platz versammelt. Selbst die Indianer waren ins Dorf gekommen.
Beim Anblick der eng gedrängten Menge, aus der sie gierige Augen angafften, bedauerte Angélique von neuem, daß sie sich nicht eleganter gekleidet hatte. Es war ihr nicht bewußt gewesen, wieviel diese Leute von ihr erwarteten. Vielleicht waren sie enttäuscht, daß sie sich mit so wenig Prunk vorstellte. Sie sah ruhige, runde Gesichter unter den weißen Hauben der Frauen und den roten Wollmützen der Männer. In der ersten Reihe standen die Indianer mit ihren nackten, schmutzigen Kindern, die zwischen den Beinen der Erwachsenen durchschlüpften und sich mit den Bauernkindern rauften. Mütter holten eilig ihre Spößlinge wieder zu sich und schimpften und ohrfeigten sie. Danach bildeten sie wieder eine Mauer des Schweigens.
Angélique nickte der Menge zu. Doch niemand reagierte. Die Leute starrten sie nur unverwandt an.

Es waren Waldläufer in Mokassins oder Landarbeiter in Holzschuhen oder plumpen Spangenschuhen. Einige Frauen hatten Tücher um ihre Köpfe geschlungen, die nach Indianerart auch ihre Schultern bedeckten.
Angélique warf einen Blick in die Runde, nachdem sie festgestellt hatte, daß weder der Jesuit noch Ville d'Avray irgendwelche Anstalten machten, die Sache in die Hand zu nehmen. Dabei entdeckte sie den alten Mann, der auf einer Steinbank neben dem Kirchenportal saß. Trotz seines hohen Alters machte er einen aufgeweckten und lebhaften Eindruck. Seine rote Wollmütze, durch langes Tragen schon verblichen und mit Abzeichen und Federn geschmückt, paßte gut zu seinem faltigen Gesicht.
Sie grüßte ihn freundlich und sagte mit lauter Stimme:
»Ich vermute, Monsieur, daß Ihr der Dorfälteste von Tadoussac seid. Niemand würde sich besser eignen als Ihr, mir diese netten Leute vorzustellen, die die Liebenswürdigkeit besaßen, zu meiner Begrüßung zu kommen. Ich würde mich gern für diese Aufmerksamkeit bedanken.«
Ohne eine Aufforderung abzuwarten, nahm sie neben ihm Platz und fügte hinzu:
»Ich bin die Gräfin Peyrac, und ich komme von dem Schiff, das Ihr im Hafen vor Anker liegen seht.«
Das war nun wirklich für niemanden mehr etwas Neues. Aber man mußte zur Sache kommen. Feindseligkeit strahlten diese Kanadier wenigstens nicht aus. Sie sahen sie an, das war alles. Sie mußte ihnen helfen, sich eine Meinung zu bilden.
Die Bauern des Poitou, die sie so oft in den Kampf geführt hatte, hätten in einer solchen Situation, die Vorbedacht und Überlegung forderte, ähnlich reagiert. Und für die Leute von Tadoussac war sie eine Frau, um die sich viele Gerüchte rankten. Man mußte erst einmal abwarten, was es damit auf sich hatte.
Der Alte hatte ihr nicht geantwortet, zeigte jedoch, daß er weder taub noch schwächlich war. Er war zur Seite gerückt, um ihr Platz zu machen, und ein Lächeln spielte um seinen harten Mund, während er versonnen Honorine und Cherubin ansah, die offensichtlich von seiner Mütze fasziniert waren.

Der Marquis de Ville d'Avray, mit einem ausgesprochenen Sinn für theatralische Augenblicke begabt, die ihm erlaubten, sich in Szene zu setzen, hielt den Moment für sein Eingreifen allmählich für gekommen, ließ jedoch noch eine Minute verstreichen, um die Neugierde der Bevölkerung noch ein wenig zu steigern, und erklärte dann:
»Meine liebe Angélique, Ihr hättet keinen Besseren als diesen noblen Alten für diese Aufgabe wählen können. Es ist Carillon. Vor langer Zeit kam er mit unserem mutigen Champlain hierher. Und Ihr müßt wissen, daß er es war, den der Entdecker Kanadas den Algonkinen zum Austausch gegen einen Indianer überließ, den er nach Frankreich mitnahm, um dem König diese Rasse vorzustellen. Nicht weniger als siebzehn Jahre schlug sich unser Freund hier allein in der Wildnis durch, lebte mit den Indianern, und als der Eroberer mit dem Indianer aus Frankreich zurückkam, sprach Carillon viele Dialekte dieser Gegend und kannte die Sitten und Gebräuche der Eingeborenen.«
»Es ehrt mich sehr, Euch kennenzulernen, mein Herr«, sagte Angélique, indem sie sich ihrem Nachbarn zuwandte.
Carillon hatte die Vorstellung Ville d'Avrays über sich ergehen lassen, ohne ihr viel Beachtung zu schenken. Mit durchdringendem Blick sah er sich in der Runde um und wies dann mit dem Finger auf ein Mädchen, dem er durch Zeichen zu verstehen gab, daß es vortreten solle. Sogleich entstand Unruhe unter den Bauern. Sie sprachen aufgeregt durcheinander und stießen darauf ein hübsches Mädchen nach vorn, offensichtlich die Tochter eines reichen Bauern, die nicht die geringste Neigung zeigte, sich ihren Wünschen zu fügen. Der Alte winkte sie energisch zu sich. Seine Gestik war sehr sprechend, er mußte daran gewöhnt sein, sich seiner Umwelt auf diese Art verständlich zu machen – sei es, um Kräfte zu sparen, oder weil er es in seinem Alter für unnötig hielt, für dieselben Dinge immer wieder dieselben Worte zu gebrauchen. Trotzdem rührte sich das eigensinnige Mädchen nicht von der Stelle.
»Aber das ist ja Mariette!« rief Ville d'Avray jovial und breitete seine Arme aus. »Wie hübsch sie geworden ist. Man merkt ihr an, daß sie letztes Jahr geheiratet hat.«

Man sah, wie sich die Frauen bei diesen Worten erregten, und einige von ihnen machten böse Gesichter. Ville d'Avray beeilte sich, zu ihnen zu gehen und die entstandene Unruhe zu schlichten. Augenscheinlich gelang es ihm sofort, das Vertrauen der Frauen zu gewinnen, und zwei von ihnen erklärten ihm mit einem Wortschwall die Ursache ihres Ärgers.
Bald war er wieder bei Angélique.
»Diese Göre ist die Urenkelin Carillons«, flüsterte er ihr ins Ohr. »Sie hat Schwierigkeiten mit dem Stillen ihres Kindes, und der Alte hat es sich in den Kopf gesetzt, daß Ihr etwas dagegen tun könnt, denn der Ruf Eurer Heilkräfte ist bis hierher gedrungen. Seit man von Eurer Reise nach Québec erfahren hat, ist es das Tagesgespräch.« Und mit einem Seitenblick auf Carillon: »Er ist starrköpfig wie ein Stier.«
»Und sie will nicht?«
»Die Mädchen vom Land sind stur und abergläubisch.«
»Hat sie etwa Angst, ich könnte ihr Kind behexen?«
Man hatte also auch hier Mißtrauen gesät. Aber der alte Carillon machte wenigstens den Eindruck, als ob er auf solches Geschwätz nichts gab. Er konnte ein Verbündeter werden.
Sie wandte sich dem Alten zu, der wütend gestikulierte und den Frauen böse Blicke zuwarf.
»Monsieur Carillon, ich bin jederzeit gern bereit, jedem zu helfen, der es wünscht. Aber glaubt bitte nicht, daß ich Wunder vollbringen kann. Ihr selbst wißt wahrscheinlich über die Heilkraft der Kräuter viel besser Bescheid als ich, weil Ihr lange in den Wäldern bei den Indianern gelebt habt. Ich werde aber trotzdem mein Medizinköfferchen holen, und wenn wir uns erst besser kennengelernt haben, werde ich vielleicht diese junge Frau überreden können, mir ihr Kind zu zeigen.«
Der Alte schien wütend zu sein, und es war nicht recht zu ersehen, ob wegen der Worte Angéliques oder wegen der Starrköpfigkeit seiner Urenkelin. Sie rührte sich trotz seines zornigen Gehabes nicht von der Stelle. Sie gehörte der Generation an, die noch im Wald aufgewachsen war, aus dem jeden Moment ein Irokese mit erhobenem Kriegsbeil herausstürzen konnte. Solche Erfahrungen prägen den Charakter, und die Jugend

hatte nichts mehr von der Unterwürfigkeit der älteren Generation. Sie hatten mit dem alten Europa abgeschlossen, wo man sich dem Willen der Autoritäten allzu demütig beugte. Die kanadische Jugend galt als sehr selbstbewußt.
Der Alte gebärdete sich, als ob er einen Anfall hätte. Er spuckte mit einer Vehemenz auf den Boden, die seinen Grimm deutlich zeigte. Schließlich fuchtelte er so wild in der Gegend herum, daß ein Junge mit nackten Füßen und zerzaustem blondem Haar angerannt kam und ihm einen Tabaksbeutel und eine glühende Kohle brachte.
Nachdem sich Carillon seine Pfeife angezündet hatte, beruhigte er sich allmählich wieder.
Immerhin hatte der Vorfall das Schweigen gebrochen, und eine Unruhe war entstanden, zu der sogar die Indianer ihr Teil beitrugen. Die Leute sprachen lebhaft durcheinander, und man sah, wie eine Muskete von Hand zu Hand ging, die sie mehr oder weniger brutal einander entrissen. Die Auseinandersetzung schien sich zuzuspitzen, und Angélique warf einen besorgten Seitenblick auf die spanischen Soldaten, die sie zu ihrem Schutz bei sich hatte. Aber die Angelegenheit schien sie nicht weiter zu beunruhigen. Sie waren daran gewöhnt, gegen Menschen jeglicher Art zu kämpfen, angefangen von Amazonas-Indianern über die Piraten von Tortuga und revoltierende Sklaven bis hin zu den dunklen Helfershelfern der Herzogin. So eine kleine Ansammlung kanadischer Bauern konnte sie deshalb kaum in Schrecken versetzen. Überdies hatten sie im Dienst des Grafen Peyrac einen sechsten Sinn für die Gefährlichkeit einer Situation entwickelt.
Die besagte Waffe landete schließlich in der Hand eines großen Indianers, dessen Haut gelb war wie die Rinde eines Zitronenbaums. Angélique hatte das unbestimmte Gefühl, als ob sie ihn schon einmal irgendwo gesehen hätte. Im selben Moment brachen alle in Gelächter aus und blickten erwartungsvoll zu ihr herüber, wie ausgelassene Kinder, die sich gerade einen Streich ausgedacht haben.
Angélique reagierte mit einem Lächeln. Sie hatte ein wenig das Gefühl, in ihre Kindheit zurückversetzt zu sein, als sie mit ih-

ren Eltern, die den Possen der Dorfbewohner immer geduldig zuzusehen pflegten, auf dem Dorfplatz unter der kleinen Ulme gesessen hatte. Sie zog Honorine und Cherubin zärtlich an sich, wie es damals ihre Mutter mit ihr getan hatte.
Die Unterhaltung wurde in Indianersprache fortgesetzt, in einem Dialekt, der dem der Irokesen sehr ähnlich war, doch Angélique konnte der Entfernung wegen nicht alles verstehen.
Der Pater übersetzte es dem Marquis in kurzen Worten, und sie sah, wie sich dessen Gesicht erhellte.
»Ah! Darum handelt es sich also! Madame, sie wollen wissen, ob das, was man sich über Eure unvergleichlichen Schießkünste erzählt, wahr ist. Dieser Indianer behauptet, daß er von Euch vor einem Jahr verletzt worden sei.«
»Anashtaka!« rief Angélique aus. »Es ist Anashtaka, der Häuptling der Huronen! Jetzt erinnere ich mich. Die Geschichte hat sich in der Nähe von Katarunk zugetragen.«
Als er hörte, daß er wiedererkannt worden war, brach der Hurone in Freudenrufe aus. Angélique dankte insgeheim dem Himmel, daß er ihr so ein gutes Gedächtnis verliehen hatte, sogar für indianische Namen.
Der Indianer und seine Freunde vollführten einen Freudentanz – das Eis war gebrochen! Die Kinder schlugen Purzelbäume, und die Kanadier klatschten in die Hände.
Aber ich war es ja gar nicht, die ihn verletzt hat! wollte Angélique richtigstellen. Doch als sie sah, was für ein Vergnügen es allen, das Opfer eingeschlossen, bereitete, verzichtete sie darauf.
Ermutigt näherte sich ihr Anashtaka und legte ihr die Muskete zu Füßen.
»Was will er?«
»Er will, daß Ihr Eure Schießkünste demonstriert, deren Ruf bis hierher gedrungen ist.«
Angélique zögerte. Sie hätte gern zugestimmt, um diesen sympathischen Menschen ein kleines Vergnügen zu bereiten, das ein bißchen Abwechslung in ihr eintöniges Dasein bringen würde und von dem sie sich später erzählen könnten. Der Vorschlag wirkte an sich ehrlich – aber vielleicht steckte dahinter

die Absicht, sie in eine Falle zu locken. Wollte man herausfinden, ob ihre Geschicklichkeit von magischen Kräften herrührte?
»Aber was macht das schon?« entschied sie sich. »Ich darf sie keinesfalls enttäuschen!«

Dreizehntes Kapitel

Sie fragte, wem die Waffe gehöre. Ein junger Mann in einer Lederjacke mit Fransen trat vor. Auch er machte einen vertrauten Eindruck. Er ähnelte all diesen Laubignières und Maudreuils, die sie im Fort von Katarunk oder in Wapassou getroffen hatte.
Zögernd nahm er seine Mütze ab, setzte sie aber schnell wieder auf. Er hatte erstaunlich schönes, dichtes Haar, aber die rote, kanadische Wollmütze schien ein Teil seiner Person zu sein, von dem er sich nur in der Kirche trennte oder vor dem Gouverneur und natürlich vor dem König, sollte er einmal auf die Idee kommen, Kanada zu besuchen.
Offenbar hatte er soeben seine Liste der Anlässe um einen erweitert. Einer Dame von hohem Rang, vor allem, wenn sie einen so einschüchternd und freundlich zugleich ansah wie diese hier, mußte man einfach Respekt erweisen. Zudem ließ sich aus ihrem Lächeln schließen, daß sie vielleicht mehr über einen wußte, als einem recht war.
»Wie heißt Ihr, Monsieur?« fragte Angélique liebenswürdig.
»Martin du Longre. Aber man nennt mich Adlerauge, immer zu Euren Diensten, Madame.«
»Also gut, Monsieur du Longre, Ihr habt da eine schöne holländische Waffe.«
Schmunzelnd dachte sie bei sich: »Und Ihr habt sie wahrscheinlich im Tausch gegen Eure Felle bei einem Grenzposten Neuenglands oder Oraniens erworben.« – Aber sie sagte es nicht laut, um ihn nicht in Verlegenheit zu bringen.
»Sie ist nicht so gut wie die französischen Waffen, die ich ge-

wöhnt bin, aber zweifellos ist es hier schwierig, sie zu beschaffen. Also gut! Wir werden uns messen! Monsieur, Ihr habt den Vorteil bei der Wahl der Waffe, da Ihr ja mit Eurem eigenen Gewehr schießen werdet. Ihr werdet also den Anfang machen. Und wenn man Euch Adlerauge nennt, läßt sich daraus schließen, daß Ihr ein guter Schütze sein müßt, und ich weiß nicht, ob ich die Zuschauer nach Euch noch in Erstaunen versetzen kann, da ich diese Waffe ja zum erstenmal benutze.«
Bei diesen Worten war sie aufgestanden und reichte ihm sein Gewehr.
Er grinste und zuckte mit den Schultern. Er hatte nicht damit gerechnet, zu einem Wettschießen aufgefordert zu werden, aber er konnte sich ihrem Wunsch nicht entziehen.
Die Zuschauer tauschten erstaunte Blicke, und Angélique beglückwünschte sich, sich für diese Taktik entschieden zu haben. Im Wettstreit mit einem erfahrenen Schützen konnte sie ihre Talente in der Handhabung von Waffen unter Beweis stellen, ohne Gefahr zu laufen, hinterher als Hexe dazustehen.
Der junge Mann stellte eine Schießscheibe auf. Die Entfernung, die er wählte, erschien Angélique durchaus akzeptabel, sie würde ohne große Schwierigkeiten treffen können. Sie beobachtete ihn, wie er sein Gewehr lud.
Der Ring der Neugierigen hatte sich geöffnet, um ihnen Platz zu machen. Angéliques souveränes Auftreten ließ keinerlei Aggressionen aufkommen. Es zählte einzig und allein das Können.
Auf die Aufforderung des alten Carillon hin, der mit seinem krummen Zeigefinger unmißverständliche Zeichen gab, erklärte sich Adlerauge einverstanden, zuerst in die Mitte der Zielscheibe zu schießen und dann eine Feder in der gleichen Entfernung zu treffen.
Er schoß. Die Kugel traf die Zielscheibe nicht ganz im Mittelpunkt, aber es war bereits ein sehr gelungener Schuß. Nachdem er nachgeladen hatte, konzentrierte er sich lange, zielte auf die Feder und traf.
Angélique bat ihn, ihr beim Laden der Muskete behilflich zu sein. Sie spürte, wie der junge Waldläufer sie neugierig mu-

sterte. Es war ihm sicher noch nie passiert, einer Dame mit so schönen, zarten Händen beim Laden einer schweren Muskete zu helfen.
Die Fingerfertigkeit, mit der Angélique das Rohr säuberte, das Pulver einfüllte und die Zündpfanne wieder verschloß, ließ ihn staunend den Kopf schütteln. Sie fragte ihn nach ein paar Einzelheiten wegen des Zündens der Lunte, die ihr nicht mehr geläufig waren, aber man konnte sehen, daß sie sich mit Waffen auskannte.
Unter den Zuschauern war es so ruhig, daß man eine Stecknadel hätte fallen hören können. Sogar die Indianerkinder gaben keinen Muckser von sich.
Als Angélique schließlich die Waffe hob und mit einer Leichtigkeit schulterte, die in Anbetracht ihres Gewichts bemerkenswert war, ging ein Raunen durch die Reihen. Man beobachtete jede ihrer Bewegungen. Sie waren ruhig, sicher und schnell. Ohne es sich einzugestehen, waren sie fasziniert von der Anmut, mit der sie den Kopf gegen den Gewehrkolben lehnte. Man hätte meinen können, das Gewehr sei für sie eine Art Komplice, den sie leise anfeuerte:
»Auf in den Kampf, mein Freund! Wir werden siegen!«

Ville d'Avray geriet außer sich vor Begeisterung:
»Sie ist umwerfend, nicht wahr?« flüsterte er Pater Dafarel zu, den das alles offensichtlich völlig kalt ließ.
Angélique ließ die Waffe wieder sinken und fragte den alten Carillon, was er vorziehe: Ob sie ins Zentrum treffen solle oder in die Markierung Monsieur du Longres?
Zum erstenmal öffnete er seinen zahnlosen Mund und ließ vernehmen: »Das letztere, den Treffer Adlerauges. Das ist schwieriger.«
Angélique untersuchte den Durchschuß genau, schulterte das Gewehr von neuem, setzte es dann noch einmal ab und bat darum, die Zielscheibe ein klein wenig zurückzustellen. Mehrere Männer liefen hinzu, um ihren Wunsch zu erfüllen, während andere ausriefen:
»Das ist Mut! ... Sie spannt uns ganz schön auf die Folter, die-

ses Teufelsweib! . . . Man hat uns ja schon erzählt, daß sie außergewöhnlich ist! . . . Wenn sie auf diese Entfernung trifft, grenzt das an Zauberei . . .«
Die Spannung wuchs.
Als Angélique das Gefühl hatte, daß ihr Publikum reif sei, entschloß sie sich zu schießen. Alle diese Verzögerungen hatten es ihr ermöglicht, das Gewehr ein wenig kennenzulernen. Sie schulterte es temperamentvoll und schoß so schnell, daß die Leute glaubten, ihren Augen nicht trauen zu können.
Alles rannte zur Zielscheibe hin. – Auch jetzt war nur ein Einschuß zu sehen, aber er war am Rand leicht ausgebuchtet, was den Durchschuß einer zweiten Kugel bewies. Die Muskete rauchte noch, als Angélique sie mit Hilfe Adlerauges noch einmal lud, während die Leute zur Seite gingen, von neuem zielte und schoß. Die Feder tanzte in der Luft. Ohne Aufhebens zu machen, reichte Angélique dem Waldläufer das Gewehr zurück.
»Voilà!« sagte sie und wandte sich der Menge zu. »Das war mein Schuß, und ich glaube bewiesen zu haben, daß Anashtaka nicht übertrieben hat, als er meine Schießkünste lobte. Aber die Tatsache, daß ich ebensogut schießen kann wie Monsieur du Longre, beweist noch lange nicht, daß ich magische Kräfte besitze. Auch wenn man so etwas von mir erzählt . . .«
Ihre Offenheit traf die Leute völlig unvorbereitet, und es gelang ihr dadurch, sie zu erobern. Ein paar fingen an zu lachen, und dann brach ein entsetzlicher Lärm aus. Alle waren froh und erleichtert und ließen ihrer Begeisterung freien Lauf. Man kommentierte ihre Leistung, indem man einander anerkennend auf die Schulter klopfte. Angélique bemerkte einen Mann in feiner Tuchjacke, der eher einen bürgerlichen Eindruck machte und der die Münzen in der Hand eines Waldläufers zählte: Die beiden hatten offensichtlich auf sie gewettet! Sie hatte sich also nicht getäuscht, als sie annahm, daß bereits vor ihrer Ankunft andere Leute ihres Schlages nach Tadoussac gekommen waren.
In diesem Moment drangen vom Ufer Stimmen herauf, Matrosenstimmen:

»Wir kommen!... Haltet aus!«
Und gleichzeitig ließ sich vom kleinen Fort auf dem Hügel ein ähnlicher Ruf vernehmen:
»Seid mutig! Wir sind unterwegs zu euch!«
Es waren die Soldaten der Garnison. Vier Mann hoch, galoppierten sie in ihren blauen Uniformen den Abhang zur Kirche hinunter, während vom Strand herauf ein Trupp Matrosen der *Gouldsboro*, von Yann Le Couënnec angeführt, im Laufschritt dem gleichen Ort zustrebte.
Eine Schaluppe, beladen mit Kanonen und Musketen, bewegte sich mit heftigen Ruderschlägen dem Ufer zu. Erikson stand vorn im Bug, den Säbel in der Hand.
Die Verwirrung über diesen Überfall von beiden Seiten war allgemein.
»Was ist passiert?« rief Angélique Yann zu, der außer Atem angestürzt kam und verdutzt stehenblieb, als er sie so friedlich neben dem alten Carillon sitzen sah.
»Was ist los?« fragten auch die Dorfbewohner die aus dem Fort gekommenen Soldaten.
»Das wollten wir von euch wissen...«, gab einer zur Antwort.
Verblüfft starrten Matrosen und Soldaten einander an. Die Situation hatte sich offensichtlich in unvorhergesehener Richtung entwickelt. Dann wandte Yann sich an Angélique:
»Warum wurde geschossen? Wir glaubten Euch in Gefahr, Madame.«
Inzwischen war auch Erikson dazugekommen. Der Graf hatte ihm befohlen, den ganzen Tag in Alarmstellung zu bleiben. – Die Gräfin sei an Land gegangen. Wahrscheinlich werde alles friedlich verlaufen, aber man könne ja niemals wissen!
Und als er die Schüsse gehört hatte, hatte er in Windeseile eine Schaluppe ins Wasser hinuntergefiert...
Den Säbel in der riesigen Faust, starrte er herausfordernd in die Runde, bereit, alles kurz und klein zu schlagen.
Man klärte ihn auf, daß absolut keine Notwendigkeit für dieses militärische Aufgebot bestehe. Es habe sich nur um ein Wettschießen gehandelt.

Indessen hatten die Dorfbewohner sehr schnell registriert, über welche Macht die Gräfin Peyrac zu ihrer Verteidigung verfügte, für den Fall, daß man ihr in Tadoussac irgendwelchen Schaden hätte zufügen wollen. Die Soldaten des Forts nahmen sich daneben recht kläglich aus, trotz des Mutes, den sie bewiesen hatten. Die Neuankömmlinge, von denen man sagte, sie seien Piraten oder Korsaren aus der Französischen Bucht, waren bis an die Zähne bewaffnet. Und es waren schöne, neue, glänzende Waffen, das mußte man ihnen lassen.

Das war *sie* also, die Dame vom Silbersee, vor der ihnen einige Leute aus Québec, die sie nie gesehen hatten, Angst und Schrecken eingejagt hatten und von der andere, die sie kannten, wie von einem Engel sprachen.

Am Anfang war man sich nicht sicher gewesen. Sie war so ruhig mit den Kindern an der Hand das Ufer heraufgekommen.

Was hatten sie eigentlich erwartet? . . . Jemand, der Angst einflößte, obwohl man sich erzählte, daß sie sehr schön sei, aber von einer Schönheit, die krank mache. Und so war die erste Reaktion der Bevölkerung Erstaunen gewesen, ja sogar Enttäuschung.

Man suchte bei ihr die Spuren teuflischer Mächte. Man war bereit gewesen, sich bei ihrem Anblick zu bekreuzigen, aber alles war ganz anders gekommen. Und abgesehen davon war sie auch nicht so hinreißend schön in ihrem einfachen Mantel mit dem Kapuzenkragen und dem um den Kopf gebundenen Tuch. Sie sah fast aus wie eine Kanadierin aus ihren Reihen.

Aber dann hatte sie plötzlich gelächelt, hatte geschossen und sich dann an sie gewandt mit den Worten:

»Seht her! Ich bin keine Hexe!«

»Mama! Mir ist so heiß, und ich habe Durst!« rief Honorine plötzlich. Sie langweilte sich, seitdem nicht mehr von Schießen und Kämpfen die Rede war.

Obwohl der Winter vor der Türe stand, schien die Sonne tatsächlich mit einer Intensität wie sonst nur in südlicheren Breiten.

Eine Frau trat vor.

»Darf ich Euch ein Bier anbieten, Madame?« fragte sie Angélique.
»Habt vielen Dank, aber ich würde Milch vorziehen. Wir haben schon so lange keine mehr getrunken.«
»Kommt doch alle zu mir«, schlug Ville d'Avray vor. »Die gute Cathérine-Gertrude wird uns ein paar Erfrischungen bringen.«
Er nahm Angéliques Arm.
»Wollt Ihr damit etwa sagen, daß Ihr auch in Tadoussac ein Haus besitzt?« fragte sie überrascht.
»Das nicht, nur ein Lagerhaus ... für meine Waren. Ein Beauftragter der Gesellschaft verwaltet es in meiner Abwesenheit. Es ist nicht weit vom Hafen entfernt.«
Das Lagerhaus war ein schönes Holzhaus auf einem Steinfundament. Durch die Fenster konnte man einen jener langen Tische sehen, auf dem die Händler ihre Felle ausbreiteten. Auch eine große Waage für Eisenwaren war zu erkennen. Ville d'Avrays Lagerbestände schienen sehr beträchtlich zu sein. Der Mann in der Tuchweste, der mit dem Waldläufer gewettet hatte, stellte sich als der Lagerverwalter heraus. Er war wahrscheinlich an Ville d'Avrays Gewinnen mit einem beträchtlichen Prozentsatz beteiligt, denn der Marquis beglückwünschte ihn mit einem Augenzwinkern, während er Angélique halblaut erklärte:
»Wenn ich von Akadien zurückkomme, ziehe ich es vor, einen Teil meiner Waren hier zu deponieren. Später lasse ich sie dann peu à peu nach Québec schmuggeln. Sie verstehen! ... In unserer Zeit muß man für alles Steuern zahlen. Es wäre nicht der Mühe wert, nach Akadien zu fahren, um Gebühren zu zahlen, auf die Gefahr hin, daß das Geld in irgendwelche unbekannten Taschen wandert.«
»Und weiß Monsieur Carlon darüber Bescheid?«
»Sicher, aber das sind nur Bagatellen, um die er sich nicht kümmern kann. Der Beauftragte der Gesellschaft, den Ihr dort seht, erledigt das alles für mich, und Monsieur Ducrest, der sich für den König von Tadoussac hält, hat keine Ahnung.«
»Was für eine schöne Aussicht Ihr von hier habt!«

»Von meinem Haus in Québec, wo ich Euch unterbringen werde, ist sie noch viel schöner ... Ihr werdet sehen!«
Das Lagerhaus war für den Empfang Angéliques hergerichtet worden. Im Kamin brannte ein Feuer. Die Dorfbewohner, die ihnen gefolgt waren, drängten sich am Eingang, Kinder, Hunde und Indianer voneweg.
»Einer nach dem anderen«, rief der Marquis, sehr zufrieden über seine Beliebtheit, und zu Angélique gewandt, sagte er: »Ihr habt sie erobert!«

Die Frau, die Angélique das Bier angeboten hatte, kam mit einem Tonkrug voll frischer, sahniger Milch zurück, gefolgt von ihren Töchtern, die Eier und Brot brachten. Angélique und die Kinder nahmen auf einer Bank neben dem Feuer Platz. Die Frauen schlugen vor, für die Kinder Madame de Peyracs ein Ei in die Milch zu rühren. Alle schienen von ihnen entzückt zu sein. Man bewunderte das pausbäckige Gesicht Cherubins, das schöne Haar Honorines, und die Blicke der Männer richteten sich interessiert auf die jungen Mädchen, die Angélique begleiteten. Wenn man den Gerüchten Glauben schenken konnte, waren es die sogenannten Mädchen des Königs. Woher kamen sie? Aus Paris? Aus der Provinz? Was war der Grund ihrer Reise? Wollten sie sich wirklich in Kanada verheiraten?
»Du liebe Güte! Wenn die wüßten, daß wir keine Mitgift mehr haben«, flüsterte Henriette Jeanne Michaud ins Ohr.
Nach allem, was sie durchgemacht hatten, hatte sie der Verlust ihrer königlichen Kassette beim Untergang ihres Schiffes am härtesten getroffen. Wer würde sie ohne Mitgift überhaupt noch haben wollen? Wahrscheinlich müßten sie sich als Dienstmädchen verdingen, und es würde Jahre dauern, bis sie sich irgendwo bescheiden niederlassen konnten. Oder sie müßten nach Frankreich zurückkehren. Aber jetzt war nicht die Zeit für trübe Gedanken, denn inzwischen waren Bier, Apfelwein und andere alkoholische Getränke gereicht worden.
»Ja, das muß man dem Marquis wirklich lassen, er versteht, seine Gäste zu bewirten, bemerkte der Lagerverwalter. Die

schon ziemlich angetrunkenen Matrosen der *Gouldsboro* stimmten ihm lautstark zu, und ihre Begeisterung steigerte sich mit jedem geleerten Tonkrug. Unterdes wurden ein Laib Brot, Butter und Marmelade herbeigebracht.
»Die Leute sind charmant, nicht wahr?« bemerkte Ville d'Avray entzückt zu Angélique. »Ich glaube, ich habe Euch nicht zuviel versprochen.«
Charmant war vielleicht nicht gerade das passende Wort. Die Not, das harte Leben weit entfernt von der Heimat, der Kampf mit den Irokesen und die langen Winter hatten diese Menschen geprägt. Sie waren hart im Nehmen, schweigsam, aber von rauher Herzlichkeit. Und sie waren vor allem friedfertige Menschen, die ihnen offene und ehrliche Gastfreundschaft entgegenbrachten.
Insgesamt herrschte hier trotz des Lilienbanners eine Atmosphäre wie in einem Freihafen, ähnlich wie in Akadien. Die Verwaltung war zwar französisch, aber die Beamten waren viel lieber in Québec bei ihren Familien als in diesem kleinen Fischer- und Bauerndorf. Deshalb war es auch ein leichtes, sie ein wenig zu betrügen, und sie hatten nicht viel Macht. Die wahren Herren des Dorfs waren die Vertreter der Handels- und Fellgesellschaften.
Angélique mußte an ihre Zweifel und Befürchtungen denken und war erstaunt, wie gut sich die Dinge anließen.
»Seid Ihr jetzt beruhigt, Madame? . . . Wie ich es Euch prophezeit habe!« sagte Ville d'Avray. »Glaubt mir, in Québec wird es ebenso sein. Und wollt Ihr wissen, warum? Weil die Franzosen die größten Gaffer der Welt sind. *Euch zu sehen!* Wer würde sich dieses Schauspiel entgehen lassen! Hier habt Ihr es ja bereits erlebt: Die Leute sind über Eure Ankunft entzückt!«
Kaum hatte er das letzte Wort gesprochen, dröhnte ein Kanonenschuß.

Vierzehntes Kapitel

»Das war eine Kanone!«
»Keine Aufregung! Es wird schon nichts Ernstes passiert sein!« rief der Marquis de Ville d'Avray und stürzte nach draußen. Von der Schwelle aus spähte er durch sein Fernglas.
»Es ist nur Monsieur de Peyrac, der im Begriff scheint, dem fremden Schiff zu Hilfe zu kommen.«
»Aber warum wurde dann der Kanonenschuß abgegeben?«

Sie hatten sich alle auf der Veranda vor dem Lagerhaus eingefunden, aber wegen des Nebels konnten nicht einmal die geübten Augen der Seeleute etwas erkennen. Nur Ville d'Avray war mit Hilfe seines Fernglases in der Lage, ihnen zu berichten, was sich dort unten abspielte. An den weißen Segeln, die auftauchten und wieder entschwanden, konnte man sehen, daß die Schiffe manövrierten. Ein Blitz leuchtete am Himmel auf, und dann hallte das Echo einer dumpfen Detonation herüber.
»So ein Wahnwitz! Das fremde Schiff feuert auf die Flotte Peyracs«, informierte Ville d'Avray die anderen.
»Wie seltsam!«
Sie blickten angestrengt zum Ufer hinüber, um das Rätsel zu lösen. Doch blieb ihnen zunächst nichts anderes übrig, als geduldig die Bewegungen der großen weißen Segel zu beobachten, denn auf dem Wasser ging alles unheimlich langsam vor sich.
Plötzlich rief jemand: »Sie kommen hierher!«
Die geblähten Segel glitten tatsächlich immer näher. Das konnte nur bedeuten, daß die Schiffe den Hafen ansteuerten.
– Bevor es soweit war, wurde ihre Geduld noch auf eine harte Probe gestellt. Gegen Mittag endlich, als die Sonne im Zenit stand, legte die Flotte des Grafen Peyrac am Ankerplatz von Tadoussac an – außer der *Gouldsboro*, die weiter draußen vor Anker lag. Sie eskortierte das französische Schiff, das so sehr Schlagseite hatte, daß es aussah, als wolle es sich schlafen legen.
Die kleine Yacht *Le Rochelais* unter Cantors Kommando diente

als Lotsenboot und schleppte das gekaperte Schiff an einem Tau hinter sich her.
Angélique bemühte sich vergeblich, Joffreys Gestalt auf der Brücke eines der Schiffe zu erkennen. Sie war außerordentlich beunruhigt.
Auch die anderen waren verstummt. – Hatte es ein Gefecht gegeben? Aber weshalb?
Dann hörte man, wie die schweren Ankerketten ins klare Wasser glitten, und schon entfernten sich Barken und Boote von den Schiffen und steuerten mit kräftigen Ruderschlägen ans Ufer, während Indianerkanus vom Strand ablegten und sich wie Zecken an das französische Schiff hefteten, um ihre Felle anzubieten und Alkohol zu kaufen.
Angélique betrachtete das havarierte Schiff und fragte sich, ob Joffrey dem französischen Segler zu Hilfe gekommen war, oder ob er ihn gekapert hatte.
Adhémars Worte kamen ihr wieder in den Sinn. Und wenn die Herzogin an Bord war? – Sie spürte, wie sie bleich wurde.
Um sie herum kam wieder Leben in die Kanadier, und aus dem, was sie sagten, ging deutlich hervor, daß sie nicht Partei ergreifen wollten.
Der stolze Anblick der Schiffe, der sich ihnen bei Sonnenaufgang dargeboten hatte, hatte sie doch sichtlich beeindruckt. Und ihr Mißtrauen richtete sich daher eher gegen das fremde Handelsschiff. Und plötzlich riefen alle durcheinander:
»Aber da ist ja die *Saint-Jean-Baptiste*, der alte Kahn dieses Schuftes René Dugast aus Rouen.«
»Wieso kommt er so spät? . . . Er wird nicht mehr zurückfahren können.«
»Wäre er doch gleich untergegangen!«
»Zu uns kommt immer das letzte Pack!«
»Eine neue Gelegenheit für den Sieur Gonfarel, sich noch mehr zu bereichern.«
»Ist dieser Dugast eigentlich noch immer Kapitän? Kein Wunder, daß er geschossen hat! Lieber geht der mit seiner ganzen Ladung unter, als daß er sich helfen läßt . . . Dieser Dummkopf!«

Alle liefen zum Hafen hinunter, und Angélique kam gerade dort an, als der Comte d'Urville mit seiner Mannschaft an Land ging. Wie es seine Art war, schien der meist fröhliche d'Urville nicht besorgt, eher ein bißchen aufgebracht. Er grüßte Angélique von weitem mit einem ermutigenden Lächeln.
»Was ist passiert?« fragte sie ihn sogleich. »Warum wurde geschossen?«
»Irgend jemand auf diesem Unglücksschiff muß die Nerven verloren haben. Wir umkreisten es, weil wir unsere Hilfe anbieten wollten, als es uns aus heiterem Himmel angriff. Wir mußten uns natürlich zur Wehr setzen, deshalb fiel unsere Kontaktaufnahme auch etwas rauher aus als vorhergesehen. Vielleicht haben sie hinter unserer Annäherung böswillige Absichten vermutet. Der Kapitän ist ein brutaler Bursche. Entweder ist er ein Säufer oder er ist krank, das weiß ich nicht. Auf jeden Fall konnte man nichts aus ihm herausbringen. Die Passagiere im Zwischendeck – alles französische Emigranten – sind in einem miserablen Zustand. Ein Drittel ist während der Überfahrt umgekommen . . .«
»Warum kommt das Schiff zu so ungünstiger Jahreszeit?«
»Es war unter den letzten, die Europa verließen. Mit ein bißchen Glück hätten sie es bis nach Québec und wieder zurück geschafft. Aber sie waren offensichtlich vom Pech verfolgt: Stürme, Windstillen, Strömungen . . . es gibt fast nichts, was sie nicht erlebt hätten. Das wenigstens haben uns die Passagiere erzählt.«
Ville d'Avray kam aufgeregt hinzu.
»Ich habe gehört, sie hätten Fässer mit französischem Wein geladen: Burgunder von höchster Qualität!«
»Ich sehe, Ihr seid bestens informiert, Marquis!« erwiderte Monsieur d'Urville schmunzelnd.
»Ich hoffe, Monsieur de Peyrac hat den Wein gleich an sich gebracht.«
»Ganz sicher nicht! Monsieur de Peyrac wollte dieses Schiff nur überprüfen, um seine Waffen zu inspizieren, weil er nicht riskieren möchte, vor den Mauern von Québec ein Kriegsschiff

vorzufinden. Ihr seht, nichts, was er tut, kann den Ruf eines
Piraten rechtfertigen, den man ihm so gerne anhängt...«
»Was für ein Jammer!« fiel ihm Ville d'Avray ins Wort. »Ich
an seiner Stelle würde keinen Augenblick zögern. Burgunder!
Und dazu noch aus der Gegend von Beaune! – Ihn diesen Burschen zu lassen, ist fast schon ein Verbrechen!«
Über sein Gesicht glitt ein sehr nachdenklicher Ausdruck.

Angélique verspürte den dringenden Wunsch, zur *Gouldsboro* zurückzukehren, um mit Joffrey die Ereignisse des turbulenten, aber insgesamt doch recht erfolgreichen Morgens zu besprechen.
Sie nahm Abschied von den Menschen, die sie so nett empfangen hatten, besonders von der Kanadierin Cathérine-Gertrude Gauvin, die offensichtlich im Dorf den Ton angab, und versprach, am Nachmittag wiederzukommen.
An Bord bestätigte ihr Joffrey, was ihr der Comte d'Urville bereits erzählt hatte.
Trotz seiner prekären Lage hatte sich das Schiff aus Rouen, das sich so fromm und scheinheilig *Saint-Jean-Baptiste* nannte, feindselig verhalten, was der Graf im großen und ganzen noch verständlich fand, da es sich von einer fremden Flotte umringt sah, die es zwingen wollte, sich zu erkennen zu geben. Aber er war der Ansicht, daß dieses Schiff ihnen in Tadoussac Unannehmlichkeiten bereiten könnte. Aus diesem Grund hatte er den unfreundlichen Empfang zum Vorwand genommen, dem Schiff und seiner Besatzung mit besonderer Strenge zu begegnen.
»Ich habe der Mannschaft ausdrücklich untersagt, sich an Land zu begeben. Es wäre falsch, das freundschaftliche Verhältnis mit den Bewohnern von Tadoussac aufs Spiel zu setzen. Später am Nachmittag werde ich einigen von ihnen erlauben, Wasser zu holen, und vielleicht bei ein paar kranken Frauen und Kindern eine Ausnahme machen, denn der Zustand der Passagiere ist erbärmlich. Darüber hinaus habe ich Zimmerleute und Handwerker an Bord geschickt, die ihnen bei den Ausbesse-

rungsarbeiten helfen sollen. Ich habe sie jedoch gut bewaffnet, damit sie das Schiff gleichzeitig bewachen können, und habe dem Kapitän ausrichten lassen, daß meine Kanonen noch immer auf ihn gerichtet sind.«
»Warum hat er eigentlich geschossen?«
»Er selbst wußte nichts davon. Er war so betrunken, daß er nicht mehr bei Sinnen war. Vielleicht war es gar nicht er, der es befohlen hat.«
Angélique ahnte, daß es da etwas gab, was er ihr nicht sagen wollte.
Sie sah Peyrac eindringlich und fragend an. Er schien zu zögern.
»Es sind nur Gerüchte«, meinte er schließlich, »aber es hat den Anschein, als befände sich ein königlicher Gesandter in geheimer Mission an Bord. Es wäre möglich, daß *er* den Befehl zum Feuern gegeben hat.«
»Wißt Ihr, wie er heißt?« fragte Angélique aufgeregt.
Sie teilte die unausgesprochene Meinung Peyracs, daß dieser besondere Gesandte des Hofs eine sie betreffende Order nach Québec bringen sollte.
In jedem Fall war die Sache höchst kritisch, und man mußte ihn daran hindern, vor ihnen in Québec anzukommen.
Doch Joffrey schien sich sehr schnell wieder beruhigt zu haben.
»Vielleicht existiert er überhaupt nicht. Ich konnte dies nur einigen ihrer Ausflüchte entnehmen, als ich eine Liste der Passagiere haben wollte, um mir eine exakte Vorstellung darüber machen zu können, wer sich alles an Bord befindet. Sie verhielten sich ziemlich feindselig mir gegenüber. Sollte er also doch an Bord sein, hat er offensichtlich die Leute bestochen, seine Anwesenheit nicht zu verraten.«
»Er fürchtet wohl, Ihr könntet ihn gefangennehmen, um ein Lösegeld zu kassieren.«
»Den Eindruck hatte ich auch.«
»Das Schiff muß von oben bis unten durchsucht werden, um ihn zu zwingen, sich zu erkennen zu geben . . .«
Joffrey de Peyrac lächelte.

»Reizend! Ihr seid wie unser heißblütiger Marquis, der jeden daran erinnert, daß das Auge des Gesetzes über ihn wacht, aber keinerlei Hemmungen hat, sich wie ein ausgekochter Gauner zu benehmen. Aber ich habe durchaus nicht die Absicht, auch für einen Gauner gehalten zu werden. Ich bin äußerst bemüht, ihnen keine Furcht einzujagen, geschweige denn, mir Kritik durch illegales Verhalten einzuhandeln. Sollte es also stimmen, daß an Bord der *Saint-Jean-Baptiste* ein Gesandter des Hofes von Versailles ist, werde ich ihm sein Inkognito lassen. Er kann uns nicht schaden. Vor allem sind wir auch während unseres Aufenthalts in Tadoussac viel ungezwungener, wenn er sich nicht zeigt.«
»Wie lange werden wir voraussichtlich in Tadoussac bleiben?«
Der Graf Peyrac antwortete ausweichend, und wieder hatte Angélique den Eindruck, daß er ihr etwas verschwieg.

Am Nachmittag ging sie mit den Kindern wieder an Land.

Fünfzehntes Kapitel

Angélique erreichte den Strand, als Monsieur d'Urville eben zwei Reihen bewaffneter Männer antreten ließ.
»Für wen ist diese Garde?«
»Die *Saint-Jean-Baptiste* schickt einen Arbeitstrupp, und ich habe Order, ihn zu bewachen.«
Ein Nachen, in dem Matrosen des beschädigten Schiffes saßen, legte gerade an. Sie hatten Galgengesichter, sei es, weil es wirklich Strafgefangene waren, oder weil die anstrengende Überfahrt sie erschöpft hatte. Sie waren erschreckend mager, bleich und zerlumpt. Unter lautem Fluchen luden sie ihre leeren Kübel und Fässer aus, sahen sich dabei nicht gerade freundlich um und suchten offensichtlich Streit. Die Männer der *Gouldsboro* hielten sie an, zur Quelle hinaufzusteigen. Inzwischen hatten sich einige Leute aus Tadoussac neugierig genähert, zeigten sich aber den Galgenvögeln gegenüber keineswegs freundlich

oder hilfsbereit. Sie kannten dieses Schiff bereits und wußten, daß von ihm nur Unannehmlichkeiten zu erwarten waren und daß dessen Kommandant überdies noch schlecht zahlte. Die Männer d'Urvilles begleiteten sie bis zur Quelle, um Zwischenfälle zu vermeiden.
Auch eine Frau war mit dem Boot gekommen. Sie war ärmlich gekleidet und schien nicht mehr jung zu sein. Ohne Zweifel war sie daran gewöhnt, allein zurechtzukommen, denn sie hatte sich ins knietiefe Wasser gleiten lassen, ohne einen der Männer um Hilfe zu bitten. Sie hielt ein Kind im Arm.
Sobald sie den Strand erreichte, setzte sie sich zunächst einmal in den Sand, um sich auszuruhen. Das Kind, das völlig apathisch schien, legte sie neben sich. Die Szene erinnerte Angélique unwillkürlich an die Ankunft der Jungfrau Maria mit dem kleinen Jesus auf dem Arm. Aber die Realität war nur ein kläglicher Abklatsch, ohne Ausstrahlung.
Die Frau hatte einen dunklen Teint. Ihre Augen waren gerötet. Unter einem verwaschenen schwarzen Kopftuch hingen graue Haarsträhnen hervor. Eine Weile bemühte sie sich, ihr Haar zu ordnen, dann stand sie plötzlich mit einer erstaunlich flinken Bewegung auf, und Angélique sah, daß sie in Wirklichkeit noch gar nicht so alt war. Die Frau nahm das Kind wieder auf den Arm und schickte sich an, den Strand hinaufzugehen.
D'Urville stellte sich ihr in den Weg:
»Madame, wer seid Ihr?« fragte er höflich. »Ich habe den Auftrag, keinem Passagier der *Saint-Jean-Baptiste* zu erlauben, einen Fuß an Land zu setzen, bevor Graf Peyrac nicht ausdrücklich Erlaubnis dazu gegeben hat.«
Die Frau sah ihn ruhig an.
»Graf Peyrac, sagt Ihr? Sprecht Ihr von dem Piraten, der heute morgen unser Schiff inspizierte? In diesem Fall kann ich Euch versichern, daß er selbst mir die Erlaubnis gegeben hat, mich an Land zu begeben, um dieses todkranke Kind pflegen zu können. Es fehlt uns an allem auf dem Schiff ...«
Sie hatte eine helle, sympathische Stimme, die viel kraftvoller war, als man bei der erschöpften Gestalt vermutet hätte.
Einer der Männer der *Gouldsboro*, der die Barke begleitet hatte,

bestätigte ihre Worte und übergab Monsieur d'Urville einen Zettel, auf dem er die Unterschrift des Grafen erkennen konnte. Nachdem er ihn gelesen hatte, gab er seine Einwilligung.
»Alles in Ordnung, Madame. Ihr könnt ins Dorf gehen. Tut, was Euch beliebt.«
Die Frau dankte ihm, doch schien der Vorfall sie ziemlich viel Kraft gekostet zu haben. Sie seufzte und ging zögernd mit schweren Schritten weiter.
Inzwischen hatte sich die Menge zerstreut, und Angélique blieb allein mit den Kindern und einem der Mädchen des Königs am Strand zurück. Sie hatte Mitleid mit der Frau, die allein ein ihr offenbar unbekanntes Land betrat. Sie erinnerte sich daran, wie ihnen zumute war, als sie damals in Gouldsboro gelandet waren, obwohl Joffrey bei ihnen gewesen war und sie während der Überfahrt mit allem Notwendigen versorgt hatte.
Sie entschloß sich, zu der Frau hinüberzugehen.
»Madame, kann ich Euch helfen?«
Die Frau sah sie interessiert an. Sie schien zu zögern, doch dann sagte sie:
»Ich danke Euch, Madame. Ich nehme Eure Hilfe gern an. Vor allem wegen des armen Kleinen hier, das im Sterben liegt. Es braucht dringend Milch oder eine heiße Suppe. Seit Wochen leben wir von nichts anderem als von Salzwasser, aufgeweichtem Zwieback und Apfelwein.«
»Kommt mit mir«, sagte Angélique.
Sie gingen zum Lagerhaus Ville d'Avrays, der herausgestürzt kam, als er Angélique kommen sah. Nach dem ersten Blick auf die Frau, die sie bei sich hatte, hielt er jedoch abrupt inne und entfernte sich fluchtartig.
»Was für ein Vergnügen, wieder an Land zu sein!«
»Seid Ihr etwa aus Tadoussac?« erkundigte sich Angélique erstaunt.
»Nein, aus Ville-Marie ... Gott sei Dank sind wir endlich in Kanada. Seit ich meinen Fuß auf dieses gelobte Land gesetzt habe, fühle ich mich wie neugeboren.«
Angélique hängte einen Topf mit Milch übers Feuer.
»Ist das Euer Sohn?« fragte sie und wies auf das Kind, das die

Frau aus seinen nassen, salzverkrusteten Tüchern gewickelt hatte, um seine mageren, kleinen Glieder am Kamin zu wärmen.
Die Frau schüttelte den Kopf:
»Nein, es ist das Kind französischer Emigranten, die während der Überfahrt gestorben sind. Niemand wollte sich um den Kleinen kümmern, die Matrosen waren schon dabei, ihn ins Wasser zu werfen. Da bekam ich Mitleid mit ihm und habe ihn zu mir genommen.«
Angélique reichte ihr eine Holzschale, in die sie etwas von der warmen Milch gegossen hatte, und die Frau ließ das Kind vorsichtig trinken.
Nach ein paar Schlucken schien es ihm besser zu gehen, und es trank gierig.
»Man erzählt sich, Eure Überfahrt sei schrecklich gewesen«, sagte Angélique.
»Sie hätte nicht schlimmer sein können. Wir haben außer dem endgültigen Schiffbruch alles durchgemacht. Wir hatten kaum Rouen verlassen, als die Pest ausbrach. Es gab viele Tote. Glücklicherweise war ein Arzt an Bord, der sie sofort in Leichentücher hüllte... Der Kapitän selbst ist ein gewissenloser Schuft...«
Während die Frau erzählte, hatte Angélique aus ihrem Beutel eine kleine Flasche genommen, die einen Balsam enthielt, der Wunden heilte und schnelle Linderung verschaffte. Sie begann den Körper des Kleinen damit einzureiben, nahm dann ihr Wolltuch und half der Frau, ihren Schützling darin einzuwickeln.
»Jetzt müssen wir abwarten. Er hat etwas Nahrung zu sich genommen, das ist schon ein gutes Zeichen, und die Medizin wird ihn stärken. Im Augenblick können wir nicht mehr tun.«
Sie bettete das Kind in der Nähe des Kamins auf Decken, die sie aus den Regalen geholt hatte. Dann wandte sie sich an Delphine und trug ihr auf, Cathérine-Gertrude zu fragen, ob man eine gute Bouillon bereiten könne.
»Und nun zu Euch«, sagte Angélique lächelnd. »Ihr seht noch ziemlich erschöpft aus.«

Sie reichte der Fremden eine Tasse mit warmer Milch, in die sie etwas Brot gebröckelt hatte.
»Trinkt nur! Das wird Euch guttun. Ich schätze, Ihr habt seit Wochen nichts Warmes mehr zu Euch genommen ...«
»Das ist alles nicht so wichtig! Gott hat uns in einen sicheren Hafen geführt. Und das war alles, worum wir gebetet hatten«, antwortete die Frau mit einem Lächeln, das ihr blutendes Zahnfleisch sehen ließ.
Es hätte nicht viel gefehlt, und sie wäre an Skorbut gestorben, dachte Angélique bei sich. Wie gut, daß sie ihr Medizinköfferchen mitgenommen hatte. Sie stellte es auf den Tisch und suchte nach ein paar Kräutern.
»Ich werde Euch einen Kräutertee machen, das wird Euch helfen.«
»Wie liebenswürdig Ihr seid!« murmelte die Frau dankbar.
»Aber wer seid Ihr eigentlich? Ich kenne Euch gar nicht. Seid Ihr in den letzten zwei Jahren meiner Abwesenheit nach Kanada gekommen?«
»Trinkt erst einmal. Wir werden später noch genügend Zeit haben, uns einander vorzustellen ...«
Sie gehorchte lächelnd, ließ aber Angélique keine Sekunde aus den Augen. Obwohl tiefe Ränder ihre Augen umzogen, hatten sich diese Augen ein ganz besonderes Leuchten bewahrt. Im gleichen Maße, in dem sie wieder zu Kräften kam, glätteten sich ihre Züge, und es war deutlich zu sehen, daß man es mit einem feinfühligen Menschen zu tun hatte.
Während sie Honorine und Cherubin betrachtete, strahlte sie über das ganze Gesicht. Sie stellte die Tasse auf ihr Knie und fragte: »Sind das Eure Kinder?«
»Ja und nein. Das ist meine Tochter Honorine, der kleine Junge heißt Cherubin. Er wurde meiner Obhut anvertraut.«
Verschmitzt zwinkerte die Frau dem Knirps zu. Angélique hatte den Eindruck, daß sie sofort eine Ähnlichkeit mit jemand festgestellt hatte, den sie recht gut kannte.
»War das nicht Monsieur de Ville d'Avray, dem wir vorhin begegnet sind?« fragte sie. »Man hätte meinen können, er sei vor mir geflohen.«

Offenbar entging ihr selten etwas. Dann wechselte sie unvermittelt das Thema.
»Und nun zu meiner Frage, Madame. Bisher habe ich Euch gehorcht, jetzt schuldet Ihr mir eine Antwort. Wer seid Ihr?«

Sechzehntes Kapitel

Angélique hatte das Gefühl, ihre Antwort könne für ihr weiteres Schicksal in Kanada entscheidend sein. Sie mußte ihren ganzen Mut zusammennehmen.
»Ich bin die Gattin des Piraten, wie Ihr ihn genannt habt.«
»Mit anderen Worten, Ihr seid die Gräfin Peyrac.«
Angélique nickte.
Die Frau lächelte und blickte sie dabei unverwandt an. Angélique wunderte sich über die Faszination, die plötzlich von ihr ausging. Ganz zu Anfang hatte sie sie für eine unglückliche, mittellose Emigrantenfrau gehalten, die zum erstenmal den neuen Kontinent betrat. Dann hatte sie festgestellt, daß sie sich hier auskannte und Autorität und Selbstsicherheit ausstrahlte, weshalb sie annahm, die Fremde sei eine kanadische Pionierin. Aber da war noch etwas anderes.
Die beiden Frauen sahen einander lange an und schienen alles um sich herum vergessen zu haben.
Der Blick der Frau fiel zufällig auf den aufgeklappten Deckel des Medizinköfferchens, in dessen Innenseite die Bilder des heiligen Cosmius und des heiligen Damian, der Schutzpatrone der Apotheker, aufgemalt waren.
»Ihr verehrt die Bilder der Heiligen?« fragte sie überrascht.
»Warum sollte ich sie nicht verehren? Gibt es etwas, das Euch zu der Annahme veranlassen könnte, ich brächte den Heiligen, die uns beschützen, nicht genügend Achtung entgegen? Man hat wohl auch Euch gegen mich aufgehetzt? Ich weiß es! Sogar in Paris. Woher kommt Ihr? Wer seid Ihr?«
Sie bekam keine Antwort.

In diesem Augenblick trat die Bäuerin Cathérine-Gertrude ein. Sie trug ein Baby auf dem Arm.
»Oh, ich wußte nicht, daß Ihr hier seid, Mutter . . .«
Sie hielt mitten im Satz inne; die Fremde hatte ihr ein Zeichen gegeben zu schweigen.
»Also seid Ihr eine Pionierin?«
»Ihr seid nahe daran, das Rätsel zu lösen«, sagte die geheimnisvolle Frau. Sie lachte fröhlich. Angéliques Neugier schien sie zu amüsieren.
Doch schon der nächste Besucher verriet sie, indem er spontan ausrief:
»Mutter Bourgeoys, Ihr seid wieder zurück! Was für ein Glück!«
»Dann seid Ihr also Marguerite Bourgeoys? . . .«

Die Mütter von Tadoussac brachten ihre kranken Kinder. Offenbar war es Angélique mit ihren Schießkünsten gelungen, das Vertrauen der Dorfbewohner zu erringen. Sie war unendlich erleichtert, alles schien sich zum Guten zu wenden. Zudem hatte sie noch das Glück gehabt, gleich zu Beginn einer der bemerkenswertesten Frauen Neufrankreichs zu begegnen. In Katarunk hatte sie zum erstenmal von ihr gehört. Rauhe Waldläufer und in vielen Kämpfen gehärtete Soldaten erwähnten sie voller Hochachtung. Sie war als ganz junges Mädchen mit einer der ersten Pioniergruppen Monsieur de Maisonneuves hierhergekommen, zu jener Zeit, als dieser auf einer kleinen Insel des St.-Lorenz-Stroms Montréal gegründet hatte, damals noch Ville-Marie genannt, weil es der Himmelskönigin geweiht war. Aus Liebe zu Gott hatte sie auf den Feldern gearbeitet, Heiden getauft, Schulen gegründet und Verwundete gepflegt.
»Wart Ihr es nicht auch, die Eloi Macollet das Leben gerettet hat, nachdem er skalpiert worden war?«
»Wie ich sehe, habt Ihr auch schon von mir gehört«, bemerkte Mutter Bourgeoys.
»Aber auf eine andere Art«, gab Angélique zurück. »Und wenn man mir auch alle möglichen Sünden vorwirft – Ihr jedenfalls seid ein Engel.«

Mutter Bourgeoys reagierte empört.
»So etwas will ich nicht noch einmal hören!« rief sie. »Diese Worte sind in jeder Hinsicht falsch. Es ist eine Sünde, sich so etwas überhaupt anzuhören.«
Sie machte eine unerwartete Geste und strich Angélique leicht mit dem Finger über die Wange.
»Ich sehe, woran es liegt«, sagte sie nachsichtig. »Ihr seid ein impulsives Kind.«
Dann mußten sie sich den Bewohnern von Tadoussac widmen, die sich drängten, um Rat und Hilfe zu erbitten.
Man hätte meinen können, das ganze Dorf, das am Tag zuvor noch bei bester Gesundheit gewesen war, sei plötzlich von allen nur erdenklichen Krankheiten befallen worden.
Die Erfahrung der beiden Frauen und Angéliques tragbare Apotheke gab allen eine Gelegenheit, sich Heilmittel zu beschaffen, die sie nicht so schnell wieder bekommen würden.
Die offene Sympathie, die ihr Mutter Bourgeoys entgegenbrachte, gab Angélique Auftrieb, und die Tatsache, daß diese Frau, die von allen geliebt wurde, vom ersten Augenblick an, in dem sie Kanada betrat, an ihrer Seite war, war für sie ein Fingerzeig des Schicksals. Mit einem Male fühlte sie sich wie zu Hause, als hätte sie schon immer bei den Kanadiern gelebt, vor denen sie sich gestern noch gefürchtet hatte.
Sie wurde von allen Seiten gelobt: Sie konnte furchtsame Kinder beruhigen, geschickt Verbände anlegen, und vor allem erkannte sie sofort den Grund des Übels, ob es sich nun um eine schmerzende Stirn oder um einen lahmen Arm handelte.
Man vereinbarte für den nächsten Tag einen neuen Termin, um Zähne zu ziehen und Abszesse zu öffnen . . .
Honorine und Cherubin stellten inzwischen allerlei Dummheiten an.

Siebzehntes Kapitel

Angélique suchte einen Beutel mit getrockneten Beeren gegen den Husten. Glücklicherweise hatte Mutter Bourgeoys zuvor bemerkt, daß Honorine ihn beiseite gebracht und in Cherubins Hosentasche versteckt hatte. Freundlich bat sie das Kind, sein Diebesgut zurückzugeben.
»Aber das ist für Mister Willoughby«, protestierte die Kleine.
»Wer ist denn Mister Willoughby, mein Schätzchen?« fragte Mutter Bourgeoys geduldig.
»Ein Bär. Er ist mein Freund, und er liebt Blaubeeren.«
»Das bezweifle ich keinesfalls. Aber wäre es nicht besser, man würde frische Beeren für ihn sammeln, als ihm getrocknete anzubieten? Ich kenne in Tadoussac einen Platz, wo wir noch welche finden könnten. Ich habe dort schon oft Beeren gesammelt.«
»Habt Ihr denn auch einen Bären?« fragte Honorine neugierig, während ihr Mutter Bourgeoys unauffällig das Säckchen aus der Hand nahm.
»Nein, mein Liebling, und das bedaure ich sehr. Denn ich bin überzeugt, daß ein Bär ein sehr lieber Spielgefährte sein kann. An Bord der *Saint-Jean-Baptiste* gibt es einen, ich schätze ihn sehr, er ist ein perfekter Gentleman.«
Honorine brach in helles Lachen aus.
Währenddessen waren von der Tür her aufgeregt streitende Stimmen zu hören, und jemand rief aufgebracht:
»Aber was soll das ... hier fürchtet sich doch niemand! Sie soll gefährlich sein? ... Das ist ja lächerlich!«
Der Lagerverwalter murmelte etwas in beschwichtigendem Ton, das man nicht verstehen konnte.
Dann wurde eine Stimme laut, die offensichtlich gewohnt war zu herrschen: »Nun denn ... *sie* ist also hier? Und ihr laßt sogar eure Kinder von ihr pflegen ... Ihr seid von allen guten Geistern verlassen!«
Angélique war aufmerksam geworden. Sie wußte, daß man von ihr sprach. Mit Cherubin an der Hand, der über und über mit Marmelade beschmiert war, ging sie zur Tür.

»Sucht Ihr vielleicht mich?« fragte sie und wandte sich an einen Herrn in Gehrock und Spitzenhemd, der einen Federhut trug. Vermutlich ein königlicher Beamter. Er war von einer unscheinbaren Frau begleitet – ihrem ganzen Gehaben und Äußeren nach offenbar seine Gemahlin –, und einem Mann mittleren Alters, der wie ein Gerichtsschreiber aussah.
Der Herr warf Angélique einen gleichgültig-mürrischen Blick zu.
»Woher kommt Ihr? ... Ich wette, von der *Saint-Jean-Baptiste*! Dieses Schiff ist ja in einem schönen Zustand. Ich werde den Herren von der Gesellschaft in Rouen einen dementsprechenden Bericht schreiben. Wo ist es denn spazierengefahren, daß es so spät hier ankommt? Und dann läßt es sich auch noch von Piraten durchsuchen ... mitten im Hafen von Tadoussac ... Aber so kann das unmöglich weitergehen ...«
Er stieß den Lagerverwalter zur Seite, ebenso seine Frau, die sich anschickte, ihm zu folgen.
»Ihr bleibt draußen, meine Liebe! Man kann nie wissen ...«
Und stürmte wütend ins Lagerhaus. »Wo ist sie?«
Er schien bereit, allen Teufeln der Hölle den Kampf anzusagen, und schließlich hatte er gar nicht so unrecht, dachte Angélique. Wenn überall erzählt wurde, eine Dämonin sei im Anmarsch, hatte er nichts zu lachen. Es war nicht einfach, mit solchen Dingen fertig zu werden, das konnte sie bezeugen. Sie hatte selbst eine Dämonin getroffen. Sie erinnerte sich an Abroisines Ankunft am Strand von Gouldsboro. Angélique schauderte jetzt noch. Ambroisine mit ihren raubtierhaften Augen hätte mit ihm nicht viel Federlesens gemacht. Es war nicht so einfach, den Tücken der Dämonen zu entkommen. Hätte es nicht auch sein können, daß die Menschen ihrer Güte mißtrauten?
Plötzlich war sie froh, daß sie einfach gekleidet war, und sie bewunderte den gesunden Menschenverstand, mit dem die Bewohner des kleinen Dorfs die Ereignisse beurteilten. Die Einmischung dieses Mannes konnte sie offenbar weder beeindrukken noch gar umstimmen.
Als der königliche Beamte Mutter Bourgeoys erblickte, beruhigte er sich ein wenig.

»Sie sind auch da . . . Willkommen, ehrwürdige Mutter. Was geht hier vor? Können Sie mir Auskunft geben?«
Er sah das offene Medizinköfferchen und die Frauen mit ihren nackten Kindern auf dem Schoß.
»Aber das ist ja Wahnsinn! . . . Ihr müßt den Verstand verloren haben.«
Er versuchte unter all den Frauen das schreckliche, vom Teufel sichtbarlich gezeichnete Gesicht zu erkennen: die Gräfin Peyrac . . .
»Wo ist sie? Hat sie sich in Luft aufgelöst? Mutter Bourgeoys, ich bitte Euch, Ihr seid eine vernünftige Frau . . . Zeigt sie mir . . .«
»Aber wen denn?« fragte Marguerite Bourgeoys, die nicht verstand, was er wollte.
»Die, die sich Gräfin Peyrac nennt. Man hat mir vorhin gesagt, sie sei hier.«
»Natürlich bin ich hier«, wiederholte Angélique noch einmal.
Diesmal musterte er sie etwas genauer, was aber nur zur Folge hatte, daß er in weitere Flüche ausbrach.
»Genug! . . . Ihr macht Euch über mich lustig. Das dulde ich nicht! Man zollt mir nicht den nötigen Respekt, ja man tritt mir sogar mit Verachtung entgegen, man setzt sich über meine Anordnungen hinweg . . .«
Mit einer theatralischen Geste reckte er sich zu seiner ganzen Größe auf und brüllte in den Raum:
»Ich verlange, augenblicklich die Gräfin Peyrac zu sehen!«
»Also gut! Sperrt die Augen auf und seht mich an!« schrie Angélique nun ihrerseits. »*Ich* bin es!«
Sie sah in sein völlig verdutztes Gesicht.
»Ja, ich bin die Gräfin Peyrac. Ob Euch das nun gefällt oder nicht, Monsieur. Seht mich einmal richtig an. Und habt gefälligst die Güte, mir endlich zu sagen, was Ihr überhaupt wollt?«
Ihr Gesprächspartner bekam einen roten Kopf. Sie hatte noch nie einen derart verwirrten Mann gesehen. Seine Miene drückte gleichzeitig die verschiedensten Emotionen aus: Überraschung, Zweifel, Erniedrigung und Furcht.
Angélique gab ihm den Rest, indem sie von oben herab hinzu-

fügte: »Und im übrigen – wer seid denn Ihr, Monsieur? Ihr brüllt hier herum, daß Ihr mich sehen wollt, ohne Euch mir überhaupt vorgestellt zu haben ...«
Er drehte sich auf dem Absatz herum, stürzte sich auf den Lagerverwalter, packte ihn am Kragen und schüttelte ihn: »Du Idiot! Du hättest mir helfen können, statt zuzulassen, daß ich mich lächerlich mache.«
»Schreit meinen Lagerverwalter nicht so an!« rief der hinzukommende Ville d'Avray und versuchte, die beiden zu trennen. »Mit welchem Recht belästigt Ihr ihn?«
»Aha! Der Herr Gouverneur von Akadien! Jetzt wundere ich mich gar nicht mehr, daß es hier zu solchen Ausschreitungen kommen kann!«
»Ausschreitungen? ... Wagen Sie nicht, das noch einmal zu sagen ...«

Plötzlich sah Angélique Joffrey in der Türe stehen.
Er war maskiert.
Er hatte eine eigene Art, unerwartet aufzutauchen, ohne daß man ihn hätte kommen hören, und stets gab er durch sein plötzliches Auftauchen allem eine Wendung. Er beherrschte die Kunst des Auftritts. Sein Anblick löste nicht selten einen Schock aus, und man fragte sich, ob er plötzlich vom Himmel gefallen sei. In diesem ersten Moment zogen die Details seiner außergewöhnlichen Kleidung die Aufmerksamkeit auf sich. Es lenkte die Anwesenden ab und gab gleichzeitig dem Kommandanten der *Gouldsboro* Gelegenheit, die Situation in den Griff zu bekommen.
Es war die Maske, die besonderes Aufsehen erregte, und dazu ein Diamantstern von unvergleichlicher Schönheit, der an einem weißen Seidenband um seinen Hals hing und über dem mitternachtsblauen, mit feinsten Silberbordüren bestickten Seidencape schimmerte. Ein Diamant derselben Größe schmückte den Griff seines Degens. Abgesehen davon war seine übrige Kleidung von schlichter Eleganz, die an die englische Mode erinnerte. Was bei den kanadischen Bauern eine gewisse Beunruhigung hervorrief; die ältere Generation hatte die Eng-

länder als Feinde während jahrelanger Besetzung erlebt. Die aufgeputzten französischen Seigneurs mit ihren Federhüten, Spitzenhemden, hohen Spangenschuhen und mit Bordüren besetzten Jacken wirkten dagegen doch recht protzig. In der Tat entsprach Joffrey der Vorstellung, die man sich von diesem Fremden gemacht hatte, der sich keinem König unterwarf, keinem Gesetz gehorchte, dessen Reichtum unermeßlich war.
Das nördliche Kanada, Waldland ohne Bodenschätze, Eldorado der Eroberer, sah heute zum erstenmal an seinen steinigen Gestaden eine jener legendären Persönlichkeiten, von deren Heldentaten manchmal Matrosen erzählten, die weit herumgekommen waren: Einen Freibeuter. Im Laufe der Jahre hatte man die Zahl ihrer gewonnenen Scharmützel, das Ausmaß ihres Reichtums und die Schwere ihrer Verbrechen übertrieben. Und niemand hier hätte je geglaubt, einen von ihnen zu Gesicht zu bekommen. Noch dazu einen der berühmtesten.
Und nun stand er dort. Niemand hatte ihn bei dem Geschrei eintreten hören. Selbstverständlich hatte er der bläßlichen Gattin des königlichen Beamten den Vortritt gelassen, die er verlassen vor der Tür vorgefunden hatte. An seinem charmanten Lächeln konnte man erraten, daß er ihr Liebenswürdigkeiten gesagt hatte, wie sie sie wahrscheinlich noch nie in ihrem Leben gehört hatte. Wie ein fassungsloses Schaf blickte sie zu ihm auf, dann sah sie zu ihrem Gatten hinüber, der sich noch immer mit Ville d'Avray herumstritt.
»Wenn Ihr nicht darauf bestehen würdet, auf der anderen Seite des Saguenay zu wohnen, wärt Ihr dabeigewesen, als die sogenannten Piraten heute morgen hier ankamen, auf deren Schiff auch ich mich befunden habe, und man hätte Euch auch Madame de Peyrac vorgestellt«, sagte Ville d'Avray eben.
»Ihr wißt sehr gut, daß das Klima dort unten für die Gesundheit meiner Frau besser ist.«
»Dann dürft Ihr Euch nicht beklagen, daß Ihr immer zu spät kommt, wenn sich in Eurem Regierungsbezirk etwas ereignet.«
Der Marquis wandte sich Angélique zu.

»Teure Freundin, erlaubt mir, Euch Monsieur Ducrest de Lamotte vorzustellen.«
Der besagte Herr hörte ihm jedoch nicht zu, da er wie gebannt zu Joffrey hinüberstarrte.
Der Marquis folgte seinem Blick:
»Das ist der Gemahl dieser Dame, der Graf Peyrac, dessen Flotte im Hafen vor Anker liegt.«
Als er seine Gattin neben der dunklen Gestalt des maskierten Grafen entdeckte, erlitt Ducrest de Lamotte den zweiten Schock dieses Tages. Sein verstörter Blick wanderte von der bescheidenen Erscheinung Angéliques zu dem Neuankömmling, der das glanzvolle Auftreten eines Eroberers hatte und von bewaffneten Soldaten eskortiert wurde. Lederkleidung und Helme seiner spanischen Leibgarde gaben dem Bild etwas Furchterregendes.
Angstvoll rief Ducrest:
»Monsieur, ich bitte Euch, tut meiner kranken Frau nichts an, sonst muß ich meinen Degen ziehen.«

Achtzehntes Kapitel

»Mein Herr, Ihr mißversteht mich. Steckt Euren Degen wieder in die Scheide, dort soll er bleiben, das ist mein größter Wunsch. Ihr sollt wissen, daß ich als Freund nach Kanada gekommen bin, daß ich einer Einladung Monsieur de Frontenacs, Eures Gouverneurs, nachkomme. Übrigens befindet sich auch Monsieur Carlon in meiner Gesellschaft, der an Bord der *Gouldsboro* mein Gast ist und Euch die Friedlichkeit meiner Absichten bestätigen wird.«
In diesem Augenblick trat der Intendant ein, und Ducrest begrüßte ihn überschwenglich.
Carlon war wütend, nicht etwa deshalb, weil er als Verbündeter des Grafen Peyrac vorgestellt wurde, sondern wegen der Geschichte mit der Ladung.
»Ich mußte gerade feststellen, daß meine Ladung, Holz,

Weizen und Fischöl, immer noch im Hafen herumliegt ... Was hat das zu bedeuten? Ihr wißt sehr wohl, daß sie zum Abtransport nach Frankreich bereitgestellt war.«
»Die Schiffe wollten sie nicht mehr mitnehmen ...«
»Gebt lieber gleich zu, daß Ihr nicht zur Stelle wart, als die Schiffe abfuhren.«
»Auch Ihr wart nicht da, mein lieber Carlon«, gab Ducrest bissig zurück. »Obwohl Ihr mir versprochen hattet, bis zur Ladung der Fracht zurück zu sein ...«
»Ich weiß! Unzählige Unannehmlichkeiten hielten mich in Akadien zurück. Jetzt komme ich wieder, und was sehe ich? Alle Waren werden während des ganzen Winters im Schnee herumliegen müssen!«
»Kein Grund zur Verzweiflung, Monsieur. Noch sind nicht alle Schiffe nach Europa unterwegs.«
»Was hat man sich nur dabei gedacht! Wollen sie vielleicht im Eis steckenbleiben?«
»Die *Mirabelle* wurde zurückgehalten, Gerüchte waren im Umlauf ... Man befürchtete ... eine Piratenflotte ... Sie ist ein Schiff des Königs und hat dreißig Kanonen.«
Der Intendant sank resignierend auf eine Bank.
»So eine Torheit!« rief er aus. »Dieses Schiff wird umsonst geopfert werden. Monsieur de Peyrac fährt mit fünf Schiffen nach Québec, die zusammen weit mehr als dreißig Kanonen haben.«
»Ich dachte, Ihr bürgtet für seine friedlichen Absichten«, flüsterte der Beamte ängstlich.
»Was bleibt mir anderes übrig?«
»Verurteilt mich nicht, teurer Freund«, rief Peyrac aufmunternd. »Ich habe ja bereits gesagt, daß ich Eure Waren kaufen werde. Ich brauche sie, um meine Besatzungen zu versorgen. Denn ich will Neufrankreich wirklich um nichts anderes bitten als um die Gastfreundschaft der Herzen ihrer Bewohner.«
»Und warum habt Ihr dann heute morgen ein französisches Handelsschiff durchsucht?«
»Die *Saint-Jean-Baptiste*? Laßt uns offen darüber sprechen!« mischte sich Ville d'Avray in die Unterhaltung. »Ihr alle wißt

so gut wie ich, daß René Dugast der schlimmste Schurke ist, mit dem man es zu tun haben kann, und mit Hilfe seines Komplicen Boniface Gonfarel wäre die Hälfte Eurer Waren in Québec auf Nimmerwiedersehen verschwunden. Dankt lieber Monsieur de Peyrac, daß er Euch die Durchsuchung des Schiffes abgenommen hat. Ich bin sicher, daß es Euch nicht untersagt wird, Euch alles genau anzusehen. Und Ihr werdet jeden der Schätze markieren können, bevor das französische Parfüm und die wertvollen Liköre unterderhand verkauft werden. Wenn Ihr also dieses Jahr Eure Zollgebühren bekommt, Herr Intendant, dann verdankt Ihr das nur ihm.«

Er deutete mit dem Finger auf Peyrac und flüsterte dem Intendanten mit leiser Stimme zu:

»Es sieht so aus, als befänden sich an Bord der *Saint-Jean-Baptiste* einige Fässer Wein aus der Gegend von Beaune. Die besten Rotweine, die man sich vorstellen kann. Da Ihr erst kürzlich bedauertet, Eure Gäste nicht mit französischen Weinen bewirten zu können, solltet Ihr von diesem Glücksfall profitieren.«

»Da haben wir's. Ihr ermutigt ihn ja auch noch! Als ob es nicht schon genug wäre, daß sich Peyrac das Recht herausgenommen hat, Besatzung und Passagiere an Bord festzuhalten. Und ich habe gehört, daß sich an Bord eine sehr hohe Persönlichkeit befindet, deren Namen man verschweigt und die wahrscheinlich eine geheime Mission des Königs zu erfüllen hat. Wenn er sich nun beschwert . . .«

»Bei wem?« entgegnete Ville d'Avray aufgebracht. »Wir sind unter uns. Was sollten wir auch mit einer hohen Persönlichkeit anfangen? Das sind wir selbst, und dieser Herr aus Versailles hat nicht das Recht, seine Nase in unsere Angelegenheiten zu stecken. Wir werden noch genug davon kriegen, ihn den ganzen Winter über in Québec ertragen zu müssen. Freuen wir uns, daß Monsieur de Peyrac es auf sich genommen hat, ihn uns heute vom Hals zu halten.«

Während der Unterhaltung hatte Angélique die Gelegenheit benutzt, sich Madame Ducrest vorzustellen und sie aufgefordert, in der Runde Platz zu nehmen. Beim Anblick von Mutter Bourgeoys hellte sich Madame Ducrests Gesicht auf. Man

tauschte Neuigkeiten aus. Dann nahm Angélique Cathérine-Gertrude beiseite und erkundigte sich, was man der Gesellschaft anbieten könne. Doch Yann machte sie durch ein Zeichen darauf aufmerksam, daß ihr Küchenchef mit ein paar Gehilfen bereits dabei war, Karaffen mit Wein und Rum und auch Gebäck herumzureichen. Sie war entzückt.
Mit Joffrey zu leben, war ein nie endendes Vergnügen. Sie konnte sich immer auf ihn verlassen. Er bewegte sich auch unter unbekannten Menschen mit bewundernswerter Selbstsicherheit, immer darauf bedacht, sich Freunde zu schaffen. Er meisterte jede Gefahr mit seinem unvergleichlichen Scharfsinn.
Joffrey lächelte Angélique hinter der Maske zu.
»Wie ich sehe, habt Ihr die Kanadier schon erobert.«
»Tadoussac ist nur ein Dorf. Es ist nicht Québec.«
»Aber es ist ein Anfang.«
»Ja, stellt Euch vor, ich hatte das Glück, die berühmte Mutter Bourgeoys kennenzulernen.«
»Ich werdet noch öfter Glück haben ...«

Die Becher, die man geleert hatte, die Wärme des Kamins und die Grüppchen, die sich bildeten, um zu diskutieren: das alles ermöglichte es ihnen, eine Verbundenheit zu erleben, in der man gleichzeitig man selbst und ein Teil des Ganzen war. In einer Atmosphäre, in der man sich amüsiert, in der man in der Anonymität des Gedränges plötzlich merkt, daß man sich mit diesem oder jenem gut versteht. Man findet Gefallen an einer Art Isolierung, die einen vor den Blicken der anderen schützt und gleichzeitig allen ausliefert. Was ja den Charme solcher Treffen ausmacht.
Die Freude, die man empfindet, wenn man eine Gefahr überstanden hat, verlieh ihnen das Gefühl, daß sich alles erreichen ließe, wenn man nur den Willen dazu hatte.
Joffrey de Peyrac saß in Angéliques Nähe. Er hatte nur Augen für sie.
»Was wollt Ihr trinken, *Monsieur le Rescator*?« fragte sie ihn mit einem Augenzwinkern.

»Nichts ... Ich möchte Euch nur anschauen.«
Sie erinnerte sich an das Geschenk, das er ihr am Morgen überraschend gemacht hatte: die mit Lilien verzierte Uhr, die um ihren Hals hing.
»Warum eine Uhr?« hatte sie gefragt.
»Warum nicht?«
Voller Liebe drehte sie sich zu ihm um und suchte seinen Blick durch die Schlitze der Maske. Sie legte einen Finger auf seine Wange, dorthin, wo die Spur einer Narbe zu sehen war, mit einer ungezwungenen und vertrauten Geste.
»Du, mein Geliebter!« flüsterte sie. »Was bist du doch voller Überraschungen! ... Meine Liebe, die mein Leben verzaubert! ... Ich kenne dich trotz deiner Geheimnisse, weil ich immer versuche, dich zu verstehen ... und du hast so oft meine geheimsten Gedanken erraten ... Es ist wahr ... ich bin machtlos in deiner Gewalt.«
Gleichgültig gegenüber dem Geschehen um sie herum, beugte er sich zu ihr hinunter. Er nahm ihr Gesicht in seine Hände und küßte sie sanft auf die Stirn, dann auf den Mund. Sie spürte an ihrer Wange den Rand der Ledermaske, während er sich dem Genuß ihrer Lippen hingab.
Marguerite Bourgeoys und der Jesuitenpater schauten dem Paar unverhohlen zu. Ein paar Bauern hoben die Köpfe. Einige junge Mädchen waren zutiefst gerührt.
An diesem Abend wurde im Hafen ein großes Fest gegeben.

Neunzehntes Kapitel

Der Abend endete mit einem Ereignis, von dem man noch lange sprechen würde. Wer Angélique kannte, fand ihre Handlungsweise ganz natürlich, für andere wieder grenzte es an ein Wunder. Aber es entsprach der Lebensanschauung der Kanadier, für Gefühlsdinge aufgeschlossen zu sein, so daß die freundliche Anerkennung, die sie in Tadoussac gefunden hatte, sich zweifellos noch vertiefte.

Das Fest hatte seinen Höhepunkt erreicht. Und je später es wurde, desto mehr wurde gesungen und getanzt.
Alles verlief erfreulich. Große Kohlebecken waren aufgestellt worden, und man konnte sich niederlassen, wo man wollte, um zu essen, zu trinken und zu tanzen. Auf dem Platz vor der Kirche drehte sich ein gewaltiger Ochse am Spieß. Peyrac hatte Unmengen von Wein und Schnaps ausschenken, dazu Heiligenbilder und Amulette als persönliche Geschenke des Grafen an die Bevölkerung verteilen lassen. Sie kamen direkt aus Frankreich und verliehen seiner Ankunft eine Art religiöser Aura, so daß jeder, selbst Monsieur Ducrest, sich ohne Bedenken den Vergnügungen des Festes hingeben konnte. Der Pfarrer des Ortes tauchte aus den Tiefen seines Kellers mit ein paar Flaschen Holunderschnaps auf, den er selbst gebrannt hatte. Er zeigte sich bereit, die Medaillons zu segnen. Man drückte ihm eine Flasche Weihwasser in die Hand und nahm dafür im Austausch seinen Holundergeist entgegen. Jeder konnte davon probieren, und Joffrey beglückwünschte den Geistlichen zu den Wunderwerken seiner Destillierkunst.
Alles war vertreten, die Soldaten der Festung, die Kaufleute, die Bauern, die Waldläufer, und selbstverständlich auch die Indianer aus den Lagern in ihrem Federschmuck.
Die Passagiere der *Saint-Jean-Baptiste* allerdings mußten einschließlich ihres Kapitäns an Bord bleiben.
Plötzlich durchfuhr Angélique ein Gedanke. Von einem Gefühl jähen Mißtrauens erfaßt, verließ sie die Gesellschaft, mit der sie eben noch auf das Wohl Neufrankreichs angestoßen hatte.
Sie machte sich besorgt auf die Suche nach Marguerite Bourgeoys, die mit dem Kind an Land geblieben war. Sie hatte gesehen, wie sie mit Joffrey sprach und wie wenig später Körbe mit Lebensmitteln unter strenger Bewachung zur *Saint-Jean-Baptiste* gebracht wurden. Ohne Zweifel für die Gefährten der Nonne und die bedürftigsten Passagiere. Danach hatte sie kurze Zeit am Fest teilgenommen. Sie war überall mit Zuneigung und Respekt begrüßt worden. Schließlich hatte sie sich zurückgezogen. Die Schwiegertochter des alten Carillon, Cathérine-Gertrude, hatte ihr angeboten, bei ihr zu übernachten.

Angélique ließ sich das Haus zeigen, ein großes Gebäude aus Stein, dessen Stall das Hauptgebäude um einiges überragte. Als sie ankam, sprach man gerade das Abendgebet. Angélique trat leise ein und kniete hinter der Familie nieder, um das Ende der Andacht abzuwarten.
An diesem Abend betete man zu Ehren von Mutter Bourgeoys noch die Heiligenlitanei.
Angélique fieberte vor Ungeduld. Sie hatte kurz zuvor noch an der Seite ihres Mannes den schwungvollen Tänzen der jungen Leute applaudiert, als ihr unversehens der Gedanke kam, sie müsse sich sofort um etwas kümmern, sonst wäre es vielleicht zu spät. Sie hatte sich durch die Reihen der Schaulustigen gezwängt.
»Habt Ihr Mutter Bourgeoys gesehen?« hatte sie jeden von ihnen gefragt. »Wißt Ihr, wo sie ist?«
Jede Minute, die verstrich, schien ihr eine Ewigkeit. Endlich erhob sich die kleine Gemeinde, und Angélique näherte sich der Gesuchten.
»Auf ein Wort, Mutter Bourgeoys!«
Cathérine-Gertrudes große Familie, die Kinder, Enkel, Tanten, Onkel, Vettern und die gesamte Dienerschaft fühlten sich durch ihren Besuch geehrt, aber sie hatte nicht die Zeit, jeden zu begrüßen. Sie zog Mutter Bourgeoys beiseite.
»Verzeiht die Störung. Ihr wolltet Euch sicher gleich zur Ruhe begeben.«
»Das kann ich nicht leugnen. Obwohl der Dienst für unseren Herrn uns verpflichtet, unseren Körper abzutöten, und ich mich gewöhnlich sehr kasteie, gebe ich zu, daß die Tatsache, heute nacht in einem guten Bett und noch dazu in Kanada schlafen zu können, mein Herz erfreuen wird.«
Sie schüttelte den Kopf:
»Armer heiliger Johannes! Ich hegte immer soviel Zuneigung für diesen heiligen Mann aus der Wüste, der unseren Herrn Jesus getauft hat. Aber ich muß zugeben, daß ich lange Zeit nicht mehr zu ihm beten kann, ohne das schreckliche Schiff vor mir zu sehen, das seinen Namen trägt. Das Schlimmste an unserer Reise war die Bösartigkeit, die wir erfahren mußten. Alle un-

sere Ermahnungen nutzten nichts. Es scheint, je schwärzer die Seelen von Kapitän und Mannschaft sind, um so mehr achten sie darauf, ihrem Schiff einen frommen Namen zu geben . . .«
»Das ist mir schon bei den Piratenschiffen in der karibischen See aufgefallen, wo es mehr als eine *Heilige Jungfrau* gab«, bemerkte Angélique. »Doch hört, ich mache mir wegen etwas Sorgen, das Ihr mir kürzlich gesagt habt . . . Ich hatte zunächst nicht darauf geachtet, aber es fiel mir auf einmal wieder ein und beunruhigte mich.«
»Ja, bitte?«
»Werdet Ihr mich auch nicht auslachen?«
»Aber ich bitte Euch«, gab Marguerite freundlich zurück. »Um was handelt es sich?«
»Es ist eigentlich eine unbedeutende Kleinigkeit, die mich aber wegen des miserablen Rufes Eurer Mannschaft ängstigt. Sagtet Ihr nicht zu Honorine, daß es an Bord der *Saint-Jean-Baptiste* einen Bären gäbe?«
»Ja, das stimmt!«
»Das ist ungewöhnlich. Sicher ist er gezähmt, sonst wäre er ja eine Gefahr für die Passagiere. Und vielleicht handelt es sich um unseren Mister Willoughby, an dem wir alle so sehr hängen?«
»Das ist durchaus möglich«, meinte Mutter Bourgeoys. »Ich weiß nicht, wie der Bär heißt, den wir an Bord haben. Seit Honorine mir davon erzählt hat, frage ich mich schon die ganze Zeit . . .«
»Wie kam der Bär eigentlich auf das Schiff?«
»Der Kapitän hat auf dem St.-Lorenz-Strom eine Barke gekapert. Und so unwahrscheinlich es klingt, der Bär gehörte zu ihren Insassen.«
»War auch ein kleiner Negerjunge dabei?«
»Ja, ganz recht.«
»Dann sind sie es wirklich, Mr. Willoughby und Timothy, der kleine Mohr. Bitte, sagt mir, was aus ihnen geworden ist!«
»Der Kapitän sah eine Chance, Lösegeld für sie und ihre Gefährten zu bekommen oder sie in Québec zu verkaufen. Es war nämlich außerdem noch ein Engländer aus Neuengland an Bord – ihm gehört der Bär.«

»Elie Kempton!«
»Man hat diese armen Leute sehr mißhandelt, besonders den Engländer. Und obwohl er ein Ketzer ist, konnte ich nicht anders, als mich im Namen christlicher Nächstenliebe für ihn einzusetzen. Denn sie verbietet uns, menschliche Wesen ohne triftigen Grund zu quälen. Ich kenne diese Art Menschen. Ich konnte sie überzeugen, daß es nützlicher wäre, sie einigermaßen wohlbehalten nach Québec zu bringen, weil sie dann mehr Geld für sie bekämen.«
»Und der Bär?«
»Man wollte Schinken aus ihm machen und sich seines Pelzes bemächtigen.«
»Wie schrecklich! Mein armer Willoughby! Ist es wirklich dazu gekommen?«
»Ich habe versucht, ihnen zu beweisen, daß es sinnloser Mord wäre, was mir auch irgendwie gelungen ist. Es war außerdem gar nicht so einfach, an ihn heranzukommen. Sein Herr hat ihn dann beruhigt und ihn ein paar Kunststücke vorführen lassen, die den Matrosen glücklicherweise gefielen. Man hat sie dann in Ruhe gelassen, und sie kampierten auf dem Oberdeck.«
»Ich werde Euch ewig dankbar sein, daß Ihr Mister Willoughby gerettet habt. Honorine auch ... Aber wie kommt es dann, daß mein Mann und seine Leute ihn nicht gesehen haben?«
»Das ist wirklich seltsam. Vielleicht hat der Kapitän es vorgezogen, sie zu verstecken.«
»Vielleicht hat er sie sogar getötet? Oh, mein Gott, Mutter Bourgeoys. Ich verstehe jetzt, warum mich das Ganze so in Angst versetzt hat. Wir dürfen keine Minute mehr verlieren.«
Sie stürzte zur Tür. Marguerite Bourgeoys holte sie ein:
»Hört! Ich erinnere mich, daß irgendwann einmal einer der Passagiere der Barke, ein ziemlich kümmerlicher, kleiner Kerl mit frechem Maulwerk, was allerdings noch lange kein Grund war, ihn krumm und lahm zu schlagen, vor allem, da er angab, schwer verletzt zu sein ...«
»Das muß Aristide sein! Aristide Beaumarchand!«
»Kann sein. Ich weiß nur noch, daß er durchblicken ließ, sie stünden unter dem persönlichen Schutz des Grafen Peyrac, daß

sie sogar zum gräflichen Haushalt gehörten und daß der Graf alles Böse, das man ihnen antun würde, bitter rächen werde. Möglicherweise hat es der Kapitän mit der Angst zu tun bekommen, als ausgerechnet Graf Peyrac sein Schiff geentert hat, und seine Gefangenen irgendwo verschwinden lassen.«
»Das wäre möglich. Die Ärmsten!«
»Ich fürchte sogar«, fuhr die Nonne fort, »er wird versuchen, sich ihrer zu entledigen, weil er die Rache des Grafen fürchtet.«
»O mein Gott!« wiederholte Angélique. »Hoffentlich kommen wir nicht zu spät!«
Während sie davonstürzte, machte sie sich die schlimmsten Vorwürfe. Sie hatte in Tidmagouche pflichtvergessen gehandelt, als sie Aristide Beaumarchands Barke hatte abfahren lassen, ohne sich noch einmal für seine Hilfe zu bedanken. Jetzt brauchten sie ihre Hilfe.

Sie berührte leicht Joffreys Arm. Er wandte sich um und war erstaunt, sie so aufgelöst zu sehen. Sie war noch ganz außer Atem, während sie ihm in kurzen Worten schilderte, was sie erfahren hatte.
»Habt Ihr Wachen an Bord der *Saint-Jean-Baptiste* zurückgelassen?« wollte sie wissen.
»Nein, da sowieso niemand das Schiff verlassen durfte, bestand dafür keine Notwendigkeit.«
»Das werden sie ausnützen. Wir dürfen keine Zeit verlieren.«
Joffrey hatte schon in wenigen Minuten einen Plan bereit. Er gab d'Urville, der gerade mit einer Dame tanzte, ein Zeichen.
»Übernehmt für uns die Führung des Festes«, flüsterte Joffrey ihm halblaut zu. »Laßt das Feuerwerk abbrennen, daß wird die Leute ablenken, und sie werden unsere Abwesenheit nicht bemerken. Ich habe etwas mit Barssempuy und seinen Leuten auf der *Saint-Jean-Baptiste* zu regeln.«
Angélique und Joffrey eilten zum Hafen hinunter, von den spanischen Soldaten begleitet. Barssempuy hatte mit einem kleinen Aufgebot in der Nähe der Mole Stellung bezogen. Peyrac wählte vier Männer aus, die sie zu dem vor Anker lie-

genden Schiff rudern sollten, dessen Silhouette sich undeutlich gegen den dunklen Nachthimmel abhob.
Als die Schaluppe vom Ufer ablegte, erleuchteten die ersten Raketen des Feuerwerks den nächtlichen Himmel, begleitet von den begeisterten Rufen der Menge.
»Die Leute auf dem Schiff werden durch das Schauspiel ebenfalls abgelenkt werden«, sagte Joffrey leise. »Sie werden zum Ufer schauen, also werden wir uns von hinten nähern, um sie zu überraschen.«
Natürlich konnte ihr Verdacht völlig unbegründet sein, sagte sich Angélique, die neben Joffrey saß und sich an seinen Arm klammerte. Aber sie wollte Gewißheit haben. Und er verstand sie. Es war so tröstlich, einen Mann zu haben, der bereit war, alles für sie einzusetzen: Seine Soldaten, seine Kanonen ... sein Leben.
Sie hatten die Laternen gelöscht und umfuhren in weitem Bogen das Schiff, um an der vom Land abgekehrten Seite an Bord zu gehen. Und tatsächlich schienen alle Wachen am Bug des Schiffes versammelt zu sein, um die Wunderwerke am Himmel besser sehen zu können.
Als sie sich eben anschickten, an Bord zu gehen, waren die angstvollen Schreie einer Frau zu vernehmen.
»Hierher! Zu Hilfe! Man will mir ans Leben!«
»Das ist Julienne«, rief Angélique und stand so plötzlich auf, daß sie das Boot ins Schwanken brachte und beinah ins Wasser gestürzt wäre. Also hatte sie ihr Gefühl nicht getäuscht. Ihre Freunde waren in Gefahr.
»Hilfe! Hilfe!« schrie Julienne. »Wenn es eine christliche Seele auf diesem elenden Kahn gibt, so helft mir. Man will mich töten!«
Dann war das Trampeln von Stiefeln auf den Planken zu hören.
Joffrey ließ rasch die Laternen anzünden. Ein Enterhaken wurde über die Reling geworfen und biß sich im Holz fest. Dank einer Geschicklichkeit, die die lange Praxis zahlreicher ähnlicher Unternehmungen verriet, waren die Männer, der Graf voraus, in wenigen Sekunden auf Deck der *Saint-Jean-Bapti-*

ste. Angélique sollte warten, bis man ihr eine Strickleiter hinunterwerfen würde. Als sie oben ankam, bot sich ihr ein grausiges Schauspiel. Joffrey hielt vier überraschte Matrosen, denen sich eine halbentblößte Frau zu entwinden suchte, mit seinen Pistolen in Schach. Es war Julienne. Etwas weiter entfernt lag eine unförmige, festumschnürte Gestalt. Man hatte ihr schon einen Strick um den Hals gelegt, an dem eine schwere Kugel befestigt war. Der Gefesselte entpuppte sich wahrhaftig als Aristide Beaumarchand, der einstige Pirat aus Goldbarts Mannschaft. Er rieb sich entsetzt den Hals, als er die Kugel am Ende des Stricks entdeckte. Wahrhaftig, sie hätten ihn um ein Haar ersäuft!
»Der Kapitän hat es so befohlen«, maulten die Matrosen, als man sie fesselte.
Julienne hatte sich in Angéliques Arme geworfen und ließ ihren Tränen freien Lauf.
»Ich wußte, daß Ihr uns retten würdet, Madame! Ich habe immer wieder zu Aristide gesagt: Sie werden kommen! . . .«
»Da seht Ihr, wie sie uns behandelt haben«, fügte Aristide hinzu. »Ist es nicht eine Schande, so mit unschuldigen Menschen umzugehen?« – »Und was haben sie mit dem Engländer gemacht?« fragte Angélique besorgt. »Haben sie ihn schon ins Wasser geworfen?«
Die Passagiere waren durch den Krawall auf dem Deck und das Feuerwerk aufgewacht und näherten sich ihnen ängstlich. Undeutlich konnte man die blassen Gesichter trauriger Frauen und Männer und die Gestalten einiger Mönche erkennen. Durch die offenen Luken warf das Feuerwerk von Zeit zu Zeit seinen bunten Widerschein auf dieses Bild des Jammers, das den Schilderungen Dantes von den Verdammten der Erde in nichts nachstand. Trotzdem gab es Kinder, die voller Bewunderung in den Anblick der bunten Lichter versunken waren.
Unten im Bauch des Schiffs fanden sie Kempton in Ketten auf einem Lager aus fauligem Stroh. Der Gestank in dem engen Raum benahm einem fast den Atem.
»Ach, Madame, welch glücklicher Wind trägt Euch hierher!« rief der Mann aus Connecticut und hob seine gefesselten Hände

zum Himmel empor. »Ich war wirklich betrübt . . . besonders der Schuhe wegen, die ich für Euch angefertigt hatte, ein wahres Kunstwerk. Aber ich wußte nicht, wie ich sie Euch zukommen lassen sollte . . . und jetzt hat man mir meine ganze Ware gestohlen.«
»Diese Banditen haben uns wirklich alles genommen«, jammerte Aristide. »Meinen Rum, ein ganz besonderes Produkt aus Jamaika . . .«
»Wo ist Mister Willoughby?« unterbrach ihn Angélique, während Matrosen den Aufseher mit den Schlüsseln suchten, um ihn befreien zu können.
»Hier!« Kempton deutete auf den Strohhaufen.
»Was hat er? Er rührt sich nicht. Ist er tot?«
»Nein, er schläft!«
»Aber warum? Ist er etwa krank?«
»Nein, er schläft wirklich nur . . . Was wollt Ihr, Madame, das ist seine Natur. Man kann von diesem Bären alles verlangen, was man will, nur darf man ihn nicht in seinem Winterschlaf stören . . . Wenn uns dieses Schiff nicht gekapert hätte, hätte ich ihn auf unserem Weg nach Neuschottland in eine seiner Lieblingshöhlen gebracht. Im Frühjahr wäre ich wieder zurückgekommen, um ihn zu holen. Ich bin diese Umwege seinetwegen gewöhnt. Aber das Schicksal hat es anders bestimmt. Wir sind als Gefangene nach Neufrankreich entführt worden. Das sind eben die Risiken der Seefahrt . . .«
Während er noch sprach, war ein mürrischer Matrose erschienen, um seine Fesseln zu lösen. Er stand auf, streckte sich und rieb sich Handgelenke und Knöchel. Anschließend bürstete er sorgfältig seinen spitzen Puritanerhut und setzte ihn wieder auf.
»Was machen wir nun?« fragte Angélique, die kritische Blicke auf den Strohhaufen warf, unter dem sich die riesige Masse des schlafenden Bären verbarg. Wie sollten sie ihn von hier wegbringen?
»Wir dürfen ihn nicht wecken«, sagte Kempton fürsorglich. »Ein Bär, den man aus seinem Winterschlaf reißt, kann nicht wieder einschlafen und wird gereizt und gefährlich.«

»Ihr müßt aber an Land kommen und Euch erholen!«
»Nein! Nein!« wehrte der Engländer energisch ab. »Ich muß hierbleiben, um auf meinen Freund aufzupassen. Diese Banditen von Franzosen sind fähig, ihn im Schlaf zu erwürgen, um Schinken aus ihm zu machen. Schon einmal habe ich ihn nur mit Mühe und dank der Fürsprache einer sehr liebenswürdigen Dame retten können, die meine Partei ergriff, obwohl sie eine papistische Nonne war. Sie schien auf diese Rohlinge einigen Einfluß auszuüben.«
»Dann werden wir Euch wenigstens ein paar Lebensmittel schicken.«
»Das nehme ich gern an. Und schickt mir auch eine Waffe. Dann werde ich Mister Willoughbys wegen ruhiger schlafen können.«
»Und wo ist Timothy?« rief Angélique, die keine Ruhe gab, bevor sie nicht alle wieder beisammen hatte.
Sie liefen zurück, um den Negerjungen zu suchen.
Im Vorbeigehen wechselte Joffrey ein paar Worte mit den Mönchen und versicherte ihnen, daß das Schiff bald in der Lage sein würde, seine Fahrt nach Québec fortzusetzen. Er bestätigte einmal mehr seine friedlichen Absichten. Die *Saint-Jean-Baptiste*, sagte er, brauche einige Reparaturen und ihr Kapitän eine Lektion. Sie stimmten ihm zu. Ein Jesuitenpater leugnete nicht, am Ende seiner Kräfte zu sein:
»Ich war sechsmal in Kanada, Monsieur, und ich weiß, was für eine Strapaze eine solche Reise ist. Aber keine hat mir bisher so viele graue Haare wachsen lassen.«
Man fand Timothy in der Kajüte des Kapitäns mit dem Putzen von Stiefeln beschäftigt, die genauso hoch waren wie er selbst.
Dugast war einer jener Seefahrer, die halb Kaufmann, halb Pirat waren. Soweit man sehen konnte, schien er sich in dem gleichen bejammernswerten Zustand wie seine Mitreisenden zu befinden. Mit aufgedunsenem Gesicht, die halbgeschlossenen Triefaugen auf Peyrac gerichtet, wirkte er wie ein Todeskandidat. Er war so schwach, daß er bei dem geringsten Versuch, sich zu erheben, kraftlos zurücksank. Sie begriffen die Ursache sei-

nes Zustands, als sie neben seinem Lager eine Flasche stehen sahen, die nach Alkohol stank.
»Rum!« konstatierte Barssempuy, nachdem er an der Flasche gerochen hatte. »Der schlimmste Fusel, der mir in meiner ganzen Laufbahn untergekommen ist, und dabei kenne ich alle Sorten Schnaps unter der Sonne!«
Angélique sagte: »Das muß Aristides Rum sein!«
Offenbar hatte der Kapitän von der Beute kosten wollen, die er auf der gekaperten Barke entdeckt hatte, und er war schwer bestraft worden.
Man ließ ihn seinen Rausch ausschlafen und nahm Timothy mit. Der kleine Negerjunge sah zum Erbarmen aus. Angélique wickelte ihn in ihren Mantel, und nachdem sie Kempton noch einmal versichert hatten, daß man ihm Nahrungsmittel schikken und sich seines kleinen schwarzen Dieners annehmen werde, brachten sie die Geretteten an Land.
Das Feuerwerk verlieh ihrer Rückkehr etwas Triumphales.
»Das war wirklich höchste Zeit!« meinte Aristide. »Ich spür' wahrhaftig noch den Stein um den Hals.«
Bald war nur noch das sanfte Schlagen der Ruder zu hören. Es führte sie hinaus, dem Leben und dem Licht entgegen.
»Ohne Julienne wären wir verloren gewesen. Dieses Mädchen ist ein Schatz!«
»Wie das?«
»Sie ist so schön, daß diese räudigen Hunde zuerst ihren Spaß mit ihr haben wollten. Was dann passierte, habt Ihr ja gesehen. Sie ließ nicht so einfach mit sich umspringen, nicht meine Julienne! Und das gab Euch Zeit, uns zu Hilfe zu kommen. Gott ist mit uns, das habe ich Euch schon immer gesagt.«
»Ich wußte, daß Ihr kommen würdet, Madame«, fiel Julienne ein und küßte Angéliques Hände. »Ich habe unaufhörlich zur Heiligen Jungfrau gebetet.«
Sie wußten gar nicht, wie sehr ihr Leben an einem seidenen Faden gehangen hatte.
Am Ufer angekommen, bat man sie, am Feuer Platz zu nehmen. Man brachte ihnen Rehragout, Käse und köstlichen Apfelwein. Alle betrachteten sie neugierig. Die Leute waren nun schon

derart bezecht, daß die Geschichte, von Mund zu Mund weitergegeben, immer abenteuerlicher wurde. Die Heilige Jungfrau spielte dabei keine geringe Rolle, denn Julienne wiederholte nach jedem Bissen, daß *Sie* ihre unaufhörlichen Gebete erhört habe, was die Versammlung besonders rührte.

Da auch viel über den Bären gesprochen wurde, erkundigte sich der Intendant Carlon:

»Ist das der Bär, der Pater de Vernon getötet hat?«

»Ich habe Euch doch schon gesagt, daß er nicht von einem Bären getötet wurde«, warf Ville d'Avray ein. »Aber das ist im Augenblick uninteressant. Ich erzähle es Euch ein andermal. Er hat mit dem Bären nur gekämpft.«

»Gekämpft? Mit dem Bären?!«

»Ja, ich war dabei. Es war grandios, und er hat gewonnen.«

»Wer? Der Jesuitenpater?«

»Aber man hat dem Bären weisgemacht, er habe gesiegt, damit er sich nicht rächte. Der gute Mr. Willoughby ist nämlich ein sehr sensibler Bär!«

»Sie erzählen Märchen!«

»Nein, ich war Zeuge. Es hat sich alles in Gouldsboro ereignet ... Ein herrliches Fleckchen Erde.«

»Inzwischen ist Pater de Vernon jedoch gestorben und ...«

»Später, später!« fiel ihm Ville d'Avray ins Wort. »Kommt, trinkt ...! Man muß dieses Waldläuferessen hinunterspülen ... ein bißchen zu fett für meinen Geschmack ... In Gouldsboro war das Fleisch entschieden zarter ... Und mir fehlt der Wein. Wenn ich mir vorstelle, daß es an Bord dieses Seelenverkäufers Burgunderwein gibt, der womöglich mit Wasser verdünnt wird, bevor er Québec erreicht, was sehr fraglich ist, da ihn das Gesindel Dugast und Boniface wahrscheinlich schon vorher in bare Münze verwandelt ... Oh, ich darf gar nicht daran denken ... Monsieur de Peyrac sollte nicht so viele Skrupel haben und ihn an sich nehmen, finden Sie nicht auch?«

Zwanzigstes Kapitel

Die Bärengeschichte sprach sich am nächsten Morgen im ganzen Dorf herum. Es ließ sich natürlich darüber streiten, ob man aus einer zufällig aufgeschnappten Bemerkung ableiten konnte, daß Freunde, die man am anderen Ende der Welt vermutete, sich keine zwei Schritte weit weg in Gefahr befanden. So etwas kam selten vor.
Auf jeden Fall war die Sache in Tadoussac Tagesgespräch. Die Leute erzählten sich immer wieder, wie Madame de Peyrac gerade in dem Augenblick eine Gefahr geahnt habe, als die elenden Schurken auf der *Saint-Jean-Baptiste* versucht hatten, ihre Freunde umzubringen, und wie sie alles darangesetzt hatte, ihnen zu Hilfe zu eilen.
Und man erinnerte sich an jenen denkwürdigen Heiligen Abend im Fort am oberen Kennebec. Damals hatte sie sich von der Tafel erhoben, weil sie glaubte, ein Klopfen am Tor gehört zu haben. Zwar hatte niemand draußen gestanden, als man öffnete, aber es war ihr zu verdanken, daß hohe Beamte Neufrankreichs, wie der Baron d'Arreboust, Graf de Loménie-Chambord, Cavelier de la Salle und Pater Massérat, die nicht weit von Wapassou entfernt im Schnee steckengeblieben waren und erfroren wären, gerettet wurden.
Es war also doch etwas Wahres an den übersinnlichen Fähigkeiten, die man ihr zuschrieb.
Aber so mysteriös das Ganze auch war, bewirkte die abenteuerliche Rettung dennoch, Angéliques Ruf in den Augen der Leute noch glänzender erstrahlen zu lassen.
Ein fast ehrfürchtiger Respekt mischte sich in die Sympathie, die man ihr entgegenbrachte. Darüber hinaus trug die Tatsache, daß Mutter Bourgeoys mit in die Sache verwickelt war, nur noch mehr dazu bei, ihr den Anschein des Wunderbaren zu verleihen, für den die Kanadier so empfänglich waren. Es war für sie der Beweis, daß sie, auch wenn sie sonst nicht sehr verwöhnt waren, mitunter zu den Auserwählten des Himmels zählten.
Alle waren in Hochstimmung. Es war beschlossen worden,

mindestens vier oder fünf Tage, wenn nicht sogar eine ganze Woche in Tadoussac zu bleiben. Man brauchte nicht mit einem plötzlichen Wintereinbruch zu rechnen. Gewaltige Schwärme von Wildgänsen zogen durch die Lüfte, was bedeutete, daß es noch keinen Reif geben würde.

Angélique genoß den Aufenthalt mit sichtlichem Vergnügen. Nachdem sie die Prüfung der ersten Kontaktaufnahme mit den Kanadiern so glänzend bestanden hatte, wollte sie zuerst einmal Atem schöpfen. Sie liebte die amüsante und offene Art der Leute, unter denen sie sich ungezwungener bewegen konnte, als es in dem mondänen, offiziellen Québec der Fall sein würde. Überdies machte es ihr Freude, mit Mutter Bourgeoys engere Freundschaft zu schließen.

Aber sie war sich natürlich darüber im klaren, was der wahre Grund für ihr Verweilen in Tadoussac war: Ein Schiff der königlichen Marine, die *Mirabelle*, wurde noch in Québec festgehalten. Auf alle Fälle würde dieses Schiff jedoch gezwungen sein, angesichts ihrer Geschütze unverzüglich in See zu stechen und seine Fahrt nach Europa aufzunehmen.

Und wer das nicht glaubte, brauchte sich nur mit einem Blick auf die Reede davon zu überzeugen, daß Joffrey de Peyrac zur Stunde der unumstrittene Herr über Tadoussac war. Dort lag die alte *Saint-Jean-Baptiste*, auf der sich vielleicht ein Gesandter des Königs befand, wohlverwahrt zwischen der *Rochelais* und der *Mont-Désert*, während die Schiffe Barssempuys und Vanneaus die Einfahrt des Saguenay und das Kap am Ausgang des St.-Lorenz-Beckens bewachten.

Trotzdem gab es etwas, das Angélique keine Ruhe ließ.

»Beweist nicht die Geste Monsieur de Frontenacs, ein Kriegsschiff in Québec zurückzuhalten, daß er eher unser Feind als unser Verbündeter ist?«

Doch Joffrey war anderer Ansicht.

»Ich glaube vielmehr, daß er damit Hitzköpfe wie Castel-Morgéat besänftigen will, der ganz und gar Pater d'Orgeval ergeben ist und als Militärgouverneur eine Menge zu sagen hat. Aber lassen wir uns Zeit! Das erspart uns Ärger und gibt ihm Gelegenheit, einen Entschluß zu fassen.«

Als der Graf und die Gräfin Peyrac mit der Schaluppe ans Ufer zurückfuhren, wurden sie dort bereits von Aristide Beaumarchand und Julienne erwartet. Barssempuy hatte die beiden für die Nacht bei sich an Bord aufgenommen, während man Timothy Yolande anvertraut hatte.
Das ungleiche Paar, das ihnen freudig entgegenwinkte, bot einen rührenden Anblick.
»Die beiden haben uns gerade noch zu unserem Glück gefehlt«, sagte Angélique lachend. »Jetzt haben wir dieses Gaunerpärchen am Hals und überdies einen englischen Puritaner aus Connecticut mit seinem schlafenden Bären. Was sollen wir nur mit ihnen machen? Na ja! Sie sind genau der Typ der unerwünschten Ausländer, vor denen sich Neufrankreich so sehr hütet. – Seht sie Euch an!«
Beim Näherkommen erkannte man das durchtriebene Piratengesicht Aristides, dem Angélique einmal nach einer Verwundung wieder den Bauch zusammengeflickt hatte, wie er es nannte, und die herausfordernde Julienne, die ständig ihre Reize anzubieten schien, obwohl sie höchst unschuldig an der Seite ihres Gatten auf die Schaluppe wartete.
Joffrey ließ seinen Blick über Angélique gleiten. Voller Bewunderung sah er ihr kühnes Profil, den Schwung ihrer Wangen, gerötet von der Frische des Morgens, und er erriet, daß sie nicht umhin konnte, über die Freundschaftsbezeugungen dieser beiden seltsamen Vögel zu lächeln, und daß sie beglückt war, sie wiedergefunden zu haben.
»Ihr liebt sie alle«, sagte er, »die Unglücklichen, die Elenden, die Verdammten! Woher habt Ihr nur die Gabe, sie an Euch zu fesseln, ihre verborgenen Sehnsüchte zu stillen wie ein Dompteur, dem es durch seine bloße Anwesenheit gelingt, in einem Raubtier die Instinkte von Mißtrauen und Morden auszulöschen.«
»Ich kann sie verstehen . . .«, war ihre Antwort. »Ich habe . . .«
Mitten im Satz stockte sie.
Sie hatte sagen wollen: Ich habe ihr Leben geteilt. Doch da gab es immer noch eine Kluft des Schweigens zwischen ihnen: Der Hof der Wunder. Sonst hätte er verstanden, was sie mit Ju-

lienne verband, die er eine Polackin nannte, ihre Freundin aus der Pariser Unterwelt, oder mit einem Aristide, der alle die Galgenvögel wiedererstehen ließ, denen sie begegnet war. Typen, die der schlimmsten Verbrechen fähig waren, aber unter ihrer rauhen Schale ein gutmütiges Herz verbargen.
»Es sind Eure Freunde«, sagte Peyrac, »aber gebt zu, meine Liebe, daß sie noch suspekter sind als meine.«
»Ja, aber dafür liebenswerter!«
Sie lachten wie zwei Verbündete, als sie an Land gingen, wo Aristide und Julienne sich sogleich auf sie stürzten. Sie freuten sich wie Kinder. Jetzt, nachdem sie den Seigneur von Gouldsboro und Dame Angélique wiedergefunden hatten, machten sie sich um ihr Schicksal keine Sorgen mehr. Und wenn es nach Québec gehen sollte, gut, dann würden sie eben Québec kennenlernen.
»Hier gefällt's mir«, meinte Julienne und blickte zufrieden um sich. »Das Dorf erinnert mich an die Provinz, in der ich geboren bin, an der Küste von Cheyreuse.«
Joffrey ließ die drei allein und begab sich zum Hafen, wo er mit dem Intendanten Carlon verabredet war.
Angélique nahm sich vor, Aristide und Julienne mit Mutter Bourgeoys bekanntzumachen, die an ihrer Rettung nicht ganz unbeteiligt gewesen war. Sie hatten sich zwar schon auf der *Saint-Jean-Baptiste* gesehen, aber die Umstände waren für ein näheres Kennenlernen nicht gerade günstig gewesen.
Gefolgt von ihrer üblichen Eskorte, den Kindern, zwei spanischen Soldaten sowie einigen Männern, die den jungen Mädchen halfen, Wäschekörbe, Holzeimer, Waschbretter und Säckchen mit Seifenpulver zu tragen, machte sich Angélique auf den Weg ins Dorf, denn man hatte beschlossen, einen Waschtag einzulegen.
Als sie die ersten Häuser erreicht hatten, begegneten sie Cathérine-Gertrude, die mit zwei Holzeimern beladen von den Feldern kam.
Sie begrüßte Angélique freundlich: »Kommt doch eine Schale Milch trinken – sie schmeckt Euch doch so gut.«
»Ja, gern, sie ist wirklich köstlich.«

In Québec würde es auch Milch, Butter und Eier geben, lauter Dinge, die sie während des Winters in Wapassou sehr vermißt hatte, und sie empfand es fast noch als Luxus, sie für den täglichen Gebrauch zu haben.
Auf dem Weg zu Ville d'Avrays Lagerhaus erzählte ihr Cathérine-Gertrude, daß ihr Mann vor zwei Jahren durch den Biß eines Irokesen getötet worden sei.
Als er damals mit Fellen beladen aus den Bergen zurückgekommen war, hatte sich der Wilde von einem Felsen auf ihn herabgestürzt, sich wie besessen auf seinem Rücken festgekrallt und ihm seine schrecklichen weißen Zähne ins Genick geschlagen. Der Kanadier hatte sich nur mit größter Mühe befreien können und seinen Angreifer schließlich überwältigen können. Die Bißwunde aber hatte sich entzündet, und er war an Blutvergiftung gestorben.
»Der Biß eines Irokesen ist tödlich wie der eines tollwütigen Hundes«, sagte sie.
Jetzt führte Cathérine-Gertrude allein den Hof, wie sie das von jeher getan hatte, da ihr Mann als Waldläufer nur selten zu Hause gewesen war. Ihre Söhne und Schwiegersöhne versorgten sie mit Fellen und Waren, und ein Nachbar, der sie heiraten wollte, kümmerte sich ebenfalls um sie. Eine Witwe brauchte sich hierzulande keine Sorgen um ihre Zukunft zu machen. Männer zum Heiraten gab es genug. Aber Cathérine war mit sich und ihrem Leben zufrieden. Sie zog es vor, allein zu bleiben, und Kinder wollte sie keine mehr. Es gab auch so schon genügend Personen, die an ihrem Rockzipfel hingen: Kinder, Enkel, Vettern und Cousinen. – Ein Ehemann, was war das schon?!

Es war noch früh am Morgen, als sie das Lagerhaus Ville d'Avrays erreichten, der sich höchst erfreut über Angéliques Besuch zeigte.
Mutter Bourgeoys war dort mit dem Auslesen von getrockneten Erbsen beschäftigt, zusammen mit vier erschreckend blassen Mädchen, ohne Zweifel Passagiere der *Saint-Jean-Baptiste*, die die Erlaubnis erhalten hatten, an Land zu gehen.

»Sie sind auf ausdrücklichen Wunsch des Grafen Peyrac hier«, erklärte die Nonne auch sogleich. »Er hat sich anscheinend heute morgen vom Fortschritt der Ausbesserungsarbeiten überzeugt und jedem versichert, daß wir binnen kurzem unsere Reise fortsetzen könnten, sofern sich die Mannschaft weiterhin so gut betrage. Dann hat er meine Schwestern geheißen, ihre Sachen zu packen, und hat sie hierher bringen lassen, um es ihnen möglich zu machen, sich ein wenig auszuruhen.«
An der Art, wie Mutter Bourgeoys ihr dies berichtete, konnte Angélique erkennen, daß die Nonne von Joffreys Umsicht, Freundlichkeit und Organisationstalent sehr beeindruckt war.
Darauf wandte sich Marguerite Bourgeoys Aristide und Julienne zu:
»Ihr könnt Euch rühmen, gute und mächtige Freunde zu haben. Ich werde niemals vergessen, welche Angst Madame de Peyrac Euretwegen ausgestanden hat und mit welcher Eile sie sich um Eure Rettung bemüht hat. Ihr müßt ein sehr ehrenwerter Mann sein, wenn man so um Euer Wohl besorgt ist«, fügte sie hinzu und musterte ihn dabei mit durchdringendem Blick, denn obwohl er gerade sein liebenswürdigstes Lächeln vorzeigte, hatten seine jahrelangen Verbrechen und Betrügereien unauslöschliche Spuren in seinem Gesicht hinterlassen.
Angélique lächelte.
»Täuscht Euch nicht, ehrwürdige Mutter! Dieser Mann ist ein gerissener Bandit. Als wir uns zum erstenmal begegneten, hätten wir uns fast gegenseitig umgebracht, aber wie Ihr seht, vertragen wir uns inzwischen recht gut.«
»Ich war schwer verwundet, sie hat mir meinen Bauch wieder zusammengeflickt«, erklärte Aristide und begann, seine Beinkleider aufzunesteln. »Wollt Ihr das Ergebnis sehen, Schwester?«
Mutter Bourgeoys willigte ein und bewunderte die gut verheilte Narbe.
»Das ist ja außerordentlich! Monsieur Beaumarchand, ich kann nur wiederholen, was ich vorhin schon gesagt habe. Ihr könnt Euch glücklich schätzen, so hilfreiche Menschen um Euch zu

haben. Wer hat Euch diese Verwundung zugefügt? Ein wildes Tier vielleicht?«
Aristide war überrascht, er schien es vergessen zu haben. Er warf Angélique einen Blick zu, als hätte er nur eine vage Erinnerung.
»Der Krieg«, warf er in heroischem Ton hin.
»Und das hat Euch, wie ich sehe, klüger gemacht. Ich hoffe, Ihr denkt manchmal daran, dem lieben Gott für so zahlreich empfangene Wohltaten zu danken, Aristide. Aber mein kleiner Finger sagt mir, daß Ihr in Eurem Leben noch nicht oft gebetet habt.«
»Das stimmt! Dafür betet Julienne für zwei.«

Während dieser Unterhaltung hatte Ville d'Avray Angélique beiseite genommen.
»Alles fügt sich«, erklärte er ihr entzückt. »Ihr erinnert Euch doch sicher, wie sehr ich es bedauerte, nicht auch einen schwarzen Pagen zu haben wie Ihr. Und jetzt fällt dieser kleine Negerjunge vom Himmel! In einer leuchtendroten Livree wird er reizend aussehen. Er wird mir meine Tasche tragen, meine Akten und meine Konfektdose. Und jeder in Québec wird mich um ihn beneiden. Das wird ein sensationeller Erfolg!«
»Aber er gehört doch Elie Kempton!« rief Angélique entrüstet.
»Was, diesem Engländer? Diesem Ketzer? Was soll's«, gab Ville d'Avray zurück, »das ist kein Problem! Ich werde ihn gleich bei unserer Ankunft ins Gefängnis werfen lassen oder an irgendeine fromme Familie in Ville-Marie verkaufen, die sich einen Ablaß verdienen kann, indem sie sich seiner katholischen Taufe annimmt.«
»Elie Kampton katholisch taufen?« wiederholte Angélique. »Ihr seid ja verrückt! Ihn, einen echten Sohn Connecticuts, der sich als Kind mit seinen Eltern und dem Reverend Thomas Hooker durch das Gebiet der Apachen durchgeschlagen hat, um Hadford zu gründen? Daran habt Ihr wohl überhaupt nicht gedacht?«
»Doch, aber ich arbeite schließlich für den Himmel, und ich

möchte wissen, wer mich daran hindern sollte. Ich verspreche Euch, ich werde den Kleinen bekommen.«
Plötzlich hatte er einen sehr entschlossenen Zug um den Mund, und Angélique wußte, daß der Marquis, wenn er sich einmal etwas in den Kopf gesetzt hatte, nicht mehr locker lassen würde. Er war dann zu allem fähig.
Empört schrie sie ihn an:
»Nein, das werde ich verhindern! Und seid gewiß: Wenn Ihr nicht die Finger von ihm laßt, habt Ihr Euch meine Gunst für immer verscherzt. Dann könnt Ihr lange auf Eure gemütlichen Abende am Kachelofen warten...!«
Der Marquis sah, daß sie es ernst meinte. Total aus dem Konzept gebracht, beharrte er nicht länger auf seiner Idee und zog sich schmollend zurück.

Mutter Bourgeoys hatte die Auseinandersetzung zwischen Angélique und Ville d'Avray mit Interesse verfolgt.
»Seht Ihr«, sagte sie zu Angélique, »Ihr seid gar nicht so einig mit unserem Herrn Jesus und seiner Kirche, wenn Ihr Euch bei dem Gedanken entrüstet, eine arme Seele zu retten und sie zum wahren Glauben zu führen, wie zum Beispiel diesen Engländer, ob er nun aus Connecticut kommt oder sonst woher. Seid Ihr denn nicht besorgt um das Heil der verirrten Ungläubigen? Besonders, da es sich ja um jemand handelt, der Euch offenbar sehr am Herzen liegt, ist mir das völlig unverständlich. Bedeutet Euch das Ewige Leben so wenig?«

Angélique sagte zuerst kein Wort. Langsam ging sie hinüber zum Tisch und begann Erbsen auszulesen.
Als sie antwortete, wählte sie ihre Worte sehr vorsichtig.
»Sicher hat das Ewige Leben seinen Preis. Aber sollten wir nicht die Zeit, die uns auf Erden gegeben ist, nützen, um ein möglichst gutes Leben zu führen in Frieden mit unseren Mitmenschen?«
»Das ist auch meine Überzeugung, aber das heißt nicht, daß wir unverzeihliche Nachsicht denen gegenüber üben dürfen, die im Irrtum leben. Es ist also wahr, was man über Euch erzählt? Daß

Ihr mit den Engländern sympathisiert und die Ketzer schützt?«
Was sollte sie auf diese Anklage erwidern? Wie sollte sie Marguerite Bourgeoys verständlich machen, daß für sie die Toleranz oberstes Gebot christlicher Nächstenliebe war – eine Einstellung, die eine französische Nonne nur als Auflehnung gegen die Kirche und als Feindseligkeit gegenüber dem König auslegen würde?
Sie wußte, es würde zwecklos sein.
»Übertreibt Ihr nicht, wenn Ihr hinter dem Verhalten der protestantischen Siedler von Neuengland kriegerische Absichten vermutet? An den Küsten Akadiens hatten wir Gelegenheit, sie näher kennenzulernen. Es sind meist brave, friedliche Leute, die nichts anderes im Sinn haben, als ihre Felder zu bestellen . . .«
Mutter Bourgeoys schien dies zu bezweifeln.
»Die Berichte, die zu uns gelangen, hören sich aber anders an. In den Briefen Pater d'Orgevals lesen wir von schrecklichen Ausschreitungen gegen die Indianer vom Stamm der Abenakis und daß sie die Irokesen zum Kampf gegen uns aufstacheln.«
»Er ist es doch gewesen, der den Krieg neu entfacht hat!« rief Angélique spontan aus. Wie konnte der Jesuit Tatsachen nur so verdrehen! »Glaubt mir, er gibt Euch ein falsches Bild der Lage. Ich habe mit eigenen Augen gesehen . . .«
Sie wollte Einzelheiten berichten, aber sie hielt sich zurück, senkte statt dessen den Kopf und versuchte, sich zu beruhigen.
»Ich bin enttäuscht«, fuhr sie fort. »Ich wußte zwar, daß dieser Jesuit Herr über Québec ist, aber ich hätte nicht geglaubt, daß Ihr auf seiner Seite steht. Sagtet Ihr nicht, Montréal sei nicht Québec?«
»Was Pater d'Orgeval anbelangt, doch! Er ist der geistige Vater ganz Neufrankreichs.«
»Ja, ein Fanatiker ist er! Wenn Ihr wüßtet, wie er gegen uns konspiriert hat . . . !«
Marguerite Bourgeoys gab ziemlich aufgebracht zurück:
»Was er auch tut, tut er aus edlen Motiven. Er wacht über das Heil seiner Kinder.«

So war sie nun einmal. Man würde sie nicht mehr ändern. Ein jahrelanger Existenzkampf in der Kolonie hatte sie von der Rechtmäßigkeit ihrer Idee überzeugt.
Angélique bemühte sich, ihre Beherrschung nicht zu verlieren.
»Wollt Ihr damit sagen, daß er auch gegen uns vorgehen würde, um Euch, seine Kinder, gegen uns zu verteidigen? Aber, ich bitte Euch, auf was für Argumente könnte er denn seine Behauptung, wir seien Eure Feinde, stützen?«
»Bedroht Ihr nicht den Status Neufrankreichs, indem Ihr Euch auf Gebieten niederlaßt, die der französischen Krone gehören?«
Angélique unterließ es, ihr ins Gesicht zu schleudern, daß es allgemein bekannt sei, daß diese Territorien den Engländern von Massachusetts im Vertrag von Breda zugesprochen worden waren, den Tracy persönlich unterzeichnet hatte. Es war unnötig und zwecklos. Wie in jedem zugespitzten besitzrechtlichen Konflikt suchte man auch hier das Unrecht im gegnerischen Lager.
»Madame de Peyrac, es sind zweihunderttausend Engländer«, beharrte sie, »und fast ebenso viele Irokesen in ihrem Sold. Und wir Kanadier sind kaum sechstausend. Wenn wir nicht eisern unsere Rechte gegen sie behaupten, werden sie uns überfallen und unsere Dörfer in Brand stecken. Sie werden unsere armen Indianer, die wir so mühevoll bekehrt haben, umbringen, und den anderen, die wir noch nicht erreichen konnten, wird für immer die Chance genommen sein, vom Licht des wahren Glaubens erleuchtet zu werden. Diesen Glauben zu verbreiten ist Gottes Auftrag, und niemand auf der Welt wird uns daran hindern, ihn auszuführen.«
Sie sprach ruhig, aber bestimmt, ohne von ihrer Arbeit aufzusehen.
Angélique war weit davon entfernt, dieselbe Gelassenheit an den Tag zu legen. Niemals war ihr so grausam zum Bewußtsein gekommen, was für eine Kluft Worte und Meinungen zwischen ihr und ihren Mitmenschen schaffen konnten, bei denen sie Hilfe und Zuneigung zu finden gehofft hatte.

Einen Augenblick lang hatte sie sich der Illusion hingegeben, alles würde einfach sein, aber schon jetzt zeichneten sich Schwierigkeiten ab. Diskussionen über das Recht auf Lebensraum führten zu nichts bei Menschen, die entweder in Unkenntnis der Verträge, die diese Rechte absteckten, handelten oder nur die Kontrakte als rechtskräftig betrachteten, die die Krone Frankreichs und seine Kirche begünstigten.
Sie mußten, wenn sie ihr Ziel erreichen wollten, einen anderen Weg einschlagen. Doch dazu konnte sich Angélique nur sehr schwer durchringen.
Zuerst bedürfte es der Einheit zwischen den Herzen, des Gefühls der Verbundenheit. Nur gegenseitige Liebe, Verständnis und Achtung konnten eine Atmosphäre der Menschlichkeit schaffen, die das Leben lebenswert machte, die half, Gefahren auszuschließen und zu vermeiden, sich aus Angst vor Bedrohungen in Unnachgiebigkeit zu flüchten. Sie hob den Kopf und lächelte der Frau zu, die da am Herd saß und sie aufmerksam ansah. Die Kraft und Offenheit, die sie ausstrahlte, erzwangen einfach Sympathie und Vertrauen.
»Mutter Bourgeoys, lassen wir diese Fragen. Das Leben selbst, davon bin ich überzeugt, wird dafür sorgen, daß die spontane Freundschaft, die ich bei Euch erfahren habe, vertieft wird. Wir werden uns kennenlernen, so hoffe ich, und werden hinter allem, was uns trennt, das entdecken, was uns verbindet.«
Die Oberin der kleinen religiösen Gemeinschaft nickte zum Zeichen ihrer Zustimmung. Sie war nicht verärgert, höchstens ein wenig nachdenklich geworden und musterte Angélique versonnen.
»Ihr müßt unbedingt mit Pater d'Orgeval zusammentreffen«, beschloß sie plötzlich energisch. »Je länger ich Euch kenne, um so mehr bin ich überzeugt, daß der Konflikt, der uns trennt, auf einem Mißverständnis beruht. Daß sich alles aufklären würde, wenn Ihr Euch mit dem Pater unterhieltet.«
»Das bezweifle ich«, warf Angélique ein, deren Gesicht sich verdüsterte. »Ich muß Euch sogar gestehen, ehrwürdige Mutter, daß ich schreckliche Hemmungen habe, ihm gegenüberzutreten.«

»Kommt das nicht daher, daß Ihr seinen durchdringenden Blick fürchtet, der Eure Gewissensnöte aufdecken könnte?«
Angélique antwortete nicht. Sie wandte ihre ganze Aufmerksamkeit den Erbsen zu. Fast liebevoll streifte sie die glänzende Hülle der Schoten ab. Sie waren für sie wie alte Bekannte – hatte sie nicht mit Genuß die Suppe gegessen, die ihnen die Irokesen aus dem Tal der drei Götter gebracht hatten und die sie vor dem sicheren Hungertod bewahrt hatte?
Ihre stolze Haltung mit den zurückgeworfenen Schultern und dem leicht zur Seite geneigten Kopf verlieh ihr etwas Edles, selbst wenn sie sich niedrigen Arbeiten widmete.
Mutter Bourgeoys, die daran gewöhnt war, Menschen zu beobachten und sich rasch ein – meist zutreffendes – Urteil zu bilden, entging das nicht. Aber Angélique gab ihr seit dem vergangenen Abend tausend Rätsel auf.
»Ihr seid mit Euch selbst im unreinen«, sagte sie abrupt.
Angélique sah sie mit einem entwaffnenden Lächeln an.
»Vielleicht . . . aber geht das nicht manchmal jedem Menschen so? Auch Euch, dessen bin ich sicher.«
Ihr Blick fiel auf die flinken Hände der Nonne, und die Vorstellung befremdete sie, daß sich niemals die Lippen eines Mannes leidenschaftlich über solch weibliche Hände, über dieses liebenswerte Gesicht geneigt haben sollten, das unter den von den Jahren gezeichneten Zügen noch die anziehende Schönheit ahnen ließ, die Marguerite Bourgeoys als junges Mädchen gewesen sein mußte.
Sie sah sich plötzlich in Joffreys Armen, spürte seine heißen Küsse auf ihren Lippen brennen, und der Gedanke an die Sinnlichkeit, die sie mit ihm verband, ließ sie erröten.

Eine Erkenntnis nahm in ihrem Kopf Gestalt an, die zwar grausam war, die ihr aber in ihrer Deutlichkeit Sicherheit gab: Sie war eine Fremde unter Fremden. Selbst die Dämonin wäre in den Augen dieser Kanadier weniger furchterregend gewesen. Sie waren es gewohnt, gut und böse voneinander zu unterscheiden. Man hatte sie gelehrt, sich mit dem einen zu verbinden und sich gegen das andere zu verteidigen. Aber sie, Angéli-

que, die sie gleichermaßen anzog und erschreckte, die sie nicht einordnen konnten, war für diese Leute verständlicherweise jemand, der Unruhe stiftete, der sie verunsicherte.
»Sagt, haltet Ihr mich für gefährlich?«
Als die Nonne antwortete, hörte es sich an, als habe sie Angéliques Gedankengang nachspüren können:
»Eure Lebensanschauung ist gefährlich, weil sie mit der Faszination, die Ihr auf die Menschen ausübt, schwache Seelen zu der Überzeugung veranlassen könnte, *Euer* Weg sei der richtige.«
Angélique hatte plötzlich das Gefühl, die Worte der Nonne seien die Vorankündigung ihrer Niederlage.
»Ihr haltet mich also für eine Hexe, eine Zauberin?«
»Nein . . . aber eins ist sicher: *Ihr habt die Macht zu verzaubern.*«
Sie sagte es ohne Bitterkeit und mit fast wehmütiger Stimme, als ob sie selbst von dem Reiz einer solchen Gabe angerührt sei.
Angélique konnte ihre Erregung kaum noch zurückhalten. Sie ballte die Fäuste so fest zusammen, daß ihre Knöchel weiß wurden. Doch ihr Ärger verflog schnell, und sie gewann ihre Ruhe wieder. »Eure Lebensanschauung ist gefährlich«, hatte ihre Gesprächspartnerin gesagt. Und sie hatte geglaubt, aus dem Mund der Nonne eine Anklage zu hören! Ihre Lebensanschauung: die Freude der Sinne, die Hingabe an die Liebe, der Geschmack am Glück – an anderen Menschen, an der ganzen Schöpfung! . . . War das nicht die Quelle einer Kraft, die über alles triumphieren würde . . .?
Es schien ihr, als ob die kluge Nonne mit ihrer Hingabe und Aufopferung für eine mystische Sache gar nicht so weit von ihr entfernt wäre. Plötzlich war sie sich sicher, daß es ihr gelingen würde, Annäherungspunkte zu finden.
War sie selbst, Angélique de Sancé de Monteloup, nicht bei den Ursulinerinnen von Poitiers erzogen worden?
Obwohl ihr diese Welt, aus der das Leben sie herausgerissen hatte, immer fremd geblieben war, hatte sie doch ihr Bewußtsein geprägt . . . Schon damals pflegte sie überall anzuecken,

sich zu empören, Streitgespräche zu führen. Auf der hohen, im dichten Laub versteckten Mauer des Klostergartens, der ihr geheimer Zufluchtsort gewesen war, hatte sie ihren ersten Liebhaber erwartet, einen Pagen der Königin. Bei dieser Erinnerung mußte sie plötzlich lachen, und ein Aufatmen ging durch die Anwesenden. Denn diese Zeugen ihres Disputs hatten geahnt, wieviel Ernst hinter den wohlabgewogenen Worten der beiden Frauen verborgen war.
»Also nehmt Ihr mir meine Freimütigkeit nicht übel?« fragte Mutter Bourgeoys.
»Wie könnte ich! Ihr sollt wissen, daß Ihr, liebe Marguerite, mich niemals kränken könnt. Ihr habt den Bären Willoughby gerettet! ... Ich werde Euch dafür immer lieben ...«

Einundzwanzigstes Kapitel

»Diese Herren kommen sich wohl vor wie die Fürsten«, sagte der Intendant Carlon zornig. »Und das nur, weil man ihnen Jagd- und Fischereirechte gegeben hat ... Aber wo sind die Bauern, um das Land zu bestellen? ... Es scheint unmöglich, diese Kanadier anzusiedeln. Es sind alles Luftikusse! Für sie zählt nur eine Sache: der Handel. Man hat Gesetze geschaffen, um sie hier zu etablieren. Jeder junge Mann, der das achtzehnte Lebensjahr vollendet hat, muß sich innerhalb von sechs Monaten verheiraten oder Strafe bezahlen, die er oder sein Vater aufbringen muß. Und es fehlen weiß Gott keine Mädchen mehr. Man hat ganze Schiffsladungen von ihnen aus dem Königreich herübergeschafft. Aber diese feinen Herren fliehen lieber in die Wälder und ziehen es vor, den Indianerinnen *heimzuleuchten*.«
Carlon spielte auf einen indianischen Brauch an: In der Nacht schleicht sich ein Liebhaber mit einem brennenden Holzspan in der Hand zum Zelt seiner Auserwählten. Wenn das junge Mädchen die Flamme ausbläst, bedeutet das ihr Einverständnis.

Der Intendant redete lebhaft auf Peyrac ein, während er mit einem Auge das Beladen der *Gouldsboro* und der anderen Schiffe überwachte: Fässer mit Bier und gesalzenen Fischen, Planken, Balken und Schiffsmaste wurden hinaufgerollt, dazu Säcke mit Mehl, getrockneten Erbsen und grünen Bohnen, die seit neuestem die gewohnten Saubohnen ersetzten.

»Um die Einwohner daran zu hindern, den Wilden Alkohol zu verkaufen, hat man zahlreiche Verbote erlassen«, fuhr der Intendant fort. »Ja, man ist sogar so weit gegangen, mit der Exkommunizierung zu drohen. Aber alles ist fehlgeschlagen. Sie pfeifen auf die Gesetze. Sie haben den Wald auf ihrer Seite. Bei der geringsten Unannehmlichkeit, einer neuen Steuer oder einer drohenden Strafe, verschwinden sie in die Wälder. Ich habe genug von diesen Kanadiern.«

Nachdem er sich auf die Art Luft gemacht hatte, ging Carlon wieder zum Hafen hinunter.

»Wir lassen einige Ölfässer sowie Maste und Bauholz für die *Mirabelle* hier. Man soll nicht sagen, daß dieses Schiff mangels Fracht mit Kies im Bauch losgeschickt worden ist, obwohl ich ja fast auf meinen Waren sitzengeblieben wäre. Was für ein Durcheinander! Niemand wird mir höheren Ortes glauben, was ich hier durchgemacht habe.«

Peyrac hatte seinen Ausbruch geduldig über sich ergehen lassen. Carlon war ihm sympathisch. Er schätzte seine klare Urteilskraft und seine Fähigkeiten als Kaufmann.

Bei den Engländern wäre er mit seinem Unternehmergeist, seiner unermüdlichen Initiative und seinem scharfen Verstand schon längst Gouverneur einer blühenden Kolonie geworden. Aber hier lief alles anders.

Der Unglückliche bot vergebens alle Kräfte auf, um den schwerfälligen Apparat in Gang zu halten, der vor hundert Jahren einmal unter ganz anderen Voraussetzungen entstanden war.

Abenteuerlust und die Verlockungen des Ruhms der Eroberer hatten viele Menschen aus der Alten Welt dazu getrieben, ihr Glück in diesem Land der endlosen Wälder zu suchen. Ein

Großteil von ihnen war vor der Verfolgung der Justiz geflohen, aber sie hatten die veralteten Gesetze, Prinzipien und die Religion ihres Vaterlandes mitgebracht.
Und wenn auch Colbert, der Finanzminister des Königs, wußte, daß die wahre Größe eines Königreichs von einer intakten Wirtschaft abhing, hatte er doch einige Schwierigkeiten, aus der Ferne seine Politik durchzusetzen. Vor allem, da er mit dem französischen Charakter rechnen mußte, der sich nicht unbedingt durch übertriebenen Arbeitseifer auszeichnete. Und die Kanadier waren in jeder Hinsicht Franzosen.
So kam es auch, daß in Tadoussac, abgesehen von den Soldaten, ein paar Handwerkern, Beamten und einzelnen Farmern, die wegen Krankheit in der Familie zurückgehalten wurden, der Großteil der männlichen Bevölkerung zwischen sechzehn und vierzig Jahren auf Nimmerwiedersehen verschwand, sobald die Ernte eingebracht war.
Niemand kümmerte sich darum, die Häuser wie geplant mit Strohballen vor dem Eis zu schützen, trotz der weißen Schicht, die auf dem hartgewordenen Boden unter den Sohlen knirschte.
»Die Frauen können nicht alles machen«, begann Carlon von neuem. »Und außerdem haben sie eine Schwäche für Pelze. Seht nur, wie sie rennen!« Er wies in die Richtung des Saguenayflusses. »Nur weil man ein paar Kanus angekündigt hat, die mit Pelzen beladen aus dem Norden kommen. Ihr werdet verstehen, warum meine Waren liegenbleiben und warum wir wahrscheinlich gegen Ende des Winters nichts mehr zum Beißen haben werden. Man verkauft, man tauscht, und das dicke Ende kommt danach!«
Vom Fluß herauf hörte man fröhlichen Lärm. Leute mit Branntweinfäßchen, Kisten und Körben kamen angelaufen.
Joffrey de Peyrac blickte über das armselige Dorf. Dort oben hütete die kleine Kapelle ihren kostbaren Schatz, während unten am Hafen fröhliche Geschäftigkeit herrschte, die einem Jahrmarktstreiben ähnelte.
Die Hoffnung auf große, schnell erzielte Gewinne hat nicht selten den Beigeschmack maßlosen Vergnügens, weil sie wenig-

stens für kurze Zeit ein sorgenfreies Leben versprechen. Man weiß zwar nie, für wie lange, aber zumindest ist dadurch die Verwirklichung eines Traumes nähergerückt.
Im Augenblick waren die Kanadier voller Aktivität. Und vielleicht war es die Intensität, mit der sie das Leben mit all seinen Härten und Freuden akzeptierten, die ihren Charme ausmachte.
Als der Intendant Joffrey schmunzeln sah, schloß er bitter:
»Ich kann mir vorstellen, was Ihr denkt . . . Eh bien! . . . Ich bin ganz Eurer Meinung. Man wird diese Menschen nicht ändern können. Und Ihr werdet davon profitieren und ganz Neufrankreich in die Tasche stecken.«

Zweiundzwanzigstes Kapitel

Angélique hatte Mutter Bourgeoys die Mädchen des Königs vorgestellt, in der Hoffnung, daß sie sich ihrer annehmen würde.
»Diese Mädchen sind im Auftrag Monsieur Colberts angeworben worden, um die Bevölkerung Kanadas zu vermehren. Sie haben Schiffbruch erlitten und viel Schlimmes erlebt. Glaubt Ihr, Ihr könntet etwas für sie tun?«
Sie erklärte kurz, wie der Zufall ein manövrierunfähiges Schiff an ihre Küste verschlagen habe, das vor ihrem Haus in Gouldsboro auf ein Riff aufgelaufen sei. Und daß sie die armen Mädchen mitgenommen hatten, um sie an ihr ursprüngliches Ziel zu bringen.
Marguerite Bourgeoys schüttelte bedauernd den Kopf.
»Die Mädchen sind in einer fatalen Lage«, fuhr Angélique fort, »besonders, da ihre Begleiterin wahrscheinlich bei dem Schiffsunglück umgekommen ist. Sie haben also keine Stütze mehr. Wer wird sich in Québec um sie kümmern? Wer wird für ihren Unterhalt aufkommen?«
»Sie werden schon einen Mann finden.«

»Um zu heiraten, braucht man aber eine Mitgift. Und sie haben ihre königlichen Kassetten verloren.«
Trotz ihrer Nächstenliebe blieben Angéliques Worte ohne Wirkung auf Mutter Bourgeoys.
Sie erklärte, in welche Schwierigkeiten die Kolonie käme, wenn sie gezwungen wäre, aus einem ohnehin schon mageren Budget auch noch den Lebensunterhalt dieser Mädchen zu bestreiten. Wenn sie nicht so spät in Québec ankämen, wäre es gar kein Problem gewesen, sie wieder nach Europa zurückzuschicken. Der Kapitän könnte sich den Preis für ihre Passage aus der Staatskasse oder von einem Verantwortlichen der Handelsgesellschaft zurückerstatten lassen.
»Wir hatten eine so schöne Mitgift«, erklärte Henriette mit Tränen in den Augen. »Fast hundert Franken Jahreseinkünfte, jede von uns hatte drei Halstücher, eine Tafthaube, einen Mantel für den Winter, zwei Kleider . . .«
Mutter Bourgeoys unterbrach ihre Aufzählung.
»Das glauben wir Euch gern. Aber es nützt leider gar nichts, diesen Dingen nachzutrauern, meine Kleine, da Eure Geldschatulle und Eure Kleidertruhen auf dem Grund des Meeres liegen. Viel wichtiger ist, darüber nachzudenken, wer in Québec für Euch sorgen könnte.«
»Könnten sie sich nicht in einer der zahlreichen religiösen Gemeinschaften nützlich machen?« plädierte Angélique.
»Arbeit gäbe es genug, aber wovon sollen wir sie ernähren? Die Lebensmittelrationen sind genau auf die Anzahl der Gemeindemitglieder abgestimmt. Und sie sind schon sehr knapp bemessen. Wenn der Winter besonders hart wird, weiß man nicht, ob sie ausreichen werden. Und vor dem Frühjahr ist von den Wohltätern in Frankreich keine Hilfe zu erwarten. Wenn sie wenigstens ein Empfehlungsschreiben bei sich hätten, das den Gouverneur oder den Intendanten dazu veranlassen würde, einige Säcke Mehl oder Erbsen von den für Neufrankreich so notwendigen Reserven des Generalmagazins herauszugeben.«
»Und Ihr selbst, ehrwürdige Mutter? Habt Ihr nicht in Ville-Marie Platz für die beiden?«

»Leider nicht, da ich mich in der gleichen finanziellen Notlage befinde.«
Sie erklärte, wie gering die Vorräte seien.
Während sie Mutter Bourgeoys zuhörte, begriff Angélique auf einmal, warum die christlichen Institutionen tatsächlich darauf angewiesen waren, finanzielle Unterstützung als Gegenleistung für Sündenablaß zu verlangen.
Mit ihren Spenden finanzierte die katholische Bevölkerung die Bekehrung der Indianer und das Überleben der starken Seelen, die es sich zur Aufgabe gemacht hatten, ihnen das Evangelium zu bringen.
Man konnte sich den Himmel mit klingender Münze erkaufen.
Angélique, die es gewohnt war, das Leben eines Mannes wie Joffrey de Peyrac zu teilen, der sich ausschließlich von seinen eigenen Unternehmungen ernährte, sich aber ein Leben in großem Stil leisten konnte, hatte vergessen, was für ein kärgliches Dasein die meisten Menschen führten. Überall war man einem schwerfälligen und komplizierten System ausgeliefert. Und das erst recht in einer Kolonie, die große Kriegslasten tragen mußte und nur wenig produzierte. Sie erinnerte sich, wie überglücklich Pater Quentin gewesen war, als man ihm einen Platz als Prediger auf der *Gouldsboro* angeboten hatte. Der weltmännische und weitblickende Peyrac hatte bald erkannt, daß es das große Problem der Kanadier war, daß sie sich am Rande des Existenzminimums bewegten.
Man überlebte, indem man sich einschränkte, aber man war auch ängstlich darauf bedacht, sich nicht zu unüberlegten Gesten der Nächstenliebe hinreißen zu lassen, durch die man selbst Entbehrungen hinnehmen mußte.
»Wir könnten Euch helfen«, schlug Angélique vor. »Es ist kein Teufelsgeld, glaubt mir.«
»Davon bin ich überzeugt, aber darum geht es gar nicht.«
»Ihr fürchtet, daß man schlecht von Euch denken könnte, wenn Ihr Geschenke eines unabhängigen Edelmanns mit einem verdächtigen Ruf annehmen würdet.«

»Nein, das ist es auch nicht. Ich habe gerade Platz genug für die drei Mädchen, die ich mitbringe, und auch gerade genug Geduld, um sie in ihrem schweren Beruf zu unterstützen«, fügte sie humorvoll hinzu. »Also hieße es, meine Kräfte überfordern, wenn ich mich auch noch dieser Mädchen annehmen würde, die ich noch nicht einmal selbst hierhergeholt habe.«
Gegen dieses Argument war Angélique machtlos.
»Aber habt Ihr nicht gesagt«, begann Mutter Bourgeoys, die die Sache immer noch beschäftigte, von neuem, »daß ihre Begleiterin mit Hilfe ihrer Freunde bei Hofe die Kosten der Überfahrt bezahlt habe? Vielleicht hat sie auch in Québec Beziehungen?«
»Ich weiß es nicht.«
»Das müssen wir herausfinden«, sagte Mutter Bourgeoys und erhob sich. »Aber jetzt wollen wir uns erst einmal um unsere Wäsche kümmern.«
An den Ufern des Saguenay breiteten die Händler und Indianer gerade die schönsten Pelze vor den bewundernden Augen der Einwohner aus: Biber in den verschiedensten Brauntönen, Fischotter, Marder, Wiesel, deren Haar fast weiß war, was ihren Wert verzehnfachte, Zobel und Nerze in feinen Schattierungen.
Die Indianer und Trapper des Nordens hatten es eilig gehabt, nach Tadoussac zu kommen, in der Hoffnung, dort noch Schiffe anzutreffen, die noch nicht nach Europa ausgelaufen waren. Sie wußten, daß sie gute Abnehmer waren.
Einer der Trapper kam gerade den Uferhang herauf. Er stand zwar im Gegenlicht, aber ein vertrautes Lächeln umspielte seine Lippen, und sie hatten das Gefühl, ihn schon einmal gesehen zu haben. Als er näher kam, erkannten Angélique und Mutter Bourgeoys ihn zur gleichen Zeit.
Und sie riefen wie aus einem Munde:
»Eloi Macollet!«
»Hallo! Das ist aber eine freudige Überraschung, von zwei so hübschen Damen empfangen zu werden.«
Es war in der Tat der alte Macollet. Unter seiner Fellkappe sah

er mit seiner ledernen Haut wie ein Indianer aus. Nur seine hellen Augen, die die Farbe des Meeres hatten, straften diesen Eindruck Lügen. Der lange Weg vom oberen Kennebec bis nach Tadoussac schien ihm nicht viel ausgemacht zu haben, obwohl er ein halbes Jahr dazu gebraucht hatte, denn er kam aufrecht und mit schnellen Schritten auf sie zu.
Honorine tanzte froh um ihn herum, und wie von unsichtbaren Fäden gezogen, kam ihm das ganze Dorf entgegen.
Angélique erzählte, wie Eloi Macollet bei ihnen im Fort am Kennebec den Winter verlebt und sie mit seiner fröhlichen Art immer zum Lachen gebracht habe.
Macollet sagte bedeutungsvoll:
»Hört mir gut zu, liebe Leute! Wir haben gemeinsam die Pokken durchgemacht und sind lebend davongekommen! Ein wahres Wunder!«
Trotz des allseitigen aufgeregten Stimmengewirrs versuchte Angélique richtigzustellen, daß es sich nicht um die Schwarzen Pocken gehandelt habe, die unweigerlich zum Tode führten, sondern nur um Scharlachfieber. Aber die Leute bevorzugten die andere Version.
»Und erst das Weihnachtsfest, das wir dort verbracht haben. Im Schloß des Gouverneurs von St. Louis hätte es nicht schöner sein können.«
»Und wie schön du warst, Eloi, mit deiner bestickten Weste und deiner Perücke!« ließ sich Honorine vernehmen.
»Eure Schwiegertochter hätte Euch sicher gern so gesehen«, meinte Mutter Bourgeoys anzüglich.
»Was hast du mir aus dem Hochland mitgebracht, alter Lausejunge?« fragte der alte Carillon.
»Einen Bären, Großvater, einen schönen grauen Grisly. Ich hab' ihn erst gestern gefangen. Er liegt unten am Ufer, meine Leute sind gerade dabei, ihn zu zerlegen. Ihr könnt schon Feuer unter dem Kessel anmachen.«
Er wandte sich an Angélique. »Ich erlaube übrigens nur dem alten Carillon, mich Lausejunge zu nennen. Ich war damals noch sehr jung, als er mich zum Tal der Irokesen mitnahm. Auch als mir schon die ersten Barthaare wuchsen und ich an-

fing, auf eigenen Füßen zu stehen, hat sich das nicht geändert. Ich bin für ihn immer der Lausejunge geblieben. Nur merkt man heute den Altersunterschied nicht mehr so wie früher. Er sieht nicht so alt aus, wie er ist, und ich bin in den letzten Jahren ziemlich gealtert. Wenn man sich das vorstellt: ich bin kaum sechzig. Das kommt daher, daß man mich skalpiert hat und daß ich vorn keine Zähne mehr habe. Die Irokesen haben sie mir ausgerissen, um ein Amulett daraus zu machen. Aber so alt bin ich nun auch wieder nicht . . . da braucht Ihr nur die Damen zu fragen . . .«
Die Leute waren zum Saguenay hinuntergegangen, um die Beute und die Waren Macollets zu bewundern.
Man konnte ihre erstaunten Rufe hören.
»Habt Ihr die Fallen vom alten Eloi gesehen? . . . Was für eine Beute! . . . Wo hat er bloß das Geld für so eine Ausrüstung her, der Taugenichts? Kein Wunder, daß er so schöne Häute herbringt!«
»Und der Bischof wird nichts dagegen einwenden können«, bemerkte Macollet stolz. »Ich hab' kein bißchen Alkohol an die Wilden verkauft. Wenn sie welchen haben wollten, mußten sie sich an die anderen Händler halten. Dafür hab' ich ihnen aber bestes englisches Eisen mitgebracht.«
Er hatte es aus den Magazinen Joffrey de Peyracs am Kennebec.
»Läuft er immer noch den Indianerinnen nach?« fragte Mutter Bourgeoys Angélique.
»Mehr denn je. Ich sehe, Ihr wißt Bescheid. Sogar unsere Mannschaft, die sich nicht unbedingt aus Tugendbolden zusammensetzt, verurteilte ihn, weil er sich bei Nacht und Nebel auf und davon gemacht hatte, um bei den kleinen Indianerinnen im Nachbarlager sein Glück zu versuchen.«
»So ein Gauner!« stieß Mutter Bourgeoys ungnädig hervor. »Es ist ein Jammer, daß sein Sohn in dieser Hinsicht seinem Vater nachschlägt . . . Sidonie grämt sich zu Tode. Die beiden sind ein ungleiches Paar.«
»Sprecht mir nicht von ihnen«, brummte Macollet. »Es macht mich traurig.«

»Es hilft nichts, Ihr müßt Eure Kinder begrüßen. Ich wette, Ihr habt Euch in den zwei Jahren meiner Abwesenheit so gut wie überhaupt nicht um sie gekümmert.«
»Das stimmt ... Was wollt Ihr? Sidonie ist schlimmer als die Krätze.«
»Sie ist verbittert, und sie leidet.«
»Woran? Das frag' ich Euch! Diese Generation Frauen ist habgierig, sie wollen nichts als Komfort. Früher ließen uns die Irokesen gar keine Zeit, verbittert zu sein. Wir waren dran gewöhnt, mit dem Gewehr zu leben. Mein Gott, wenn ich daran denke, wie viele Tage wir auf den Feldern verbracht haben, ohne zu wissen, ob wir wieder heil nach Hause kommen würden. Nicht wahr, Mutter Bourgeoys, wir zwei könnten ein Lied davon singen ... Und meine Schwiegertochter, die alles hat, die Ruhe, den Hof, die Felder und die Herde, muß sich noch beschweren.«
»Sie liebt ihn ...«
»Ja, das merkt man. Man braucht sich nur ihr Gekeife anzuhören.«
»Ihr habt leider nicht verstanden, was ich damit sagen wollte«, bemerkte Mutter Bourgeoys mit einem tiefen Seufzer.

Dreiundzwanzigstes Kapitel

Eines Morgens kam Ville d'Avray mit einem bedeutungsvollen Lächeln auf Angélique zu und zog sie beiseite. Ihr erster Gedanke war, er wolle mit ihr über den Burgunderwein sprechen, der ihm so sehr am Herzen lag, und deshalb traf sie seine Frage auch wie ein Blitz aus heiterem Himmel.
»Wißt Ihr eigentlich, was aus dem Marquis de Varange geworden ist?«
Ihr Herz begann wie rasend zu klopfen. Glücklicherweise hatten sie die Ereignisse in Tadoussac so in Anspruch genommen, daß sie das düstere Verbrechen, das ihre Ankunft in Kanada überschattet hatte, fast völlig vergessen hatte, weshalb die

Überraschung, mit der sie auf Ville d'Avrays Worte reagierte, auch ganz aufrichtig war.
»Wie kommt Ihr denn auf die Idee? . . . Varange?«
Ihre Gedanken überschlugen sich, und nur allmählich gewann sie ihre Gelassenheit zurück. Sie merkte, daß Ville d'Avray sie durchdringend musterte, und überlegte fieberhaft, wie sie sich aus der Affäre ziehen könnte, was auf ihn den Eindruck machen mußte, als versuche sie, sich an den Namen zu erinnern.
»Ach ja, jetzt fällt es mir wieder ein. Wir haben ja über ihn gesprochen. Jetzt weiß ich auch wieder, in welchem Zusammenhang . . . Ich wollte wissen, mit wem ich es in Québec zu tun haben würde . . . Warum interessiert Ihr Euch für ihn?«
»Weil er verschwunden ist.«
»Wirklich?«
»Ja! Ich habe gerade erfahren, daß er vor kurzem hier herumgeschlichen ist. Er behauptete zwar, er müsse sich um die Branntweinbrennerei und die Wilderer kümmern, aber er kreuzte so lange auf dem Fluß, daß man sich fragte, weshalb er in Wirklichkeit hier schnüffelte. Ich dachte, Ihr wüßtet vielleicht mehr darüber.«
»Ich! Wie kommt Ihr denn darauf?«
Seine Neugier und sein inquisitorischer Blick machten sie allmählich nervös. Aber offensichtlich hatte sie die Prüfung bestanden, denn er wandte sich mit einem Seufzer ab und murmelte: »Was hat er nur hier gewollt?«
»Wenn wir in Québec sind, werden wir es noch früh genug erfahren.«
»Ich habe Euch doch bereits gesagt, daß er und sein Diener spurlos verschwunden sind.«
»Aber sie könnten doch nach Québec zurückgefahren sein.«
»Nein, die Möglichkeit scheidet aus . . . Man hat auch die Barke gefunden . . . leer.«
Er wies in die Richtung, aus der sie gekommen waren.
»Dort unten . . . am Kap von Cri-aux-Oies. Aber von ihnen selbst keine Spur.«
Angélique zuckte mit den Achseln.
»Ich muß gestehen, es interessiert mich nicht besonders, was

aus ihnen geworden ist. Ihr selbst habt mich darauf aufmerksam gemacht, daß er zu unseren Feinden zählt. Also könnt Ihr es mir nicht verdenken, daß ich es keineswegs bedaure, ihn in Québec nicht zu Gesicht zu bekommen. Und nun zu Euch, mein lieber Marquis. Was habt Ihr an diesem schönen Morgen vor? Was mich betrifft, muß ich ins Pfarrhaus.«
»Was wollt Ihr denn bei unserem ehrenwerten Herrn Pfarrer? Solltet Ihr etwa eine Schwäche für seinen vorzüglichen Holunderschnaps entdeckt haben?« fragte Ville d'Avray mit einem Augenzwinkern.
»Ich möchte nur Aristide helfen, seinen Rum zu verbessern«, erwiderte Angélique ungerührt. »Der Pfarrer hat einen Vorrat von Früchten und Blättern des Wildkirschbaums. Es ist bekannt, daß sie dem Rum einen volleren Geschmack verleihen und außerdem noch die schädlichen Rückstände verringern. Wir wollen ein paar Versuche machen. Ihr seht, wir führen unsere Rezepte jetzt schon in Tadoussac ein.« Nach einer Weile fügte sie hinzu: »Ich finde, daß immer noch eine gewisse Spannung in der Luft liegt, obwohl alles so friedlich ist. Glaubt Ihr, daß die *Mirabelle* mit ihren dreißig Kanonen hierherkommt? Oder daß der mysteriöse Gesandte des Königs uns endlich die Ehre erweisen wird, in Erscheinung zu treten?«
»Der Gesandte des Königs ist ein Feigling.«
»Wenn er überhaupt existiert . . . Also, Marquis, begleitet Ihr mich nun zum Pfarrhaus? . . .«

Ville d'Avray zögerte. Seit einiger Zeit ließ ihn eine bestimmte Idee nicht mehr los, und als er sah, daß der Graf de Peyrac eben im Begriff war, zur *Gouldsboro* zurückzufahren, zog er es vor, sich ihm anzuschließen. Er wollte unbedingt mit ihm reden.
Er verabschiedete sich daher von Angélique und beeilte sich, die Schaluppe noch rechtzeitig zu erreichen. Dort angelangt, verwickelte er den Grafen auch sogleich in ein Gespräch:
»Teurer Freund, seit einigen Tagen beschäftigt mich ein bestimmtes Problem. Ich gaube, daß sich der Kurier Madame d'Hourdannes an Bord der *Saint-Jean-Baptiste* befindet.«

Vierundzwanzigstes Kapitel

Joffrey de Peyrac blickte auf das Dorf Tadoussac. Es breitete sich vor seinen Augen wie ein langgestreckter Teppich aus. Es reichte vom Kap, das sich über der Einmündung des Saguenay erhob, bis hin zum Wald, der sich endlos am Horizont entlangzog. Er konnte von hier aus alles überschauen: die Häuser und Hütten, zur Linken das Fort, in der Mitte die Kirche, die kleinen Geschäfte unten am Hafen und das große graue Steinhaus oben am Berg, dort, wo die Felder aufhörten, die sich das Ufer hinauf bis zum Waldrand erstreckten.

Er sah, wie Angélique darauf zuging. Sogar von weitem konnte er erkennen, wie flink sie den Berg hinaufstieg. Mutter Bourgeoys und Julienne begleiteten sie. Hinter ihnen ging Kouassi Bâ. Am ersten Tag hatten sie ihn vorsorglich nicht mit an Land genommen, um die Dorfbewohner nicht zu erschrecken, aber nachdem sein Freund, der alte Macollet, es übernommen hatte, ihn vorzustellen, waren sie ganz begeistert von ihm. Die Mädchen des Königs folgten ihnen mit den jungen Schwestern der Mutter Bourgeoys.

Heute war sogar Cantor mit seinem Vielfraß Wolverine an Land gegangen, was wirklich selten vorkam. Die Leute, die dem drolligen Tier gegenüber zunächst sehr zurückhaltend gewesen waren, hatten ihn schließlich doch in ihr Herz geschlossen. Augenblicklich tollte er mit den Kindern herum. Es machte ihm Spaß, sie zu erschrecken. Die Luft war kristallklar, und das Lachen der Kinder und die spitzen Schreie der Frauen waren weithin zu hören.

»Seht, die Sache ist die«, fuhr Ville d'Avray fort. »Madame d'Hourdanne ist meine Nachbarin, und sie wird auch die Eure sein, da ich Euch ja mein Haus zur Verfügung stellen werde. Sie ist eine sehr charmante Frau, die Witwe eines Offiziers von hohem Rang, der vor zehn Jahren mit dem Regiment Carignan-Salières nach Kanada gekommen ist. Der Unglückliche ist in einer Schlacht gegen die Irokesen gefallen. Ihr erinnert Euch doch an diese bedeutende Schlacht des Marquis de Tracy?

Nun, kurz und gut, sie fühlt sich in Québec genauso wohl wie ich, oder vielleicht hat sie auch nicht den Mut, eine neue Überfahrt zu wagen. Es gibt dort viele Leute, denen es ebenso ergeht. Sie ziehen es vor, das Risiko einzugehen, von den Irokesen skalpiert zu werden, Hunger und Kälte zu leiden und niemals die Ihren wiederzusehen, statt sich noch einmal auf ein Schiff zu begeben, das den Ozean überquert. Man kann das verstehen... Hört Ihr mir überhaupt zu?«
»Aber natürlich, mit meiner ganzen Aufmerksamkeit.«
»Ihr könnt mir nichts vormachen. Ihr verschlingt *sie* ja förmlich mit Euren Blicken... Endlich! Jetzt ist sie hinter einer Biegung verschwunden. Dann kann ich ja fortfahren. Ich sagte Euch ja bereits... Madame d'Hourdanne ist also in Kanada geblieben. Sie ist seit einiger Zeit sehr schwach auf den Beinen und verläßt nur selten ihr Bett, aber sie schreibt sehr viel. Ihre Lieblingsbrieffreundin ist die Witwe des verstorbenen Königs von Polen, Kasimirs V. Ich meine natürlich nicht seine erste Frau Louise-Marie de Gonzague. Sie ist, wie Ihr wißt, vor zehn Jahren gestorben. Er war damals über ihren Tod so verzweifelt, daß er auf seine Krone verzichtet und sich ins Kloster Saint-Germain-des-Près zurückgezogen hat, dessen Abt er wurde. Die Freundin meiner Nachbarin war seine zweite Frau. Die Kirche hat ihm damals eine Sondergenehmigung erteilt, sie zu ehelichen. Man nennt sie die schöne Marguerite, da sie in ihrer Jugend in Grenoble Blumen verkauft hat und zweifellos auch gewisse andere Dinge. Sie hat immer wieder alte, kränkliche Adlige gefunden, die sie heiraten wollten. So ist sie von Witwenschaft zu Witwenschaft auf der gesellschaftlichen Leiter jedesmal eine Stufe höher geklettert bis hin zum König von Polen, der sie aber auf dem Höhepunkt ihres gesellschaftlichen Lebens wiederum als Witwe zurückließ. Eine intelligente Frau, das müßt Ihr zugeben. Wie gesagt, die beiden Damen schreiben sich wöchentlich, ja manchmal sogar täglich. Sie verwahren die Briefe in einer wertvollen Kassette, um ihrem Gedankenaustausch einen würdigen Rahmen zu geben.
Mit dem ersten Schiff, das nach Amerika aufbricht, geht die erste Sendung ab. Eine zweite schickt sie mit dem letzten Schiff,

das am Ende des Sommers Segel setzt. Kurzum, mit dieser Korrespondenz verschönern sich die beiden alten Damen ihren grauen Alltag. Da wir annehmen können, daß die *Saint-Jean-Baptiste* als letztes Schiff Frankreich verlassen hat, möchte ich wetten, daß sich die für Madame d'Hourdanne bestimmte Kassette an Bord befindet.

Das bereitet mir etwas Sorge, da ich weiß, was für ein abgefeimter Gauner Dugast ist. Ich würde ihm durchaus zutrauen, daß er sich die mit Edelsteinen besetzte Kassette aneignet und die Briefe ins Meer wirft. Und Cléo wäre sicher überglücklich, wenn ich ihre begehrten Briefe retten würde. Also wenn Ihr nichts dagegen hättet . . .«

Der Marquis legte eine Kunstpause ein.

Die Schaluppe hatte währenddessen ihr Ziel erreicht. Joffrey de Peyrac warf dem Marquis einen ironischen Blick zu und kletterte an Bord. Ville d'Avray wartete ungeduldig im schaukelnden Boot mit einem Ausdruck kindlicher Unschuld in den Augen.

»Wenn ich Euch richtig verstanden habe, möchtet Ihr, daß ich Euch das Boot überlasse, damit Ihr Euch zur *Saint-Jean-Baptiste* begeben könnt, um dort die besagte Kassette an Euch zu nehmen.« – »Ganz genau, mein lieber Peyrac!«

Der Graf erteilte den Matrosen einige Befehle, und sie ruderten in Richtung des fremden Schiffs davon. Er konnte sich eines Lächelns nicht erwehren, als er den Marquis, dessen Gesicht vor Vorfreude strahlte, davonfahren sah.

»Ihr laßt mir also freie Hand?« schrie er noch zurück.

»Ja, teurer Marquis . . . aber achtet darauf, daß kein Blut vergossen wird.«

Dann nahm er sein Fernglas zur Hand und blickte zum Ufer hinüber.

Da das Wetter so schön war, schob er die Generalinspektion auf den verschiedenen Schiffen etwas hinaus und gönnte sich ein paar Minuten der Entspannung. Er hatte Sehnsucht nach Angélique – wie man sich an einem heißen Tag nach einer kühlen Quelle sehnt. Es gab immer wieder Erlebnisse zwischen ihnen, die ihn neue, unbekannte Seiten an ihr entdecken ließen.

Wir müssen uns noch besser kennenlernen, meine Liebe ...
Die Lebensuhr läuft weiter. Zwischen meinen Pflichten, die ich täglich zu erfüllen habe, bist du für mich da – ein Refugium der Liebe.

Es bereitete ihm sichtliches Vergnügen, das Haus am Hügel zu belauern, in dem Angélique und ihre Begleiter verschwunden waren. Und wie ein frisch verliebter Jüngling genoß er den Gedanken, sie bald in der Ferne wieder auftauchen zu sehen mit ihrem beschwingten Gang, der Anmut und Temperament verriet.
»Sogar von weitem hat sie etwas an sich, das die Männer fasziniert ... Was sie nur so lange bei dem alten Pfarrer zu schaffen hat? Aristides Rum verbessern? ... Du schreckst auch vor nichts zurück, mein Schatz! ...«
Er lachte in sich hinein.
»Licht meines Lebens ... Du gehörst nur mir! ...«

Die Zeit verging.
Ville d'Avrays Stimme drang an sein Ohr. Er hatte sein Vorhaben also schon erfolgreich ausgeführt.
»Ich habe sie!« schrie Ville d'Avray und hielt eine kleine Kassette in die Höhe. »Ich hatte also recht, und Cléo wird entzückt sein!«
Peyrac beugte sich über die Reling und sah im Heck des Bootes vier Fässer liegen. Um ehrlich zu sein, er hatte damit gerechnet.
»Was ist denn das?« tat er erstaunt.
»Das? ... Aber mein lieber Freund, Ihr habt mir doch freie Hand gelassen ... Und als ich *zufällig* auf diese Ladung Burgunderwein stieß, konnte ich es nicht über mich bringen, solchen Nektar einfach in den Händen dieser Barbaren verkommen zu lassen. Er ist aus Beaune, das Beste vom Besten ... Leider konnte ich nicht alle Fässer mitnehmen«, fügte er mit Bedauern hinzu. »Und im übrigen, mein lieber Graf, wird man Euch so vieler Vergehen beschuldigen – auf ein bißchen mehr oder weniger kommt's da auch nicht mehr an. Und in der Zwi-

schenzeit können wir uns an dem Wein erfreuen. Was soll ich also jetzt mit den Fässern machen?«

»Also gut, Marquis, laßt eins davon an Bord meines Schiffes bringen, auf daß wir es eines Abends unter guten Freunden anstecken können, und die anderen nehmt ruhig mit auf Euer Schiff. Ihr habt Euch ja schließlich die Mühe gemacht, sie zu holen.«

»Graf, Ihr seid der außerordentlichste Mensch, den ich je getroffen habe. Ich danke Euch tausendmal. Übrigens habe ich Dugast in einem traurigen Zustand angetroffen. Er ist nur noch ein Schatten. Man sagt, er habe eine Alkoholvergiftung. Ich finde, Ihr solltet Euch diesem Unglücklichen gegenüber etwas nachsichtiger zeigen. Wenn mich nicht alles täuscht, habe ich an Bord auch einen Edelmann bemerkt. Sollte es sich um den Repräsentanten des Königs handeln, wäre es dann nicht taktisch klüger, die Fesseln ein wenig zu lockern?

Laßt ihn doch, bevor die *Saint-Jean-Baptiste* ihren Kurs wiederaufnehmen kann, mit seiner Gefolgschaft an Land gehen. Sonst erreichen sie womöglich Québec noch vor uns und erzählen dort die schlimmsten Schauermärchen.

Und außerdem ist morgen Sonntag . . .«

Vierter Teil
Der Gesandte des Königs

Fünfundzwanzigstes Kapitel

Angélique sah, daß Joffrey die Schanze mit ungewohnter Eile überquerte, die erste Treppe des Achterdecks mit großen Schritten hinunterlief, über die Galerie nach backbord hastete und mit seinem Fernglas zur *Saint-Jean-Baptiste* hinüberblickte. Der Comte d'Urville, Kapitän Vanneau und Ville d'Avray folgten ihm im Laufschritt.
»Was ist denn passiert?« fragte Angélique.
Ville d'Avray rief ihr über die Schulter zu:
»Honorine und Cherubin sind auf dem Schiff.«
»Auf welchem Schiff?«
Sie versuchte, ihn einzuholen.
Peyrac ließ das Fernglas sinken.
»Sie ist tatsächlich an Bord! Seht selbst!«
Er reichte Angélique das Fernglas. Sie sah ein herunterhängendes Laufseil, die Brücke und einige Personen in eleganter Kleidung mit Federhüten. Sie gehörten vermutlich zur Eskorte des königlichen Gesandten. Und mitten unter ihnen . . . daran gab es gar keinen Zweifel . . . Honorine.
»Tatsächlich! Das ist sie! Ich erkenne sie an ihrem Hut.«
Sie ließ verzweifelt die Arme sinken. Ihre Tochter . . . was tat sie an Bord der *Saint-Jean-Baptiste*? Was hatte sie dort zu suchen? . . .
»Man muß sie entführt haben«, sagte jemand.
Des Sonntags wegen war die gesamte Besatzung der Schiffe Peyracs zur heiligen Messe gegangen, und man hatte auch die Passagiere der *Saint-Jean-Baptiste* dazu eingeladen.
Niemand hatte jedoch den Gesandten des Königs und seine Begleiter gesehen. Aber sie hatten sich ohnehin im Hintergrund gehalten. Es schien ihnen nicht viel daran zu liegen, mit den Dorfbewohnern in Kontakt zu treten.
Nach der Messe hatte man sie dann in der Menschenmenge, die aus der Kirche strömte, völlig aus den Augen verloren.

Am frühen Nachmittag hatte die Familie des Grafen an der Prozession teilgenommen. Honorine hatte sogar nach einigem Hin und Her eingewilligt, ihr grünes Hütchen aufzusetzen, um ihrem Vater alle Ehre zu machen.
Anschließend hatte Angélique die Kinder der Obhut Yolandes überlassen.
Im Dorf herrschte fröhliches Treiben. Das Tauschfieber hatte alle erfaßt, und Joffrey hatte zu Ehren der Heiligen, deren Fest man feierte, Tabak und Likör an die Dorfbewohner verteilen lassen.
Später war Angélique zur *Gouldsboro* zurückgekehrt, um sich umzukleiden. Es herrschte ein ständiges Kommen und Gehen von Booten aller Art: Barken, Kanus, Kajaks . . . Sie war gerade im Begriff gewesen, wieder an Land zu gehen, als sie von dem Aufruhr auf der Brücke aufgehalten wurde.

Der Graf nahm abermals das Fernglas zur Hand.
»Jetzt sehe ich auch Yolande«, sagte er.
Man konnte die Akadierin sogar mit bloßem Auge erkennen und neben ihr die verwaschene blaue Uniform Adhémars. Wahrscheinlich war auch Cherubin nicht weit. Man konnte ihn nur nicht sehen, weil er so winzig war.
»Mein Sohn ist in die Hände von Banditen gefallen!« rief Ville d'Avray dramatisch aus. »Warum habt Ihr diesen Verbrechern nur erlaubt, an Land zu gehen?«
Der Intendant, der gerade hinzugekommen war, entgegnete ihm in scharfem Ton: »Mein lieber Marquis, soviel ich gehört habe, wart *Ihr* es, der dem Grafen diesen Rat gab. Jetzt dreht bitte den Spieß nicht herum.«
»Monsieur de Peyrac hätte ja nicht auf mich zu hören brauchen.«
»Es ist sinnlos, darüber zu streiten, Messieurs!« unterbrach sie Peyrac. »Das Unglück ist nun mal geschehen. Wir müssen etwas unternehmen. Monsieur Carlon in seiner Eigenschaft als Intendant Neufrankreichs wird uns dabei helfen.«
»Ich stehe zu Eurer Verfügung«, erklärte der königliche Beamte. Er machte ein sehr betroffenes Gesicht, doch diesmal an-

scheinend weniger der bevorstehenden Unannehmlichkeiten wegen als aus Sorge um die Kinder, wie Angélique gerührt feststellte.
»Unsere armen Kleinen!« stöhnte der Marquis. »Sie werden eine riesige Summe Lösegeld verlangen. Ich kenne diesen Dugast. Er ist zu allem fähig.«
Auf der Brücke der *Saint-Jean-Baptiste* war plötzlich niemand mehr zu sehen.
»Man hat sie ins Wasser geworfen!« schrie Ville d'Avray. Er zog seinen Rock aus, bereit, in Hose und Weste in den Fluß zu springen. Man konnte ihn eben noch rechtzeitig davon abhalten.
»Beruhigt Euch«, sagte der Graf. »Wir werden eine Schaluppe nehmen und hinüberfahren. Ihr dürft nicht den Kopf verlieren, Marquis!«
Ville d'Avray fluchte leise vor sich hin.
»Ich werde sie an den Galgen bringen ... Sich an meinem Sohn zu vergreifen! Sie werden mein ganzes Vermögen verlangen ... aber ich zahle jeden Preis, wenn ich ihn nur zurückbekomme ... Sie sollen von mir aus zur Hölle fahren!«
Angélique setzte sich, um einen klaren Gedanken fassen zu können. Es war für die gutbewaffnete Flotte des Grafen Peyrac an sich ein leichtes, die *Saint-Jean-Baptiste* zu überwältigen. Aber Dugast und seine Leute hatten es sich zunutze gemacht, daß ein Großteil der Mannschaft und fast alle Boote wegen des Sonntagsfestes in Tadoussac waren. Und außerdem hatten sie noch einen großen Trumpf in der Hand. Die Kinder befanden sich in ihrer Gewalt. Wie hatte das nur passieren können? Welcher List hatten sie sich bedient, um die beiden Kinder zu sich zu locken, die dazu erzogen waren, mißtrauisch zu sein, und die vor allem von Yolande und Adhémar streng beaufsichtigt wurden? Hatten sie Gewalt angewendet?
Aber das war jetzt nebensächlich. Es würde sich schon alles aufklären, sobald sie wieder in Sicherheit waren.
Angélique sah, wie Joffrey sich anschickte, mit seiner spanischen Garde das Schiff zu verlassen. Sie waren alle bis an die Zähne bewaffnet.

»Ich werde als erster gehen«, sagte er zu ihr.
»Nehmt mich bitte mit!«
»Habt Geduld. Es ist mir lieber, wenn Ihr nicht gleich dabei seid. Ich habe Signale geben lassen, daß sofort zwei Boote zur *Gouldsboro* zurückkommen sollen. Ihr werdet mit d'Urville und seinen Leuten in einem der Boote nachkommen. Ville d'Avray soll das andere nehmen. Und nehmt Pistolen mit. Darüber hinaus ist das Dorf über den Alarmzustand informiert. Falls sich dort noch Passagiere der *Saint-Jean-Baptiste* aufhalten, wird man sie daran hindern, an Bord zu gehen.«
»Vielleicht haben sie das mit einkalkuliert und sind längst alle zurückgekehrt, um die Anker zu lichten«, stieß Ville d'Avray hervor.
»Marquis, ich bitte Euch, Ihr dürft nicht den Mut verlieren. Wir müssen kaltes Blut bewahren, um unsere Handlungen aufeinander abstimmen zu können.«
Joffrey de Peyrac sprach mit ruhiger Stimme.
»Er behält immer einen kühlen Kopf«, dachte Angélique bewundernd. Sie erinnerte sich an seine Gelassenheit, als das Fort von Katarunk von heulenden Irokesen umzingelt gewesen war. Sie war ganz blaß geworden, und er legte beruhigend seine Hand auf ihre Schulter.
»Habe Geduld, mein Liebling! Wir werden alle unsere Kräfte einsetzen, um diesen Banditen das Handwerk zu legen. Und wir sind ihnen gegenüber wirklich nicht in der schwächeren Position.«
»Das sehe ich ja ein . . .«
»Wo bleibt Eure gewohnte Kaltblütigkeit, Madame? Warum solltet Ihr weniger stark sein, wenn es sich um das Leben Eurer Tochter statt um das Eures Gatten handelt?«
»Aber . . . sie ist doch noch so klein.«
Ein Zucken lief über Joffreys Gesicht, und sie begriff, daß auch er um ihr geliebtes Kind bangte. Er drehte sich brüsk ab.
In diesem Augenblick ertönte eine aufgeregte Stimme:
»Seht dort . . . es bewegt sich etwas!«
Alle verstummten und spähten mit ihren Ferngläsern in die bezeichnete Richtung.

Ein kleines Boot hatte von der *Saint-Jean-Baptiste* abgelegt und fuhr dem Ufer zu.
Eindeutig waren die bunten Hüte der Kinder und die weiße Haube Yolandes zu erkennen. Als sie anlegten, war es der Entfernung wegen schwierig auszumachen, wer sich sonst noch alles an Bord befand. Joffrey schickte sofort eine Schaluppe der *Gouldsboro* los, um sie abzuholen.
»Man bringt uns ihre Leichen!« stöhnte Ville d'Avray.
»Aber nein, ich kann sie sehen! Es scheint ihnen gut zu gehen!« rief Angélique, die die Fahrt des Bootes genau verfolgte.
Ihr Herzklopfen legte sich. Den Kindern war zum Glück nichts passiert. Aber das Ganze war doch recht merkwürdig. Sie verhielten sich durchaus nicht so, als wären sie einer großen Gefahr entronnen. Eher, als kämen sie nach einem fröhlichen Sonntagsausflug wieder nach Hause. Sie schienen sich sogar königlich zu amüsieren. Sie ließen ihre Hände ins Wasser hängen, ein Zeitvertreib, der ihnen um so mehr Vergnügen bereitete, als er ihnen sonst strengstens untersagt war. Yolande und Adhémar unterhielten sich mit der Besatzung.
»Fünfzehn Peitschenhiebe für diese lahmen Ruderer«, ereiferte sich Ville d'Avray, der mit seinen Nerven am Ende war. »Sie können sich doch denken, daß wir uns hier zu Tode ängstigen.«
Doch inzwischen hatten sich alle anderen von ihrem Schreck erholt, und als die kleine Gesellschaft an Bord erschien, hatte die Sorge im Herzen der Eltern berechtigtem Zorn Platz gemacht.
Als Honorine und Cherubin das Deck betraten, konnten sie an den Gesichtern des Empfangskomitees ablesen, daß ihr Stündlein geschlagen hatte.
Honorine nahm davon Notiz, ohne sich sonderlich schuldbewußt zu geben. Und die Autorität, die die kleine Person ausstrahlte, war so groß, daß Joffrey sich an sie wandte, und nicht etwa an Yolande oder Adhémar, die ängstliche Blicke tauschten, als sie begriffen, daß sie wohl eine Dummheit begangen hatten.

»Wo kommt Ihr denn her, mein Fräulein?« fragte er.
Honorine sah ihn mit einer gewissen Herablassung an. Sie hielt die Frage für unnötig. Er wußte doch genau, daß sie von dem fremden Schiff kamen, da er ja ihre Rückkehr mit seinem Fernglas beobachtet hatte. Aber sie kannte ja die Erwachsenen. Sie hatten die lästige Gewohnheit, augenscheinliche Tatsachen noch einmal bestätigt haben zu wollen. Doch niemand an Bord, noch nicht einmal sie selbst, hatte das Recht, dem unangefochtenen Herrn, dem Seigneur de Peyrac, eine Antwort schuldig zu bleiben. So rang sie sich also heroisch dazu durch, mit einer ungenierten Geste auf das Schiff hinter sich zu zeigen.
»Also von der *Saint-Jean-Baptiste*!« sagte Peyrac in scharfem Ton. »Und wollt Ihr mir vielleicht auch erklären, wie Ihr Euch die Freiheit herausnehmen konntet, ohne unsere Erlaubnis an Bord dieses Schiffes zu gehen?«
»Ich war zu einem kleinen Imbiß eingeladen.«
»Ach, wirklich? Und von wem?«
»Von einem meiner Freunde«, gab Honorine würdevoll zurück.
Sie wirkte so drollig mit ihrem frechen, mißbilligenden Gesichtsausdruck, daß der Graf sich nicht mehr beherrschen konnte.
Er mußte lächeln. Dann streckte er die Arme nach dem kleinen Mädchen aus und drückte es fest an sein Herz.
»Kleiner Schatz«, sagte er mit erstickter Stimme. »Was für ein unvernünftiges Betragen . . . Du wußtest doch, daß wir auf diesem Schiff Feinde haben. Sie hätten sich an mir rächen können. Deine Mutter und ich haben wegen dir Todesängste ausgestanden.«
Honorine betrachtete ihn höchst erstaunt.
»Ist das wahr!« rief sie begeistert. »*Du* hast Angst um mich gehabt?«
»Natürlich, mein kleines Fräulein. Ich bitte Euch, tut mir so etwas nicht noch einmal an. Es würde mir das Herz brechen.«
Nichts hätte Honorine größere Freude bereiten können. Sie sah ihm tief in die Augen, um ganz sicher zu gehen, daß er es auch ernst meinte. Dann umschlang sie seinen Hals mit ihren klei-

nen Ärmchen, drückte ihre Wange an das von Narben gezeichnete Gesicht und sagte mit inbrünstiger Stimme:
»Verzeiht mir, mein Vater . . . Bitte, verzeiht!«

Als Cherubin sah, daß man Honorine verziehen hatte, schien ihm alles wieder in schönster Ordnung zu sein, und er lief auf Angélique zu.
Sie konnte nicht anders, als den armen, kleinen Kerl in die Arme zu schließen.
»Bitte auch deinen Vater um Verzeihung«, flüsterte sie ihm zu und schob ihn zu Ville d'Avray hinüber, der wie ein Kind vor Rührung weinte.
Bis zu diesem Tag war ihm noch nicht zum Bewußtsein gekommen, wieviel ihm der Junge bedeutete.
Cherubin hätte am liebsten die ganze Welt umarmt. Er verstand zwar nicht den Grund für diese Gefühlsäußerung, aber sie erfreute sein sensibles Herz. Auf jeden Fall war es viel schöner, als ausgeschimpft zu werden.
»Monsieur de Ville d'Avray wollte schon losschwimmen, um euch zu retten«, erzählte Angélique.
»Wirklich?« rief Honorine hingerissen.
Sie lief zu Ville d'Avray, um auch ihn zu umarmen. Dann machte sie die Runde. Sie maß den Grad ihrer Beliebtheit an den Zärtlichkeiten, die man ihr entgegenbrachte. – Sie hatten sich Sorgen um sie gemacht. –
Angélique wandte sich zu Peyrac.
»Ihr seid so lieb zu ihr«, murmelte sie dankbar.
»Sie ist so weiblich. Sie erfreut meine Augen und mein Herz gleichermaßen.« Er nahm Angéliques Hand und küßte sie leidenschaftlich.
»Ihr habt mir mit ihr einen Schatz geschenkt, der mich verzaubert . . . Aber Ihr müßt Euch jetzt erst einmal von dem Schreck erholen, mein Herz. Ihr seht noch ganz mitgenommen aus.«
»Ja, ich werde mich ein wenig hinlegen«, erwiderte sie. Sie spürte, daß sie langsam zur Ruhe kam.
»Aber zuvor habe ich noch einige Fragen an diese beiden Dummköpfe hier«, sagte sie und drehte sich mit strengem Blick

nach Yolande und Adhémar um. »Hat der Handel mit den Fellen und die damit verbundene Zecherei euch um euren gesunden Menschenverstand gebracht? Oder darf ich erfahren, was euch sonst dazu veranlassen konnte, sämtliche Vorsichtsmaßnahmen außer acht zu lassen? Ihr wißt doch ganz genau, daß Dugast unser Feind ist. Julienne und Aristide wären beinahe umgebracht worden, und ihr laßt euch dort zum Essen einladen?«
»Oh, Madame, Ihr habt ja so recht«, gestand Yolande errötend. »Straft mich, ich verdiene es nicht anders.«
»Ja, Frau Gräfin, mich auch«, sagte Adhémar, ehrlich zerknirscht. »Wir waren gedankenlos und viel zu vertrauensselig. Aber der Edelmann sah so sympathisch aus.«
»Welcher Edelmann?«
»Schimpft nicht mit meiner lieben Yolande!« rief Honorine dazwischen und kam ihren Lieblingen zu Hilfe. »Es war meine Schuld, ich wollte unbedingt gehen.«
»Soll das etwa eine Entschuldigung sein?« protestierte Angélique, nun doch wieder erregt. »Wenn ihr zwei großen Narren euch von fünfjährigen Kindern zu derartigen Dummheiten hinreißen laßt, können wir uns ja noch auf einiges gefaßt machen. Wo ist überhaupt Niels Abbial?« fragte sie besorgt, da ihr plötzlich auffiel, daß der kleine Negerjunge fehlte. Seit zwei Tagen folgte er den Kindern wie ein Schatten überallhin. »Habt ihr ihn etwa auf der *Saint-Jean-Baptiste* zurückgelassen?«
»Nein!« erklärte Honorine. »Er wollte nicht mitkommen. Der ist ganz schön blöd!«
»Nein, ganz im Gegenteil! Und merkt Euch das, mein Fräulein, daß ich in Zukunft die gleiche Klugheit von Euch erwarte. Ich bin sogar überzeugt, daß er versuchte, Euch davon abzuhalten, dieser zweifelhaften Einladung zu folgen, und Ihr nur nicht auf ihn gehört habt. Er verdient eine Belohnung und Ihr eine Strafe.«
Honorine hatte sich bezüglich der Reaktion ihrer Mutter keine großen Illusionen gemacht. Sie wußte, daß sie nicht so leicht zu entwaffnen war wie Joffrey de Peyrac. Dabei hatte sich doch

alles zum Guten gewendet. Sie seufzte und begann, in ihren Rocktaschen zu kramen, während sich Angélique wieder Yolande und Adhémar zuwandte.
»Ich warte immer noch auf eine Erklärung von euch.«
Die beiden ergingen sich in einem verworrenen Bericht, dem man entnehmen konnte, daß sie sich durch den Kauf eines Biberfells hatten ablenken lassen. Yolande hatte ihre Korallenohrringe, die ihr Marcelline für Québec mitgegeben hatte, dafür eingetauscht und Adhémar seinen Munitionsbeutel. – Nachdem sie also diesen Handel mit den gerissenen Indianern abgeschlossen hatten, hätten sie plötzlich bemerkt, daß die Kinder verschwunden waren. Sie wären sofort losgerannt, um sie zu suchen. Sie hätten sie dann auch bald wiedergefunden. Sie unterhielten sich angeregt mit einem Edelmann.
»Ihr hättet mißtrauischer sein müssen«, tadelte sie Angélique. »Wenn jemand wie ein Edelmann aussieht, heißt das noch lange nicht, daß er kein Schurke ist.«
»Mein Freund ist aber keiner«, berichtigte Honorine.
»Du bist viel zu klein, um das beurteilen zu können.«
»Aber ich glaube, sie hat recht. Dieser Edelmann sah wirklich sehr vertrauenerweckend aus«, bestätigte Yolande.
»Im Grunde genommen muß er es auch wohl sein, da ihr alle wohlbehalten zurückgekommen seid.«
Wer war der Unbekannte? fragte sich Angélique. Ein Passagier, der sich die Zeit vertreiben wollte? . . . Aber wieso dann ausgerechnet mit unseren Kindern?
»Was ist denn, Kind?« fragte sie ihre Tochter ungeduldig.
Honorine war es endlich gelungen, ein zerknülltes Etwas aus ihrer Rocktasche hervorzukramen. Sie hielt es ihrer Mutter entgegen, wobei sie sich bemühte, ein möglichst unbeteiligtes Gesicht aufzusetzen.
»Was ist das?« fragte Angélique.
»Das ist ein Brief für dich«, antwortete Honorine in gleichgültigem Ton.
Angélique nahm den Umschlag aus feinstem weißen Pergamentpapier an sich. Das viereckige Siegel in der Mitte zeigte ein

Wappen, das aber nicht deutlich zu erkennen war. Ein langes Band aus Seide hing daran.
Das alles sah überaus beeindruckend aus. Sie warf Honorine, die ein würdiges Gesicht machte, einen mißtrauischen Blick zu.
»Woher hast du diesen Brief?«
»Von meinem Freund, dem netten Herrn.«
»Er hat ihn dir gegeben??«
»Ja!«
»Für mich???«
»Ja, Mama«, wiederholte Honorine mit einem schicksalsergebenen Seufzer.
Angélique entschloß sich, diesen mysteriösen Brief zu öffnen. Sie entfaltete das Blatt, das mit einer großzügigen, eleganten Schrift bedeckt war und vereinzelte Tintenspritzer aufwies. Die offensichtlich schlecht gespitzte Feder verriet die Eile des Schreibers. Er hatte sich nicht einmal Zeit gelassen, die Botschaft trocknen zu lassen. Sie begann mit lauter Stimme zu lesen:
»Schönste aller Frauen ... Oh!! ...«
Sie hielt inne.
»Ein vielversprechender Anfang«, meinte Ville d'Avray und kam neugierig näher.
»Ein bißchen sehr freizügig«, bemerkte Carlon.
»Hört doch endlich auf, den Moralprediger zu spielen«, tadelte ihn der Marquis. Er hatte sich über Angéliques Schulter gebeugt und versuchte, die Fortsetzung zu entziffern. Er erwies ihr damit sogar einen Dienst, denn die Schrift war gänzlich unleserlich für sie. Ihm bereitete sie jedoch anscheinend keine großen Schwierigkeiten, denn er las mit lauter Stimme weiter:
»Die Erinnerung an Eure ... Eure wundervollen Lippen, Eure Küsse, Euren göttlichen Körper und Euren unvergleichlichen Charme hat mich in den vergangenen Jahren nicht zur Ruhe kommen lassen. Eure smaragdgrünen Augen von so einzigartiger, unvergleichlicher Schönheit ...«
Ville d'Avray fuhr sich mit der Zunge über die Lippen.

»Kein Zweifel, meine Liebe, dieser Brief ist eindeutig Euch gewidmet.«

Die übrigen Anwesenden tauschten verständnisvolle Blicke aus. Die Schönheit Madame de Peyracs schien dazu geschaffen zu sein, Dramen der Leidenschaft zu entfachen. Sie hatten sich allmählich daran gewöhnt und empfanden sogar einen gewissen Stolz dabei.
Angélique blickte verwirrt zu Joffrey hinüber.
»Das ist mir ein völliges Rätsel. Dieses Billett muß für jemand anders bestimmt sein.«
»Aber Madame ... smaragdgrüne Augen! ... Glaubt Ihr denn, diese Farbe käme so häufig vor?« fragte Ville d'Avray eindringlich.
Angélique war ratlos.
»Er hat mich sicherlich bei der Prozession gesehen, aber das kann ihn ja wohl kaum zu einem so leidenschaftlichen Ausbruch veranlaßt haben. Es muß sich um einen Verrückten handeln.«
»Ich glaube eher, daß es sich um einen Eurer früheren Verehrer handelt«, mischte sich Peyrac ein, der den Vorfall mit der ihm üblichen Gelassenheit aufnahm. »Er hat Euch in der Kirche wiedererkannt. Auf solche Dinge müssen wir uns in Neufrankreich gefaßt machen.«
Er zog Angélique beiseite und sah sich den Brief und das Siegel genauer an.
Angélique bemühte sich vergeblich, die unleserliche Unterschrift zu entziffern.
Mit einiger Mühe gelang es ihr endlich, den Anfangsbuchstaben seines Vornamens zu erkennen: ein reichlich verschnörkeltes »N«.
»Ich kann mir absolut nicht vorstellen, um wen es sich handelt.«
»Ich bitte Euch, meine Liebe, strengt Euer hübsches Köpfchen an.«
»Nein! Ich kann nur wiederholen, dieser Edelmann muß mich mit jemandem verwechselt haben.«

»Ich für meine Person halte Peyracs Auslegung für sehr wahrscheinlich. Die smaragdgrünen Augen sind der Beweis. Ich bin überzeugt, daß es am Hof von Versailles nur eine Frau mit solchen Augen gegeben hat.«
Sie zermarterte sich das Hirn. Noch einmal durchlebte sie die rauschenden Feste im Spiegelsaal von Versailles. Welcher der vornehmen Herren mit ihren schmeichelnden Augen und den aufdringlichen Händen, denen man nicht selten mit einem kleinen Schlag des Fächers Einhalt gebieten mußte, konnte der Briefschreiber sein?
»Und die unvergeßlichen Küsse? Solltet Ihr sie vergessen haben?« beharrte Peyrac.
Sie sah ein ironisches Aufblitzen in seinen Augen, doch er schien eher amüsiert. »Stehen denn so viele zur Auswahl? Er sprach immerhin von Eurem göttlichen Körper«, fuhr er leicht sarkastisch fort.
»Es muß sich zweifellos um einen Aufschneider handeln«, erwiderte sie ungerührt und widmete sich wieder der mühseligen Lektüre des ominösen Briefs.
Wer dieser alte Verehrer auch sein mochte, er hatte diesen Brief offenbar in höchster Erregung geschrieben. Es war nicht nur an der ungleichmäßigen Schrift zu erkennen, sondern auch an der Überschwenglichkeit seiner Worte:
»Meine Freude ist grenzenlos, seit ich Euch in meiner Nähe weiß. Ich hoffe, daß Ihr nicht so grausam sein werdet wie in der ... Vergangenheit – oh, diese Schrift! – und daß Ihr mich noch nicht ganz vergessen habt. Solltet Ihr Eurem ... Herrn – wen könnte er damit wohl meinen? – entwischen können, werde ich Euch heute abend hinter dem abseits gelegenen Lagerhaus in der Nähe des Indianerdorfes erwarten. Ich hoffe, daß der langersehnte Traum, Euch wiedergefunden zu haben, Wirklichkeit wird. Kommt! Ich küsse Eure Hände.«
»Also ein Rendezvous!« bemerkte der Graf. »Ihr werdet hingehen!« – »Nein, es könnte eine Falle sein!« – »Darauf werden wir uns vorbereiten. Ihr nehmt auf alle Fälle eine Waffe mit, und wir werden uns in der Nähe postieren und beim geringsten verdächtigen Zeichen eingreifen!«

Er rief Yolande und Adhémar zu sich, die sich ihm schüchtern näherten.
»Könnt ihr euch an den Namen des Edelmannes erinnern? Wie sah er aus?«
»Ich finde, er sieht gut aus«, erwiderte Yolande. »Auf jeden Fall ist er ein sehr feiner Herr. Aber er hat uns seinen Namen nicht genannt, und wir haben nicht daran gedacht, ihn danach zu fragen. Er hat uns so liebenswürdig eingeladen, daß wir ihm einfach gefolgt sind.«
Angélique versuchte, von Honorine etwas zu erfahren.
»Hat er sich wenigstens dir vorgestellt? Und was hat er gesagt, als er dir diesen Brief übergab?«

Doch Angéliques Tochter spielte die Beleidigte. Sie tat, als höre sie nichts, holte statt dessen ihr Schatzkästchen und begann, ihre Lieblingssachen auszupacken. Ab und zu zeigte sie Angélique einen ihrer Schätze und sagte mit kindlich-naivem Lächeln:
»Schau, Mama! Ist das nicht schön?«

»Sie ist mir ernstlich böse«, seufzte Angélique. »Und nur, weil ich mit ihr geschimpft habe, statt sie wegen dieser Eskapade zu loben. Jetzt spielt sie die Ahnungslose, damit man sie in Frieden läßt. So schnell werde ich nichts mehr aus ihr herausbekommen.«
»Sie wird sich schon wieder beruhigen«, meinte Peyrac. »Ihr seid die einzige, die Licht in diese düstere Angelegenheit bringen kann, Ihr müßt also auf jeden Fall der Sache nachgehen. Je mehr ich darüber nachdenke, desto mehr komme ich zu der Überzeugung, daß es sich bei diesem Adligen, der Euch so glühende Liebeserklärungen macht, um den mysteriösen Gesandten des Königs handelt. Wichtig für uns ist nur, *wen* Ihr in ihm erkennen werdet.«

Tief in Gedanken versunken, wandte sich Angélique wieder dem Brief zu.
– Ihre Küsse! ...

– Welche Küsse? Wer hatte sie am Hofe geküßt? Außer dem König und Philippe, ihrem zweiten Gatten, fiel ihr absolut niemand ein. Aber Philippe war tot! War es möglich, daß sie geküßt hatte, ohne sich daran erinnern zu können?

»Schau, Mama«, rief Honorine und hielt ihr eine goldene Kinderklapper unter die Nase.

Sechsundzwanzigstes Kapitel

Angélique hatte die letzten Häuser des Dorfs hinter sich gelassen. Sie schlug den Weg ein, der zu dem im Brief bezeichneten Gebäude führte – einem Rundbau, nicht weit vom Fluß entfernt. Ville d'Avray hatte ihr erzählt, daß es einem höheren Beamten als Magazin diente. Carlon dagegen meinte, es handele sich um ein Warenlager der Jesuiten.
Was auch immer, der Ort war gut gewählt, weil er abseits lag. Er befand sich außerhalb von Tadoussac, wo der Fellhandel immer noch in vollem Gange war.
Sie hatte deshalb keinerlei Schwierigkeiten gehabt, sich unbemerkt zu entfernen. Langsam brach die Dämmerung herein. Nebel lag über dem Fluß, und aus den Schornsteinen stieg Rauch auf. In der Ferne sah sie den flackernden Schein der Feuer, über denen Elchfleisch, Fische und Maiskolben schmorten.
Unbeirrt ging sie weiter, der Dunkelheit entgegen. Der Wald hob sich kaum noch vom schwarzen Himmel ab. Um so wenig wie möglich aufzufallen, hatte Angélique ihr Haar unter einem Tuch versteckt und ihr dunkles Wollcape umgehängt. Der begeisterte Bewunderer von früher würde sicher enttäuscht sein, wenn er sie in so wenig vorteilhafter Aufmachung vorfinden würde. Während sie eiligen Schrittes auf das Lagerhaus zuging, ließ sie die Herren des Hofes vor ihrem inneren Auge noch einmal Revue passieren: Brienne, Cavois, Saint-Aignan ... einer von ihnen sollte sie geliebt haben, ohne daß sie etwas davon

ahnte? Möglich war es schon. In Versailles hatte man sehr wenig Zeit für Romanzen.
Der Weg war nicht weit, und sie empfand keinerlei Angst. Schließlich hatte sie ja ihre Pistole bei sich, und sie wußte, daß man ihr bei dem geringsten Anzeichen von Gefahr sofort zu Hilfe kommen würde. Aber sie hatte ohnehin das Gefühl, daß alle diese Vorsichtsmaßnahmen nicht nötig waren. Je weiter sie ging, desto größer wurde ihre Neugierde. Sie freute sich sogar darauf, einen Menschen zu treffen, der sie von früher her kannte.
Sie war damals eine ganz andere gewesen. Ab und zu ertappte sie sich bei dem Wunsch, noch einmal die gefeierte Marquise du Plessis-Bellière zu sein: von Philippe geliebt und vom König verehrt, die Königin der Feste von Versailles. Diese glanzvolle, verführerische Gestalt war in der schrecklichen Nacht des Blutbades im Schloß von Plessis im Flammenmeer umgekommen.
Das alles lag gar nicht so lange zurück. Etwa sechs Jahre trennten sie von dem Tag, als der König ihr geschrieben hatte: »Bagatellchen, mein unausstehliches, mein unvergeßliches Kind . . .«

Sie befürchtete vor allem, daß alte Schmerzen und Freuden wieder in ihr wach werden könnten, die sie glaubte längst überwunden zu haben.
Mit jedem Schritt vergaß sie mehr, daß sie sich in Kanada befand. Sie ging weniger zu einem Treffen mit einem alten Bekannten, als vielmehr zu einem Rendezvous mit sich selbst. Sie würde mit Dingen aus ihrer Vergangenheit konfrontiert werden, die sie sorgsam in ihrem Herzen vergraben hatte.
Als das Haus mit seinem dunklen Gemäuer plötzlich vor ihr auftauchte, hielt sie inne.
Der modrige Geruch des nahen Waldes schnürte ihr fast die Kehle zu, und sie spürte, daß ihr Herz wie rasend klopfte. Doch dann nahm sie all ihren Mut zusammen und ging entschlossen darauf zu.
Der Mann, der im diffusen Mondlicht nur undeutlich zu erkennen war, wartete schon auf sie . . .

Für den Bruchteil einer Sekunde dachte sie, es sei Philippe. Aber im selben Moment wurde ihr klar, daß er es gar nicht sein konnte. Philippe war tot! Dennoch gab es an der Silhouette des Edelmannes etwas, das sie unweigerlich an ihren zweiten Gatten, den Marquis du Plessis-Bellière, erinnerte. Sie hätte nicht sagen können, was es war: die etwas theatralische Haltung oder die Art, wie er seinen Mantel über die Schulter geworfen hatte . . .?
Im Widerschein der Lagerfeuer, die am Ufer brannten, schimmerte der Brokatstoff seines Wamses. Er trug einen reichbestickten Mantel mit hohem Kragen, der von Schnüren mit Quasten aus Goldfäden zusammengehalten wurde.
Mit weitausholender Geste zog er seinen federgeschmückten Hut und verneigte sich vor ihr mit einer tiefen Verbeugung, wie sie am Hofe üblich war.
Als er sich wieder aufrichtete, blickte sie in warmherzige Augen, die ihr nicht fremd vorkamen. Er trug keine Perücke. Dichtes kastanienbraunes Haar umrahmte sein schönes, markantes Gesicht – ein Mann in den besten Jahren. Er lächelte ihr zu.
»Endlich sehe ich Euch wieder!« rief er mit vor Erregung zitternder Stimme. »Angélique, meine Leidenschaft. Ich habe Euch kommen sehen, leichtfüßig wie eine Elfe . . . Ihr seid noch genauso faszinierend wie früher . . .«
»Mein Herr, woher kennt Ihr mich?«
»Könnt Ihr Euch wirklich nicht erinnern, jetzt, da Ihr mich vor Euch seht?«
»Ich muß gestehen, nein.«
»Immer noch so grausam?! . . . Ja, so seid Ihr nun einmal.« Entmutigt fügte er hinzu: »Ich sehe, Ihr steht meinen Gefühlen immer noch gleichgültig gegenüber. Rücksichtslos stoßt Ihr mir einen Dolch ins Herz. Also gut! Betrachtet mich aus der Nähe!«

Er trat näher, damit sie ihn besser sehen konnte. Er war nicht sehr groß, überragte sie nur um einen halben Kopf. Er war wirklich äußerst elegant gekleidet, ganz ein Mann von Welt.

Sein etwas tänzelnder Gang schien gar nicht zu seinem melancholischen Gesichtsausdruck zu passen.
»Was für eine Enttäuschung! Ich habe also gar keinen Eindruck auf Euch gemacht? Zugegeben, ich konnte nicht viel von Euch erwarten. Aber ich empfand eine so tiefe Leidenschaft für Euch, daß ich im Laufe der Jahre versuchte, mir einzureden, Ihr hättet – und sei es auch nur für einen winzigen Augenblick – meine Liebe verstanden und geteilt ... Dieser Gedanke allein hat mich den Schmerz über Eure Abwesenheit ertragen lassen ... Ich habe mir immer wieder die Worte, die Ihr an mich gerichtet habt, ins Gedächtnis gerufen ..., die Gedanken, die ich in Eurem Gesicht zu lesen glaubte. Ich versuchte, den Sinn Eures seltenen Lächelns zu erraten. Schließlich gelang es mir, mich davon zu überzeugen, daß Ihr mich doch vielleicht ein ganz klein wenig geliebt haben könntet und es mir nur aus Angst oder Schamgefühl nicht zeigen wolltet. Aber nun muß ich der grausamen Realität ins Auge sehen. Meine allzu kühnen Illusionen sind zerstört. Ihr habt mich nie geliebt.«
»Es tut mir leid, mein Herr.«
»Nein, nein! Ich bitte Euch, Euch trifft nicht die geringste Schuld. Gefühle kann man eben nicht erzwingen.«
Er seufzte tief.
»Und der Brief, den ich Euch geschrieben habe. Sagt Euch denn mein Name wirklich gar nichts?«
»Ich konnte Eure Unterschrift beim besten Willen nicht entziffern. Nehmt es mir bitte nicht übel, mein Herr, aber Ihr habt eine schreckliche Schrift ...«
»Ah, das ist es also! Das gibt mir neuen Mut ... Ihr müßt mir verzeihen. Ein Wort von Euch kann mich zu neuem Leben erwecken oder meinen Tod bedeuten ... Das Glück dieses Augenblicks verwirrt mich ... Ihr seid hier ... Mir ist, als träumte ich!« Wieder küßte er leidenschaftlich ihre Hand.
Immer mehr war sie davon überzeugt, ihn zu kennen, ja sogar recht gut, aber es fiel ihr zu diesem sympathischen Gesicht absolut kein Name ein.
»Wo sind wir uns nur begegnet?« fragte sie. »Vielleicht bei Hofe?«

Er war über diese Frage so verblüfft, daß er einen Schritt zurücktrat.
»Bei Hofe?« wiederholte er und sah sie entgeistert an. »Ich hätte *Euch* bei Hofe begegnen können?«
Seine Stimme kam ihr immer vertrauter vor. Sie fühlte, daß sie nahe daran war, das Rätsel zu lösen.
Sein Gesicht hellte sich auf.
»Erinnert Ihr Euch endlich?« fragte er ungeduldig und beobachtete sie mit lauerndem Gesicht.
»Helft mir«, bat sie. »Wo war es? Und wann? Mir kommt es auf einmal so vor, als sei es gar nicht so lange her.«
»Vor zwei Jahren . . .«
Vor zwei Jahren? Sie überlegte. Aber dann konnte es ja gar nicht in Versailles gewesen sein! Dann war es in . . . ja, natürlich . . . in La Rochelle!

»Monsieur de Bardagne!« rief sie aus. Sie hatte endlich den Generalleutnant des Königs erkannt, der damals Bürgermeister der Stadt gewesen war. Er hatte den Auftrag gehabt, der Konvertierung der Hugenotten etwas nachzuhelfen.
»Gott sei Dank. Das hat aber lange gedauert«, atmete er befreit auf.
La Rochelle – das ändert alles, dachte sie. Es handelte sich also nicht um einen Höfling.
Der Gedanke erleichterte sie.
»Monsieur de Bardagne«, wiederholte sie zufrieden. »Ich freue mich, Euch wiederzusehen. Ich habe Euch in so guter Erinnerung!«
»Vorhin hatte ich aber nicht ganz den Eindruck.«
»Das ist Eure eigene Schuld«, tadelte sie ihn. »Ihr seht so ernst und bedrückt aus, daß es mir schwerfiel, den charmanten Frauenhelden von La Rochelle wiederzuerkennen . . . Ich hoffe, Ihr mißversteht mich nicht. Es war durchaus als Kompliment gemeint«, fügte sie lächelnd hinzu.
»Der Schmerz über Euren Verlust ist schuld daran.«
»Ich glaube Euch kein Wort . . . Aber trugt Ihr damals nicht einen Bart?«

»Ja. Ich habe ihn schon vor einiger Zeit abnehmen lassen. Er ist mittlerweile aus der Mode gekommen.«
Sie betrachtete ihn mit wachsendem Vergnügen. Er hatte sich eigentlich nicht sehr verändert. Sie erinnerte sich an einzelne Szenen in La Rochelle: Monsieur de Bardagne, der sie trotz ihrer ärmlichen Domestikenkleidung in seiner Kutsche nach Hause fuhr. Und wie er maskiert vor der Wäscherei auf sie gewartet hatte.
»Jetzt verstehe ich auch, warum Honorine sagte, Ihr seid ein Freund.«
»Sie hat mich sofort erkannt, das süße Kind. Als ich sie im Dorf inmitten der kleinen Kanadier erblickte, war ich außer mir vor Freude. Ich glaubte, meinen Augen nicht trauen zu dürfen, und ging zu ihr. Sie hat mich auch gleich begrüßt, als hätten wir uns gestern zum letztenmal gesehen.«
»Deshalb hat sie mir auch ihre goldene Kinderklapper unter die Nase gehalten, dieses gerissene, kleine Luder. Ihr hattet sie ihr doch damals geschenkt.«
»Ja, und Ihr wolltet sie zunächst nicht annehmen, erinnert Ihr Euch?«
»Es war ein viel zu kostbares Geschenk für eine Frau in meiner Position.«
»Ihr wolltet ja nie etwas annehmen«, seufzte er.

Er sah sie mit unendlicher Zärtlichkeit an. Ganz automatisch faßten sie sich bei den Händen und suchten in den Augen des anderen die Spuren der Vergangenheit.
»Ich bin sehr, sehr glücklich, Euch wiederzusehen«, bestätigte sie noch einmal. »Aber lächelt, mein lieber Bardagne, damit ich Euch wiedererkennen kann.«
Sie strahlte ihn an. Spontan zog er sie an sich und küßte sie auf die Lippen. Angélique erwiderte den eher freundschaftlichen Kuß von ganzem Herzen. Sie war ehrlich erfreut, ihn wiederzusehen.
Sie hatte Monsieur de Bardagne im Laufe der letzten beiden Jahre völlig vergessen, aber seine Gegenwart ließ ihr damaliges Verhältnis wiederaufleben. Es hatte ihm in der dramatischen

Atmosphäre von La Rochelle nicht an einem gewissen Reiz gefehlt. Er war zu jener Zeit der mächtigste Mann der Stadt gewesen und sie eine unglückliche Frau aus dem niederen Volk, auf deren Kopf ein hoher Preis ausgesetzt war.
Aber das war ihm völlig gleichgültig gewesen. Sie hatte nun mal seine Aufmerksamkeit erregt, und er hatte ihr mit großer Ausdauer den Hof gemacht. Er konnte es sich einfach nicht vorstellen, daß eine bescheidene Dienstmagd sich durch die Werbung eines Gouverneurs des Königs nicht geschmeichelt fühlen würde. Trotz seiner hohen Position hatte er ihr schließlich seinen Namen, seine Titel und sein Vermögen angeboten. So groß war das Verlangen, das sie in ihm geweckt hatte. Und Angéliques Zurückhaltung hatte seine Liebe nur noch mehr gesteigert.

Er sah sie lange an.
»Ihr seid es wirklich. Ich erkenne Eure wunderschönen Augen, Eure vollen, sinnlichen Lippen ... So habe ich Euch mir in meinen Träumen vorgestellt. Die Sehnsucht nach der Liebe, die Ihr in mir entfacht habt, hat mich niemals verlassen. Was ist nur das Geheimnis Eures unwiderstehlichen Charmes? Aber soll ich mich beklagen, daß der Klang Eurer Stimme schon genügt, mich so zu bezaubern? Ein solches Gefühl ist ein Geschenk, das manchmal sehr schmerzlich sein kann, das man aber doch nicht missen möchte ... Setzen wir uns doch, meine Liebe. Dort drüben steht eine Bank.«

Das überhängende Dach warf einen dunklen Schatten und schützte sie so vor neugierigen Blicken.
Der Ruf einer Nachteule klang sehnsüchtig durch die Finsternis.
Zärtlich legte Nicolas de Bardagne seinen Arm um Angéliques Schultern. Ein angenehmer Duft nach Veilchen ging von ihm aus. Seine gepflegte Erscheinung mußte Bewunderung erregen, wenn man an die katastrophalen Zustände dachte, die auf seinem Schiff herrschten, und an die beschwerliche Überfahrt, die er gerade hinter sich hatte. Aber er gehörte offensichtlich

zu der Kategorie von Männern, für die eine tadellose Erscheinung in jeder Situation eine fast heilige Verpflichtung war.

»Eigentlich müßte ich Euch hassen«, sagte er nach einer Weile des Schweigens. »Weil Ihr mich zum Narren gehalten habt, Ihr freche, kleine Person. Ja noch schlimmer, Ihr habt mich verraten ... Aber was soll ich tun? Ihr verdreht mir immer wieder den Kopf, und heute abend bin ich sogar bereit, Euch zu verzeihen. Ihr seid in meiner Nähe, ich fühle Euren zarten Körper ... Ist es möglich? Ich kann es noch immer nicht fassen.«
»Pst«, unterbrach ihn Angélique. »Sprecht nicht so laut! ...«
Sie blickte ängstlich um sich, als sei sie sich eben erst bewußt geworden, wo sie sich befand. »Ich muß jetzt gehen!«
»Was? Schon? Das kann doch nicht Euer Ernst sein! ... Ich lasse Euch niemals mehr fort ... Sagt, seid Ihr eigentlich immer noch mit Eurem Herrn zusammen?«
»Mit was für einem Herrn?« fragte sie erstaunt. Sie hatte sich bereits beim Lesen des Briefs über diesen Ausdruck gewundert.
»Diesem starrköpfigen, arroganten Geschäftsmann namens Berne, der Euch eifersüchtig in seinem Haus einschloß, damit ich mich Euch nicht nähern konnte. Ist er es, dem Ihr bis nach Kanada gefolgt seid?«
»Ein Hugenotte in Kanada?« rief sie aus. »Ihr seid nicht ganz bei Verstand. Wer würde Euch da noch glauben, daß Ihr jemals für die Abschaffung der reformierten Kirche verantwortlich wart? ... Denkt doch mal ein bißchen nach! ... Wir sind in Neufrankreich, Monsieur. Das ist ein stockkatholisches Land, wo die Polizei genauso mächtig ist wie in La Rochelle. Glaubt Ihr, das wäre der ideale Zufluchtsort für einen Hugenotten, der auf der Flucht vor den Dragonern des Königs ist?«
»Ihr habt recht! ... Wo steht mir nur der Kopf? Ihr bringt mich so durcheinander, daß ich die unsinnigsten Dinge rede. Da seht Ihr, was Ihr angestellt habt ... so groß ist meine Freude, Euch wiederzusehen. Und dennoch sollte ich Euch zurückstoßen, nach dem, was Ihr mir angetan habt! ... Also gut! Sprechen wir von Maître Berne ... Gebt zu, Ihr habt ihm damals zur

Flucht verholfen. Ihr hättet Euch eben beinah verraten. Und mir hattet Ihr weisgemacht, Ihr wäret von den Damen vom Heiligen Sakrament beauftragt gewesen, ihn und seine Familie zu bekehren. Ich habe Euch damals vertraut und es unterlassen, mich selbst um den Fall dieser Ketzer zu kümmern. Ich habe Euretwegen meine Pflichten vernachlässigt. Ich, der ich vom König mit der Aufgabe betraut war, die Stadt in weniger als zwei Jahren zu bekehren. O ja! Ihr habt wirklich gute Arbeit geleistet!«
Vor Empörung zitternd, faßte er sie am Kinn, um sie zu zwingen, ihm ins Gesicht zu sehen.
»Wagt es, mir heute ins Gesicht zu sagen, daß das alles nicht wahr sei! . . . Ihr habt mich angelogen – mit der Gerissenheit eines Marktschreiers, der verspricht, er könne schmerzlos Zähne ausreißen! Ihr habt mich bewußt auf eine falsche Fährte gelockt, ohne Rücksicht auf meine Person. Und das alles nur, um diesem heruntergekommenen Ketzer zur Flucht zu verhelfen?«
Er bebte vor Zorn und nachträglichen Selbstvorwürfen.
Angélique, die nur zu gut wußte, wie berechtigt seine Wut war, zog es vor zu schweigen.
Allmählich beruhigte er sich wieder. Er betrachtete ihr zartes, ebenmäßiges Gesicht und sah Reue und Schuldbewußtsein in ihren Augen.
»Was soll ich tun?« stöhnte er mit einem tiefen Seufzer. »Ich kenne Eure Falschheit, aber Ihr braucht nur einen Moment bei mir zu sein, und ich verzeihe Euch alles und vergesse das Unglück, das ich Euch verdanke . . . Ihr habt meine Karriere zerstört . . .«
»Ich???«
»Erinnert Ihr Euch denn nicht mehr? Ich bin damals nach Paris gefahren, mit dem zufriedenen Gefühl, den verantwortlichen Stellen einen vielversprechenden Bericht vorlegen zu können. Ich war der Ansicht, daß die wenigen Unverbesserlichen, die sich noch weigerten abzuschwören, auf ihre ehemaligen Glaubensbrüder keinen Einfluß mehr besäßen. In diesem Bericht über meine Arbeit wollte ich auch betonen, daß ich in der Stadt

wieder Ruhe und Ordnung hergestellt hätte, denn es war mir gelungen, meines Amtes zu walten, ohne daß es zu den geringsten Ausschreitungen gekommen war. Ihr wißt ja selbst, daß ich mich immer bemüht habe, die Leute zu überzeugen und sie nicht einfach zu zwingen. Ich zögerte nicht, mich auf endlose theologische Diskussionen einzulassen, um diese Starrköpfe von Protestanten von ihrer Irrlehre abzubringen. Ich wollte, daß sie freiwillig abschworen. Dabei habe ich mich immer bemüht, die manchmal harten Bestimmungen des Gesetzes mit den durchaus verständlichen Gefühlen der betroffenen Familien in Einklang zu bringen. Ihr erinnert Euch sicher, wie ich die Angelegenheit des alten Lazare Berne aufs beste geregelt habe. Man wollte damals seinen Leichnam durch die Stadt schleifen und auf den Schindanger werfen, weil er sich bis zum Schluß geweigert hatte, Katholik zu werden. Ich habe seiner Familie die Schande erspart, in der Hoffnung, daß sie mir entgegenkommen würden ... Wie dem auch sei, ich war jedenfalls sehr zufrieden mit meiner Arbeit. Deshalb hat es mich auch verwundert, in Paris so kühl empfangen zu werden. Der Grund dafür wurde mir erst klar, als ich nach La Rochelle zurückkehrte. Dort erwarteten mich die reinsten Hiobsbotschaften: Berne war entkommen, ein Trupp Elitedragoner über die Klippen gestürzt, ein Kriegsschiff versenkt worden, es gab eine Menge Verhaftungen und ebenso viele Verwundete. Ich hatte sogar den Major der Admiralität der Insel Ré auf dem Hals.«
»Warum denn das?«
»Wegen des versenkten Schiffs, und weil man Madame Demuris eingesperrt hatte ... Entsinnt Ihr Euch der Katholikin, der man die Kinder der Familie Berne anvertraut hatte?«
»Ihr meint die Schwester Maître Bernes ... und sie kam ins Gefängnis?«
»Mit Recht! In grober Verletzung ihrer Konvertierungsaufgabe hatte sie Euch die Kinder anvertraut ... Auf welche Lüge sie dabei hereingefallen ist, weiß ich nicht. Es ist Euch sicher nicht schwergefallen, Euch eine passende auszudenken ... Sie befand sich jedenfalls in einer sehr bedenklichen Situation. Da ihr Gatte ein hoher Offizier der königlichen Marine war und

sich der Gunst des Admirals erfreute, erregte die Verhaftung der Unglücklichen großes Aufsehen. Was mich betrifft, fand ich in dieser reizenden Stadt, in der ich viel Freunde und eine wichtige Aufgabe hatte, das totale Chaos vor. Sie hatten mich für schuldig erklärt und verbannt... Erinnert Ihr Euch an Baumier?«
»Ja, ein grausamer, kleiner Inquisitor.«
»Genau! Baumier also hatte mir eine Falle gestellt, in die ich auch prompt hineintappte – Euretwegen!«
»Wegen mir?«
In traurigem Ton fuhr er fort:
»Ich wurde verhaftet. Es hätte nicht viel gefehlt, und ich wäre in der Bastille gelandet. Man warf mir Verschwörung, Meineid und politische Abtrünnigkeit vor. Baumier ging sogar so weit, mich als Konvertit zu bezeichnen... mich, den Nachfahren einer alten katholischen Adelsfamilie!«
»Aber das ist ja unglaublich. Ich bin ehrlich beschämt!... Wie ist es Euch gelungen, aus dieser Sache herauszukommen?«
»Dank der Fürsprache eines Freundes des Polizeipräfekten des Königreichs, Monsieur de la Reynie. Er war sozusagen dessen rechte Hand. Er befand sich gerade in La Rochelle, als ich zurückkehrte.«
Als er in Angéliques Blick einen Funken des Begreifens aufblitzen sah, fuhr er fort:
»Ja, Ihr habt richtig geraten. Nicht wahr, dieser Polizeibeamte ist Euch nicht unbekannt?«
»François Desgray«, warf Angélique ein.
Bardagne versuchte, seinen Zorn zu zügeln, aber er konnte sich nicht beherrschen.
»Jawohl, Desgray! Und könnt Ihr mir vielleicht verraten, was zwischen Euch und diesem zwielichtigen Burschen gewesen ist, der Euch ja sehr gut zu kennen schien?«
»Aber ich bitte Euch, Monsieur Bardagne, fangt nicht wieder mit diesen Eifersuchtsszenen an!«
»Wie sollte ich nicht eifersüchtig sein, wenn ich mich an sein hämisches Grinsen und an sein siegessicheres Auftreten erinnere. Er sprach mit einer Vertraulichkeit von Euch, die an Un-

verschämtheit grenzte. Als ob Ihr ihm gehörtet, als ob er der einzige auf der Welt sei, der Euch liebt, tröstet und versteht, der Euch kennt! Oh, was für Qualen er mir bereitet hat!«
»Aber Ihr sagtet doch, er hätte Euch geholfen?«
»Ja, das muß ich gerechterweise gestehen. Ohne ihn wäre ich verloren gewesen ... Baumier hatte mich erbarmungslos fallengelassen, doch Desgray schaffte es, mich vor der Bastille und vielleicht sogar vor dem Galgen zu bewahren ... Die Macht der Polizeibeamten in unserer Zeit ist grenzenlos. Sie sind die Lieblingskinder des Königs. Er will durch sie erreichen, daß Paris von dunklen Elementen gesäubert wird. Aber er wird schon sehen, wohin das führt. Sie werden überall ihre Nase hineinstecken. Dieser Desgray kennt keine Schranken. Letztes Jahr ist es ihm gelungen, eine adlige Dame unter dem Vorwand zu inhaftieren, sie habe ihren Vater, ihren Bruder und einen Teil ihrer Verwandtschaft vergiftet ... Da nützt es gar nichts, mit einem Geistlichen verwandt zu sein oder von einer Fürstenfamilie abzustammen. Desgray macht vor keinem Gott und keinem König halt.«
Angélique mußte über die Naivität des konservativen Bardagne lächeln. Sie erinnerte sich an die Vielzahl unerwarteter Todesfälle bei Hofe, von denen es hieß, man habe mit Gift dem vorzeitigen Ableben lästiger Ehemänner etwas nachgeholfen. Sie konnte nicht umhin, Desgrays Mut zu bewundern ...
»Ist sie verurteilt worden?«
»Ja, stellt Euch vor! Der König wollte sich nicht umstimmen lassen. Er wollte damit die Gleichheit vor dem Gesetz manifestieren. Man hat sie zwar nicht auf dem Scheiterhaufen verbrannt, aber sie wurde geköpft ... Ein Sieg für Euren Desgray. Aber er soll sich in acht nehmen, daß er nicht zu weit geht!«
Inzwischen war er derart aufgebracht, daß er seine Wut kaum noch zügeln konnte.
»Vergeßt nicht, daß ich ihn hätte in arge Verlegenheit bringen können ... Es war offensichtlich, daß er von Eurer Flucht gewußt hat. Auch Baumier war das nicht entgangen. Aber er war sich seiner so sicher, daß er sich über meine Anschuldigung auch noch lustig machte. Er hat mich ausgelacht, als ich auf

seine Schwäche für Euch anspielte. Er wußte einfach, daß ich selbst zu tief in dieser Sache mit drinsteckte, um diese Karte ausspielen zu können. Aber ich hätte trotzdem die Möglichkeit gehabt, ihn in Schwierigkeiten zu bringen. Ich habe ihm gesagt: Ich werde schweigen, aber dafür müßt Ihr mich aus der Sache herausholen ... Ah! Ich werde diese schreckliche Unterredung nie vergessen! Ihr standet die ganze Zeit zwischen uns. Ihr, die Ursache unserer Niederträchtigkeit, unserer Verfehlungen und unseres Verrats an den Ämtern, die wir bekleideten.
Ich versuchte ihm zu erklären, welche Macht Ihr auf mich ausgeübt habt, und daß Ihr mich so weit getrieben hattet, daß die Situation in der Stadt meiner Hand entglitt. Er lachte nur und sagte: Glaubt Ihr vielleicht, Ihr seid der einzige, den *sie* verrückt gemacht hat! ... Ich werde niemals den vulgären Ton seiner Bemerkungen vergessen, nie die Höllenqualen, die ich in dem kleinen Büro des Justizpalastes in La Rochelle ertragen mußte, den Schmerz, den mir dieser Spötter allein durch Erwähnung Eures Namens zugefügt hat. Angélique, von der ich immer eine so hohe Meinung hatte, die in meinen Augen so rein, so schön und klug war. Über diese von mir so verehrte Frau mußte ich mir die schreckliche Wahrheit anhören, daß sie ihm gehört hatte, diesem unverschämten Mann, dem es Vergnügen bereitete, mich leiden zu sehen ... Es war entsetzlich! Ich stellte mir vor, wie er Euch in seinen Armen gehalten hat, und betrachtete voller Abscheu seinen ordinären Mund, der den Euren geküßt hat.«

»Desgray hat keinen ordinären Mund«, protestierte Angélique.

Das gab Nicolas de Bardagne den Rest.

»Es ist genug«, sagte er, zutiefst erschüttert. »Wenn Ihr ihn auch noch verteidigt, habe ich nichts mehr dazu zu sagen. Aber seid versichert, daß ich aus der Sache gelernt habe ... Ihr gehört zu den Frauen, die ein Mann nie vergessen kann. Wie wenig sie ihm auch geben, sie sind das Geheimnis seines Lebens ... das große Glück ... die Frau!«

Erschöpft lehnte er sich an die Hauswand.

»Träume ich?« murmelte er mit matter Stimme. »Wo sind wir?

Am Ende der Welt? ... Und Ihr seid da, neben mir ... Ihr, die ich niemals wiederzusehen glaubte ... Vielleicht ist doch alles nur ein Traum!«

Angélique konnte den Tiraden Bardagnes nicht länger zuhören. Sie war am Ende ihrer Kräfte. Sie war erschüttert. Er hatte eine Flut von Erinnerungen heraufbeschworen. Schmerzliche Erinnerungen, die den schwarzen Tag im Justizpalast von La Rochelle wiederaufleben ließen, während draußen der Wind und das Meer von der Freiheit erzählten: Sie hatte damals François Desgray gegenüber gesessen, und dieser harte Mann mit den feurigen Augen und dem sarkastischen Zug um den Mund hatte sich ihr gegenüber wieder einmal als Freund erwiesen.

Nicolas de Bardagne tat ihr aufrichtig leid. Das Unglück mußte ihn wirklich hart getroffen haben. Er hatte mit soviel Einsatz und Eifer an seiner Karriere gearbeitet.

»Beruhigt Euch, mein armer Freund«, sagte sie mit fester Stimme. »Das alles liegt weit zurück. Ich bitte Euch trotzdem von ganzem Herzen um Verzeihung. Und ich bin glücklich zu sehen, daß es Euch offenbar gelungen ist, wieder einen guten Posten zu bekommen.«

»Ja, ich hatte Glück! Ich selbst hätte mir zwar nicht gerade Kanada ausgesucht, aber es hat sich die Gelegenheit einer besonderen Mission ergeben, bei der meine Erfahrung nützlich sein könnte, und so habe ich freudig eingewilligt.«

»Immer noch in Sachen Religion?«

»Ja und nein. Es handelt sich nicht direkt um eine religiöse Angelegenheit. Ich habe eine wichtige geheime Mission übernommen. Meine Rolle in Québec wird sehr delikat sein. Aber ich habe alle Vollmachten erhalten, um meinen Auftrag erfolgreich durchführen zu können.«

»Dann seid Ihr also der hohe Beamte des Königs, der mit der *Saint-Jean-Baptiste* gekommen ist?«

»Da sieht man mal wieder, wie schnell sich so etwas in einem kleinen Dorf herumspricht. Aber ich bin froh, daß niemand etwas von der Wichtigkeit meiner Mission ahnt?«

»Warum?«

»Wegen dieses Piraten aus der Karibischen See, der unser Schiff inspiziert hat.«
Angélique wurde hellhörig.
»Meint Ihr den sogenannten Korsaren, der gerade im Hafen von Tadoussac vor Anker liegt? Den Grafen Peyrac?«
»Der Graf Peyrac! Pah! Ihr sprecht ja mit sehr viel Achtung von ihm. Für mich ist er ein Seeräuber. Es stimmt, daß die Bewohner der Kolonien über vieles hinwegsehen, wenn man mit Händen voller Gold in ihre Dörfer kommt. Darauf hatte man mich schon vorbereitet. Aber es wäre fatal, wenn sich dieser Mann, egal ob Pirat oder Edelmann, zu sehr für meine Person interessierte, denn – aber das sage ich Euch nur im Vertrauen ...«
Er beugte sich zu ihr, um ihr ins Ohr zu flüstern:
»Meine geheime Mission betrifft *ihn* ...«

Siebenundzwanzigstes Kapitel

Angéliques Herz klopfte zum Zerspringen.
Glücklicherweise konnte der Gesandte des Königs nicht sehen, wie bleich sie plötzlich geworden war.
»Was für ein glücklicher Zufall, daß unsere Wege sich hier kreuzten. In gewissem Sinn erlaubt mir das, meine Mission schneller zu einem guten Ende zu bringen. Damit hatte ich absolut nicht gerechnet. Ich glaubte, er sei in Akadien, wo er sich nach und nach unsere Niederlassungen aneignet. Ich wollte nach Québec fahren, um mit der Regierung Neufrankreichs einen Schlachtplan auszuarbeiten. Und nun, Wunder, ist er bereits in unserer Nähe, wenn nicht sogar schon in unserer Gewalt.
Ich muß gestehen, daß ich zunächst etwas beunruhigt war, als ich erfuhr, daß es sich bei den verdächtigen Schiffen, die vor uns auf dem St.-Lorenz-Strom kreuzten, um Peyracs Flotte handelte. Ich hatte schon befürchtet, er hätte etwas von meinem Auftrag erfahren und wollte mich nun gefangennehmen.

Aber offensichtlich ist dem nicht so. Es wäre im übrigen auch reichlich unwahrscheinlich, denn ich hatte den Kapitän und die Mannschaft mit Gold bestochen, damit niemand etwas von meiner Anwesenheit verlauten ließe. Zum Glück interessierte er sich wie jeder Pirat ausschließlich für die Ladung der *Saint-Jean-Baptiste*. Stellt Euch vor, er besaß sogar die Frechheit, mir vier Fässer vom besten Burgunderwein abzunehmen, die ich als Geschenk für Monsieur de Frontenac mitgenommen hatte! . . . Aber im Augenblick kann ich noch nichts unternehmen. Wir sind in seiner Hand, und er ist mit seiner Flotte von fünf Schiffen eindeutig in der Übermacht. Wichtig ist nur, daß er uns für harmlos hält und uns unsere Fahrt nach Québec ungehindert fortsetzen läßt.«

Angélique wurde klar, daß Bardagne keine Ahnung von ihrer wahren Identität hatte. Er hielt sie offenbar für eine Bewohnerin Tadoussacs.

»Aber . . . warum interessiert man sich an hoher Stelle so sehr für ihn, daß man sogar einen Sonderbeauftragten geschickt hat?« fragte sie gespannt. »Die Kolonie kann ihre Angelegenheiten doch selbst in die Hand nehmen.«

»Das ist eine sehr komplizierte Geschichte. Immerhin handelt es sich nicht um irgendeinen Abenteurer der Meere. Die Tatsache, daß er einem alten französischen Adelsgeschlecht entstammt, verlangt, daß er eine andere Behandlung erfährt als irgendein gewöhnlicher Freibeuter. Außerdem hat er sich offenbar Territorien angeeignet, die der französischen Krone gehören. Und darüber hinaus wird er verdächtigt, der berüchtigte Rescator zu sein. Das aufzuklären, ist unter anderem meine Aufgabe. Falls er jener berühmte Renegat des Mittelmeers ist, der dort unter den Galeeren Seiner Majestät erheblichen Schaden angerichtet hat, verschlimmert das seine Lage natürlich beträchtlich.«

Angéliques Aufregung wuchs immer mehr. Betrachtete man Joffreys Handlungen von der anderen Seite, konnte man ihn wirklich für einen Feind des Königreichs und seines Souveräns halten. Sie sahen in ihm also einen politisch Abtrünnigen. Das war das schlimmste Verbrechen, das man einem Menschen

vorwerfen konnte, und machte jegliches Bündnis unmöglich. Eine Meinung, in der der Hof von Versailles durch die Berichte aus Amerika noch bestärkt wurde. Jetzt schickte man einen Sonderbeauftragten, der offizielle politische Maßnahmen ergreifen sollte.
Aber wer steckte hinter der Verschwörung: d'Orgeval, der Jesuit? Colbert? Die Handelsgesellschaften? Die Damen vom Heiligen Sakrament? Oder vielleicht alle gemeinsam?

»Wer hat Euch eigentlich mit dieser Untersuchung beauftragt?« fragte sie nach kurzem Schweigen so gleichgültig wie möglich.
»Der König.«
»Der König?« rief Angélique mit weit aufgerissenen Augen. »Wollt Ihr damit sagen, daß Ihr mit dem König selbst gesprochen habt?«
»Ja, mein liebes Kind. Was ist daran so außergewöhnlich? Stellt Euch vor, ich bin bedeutend genug, um Seine Majestät zu treffen. Bei unseren Begegnungen teilte mir der König seine Befehle und besonderen Wünsche mit. Er mißt dieser Mission große Bedeutung bei. Ich habe gesehen, wie der König die Akte des Grafen Peyrac mit großer Sorgfalt studierte. Wir haben einen Herrscher, der sich all seinen Unternehmungen mit beispielhafter Geduld widmet.«
Angélique hob den Kopf. Sie wollte ihm gerade zustimmen: – Ja, ja, ich weiß! –, aber kein Ton kam über ihre Lippen. Sie war zutiefst besorgt. Sie sah den König vor sich, seine Intelligenz, seinen Mut, sein Machtstreben. Gaben, die ihm ermöglicht hatten, innerhalb weniger Jahre der mächtigste König der Welt zu werden.
Welche Rechte sie in Amerika auch erlangt hatten, ihr Schicksal lag immer noch in den Händen dieses ehrgeizigen Despoten. Er hatte es noch nie geduldet, daß man sich seinem autoritären und allmächtigen Willen widersetzte.
Sie wußte, daß der König sie auch über den Ozean hinweg nicht vergessen hatte. Und hatte Ludwig XIV., als er den Namen des Grafen Peyrac las, nicht auch an eine Frau denken müssen? An

die Frau, die ihm in jener schicksalsträchtigen Gewitternacht in Trianon die Worte ins Gesicht geschleudert hatte: »Ja, es steht ein Mann zwischen uns ... Joffrey de Peyrac, mein Gatte, den Ihr auf der Place de Grève bei lebendigem Leibe verbrennen ließet!«

Der Graf de Bardagne spürte zwar Angéliques Erregung, verstand aber nicht ganz deren Ursache und glaubte, er habe sie erschreckt. Gleichzeitig rührte ihn ihr hilfloser Gesichtsausdruck. Er legte behutsam seinen Arm um ihre Schultern. Dabei küßte er sie zärtlich auf die Schläfe, da er ihren Reizen nicht länger widerstehen konnte. Doch sie war so in Gedanken versunken, daß sie es kaum bemerkte. Sie spürte nur die Kraft seiner Arme, die sie wärmten und zugleich beruhigten. Sie lehnte sich unbewußt an ihn. Sie fühlte sich erschöpft von der Härte des Kampfes, der nicht enden wollte. Würde sie denn niemals Ruhe finden?
Instinktiv suchte sie die Nähe eines Mannes, der ihr Kraft und Geborgenheit geben konnte. Die Tatsache, daß Nicolas de Bardagne ein mächtiger Feind war, vergrößerte noch das Bedürfnis, sich an ihm festzuklammern. In dem Maße, wie er ihr Leben zerstören konnte, lieferte sie sich seiner Gnade aus. Es war fast schon wie Selbsterhaltungstrieb. Sie fühlte, daß ihre Hilflosigkeit seine Milde weckte. Mehr, als wenn sie sich unnahbar gezeigt hätte. So war es schon in La Rochelle gewesen. Er war nur deshalb eine Gefahr, weil er im Dienst einer unerbittlichen Macht stand. Aber da er sie grenzenlos liebte, hatte er sie in der Tat vor dem Schlimmsten bewahrt. Sie empfand noch einmal die Gefühlsschwankungen von damals: Sie war gezwungen gewesen, dem Beamten zu mißtrauen, konnte aber nicht umhin, dem Menschen ihr Vertrauen zu schenken.
»Warum seid Ihr nur damals nicht mit mir nach Berri gekommen?« flüsterte er. »Ich hätte Euch auf meinem Gut untergebracht, und Ihr hättet mit Eurer Tochter dort ein ruhiges Leben führen können. Ich besitze herrliche Ländereien, ein komfortables Haus, einen großen Holzvorrat für den Winter, kostbare Möbel, wertvolle Bücher und eine treu ergebene Diener-

schaft ... Berri ist eine verträumte Provinz, fern dem Trubel der Städte. Dort hättet Ihr die Grausamkeit der Männer und der Welt vergessen können. Ich hätte Euch zu nichts gezwungen ... Ich hätte gewartet, bis Ihr aus freien Stücken zu mir gekommen wäret ...« Er verstummt, zutiefst ergriffen von seiner eigenen Hochherzigkeit und der Vorstellung eines idyllischen Liebesglücks, die bedauerlicherweise Traum geblieben waren. Dann fuhr er wie erwachend fort:
»Aber was hat Euch eigentlich hierher in diese Wildnis verschlagen, meine Liebe? Ihr habt mir noch gar nichts von Euch erzählt.«
Er zögerte. Es wäre ihm lieber gewesen, nichts von ihr zu erfahren, sie nur in seinen Armen zu halten, als gehöre sie ihm, und es kostete ihn große Überwindung, weiterzusprechen:
»Wenn Ihr nicht mehr bei Maître Berne seid, mit wem lebt Ihr dann zusammen? Denn ich gebe mich keinerlei Illusionen hin. Ihr seid viel zu schön, um nicht längst ein neues Glück an der Seite eines anderen Mannes gefunden zu haben. Habe ich nicht recht?«
Sie ahnte, daß er immer noch insgeheim verzweifelt hoffte – wider alle Logik und Vernunft –, sie würde ihm sagen, daß sie frei sei. Es tat ihr leid, ihn enttäuschen zu müssen. Was sie ihm jetzt enthüllen mußte, würde ihn vermutlich in arge Verlegenheit bringen. Sicher nahm er an, sie sei mit einem kanadischen Waldläufer oder einem aus Frankreich emigrierten Handwerker verheiratet. Aber sie konnte ihn nicht länger im unklaren lassen. Sie nahm all ihren Mut zusammen.
»Ihr habt ganz richtig geraten, mein Lieber«, sagte sie. »Ich habe einen Beschützer gefunden. Ich will ganz offen zu Euch sein ...«
»Ah! Zur Abwechslung einmal!«
»Ich könnte mir vorstellen, daß meine Wahl Euch etwas überrascht ...«
»Warum macht Ihr solche Umschweife?« fragte Bardagne mißtrauisch. »Heraus mit der Sprache! Um wen handelt es sich?« – »Nun ja, um ... diesen Piraten, von dem Ihr vorhin gesprochen habt ...«

Sie wollte noch hinzufügen: Ich bin seine Frau. Aber plötzlich hatte sie das Gefühl, daß es besser sei, diplomatisch vorzugehen, denn sein Gesicht drückte totale Entrüstung und Ungläubigkeit aus.
»Wollt Ihr etwa behaupten, daß Ihr in die Hände dieses skrupellosen Seeräubers gefallen seid? Ja, wißt Ihr denn nicht, wie gefährlich er ist? Mein armes Kind, wenn Ihr ahntet, was mir der König alles über ihn anvertraut hat ... Dieser Mann steht mit dem Teufel im Bunde, er wurde deshalb aus dem Königreich verbannt und irrt seither in der Weltgeschichte umher. Den Grad seiner Vermessenheit kann man daran erkennen, daß er schamlos darauf besteht, seinen Familiennamen weiterzuführen. Er müßte sich eigentlich bewußt sein, daß er seinen alten, ehrwürdigen Namen mit einer solchen Verurteilung wegen Hexerei schamlos in den Schmutz zieht ...«
»Damit will er vielleicht kundtun, daß diese Verurteilung ungerecht war«, unterbrach ihn Angélique.
»Man verurteilt einen Mann nicht zum Tode ohne stichhaltige Beweise. Die Kirche handelt immer weise, und die Inquisition ist viel vorsichtiger als je zuvor.«
»Wozu diese Heuchelei!« rief Angélique völlig außer sich. »Ihr wißt so gut wie ich, welche Komödien sich hinter den Fassaden des Tribunals der Inquisition abspielen!«
Überrascht über ihren impulsiven Angriff, warf ihr der Graf einen mißtrauischen Blick zu.
»Steckt Ihr vielleicht mit diesem Verbrecher unter einer Decke? Ich kann es kaum glauben. Meine Angélique sollte so tief gesunken sein? Dem Bösen verfallen? Ich bitte Euch inständig, vergrößert die Enttäuschung, die Ihr mir zugefügt habt, nicht noch mehr. Aber es ist nun einmal eine Tatsache«, seufzte er resignierend. »Ich kenne Eure Fehler und bewundere Euch trotzdem, weil ich im Laufe der Zeit begriffen habe, warum Ihr Euch so verhalten mußtet. Ihr wart in Lebensgefahr, und man muß mit allen verfügbaren Mitteln kämpfen, wenn man ohne Schutz, ohne Heim in der Welt herumirrt ... Warum seid Ihr nur damals nicht mit mir nach Berri gekommen? Aber es ist noch nicht zu spät. Ich werde Euch retten! Ihr müßt diesen

Mann verlassen! Selbst ein Pirat, der weder Gott noch die Gesetze anerkennt, muß sich vor einem Botschafter des Königs von Frankreich in acht nehmen ... Ich werde alles daransetzen, Euch aus seinen Klauen zu reißen.«
»Aber das ist völlig unmöglich! Ich bin mit ihm verheiratet.«
»Mit Peyrac?«
Bardagnes erste Reaktion war Angst um seine eigene Person: »Und ich habe Euch gerade alles über meine geheime Mission erzählt! Ihr werdet mich verraten! Ich bin verloren!«
»Ihr habt absolut nichts zu befürchten. Im Gegenteil, ich kann Euch sogar helfen, einige der Mißverständnisse aus dem Weg zu räumen ... Joffrey de Peyrac ist wirklich der Rescator. Das hättet Ihr früher oder später sowieso erfahren. Aber seine Heldentaten in der Karibischen See, durch die er so berühmt geworden ist, hatten absolut nichts mit Piraterie zu tun. Er stellte dort vielmehr die Ordnung wieder her und sorgte für wirtschaftliches Gleichgewicht. Dabei war er manchmal leider gezwungen, sich gegen die Galeeren Seiner Majestät, die ihn angriffen, durchzusetzen ... Aber Ihr könnt ihm hier in Kanada unbesorgt gegenübertreten. Er hat allerhöchste Achtung vor dem König von Frankreich und seinen Botschaftern ...«
»Aber wenn er mich trotzdem am Schiffsmast aufhängen läßt?«
»Was hätte er davon? Ich versichere Euch nochmals, er kommt mit friedlichen Absichten nach Québec. Monsieur de Frontenac höchstpersönlich wird Euch bestätigen, daß er ihn eingeladen hat, um die gute Nachbarschaft zu besiegeln.«
»Mit fünf schwerbewaffneten Schiffen! ... Ich würde Euch ja so gerne glauben ... aber das wäre zu schön, um wahr zu sein.«

Angélique war heilfroh, daß der impulsive Bardagne die Sache so gut aufzunehmen schien. Oder war seine Ruhe etwa nur damit zu erklären, daß der Schock ihn für kurze Zeit wie gelähmt hatte? ... Es dauerte auch nicht sehr lange, und er erregte sich von neuem:
»Nein! Das darf nicht wahr sein!« rief er außer sich. »Ihr, verheiratet mit diesem Freibeuter! Das ist ja fast eine Gottesläste-

rung. Ihr seid vielleicht seine Maitresse, aber nicht *seine Frau* ... Warum erzählt Ihr solche Lügen? Ihr habt wirklich ein unerträgliches Bedürfnis, andere zu täuschen ... Im übrigen hätte er Euch gar nicht heiraten können. Er ist ein Graf, er stammt aus einer der ältesten Adelsfamilien Frankreichs ... Und was seid Ihr? Eine Domestikin! ... Desgray hat mir zwar weismachen wollen, daß Ihr von nobler Herkunft seid und eine gute Erziehung genossen hättet, aber das kann ich einfach nicht glauben ... Ihr werdet eben immer eine leichtsinnige Frau bleiben, die sich Männern ohne Moral hingibt. Wenn ich nur an Desgray denke ... und dann noch dieser Berne. Glaubt Ihr, ich wäre blind gewesen in La Rochelle? Der Meister und seine Dienerin ... Ihr habt unter seinem Dach gelebt. Ihr habt in seinem Bett gelegen!«
»Jetzt ist es aber genug!« unterbrach ihn Angélique und erhob sich. »Ihr langweilt mich mit Euren alten Geschichten, und darüber hinaus beleidigt Ihr mich auch noch. Das kann ich nicht länger dulden ... Ich gehe!«
Der Graf de Bardagne hielt sie gewaltsam zurück und zwang sie, sich wieder zu setzen.
»Bitte, verzeiht mir!« sagte er schnell. »Ich bin widerwärtig, ich weiß ... Aber Ihr habt mir so sehr weh getan. Ich habe durch Euch sämtliche Qualen der Eifersucht erlitten.«
Er zog sie heftig an sich. Seine Lippen suchten die ihren, und diesmal überließ er sich ganz seiner Leidenschaft, deren er nicht mehr Herr werden konnte. Er küßte sie fordernd ... wie ein Verdurstender, der nach langem Suchen endlich eine Quelle gefunden hat.
– Er hielt *sie* in den Armen! Welch unbeschreibliches Glück! Und sie ließ ihn gewähren – ja, sie erwiderte sein heißes Verlangen. –

Dann löste er sich von ihr – langsam, als erwache er aus einem schönen Traum.
»Ich danke Gott!« sagte er mit leiser Stimme.
»Meint Ihr wirklich, daß Er es ist, dem Ihr danken solltet?« fragte Angélique, mühsam nach Atem ringend.

»Ja . . . ich fühlte mich von Gott und den Menschen verlassen, erniedrigt und getäuscht. Ich hatte alles gegeben und alles verloren . . . meinen Beruf und meine Liebe . . . Aber ich habe Euch nun wiedergefunden. Ist das nicht ein Zeichen des Himmels?«

Der Mond schimmerte durch die Wolken und warf ein sanftes Licht auf Bardagnes Gesicht. Er sah Angélique mit einer seltsam-ernsten Zärtlichkeit an. »Ich habe noch nie bemerkt, was für wunderschöne Augen er hat«, dachte sie.

Sein leichtgeöffneter Mund zog sie unwiderstehlich an. Sie fühlte erneut das Verlangen, auf sein unermeßliches Begehren zu antworten. Ihr Körper schmiegte sich an ihn, er spürte ihren heißen Atem, und sie verloren sich in einem endlosen Kuß, der sie alles um sie herum vergessen ließ.

Bardagnes Leidenschaft war für Angélique ein Elixier, das ihren Körper und ihre Seele mit neuem Leben erfüllte. Sie vertrieb auch noch die letzten Schatten, die der Haß gegen die Dämonin hatte entstehen lassen und die ihr Vertrauen in das Leben erschüttert hatten. Er flößte ihr neuen Mut ein . . . Sie konnte immer noch bezaubern!

Leicht schwankend löste sie sich endlich von ihm. Instinktiv wollte er sie stützen, aber sie wehrte ihn ab.

»Nein, ich bitte Euch . . . Ich werde Euch wiedersehen, Liebster, aber ich muß jetzt gehen.«

Er hörte nur noch, wie sie über den Kieselweg davoneilte. Sie drehte sich noch einmal um und rief:

»Und vergeßt nicht! Der Pirat . . . !«

Ihre Worte verklangen in der Dunkelheit.

Fünfter Teil
Der Wein und die Wahrheit

Achtundzwanzigstes Kapitel

Das erste Hindernis, das sich ihr in den Weg stellte, war *er*. Wie lange hatte er bereits dort gestanden? Was hatte er gesehen ... und gehört? ...
Es war stockdunkel. Sie konnte sein Gesicht nicht erkennen. Doch Joffrey drückte sie fest an sich. Sie schlang ihre Arme um seinen Hals und grub ihr Gesicht in die Falten seines Umhangs.
»Aber Ihr seid ja ganz heiß!« sagte er mit seiner ruhigen, ein wenig heiseren Stimme. »Ihr zittert ja am ganzen Körper. Was hat Euch denn so aufgeregt, mein Herz?«
»Oh, nichts von Bedeutung. Aber es ist eine lange Geschichte. Ich habe diesen Edelmann übrigens nicht am Hofe getroffen ... obwohl er etwas mit dem König zu tun hat ... und mit Euch.«
Er hatte sich zu ihr heruntergebeugt, um sie besser hören zu können. Sie spürte, daß er auf der Lauer lag, und vernahm ein fast unmerkliches Zittern in seiner Stimme:
»Ihr friert ja!«
Kälte ... Hitze. Sie wußte überhaupt nichts mehr. Hatte sich das alles wirklich zugetragen? Sie war doch in Kanada.
»Es war die Vergangenheit«, flüsterte sie. »Versteht Ihr?«
»Aber ja, ich verstehe. Ihr dürft Euch nicht so erregen, meine Liebe.«
Das vertraute Timbre seiner Stimme gab ihr neue Kraft, und sie konnte wieder freier atmen. Bald hatte sie ihr inneres Gleichgewicht wiedergefunden. Sie ging ruhigen Schrittes neben ihm her, während sie ihm mit knappen Worten erklärte, wer Bardagne war und was sie von ihm über seine geheime Mission erfahren hatte.
Im großen und ganzen hatten sie ja eigentlich mit so etwas gerechnet. Der König hatte es also wirklich auf sie abgesehen.

»Es würde mich sehr interessieren, warum der König ausgerechnet Bardagne, der Euch von La Rochelle her kennt und keinerlei Ahnung von Euren Beziehungen zum Hofe hat, für diese mich betreffende Mission ausgewählt hat. Ich glaube durchaus an Zufälle. Aber die Sache scheint mir doch zu geplant. Man könnte meinen, daß hier irgend jemand im Hintergrund die Fäden in der Hand hält.«
»Malt den Teufel nicht an die Wand!« bat sie.
Sie näherten sich dem Dorf, wo immer noch vereinzelt ein paar Feuer brannten, um die Leute herumtanzten.
Sie war erstaunt. Es schien ihr, als sei endlos viel Zeit vergangen, seitdem sie sich zu dem Rendezvous mit dem Gesandten des Königs auf den Weg gemacht hatte.
»Ich bin halbtot vor Müdigkeit. Ich dachte, die Nacht sei fast vorüber.«
»Ganz im Gegenteil, mein Herz«, sagte er lachend. »Sie fängt erst an. Habt Ihr vergessen, daß wir eins der berühmten Burgunderfässer angestochen haben, die sich unser Ville d'Avray organisiert hat? Man erwartet uns schon auf der *Gouldsboro*. Gehen wir, Madame, vergeßt Eure Müdigkeit . . . Der Morgen ist noch weit!«
Er drückte sie mit einer eifersüchtigen Geste fest an sich und zog sie mit sich fort.
»Wir hätten natürlich Euren Freund einladen können, an unserem Festschmaus teilzunehmen.«
»Nein, nein!« wehrte sie schnell ab. »Er würde glauben, es sei eine Falle. Er ist gegen Euch sehr voreingenommen.«
»Morgen werde ich mich ihm vorstellen, um seine Zweifel ein wenig zu zerstreuen. Inzwischen wollen wir uns des Lebens freuen. Die Zeichen stehen günstig. Wir werden darauf trinken, daß Ihr eine alte Liebe wiedergefunden habt. Und darauf, daß wir mit ihm zu einer Verständigung kommen werden.«
Sie hörte ihn vergnügt lachen:
»La Rochelle! . . . Das war also La Rochelle!«
Er blieb stehen und schloß sie leidenschaftlich in seine Arme. Sie spürte die Kraft, die von ihm ausging, und fühlte sich von seinem Temperament und seiner Fröhlichkeit mitgerissen.

Die Fackeln der Männer, die in der Schaluppe auf sie warteten, warfen ihren flackernden Schein auf den feuchten Sand des Strandes.

»Warum habt Ihr das eben so seltsam betont: La Rochelle! Es war reiner Zufall, daß ich Bardagne hier wiedergetroffen habe.«

»Danken wir dem Zufall ... allen Zufällen. Aber jetzt wollen wir nicht mehr darüber reden. Morgen ist noch Zeit genug.«

Er nahm sie auf seine Arme und trug sie zum Boot, damit sie nicht durchs Wasser zu gehen brauchte.

»Heute abend sind wir die Fürsten dieser Welt«, rief er lachend. »Die Herren von Tadoussac, von ganz Kanada. Und wir unterwerfen uns nur der göttlichen Traube, dem Wein, dem Freund der Menschen. Laßt uns nicht diesen einzigartigen Moment verderben, in dem wir unsere Kelche zum Wohle von Burgund erheben werden!

Wir werden trinken, meine Schöne! Trinken und genießen: Auf das Wohl unserer Liebe! ... Auf das Wohl unserer Freunde und Feinde! ... Auf das Wohl des Königs von Frankreich! ... Auf unseren Sieg!«

Neunundzwanzigstes Kapitel

Er ließ ihr keine Zeit, sich auszuruhen.

In der Kabine der *Gouldsboro* fand sie, von Yolande und Delphine du Rosoy sorgfältig bereitgelegt, ein Kleid, einen Fächer und einen Mantel, goldfarbene Seidenstrümpfe und Schuhe aus goldenem Satin. Sie setzte sich, und als sie beginnen wollte, sich auszukleiden, bestand er darauf, ihr selbst die Strümpfe herunterzustreifen.

»Meine vagabundierende Gemahlin!« flüsterte er zärtlich. Er küßte ihre Hand und überließ sie dann Delphine, die mit einem Réchaud und einem Locken-Brenneisen hereinkam.

Mit Hilfe des Mädchens war sie auch bald fertig. Sie nahm ihren Fächer und machte sich auf den Weg zum Spielsalon, wo die Tafel bereits festlich gedeckt war. Sie sah die bunten Lichter des Feuerwerks, das zur Unterhaltung der Dorfbewohner abgebrannt wurde, am Himmel aufleuchten.
»Das verspricht ja wirklich ein schönes Fest zu werden«, sagte sie zu Ville d'Avray, den sie vorm Eingang des Salons traf. »Wenn hier in Tadoussac schon so viel gefeiert wird, wie soll das dann erst in Québec werden?«
»Es wird sein wie in Versailles«, gab er zur Antwort. »Nur noch schöner und noch ausschweifender!«
»Nach Euch, meine Liebe!« Mit einer galanten Geste trat er einen Schritt zurück, um ihr den Vortritt zu lassen. »Ich habe Euch doch schon erzählt, daß es im Karneval von Québec passieren kann, daß wir vor Erschöpfung umfallen, weil wir zuviel getanzt, gegessen und getrunken und an zu vielen Prozessionen teilgenommen haben. Weil wir zu viele Pirouetten auf dem Eis gedreht haben, zuviel gespielt und verloren haben, ganz zu schweigen von den galanten Abenteuern . . .«, fügte er mit einem vieldeutigen Lächeln hinzu. »Ah, Québec! Wie gerne wäre ich jetzt dort!«
Überall im Raum waren silberne Kerzenleuchter verteilt. Der herrliche Duft der Honigkerzen vermischte sich mit dem der Speisen, die eben hereingetragen und in riesigen Silberterrinen serviert wurden.
»Ich habe mich gerade mit Eurem Küchenchef gestritten, wie die Bouillon mit Federwild zubereitet am schmackhaftesten würde. Ich behaupte, daß Fasan und Wildschnepfe gut sechs Tage abgehangen sein müssen, er hingegen meinte, vier würden genügen . . .«
Die Gesellschaft schickte sich an, Platz zu nehmen. Das Essen fand nur im kleinsten Kreise statt. Die Gruppe hatte sich im Verlauf der Reise herauskristallisiert. Sie war aus den verschiedensten Charakteren zusammengewürfelt, aber die Tatsache, daß sie in relativ kurzer Zeit viele Abenteuer gemeinsam erlebt hatten und gezwungen waren, Sorgen und Vergnügen miteinander zu teilen, hatte wesentlich dazu beigetragen, sich nä-

herzukommen. Bacchus zur Ehre hatte man ein besonders kostbares Geschirr gedeckt, und vor jedem Gast standen Gläser aus feinstem französischen Kristall.
Der Burgunder wurde in einem Schiff aus vergoldetem Silber serviert, einem einzigartigen Meisterwerk der Goldschmiedekunst. Der Wein floß durch eine Figur am Bug, die einen Delphin mit geöffnetem Maul darstellte. Es war die wirklichkeitsgetreue Nachbildung eines Segelschiffes, selbst bis ins kleinste Detail: Man konnte sogar kleine Silberfiguren auf den Treppen, an Ausguckposten und bei den Tauen aus Gold und Silberfäden entdecken.
Der Rescator würde immer ein großer Herr sein. Er hatte einerseits die Fähigkeit, ein genügsames Leben zu führen und zur Festigung seiner Position außerordentliche Strenge walten zu lassen, andererseits gewährte er sich und seinen Leuten einen angemessenen Luxus. Überall auf der Welt hatte er geheime Schlupfwinkel und getreue Gefolgsmänner, die über seine unermeßlichen Schätze wachten.
Angélique wurde sich wieder einmal schmerzlich bewußt, daß sie noch lange nicht alles über den Mann wußte, der ihr Gatte war.

»Man findet heutzutage kaum noch so unnachahmliche Meisterwerke der Ziselierkunst«, sagte Ville d'Avray voller Bewunderung.
»Es ist das Werk von Schweizer Goldschmiedemeistern, die in Deutschland, wo diese Weinschenkgeräte ursprünglich herstammen, bei Spezialisten in die Lehre gegangen sind«, erklärte Peyrac bescheiden.

Sie begannen zu tafeln.
Man war unter sich, was erlaubte, daß man sich ganz ungezwungen unterhalten konnte. Nichts war steif oder gekünstelt, und bald schon war ein lebhaftes Gespräch im Gange. Carlon und Peyrac nahmen ihre Unterhaltung wieder auf, die sie begonnen hatten, während sie auf Angélique warteten.
»Ich bin nicht wirklich verärgert, ich nehme nur Anstoß an der

Unbekümmertheit, die Ville d'Avray in dieser Angelegenheit an den Tag legt. Er scheint völlig zu ignorieren, daß man Euch in Québec für einen Feind des Königs von Frankreich hält. Zu allem Überfluß seid Ihr auch noch in Abwesenheit zum Tode verurteilt worden.«
»Das ist ja langsam wirklich abgedroschen«, protestierte Ville d'Avray und entfaltete seine Damastserviette, während er genüßliche Blicke zu dem Silberschiff hinüberwarf, dem der schwere Duft *seines* Burgunderweins entschwebte. »Das wissen wir ja bereits alle. Ihr wiederholt Euch, mein Lieber.«
»Das kann man gar nicht oft genug betonen. Es geht einzig und allein darum, gut vorbereitet zu sein und zu wissen, mit welchen Schachzügen man eine fast ausweglose Situation angehen soll. Es ist nun einmal eine Tatsache, daß der schlechte Ruf eines Piraten der Karibischen See Monsieur de Peyrac vorauseilt. Darüber hinaus gilt er als Eroberer des französischen Akadiens bis hinauf zum Kennebec. In Anbetracht der Berichte, die die Seeleute im Laufe des Sommers in Québec erstattet haben, braucht man sich wirklich nicht zu wundern, wenn sich dort die Gemüter erhitzen und man uns vielleicht mit Kanonenschüssen empfangen wird.«
Joffrey de Peyrac konnte nicht umhin, über das *uns*, das dem Intendanten aus Versehen entschlüpft war, zu lächeln.
Carlon fuhr unbeirrt in seinen Ausführungen fort.
»Madame de Peyrac befindet sich ebenfalls in einer delikaten Lage. Ihr Einfluß auf wilde Tiere zum Beispiel erscheint manchen Leuten verdächtig. Und wie war es möglich, daß Ihr einen Angriff der Irokesen siegreich überstanden habt, nachdem zuvor ihr Häuptling unter Eurem Dach ermordet wurde. Jeder, der sich in den Sitten der Indianer nur ein wenig auskennt, weiß, daß es für ein solches Verbrechen keine Sühne gibt. Man hat Euch hundertmal tot geglaubt, und dennoch seid Ihr am Leben. Das grenzt ja fast an Magie.«
»Und was erzählt man sich sonst noch über mich?« fragte Angélique.
Er wurde rot.
». . . Daß Ihr die schönste aller Frauen seid!«

Diese Bemerkung schien sie zu amüsieren.
»Ihr erwartet doch hoffentlich nicht von mir, daß ich darüber ernstlich bekümmert bin, mein Lieber?«
»Das solltet Ihr aber!«
»Aber das wäre ja töricht! Seit wann sind die Franzosen so puritanisch?«
»Das hat nichts mit Puritanismus zu tun, sondern nur mit Furcht.«
»Und seit wann fehlt es den Franzosen an Mut vor der Schönheit?«
Mit einer herausfordernden Geste warf sie ihr rotgoldenes Haar zurück, das von zwei Perlenschnüren gehalten wurde. Ihre grünen Augen blitzten aufreizend.
»Sie erwarten, daß ich schön bin, und ich werde mich bemühen, sie nicht zu enttäuschen.«

Als erstes wurde die pikante Bouillon serviert, weniger, um den Appetit anzuregen, als um eine gute Grundlage für den Wein zu schaffen. In der ganzen Runde herrschte ausgesprochenes Wohlbehagen, und alle waren sehr nachsichtig gegenüber dem Leben im allgemeinen und dem Intendanten im besonderen.
Man hörte ihm also mit Geduld und Höflichkeit zu, während er all die schlimmen Gerüchte aufzählte, von denen er gehört hatte. Das hinderte aber keinen daran, die köstliche Consommé mit Madeira zu genießen.
»Ich vermute, daß man Euch für den Tod der Herren d'Arpentigny und Pont-Briand verantwortlich machen wird ... Die schlimmste Anschuldigung wird jedoch das Verschwinden Pater de Vernons sein. Es wird behauptet, er sei auf bisher ungeklärte Weise in Eurem Hause ermordet worden. Es hat den Anschein, als hätte man ihn einem Bären vorgeworfen.«
»Aber nein, Ihr bringt wieder einmal alles durcheinander«, stöhnte Ville d'Avray. »Er hätte nur beinah selbst einmal einen Bären mit der bloßen Faust getötet ... Das arme Tier! ... Er ist im Kampf mit einem englischen Pastor gestorben. Sie haben sich gegenseitig umgebracht.«

»Wart Ihr vielleicht dabei?«
»Aber natürlich«, log der Marquis dreist.
»Ihr könnt mir nichts weismachen. Ich habe Pater de Vernon persönlich gut gekannt. Er war ein sehr vornehmer, ausgeglichener Kirchenmann. Vielleicht ein bißchen kühl, aber im Grunde seines Herzens liebenswürdig und gut.«
»Dann habt Ihr nie sein wahres Gesicht gesehen. Ihr kennt ihn ja nur von Québec ... In Gouldsboro hättet Ihr ihn erleben müssen. Gouldsboro! Was für ein herrliches Fleckchen Erde! ... Graf, Ihr müßt mir versprechen, daß Ihr uns wieder einladen werdet!«
»Jetzt fahren wir erst einmal nach Québec«, murrte Carlon und wischte sich mit der Serviette über den Mund. »Sind wir nun Eure Geiseln oder nicht, Monsieur de Peyrac?«
»Das hängt ganz davon ab, wie der Empfang ausfällt, den man uns bereiten wird.«
»Ah! Endlich laßt Ihr Eure Maske fallen!« rief Carlon mit selbstzufriedener Miene.
Angélique befand sich in einer zwiespältigen Situation. Eben noch war sie nach La Rochelle zurückversetzt worden, und nun war sie wieder in Kanada, inmitten der Sorgen über ihre Ankunft in Québec. Das alles erschien ihr wie ein seltsamer Traum.
Vielleicht wäre es doch besser gewesen, Bardagne einzuladen, wie Joffrey vorgeschlagen hatte?
In Québec wartete der Glanz der Feste auf sie. Man würde diskutieren und sich amüsieren, aber in ihrem Schatten würde der Verrat vorbereitet.
Was sollte nun mit dem Gesandten des Königs geschehen? Und wie sollte sie, Angélique, sich ihm gegenüber verhalten? Welche Figur war er auf dem Schachbrett der Verschwörung? Der allzu skeptische Carlon wußte noch nichts von den zusätzlichen Schwierigkeiten, auch wenn er vage etwas ahnte. Aber er konnte bereits im voraus frohlocken, daß er mit seinen düsteren Prophezeiungen wahrscheinlich recht behalten würde.
»Seine Frau hat wohl nicht viel zu lachen!« flüsterte Angélique mit einem Seitenblick auf Carlon dem Marquis zu.

»Sie ist bezaubernd!« Er faßte sich an den Kopf. »Aber was rede ich denn da für Unsinn. Er ist ja Junggeselle.«
»An wen dachtet Ihr dann eben?«
»An Mademoiselle d'Hourdanne. Das Verhältnis der beiden ist viel zu distanziert, als daß man sie als seine Frau bezeichnen könnte.«
»Dann ist sie also seine Maitresse?«
»Noch nicht einmal das. Es ist vielmehr eine rein platonische Liebe. Sie kümmert sich um sein seelisches Wohlergehen, seinen beruflichen Erfolg und steht ihm bei seinen Unternehmungen mit Rat und Tat zur Seite. Aber von Heirat kann keine Rede sein.«

D'Urville und Carlon diskutierten gerade darüber, ob die Kanonen der Flotte Peyracs ausreichen würden, um das Saint-Louis-Fort in Québec zu überwinden. Angélique zermarterte sich das Hirn, um ein weniger heikles Gesprächsthema zu finden, aber es gelang ihr nicht, einen klaren Gedanken zu fassen. Sie hätte es vorgezogen, allein zu sein, um alles in Ruhe überdenken zu können, statt eine Gesellschaft ausgewählter Gäste amüsant unterhalten zu müssen.
Die heiklen Gesprächsthemen hatten sie so sehr in die Realität zurückversetzt, daß die Erinnerung an das Treffen mit Bardagne allmählich verblaßte. Sie hatte sogar zeitweilig Mühe, sich davon zu überzeugen, daß sich die Unterhaltung mit ihm wirklich zugetragen hatte.
Sie warf einen Blick zu Joffrey hinüber, der sie mit abwesendem Blick ansah. Er beteiligte sich nicht an dem Streitgespräch seiner Gäste. Auch er war wohl mit seinen Gedanken ganz woanders.
Als ihre Blicke sich trafen, seufzte er leise. Dann wandte er seine Aufmerksamkeit seinen Gästen zu.
»Warum dieser Pessimismus, meine Herren? Noch sind wir nicht in Québec, und es steht bisher gar nicht zur Diskussion, ob wir Kanonen zünden werden. Wir folgen schließlich einer Einladung Monsieur de Frontenacs, mit dem ich seit Jahren die besten Beziehungen unterhalte.«

»Natürlich, Monsieur de Frontenac kommt wie Ihr aus Aquitanien. Das war schon immer eine rebellische Provinz, in der man zur Ketzerei neigt.«
»Keine Angst, meine Herren! Kanada zuliebe werde ich Montfort* vergessen.«

Der Auftakt des Abends stand unter einem schlechten Vorzeichen. Angélique gab dem Küchenchef ein Zeichen. Es schien ihr an der Zeit, nun den Wein einzuschenken.
Im Kerzenlicht, das sich im Kristall der Gläser brach, schimmerte der Burgunder rubinrot.
»Ah! Das ist ein wunderbar ausgereifter Tropfen!« rief Ville d'Avray enthusiastisch aus, nachdem er die Blume des Weins beschnuppert und ihn dann gekostet hatte. »Wißt Ihr eigentlich, was es bedeutet, einen Wein in der Bütte gären zu lassen? Nun, ich werde es Euch gern erklären. Ich war lange Zeit in Burgund und weiß deshalb so gut darüber Bescheid. Also, der Wein erhält seine rote Färbung, genau gesagt, durch Bewegung. Man ist allgemein der irrigen Meinung, es genügte, die roten Trauben nur zu keltern wie alle anderen auch. Weit gefehlt, denn dadurch würde der Saft der Trauben nur wieder weiß werden. Und jetzt komme ich zur Lösung des Geheimnisses: Die rote Traube wird nicht von Anfang an zu den Walkern geworfen. O nein! Die Beeren werden gepflückt und in Bütten getan, in denen der Saft im Verlauf einiger Tage ganz allmählich die rote Farbe der Haut annimmt. Mit einem Stab rührt man das Ganze immer wieder um und erhält zum Schluß ein Rot von der gleichen Intensität wie die Farbe des Bluts, ja bei manchen Rebensorten sogar fast schwarz. Erst dann werden die restlichen Trauben zerstampft, und man mischt die entstandene Flüssigkeit unter die purpurfarbene Essenz. Ihr seht, wie vieler sorgsamer Vorgänge es doch bedarf, um die wunderbaren Farbnuancen zu erzielen, in denen sich die Sonne zu spiegeln scheint – bis dieser ganz besondere Geschmack herangereift ist,

---

* Anspielung auf den Baron Simon de Montfort, der 1208 in Aquitanien ein Blutbad anrichtete, um die Ketzerei auszurotten.

der dann hinterher für die einzelnen Anbaugebiete so typisch ist.«
Fast andächtig nahm er einen Schluck des kostbaren Getränkes und genoß mit geschlossenen Augen das Aroma des Weins.
»Das ist eine Traube aus Tillez! . . . Ich sehe den Ort deutlich vor mir: Ein kleines, sonnendurchflutetes Winzerdorf mit einem schlanken Glockenturm, der die Häuser überragt, das klare Blau des Himmels, der sich endlos weit zum Horizont erstreckt, und Weinberge, Weinberge, so weit das Auge reicht. Das ist Burgund. Und da wollte uns dieser Idiot von Cartier doch tatsächlich weismachen, man könne auch in Kanada Wein anbauen. Er hat mit seiner überaus blühenden Phantasie schon alles aus dem Boden schießen sehen: Wein und Diamanten und was weiß ich, was sonst noch alles. Er sollte endlich seine Illusionen begraben und einsehen, was für ein Wahnsinn es ist, in ein so unmenschliches Gebiet vorzudringen, wo es absolut *nichts* gibt, nichts außer Kälte, Nacht und Wildnis. Und wegen irgendeines höllischen Fluchs sind wir auch noch dazu verdammt, durch dieses ungastliche Land zu fahren – weit entfernt von der lieblichen Landschaft unserer Heimat . . .« Er stockte.
»Aber ich bin ja der einzige, der hier redet!« rief er in gespielter Entrüstung aus und blickte vorwurfsvoll in die Runde. »Erzählt doch auch Ihr andern einmal etwas! Immer bin ich derjenige, der die Unterhaltung in Gang halten muß.«
»Das kommt nur daher, weil es uns allen ein so besonderes Vergnügen bereitet, Euch zuzuhören, Marquis«, bemerkte Peyrac mit vollendeter Liebenswürdigkeit und erhob sein Glas. »Was gibt es Schöneres, als einen herrlichen Wein zu trinken und dabei Euren überaus interessanten Erzählungen zu lauschen. Auf Euer Wohl, mein Lieber.«
»Ihr schmeichelt mir . . . Aber das ist ja eigentlich nichts Neues für mich. Wohin ich auch komme, findet man Gefallen an mir. So ist das nun mal. Ich liebe eben das Leben und seine Vergnügungen, das hat mir schon viel Erfolg eingebracht . . . Es hat mir aber auch schon öfter geschadet, besonders bei Hofe. Die meisten Herren haben mir meine Beliebtheit nicht gegönnt. In Kanada, in dieser ekelhaften Falle Cartiers, bin ich viel stiller.

Aber mit Phantasie und ein bißchen Geschicklichkeit läßt es sich eben überall gut leben . . . Dieser Wein! Ihr müßt doch zugeben, es wäre ein Verbrechen gewesen, ihn diesem Dugast zu überlassen. Für wen wäre er schon bestimmt gewesen? Für Unwissende, Gedankenlose, Vandalen!«
»Für den Gouverneur von Neufrankreich«, warf Angélique herausfordernd ein. »Und ich sollte Euch vielleicht freundlicherweise darauf aufmerksam machen, daß Ihr nicht etwa den Schurken Dugast um den Wein erleichtert habt, sondern den Gesandten des Königs, der diesen Burgunder als persönliches Geschenk nach Kanada mitgebracht hat.«
»*Den Gesandten des Königs* . . . !« rief Ville d'Avray entsetzt, und vor lauter Schreck stellte er das Glas wieder hin, das er eben entzückt zum Munde hatte führen wollen. »Und Ihr habt ihn gesehen? Kennt Ihr ihn denn tatsächlich? Ist er vielleicht doch einer Eurer früheren Liebhaber? Es stimmt also, daß sich ein königlicher Gesandter an Bord der *Saint-Jean-Baptiste* befindet . . . Ha! Ha! Ha! . . . Verzeiht, aber das ist wirklich zu komisch!« Sein neugierig funkelnder Blick wanderte von Angélique zu Peyrac und lauerte auf eine Antwort. »Was für eine herrliche Geschichte! Ihr müßt sie mir unbedingt erzählen.«
Er gab einem Diener ein Zeichen, ihm nachzuschenken, und trank mit wahrer Verzückung.
»Göttlich!«
»Ihr amüsiert Euch anscheinend königlich, Marquis«, fuhr Angélique fort, die ebenfalls schmunzeln mußte. »Aber ich sollte vielleicht noch erwähnen, daß mein Gatte dieser unhöflichen Geste beschuldigt wird.«
»Ah! Das ist lustig!«
»Ich bin da nicht unbedingt Eurer Ansicht. Es handelt sich um einen in wichtiger Mission reisenden persönlichen Gesandten des Königs, und Ihr entführt ihm seinen Wein. Es wäre immerhin möglich, daß er darüber nicht sonderlich erfreut ist, meint Ihr nicht auch?«
»Ich kann nicht umhin, ihm selbst die Schuld daran zu geben. Er hätte sich nur zu zeigen brauchen. Wir wissen nicht einmal seinen Namen. Ihr müßt doch zugeben: Dieser Herr zeichnet

sich nicht eben durch übermäßige Höflichkeit aus. Oder ist Euch etwa sein Name bekannt?« wandte er sich fragend an Angélique.
Sie zeigte ihm mit einer unmißverständlichen Geste, daß sie sich dazu nicht äußern wolle.
»Ich sehe, Ihr wißt über alles Bescheid!« begann er von neuem. »Ich brenne darauf, die Neuigkeiten zu erfahren, und ich bin sicher, Ihr werdet Euch zweifelsohne zu gegebener Zeit schon äußern, das versteht sich von selbst. Auf jeden Fall ist die Weingeschichte vollkommen unbedeutend. Jeder Richter könnte uns wegen verschiedener Vergehen, die wir auf dem Gewissen haben, ohne weiteres an den Galgen bringen. Vier Fässer Burgunderwein, so kostbar er auch sein mag, fallen da wirklich nicht ins Gewicht.«
»Was wollt Ihr damit andeuten?« fragte Carlon argwöhnisch.
Ville d'Avray sah ihn mit unheilkündendem Blick an.
»Ihr habt wohl den Tod der Herzogin de Maudribourg vergessen?«
»Schweigt!« befahl Carlon mit einem vielsagenden Blick auf die Diener.
Aber der Marquis fegte den Einwand mit einer geringschätzigen Geste vom Tisch.
»Sie haben doch ohnehin alles mitangesehen. Was wollt Ihr also noch vor ihnen verbergen? Wir sitzen alle in demselben Boot. *Eine Bande von Verbrechern, die durch ein schreckliches Geheimnis miteinander verbunden sind!*«
Voller Zufriedenheit mit sich und der Welt leerte er genüßlich sein Glas in einem Zug.
»Das ist fürwahr ein himmlischer Genuß . . . Mehr Wein, mein Freund.«
Er reichte dem Pagen, der vorsorglich hinter ihm stehengeblieben war, um nicht unaufhörlich laufen zu müssen, das leere Glas.
»Es ist ein seltsam prickelndes Gefühl, auf der Seite der Ausgestoßenen zu sein, die im Recht sind, weil sie gegen die ehernen, oft unmenschlichen Gesetze aufbegehren . . . Glaubt Ihr viel-

leicht, der Mord an der Herzogin würde so ohne weiteres über die Bühne gehen? Bedenkt doch, daß alle kirchlichen Eminenzen über ihre Ankunft unterrichtet waren. Eine Wohltäterin von solchem Reichtum ist nicht irgendeine Person, deren Verschwinden nicht weiter auffallen würde. Pater d'Orgeval wird sich als erster nach ihr erkundigen. Man sagte, sie sei eine entfernte Verwandte von ihm.«
»Das ist ja schrecklich!« nahm Carlon Anstoß. »Ihr seid ein Sadist! Ihr wühlt auch noch genüßlich in meiner Wunde herum.«
»Ach was! Dramatisiert doch das Ganze nicht so!«
»Ich dramatisiere überhaupt nichts. Der Tod einer jungen Frau, einer schönen, verführerischen adligen Dame, die vom Hofe und von Pater d'Orgeval protegiert war – ist wahrhaftig Drama genug.«
Den beiden Seigneurs aus Akadien, Grand-Bois und Vauvenart, die mehrmals vergeblich versucht hatten, sich in die Unterhaltung einzumischen, gelang es endlich, zu Wort zu kommen.
»Ihr streitet Euch wirklich um des Kaisers Bart, Messieurs! Es liegt doch gar kein Verbrechen vor . . . Man hat sie ja nicht ermordet. Wir waren doch alle dabei, erinnert Ihr Euch denn nicht mehr? Schließlich hat die Gräfin Peyrac sie sogar am Strand gegen die wütenden Angriffe der rachsüchtigen Männer verteidigt. Und daß sie in den Wald geflüchtet ist, ließ sich wirklich nicht vorhersehen. Es war also ihre eigene Schuld, ob sie nun von Wolverine, Cantors Vielfraß, oder von einer Raubkatze zerfleischt wurde, macht da wirklich keinen Unterschied.«
»Das wollte ich Euch eigentlich schon immer fragen. Warum habt Ihr sie eigentlich damals gerettet?« warf Vauvenart, zu Angélique gewandt, ein. »Ich habe das nie ganz begreifen können. Sie hatte soviel Unheil angerichtet, daß die Aggression der Männer nur allzu begreiflich war. Und schließlich hatte sie auch Euch schaden wollen.«
»Ich habe mir das auch schon oft überlegt«, antwortete Angélique, und sie versuchte sich noch einmal die Situation von da-

mals zu vergegenwärtigen. Eigentlich hatte sie instinktiv gehandelt.
»Ich glaube, ich war einfach empört, daß so viele starke Männer auf eine schwache Frau einschlugen. Ich vergaß in diesem Augenblick völlig, daß sie ja *die Dämonin* war.«
»Und außerdem bin ich damals als Siegerin aus diesem höllischen Kampf hervorgegangen. Ich glaube nicht, daß ich die Kraft dazu gehabt hätte, wenn Cantor irgend etwas geschehen oder wenn es ihr gelungen wäre, Joffrey zu umgarnen«, dachte sie bei sich.
»Laßt uns doch von etwas anderem sprechen!« sagte sie laut.
»Die Frauen!« rief Ville d'Avray. »Was wäre die Welt ohne sie! Ohne Süße, ohne Güte, ohne Charme, ohne Zärtlichkeit, ohne Spannung, ohne diese überraschenden und unlogischen Gemütsschwankungen, deren Geheimnis wir nie erraten werden...«
»Etienne, Ihr seid ein unverbesserlicher Schmeichler, aber ich liebe Euch«, erklärte Angélique und umarmte ihn.
»Dieser Wein ist wirklich köstlich«, meinte Carlon und hielt sein Glas gegen das Licht. »Ich glaube, er steigt uns allmählich in den Kopf.«
Ville d'Avray nickte. »Ja, und auf dem Grunde Eures Glases werdet Ihr die Wahrheit finden. *In vino veritas.*«
»Ja.« Carlon blickte immer noch düster vor sich hin. »In Wirklichkeit sind wir eben doch Schuld am Tode der Herzogin. Deshalb plagt uns auch unser Gewissen. Ihr habt recht, Ville d'Avray. Ob ich nun will oder nicht, ich bin an einem Verbrechen mitschuldig geworden.«
»An zweien«, korrigierte sanft der Marquis.
»Zweien!« entfuhr es dem Intendanten erschrocken.
»Ja, das erste habt Ihr ja eben selbst erwähnt, und zweitens trinkt Ihr mit uns heute abend den Wein, der für den Gouverneur und den Bischof bestimmt war.«
»Seit ich mich an diesen Tisch gesetzt habe, habe ich seine Herkunft geflissentlich ignoriert.«
»Aber Ihr habt ihn getrunken und findet ihn obendrein noch gut.«

Dreißigstes Kapitel

Für einige Zeit machte der Intendant Carlon einen ziemlich niedergeschmetterten Eindruck. Man sah ihm an, wie sehr er bemüht war, mit den Ereignissen fertig zu werden, die ihn in eine ebenso delikate wie unabänderliche Situation gebracht hatten. Zuerst die Falle der Engländer auf dem Saint-Jean-Fluß, als einzig und allein Peyracs Eingreifen sie vor der Gefangenschaft in Neuengland bewahrt hatte. Dann die schrecklichen Stunden von Tidmagouche, als er, von Peyrac zum offiziellen Zeugen gegen die Herzogin aufgerufen, gezwungen gewesen war, sich gegen sie vorgebrachte Anklagen schwerster Verbrechen mitanzuhören. Immer mehr Menschen waren aufgetaucht und hatten die bestürzendsten Dinge über sie berichtet. Er fragte sich wieder und wieder, aufgrund welcher widrigen Umstände er überhaupt in diese Geschichte hatte verwickelt werden können. Und auf jeden Fall nahm er sich vor, nie wieder Akadien zu besuchen.

»Ah, warum habe ich mich nur auf diese Reise nach Akadien begeben!« stöhnte er.

»Ja, warum?« lachte Ville d'Avray spöttisch. »Ich will es Euch sagen, Herr Intendant. Weil Ihr Eure Nase in meine Angelegenheiten stecken wolltet. Ihr wolltet mich daran hindern, meine Gewinne einzustreichen. Ihr hattet Euch vorgestellt, einfach nach Akadien zu reisen, wie man in Frankreich in die Provinz fährt, um die armen Schlucker unter Druck zu setzen. Aber in Akadien gelten nun mal andere Gesetze. Da muß man sich in acht nehmen. Dort nützt Euch der Titel eines Intendanten nicht viel, dort seid Ihr nur noch ein Jammerlappen.«

»Aber nein! Ihr geht wirklich zu weit, Etienne!« protestierte Angélique und kam dem unglücklichen Carlon zu Hilfe. »Ihr seid direkt bösartig. Hört nicht auf ihn, Herr Intendant! Wir haben alle zuviel getrunken. Morgen werdet Ihr wieder zu Euch selbst gefunden haben und neuen Mut schöpfen können.«

»Aber vergeßt ja nicht, was wir vereinbart haben«, beharrte Ville d'Avray wütend. »Über die Ereignisse in Akadien strengstes Stillschweigen zu bewahren! Und wenn Ihr vergessen soll-

tet *zu vergessen*, werde ich Euch höchstpersönlich daran erinnern ...«
»Ihr seid zu streng mit ihm, Etienne.«
»Ihr hättet ihn in Québec erleben sollen, Angélique. Dieser Mann ist die Strenge in Person. Aber Rache ist süß. An Gelegenheit wird es mir nicht fehlen. Ihr kennt mich noch nicht. Ich kann sehr, sehr böse werden.«

Bardagne! La Rochelle! Ein Traum, ein ausgelöschtes Leben! Heute begann sie wieder zu leben. Alles war anders. Sie war vor allen Bedrohungen, die auf sie lauerten, sicher, denn sie war unter der Ägide eines Mannes, den nichts erschrecken konnte, der sie mit seiner Liebe umgab. Wie von einem Magnet angezogen, suchte sie ihn mit den Augen, und sein Blick, ja seine bloße Anwesenheit verliehen ihr unendliches Selbstvertrauen. Das Blatt hatte sich gewendet. Das Glück war auf ihrer Seite. Ja, sie würden siegen!
Langsam hob Joffrey sein Glas, als wollte er sagen: Laßt uns auf unsere Liebe trinken und auf das Wohl des Königs von Frankreich! Und er lächelte ihr ermunternd zu.
Sie trank mit diesem göttlichen Wein gleichsam Freude und Triumph, und sie leerte ihr Glas in einem Zuge. Sie hatte Durst, und der Wein war gut. Das süße, schwere Naß floß durch ihre Kehle wie ein endloser, wollüstiger Kuß. Es löschte ihren Durst auf herrliche Weise, schien aber gleichzeitig neue Begierde in ihr zu wecken.
Warum dieser Kuß vorhin? fragte sie sich. Er schien unsinnig, aber dennoch bereute sie ihn nicht. Sie hatte grenzenloses Vergnügen dabei empfunden. Sie hatte La Rochelle vor sich gesehen mit all seinen Freuden und Leiden, die nur ihr gehörten ...
Sie hatte nicht nur Bardagne geküßt, sondern darüber hinaus eine verlorene, gequälte Schwester – sich selbst, die sie damit endgültig befreit hatte.

Neben ihr schimpfte Ville d'Avray immer noch vor sich hin:
»Im übrigen ist Castel-Morgéat noch viel gefährlicher als Carlon. Er ist einer Eurer schlimmsten Feinde.«

»Aber ist er nicht ebenfalls Aquitanier wie Frontenac und mein Mann?«
»Ja, aber er ist ein Fanatiker. Er hat die Partei Pater d'Orgevals ergriffen wie seine Vorfahren früher die der Reformation. Er liebt die Intoleranz. Sie entspricht seiner Natur.«
»Ein Protestant? Auf einem so hohen Posten?«
»Nein, er ist zum katholischen Glauben übergetreten, und das sind meistens die Schlimmsten. Bei Sabine de Castel-Morgéat verhält es sich anders. Sie beherrscht die Stadt, weil sie sämtliche Wohltätigkeitsvereine in der Hand hat. Sie ist fromm, ohne jedoch bigott zu sein, und widmet sich der vornehmen Gesellschaft und dem Luxus ebenso wie der Wohltätigkeit. Intrige und Nächstenliebe beherrscht sie in gleichem Maße. Es gibt Leute, die sie für ein niederträchtiges Weib halten. Aber ich liebe sie wie eine Schwester. Wir hatten zwar vor kurzem einen kleinen Streit wegen ihres Sohnes Anne-François. Ich habe energisch dagegen protestiert, daß Sebastian d'Orgeval den jungen Kerl als Trapper ins Hochland schicken wollte. Aber sie ist ja ganz unter seiner Fuchtel. Es heißt, sie sei seine Maitresse.«
»Aber er ist doch Jesuit!« entrüstete sich Angélique.
»Die Jesuiten sind durchaus nicht alle so tugendsam, wie Ihr glaubt.«
»Schweigt! ... Ihr habt einfach zuviel getrunken. Ihr wißt ja nicht mehr, was Ihr redet.«

Sie trank ein Glas nach dem anderen und spürte, wie ihr der schwere Wein allmählich zu Kopf stieg. Doch je mehr sie davon kostete, desto mehr verlangte sie danach, weiter von dem herrlichen Burgunder zu trinken. Sie hatte das Gefühl, als ob sich das purpurrote Getränk mit ihrem Blute vermische und die Kraft der Erde auf sie übertrüge und dadurch ihren Lebenselan bis ins Unermeßliche steigere.

Der Wein brachte ihr Blut in Wallung, und sie spürte in sich eine Hitze, die ihren ganzen Körper durchflutete.
Sie sehnte sich nach kühler Nachtluft und erhob sich, um hin-

auszugehen. Es tat ihr gut, den erfrischenden Wind zu genießen, aber sie fühlte sich nur noch berauschter, und das Schaukeln des Schiffes verursachte ihr ein leichtes Schwindelgefühl.
Von den Feuerstellen, deren heruntergebrannte Glut in der Dunkelheit rot und golden leuchtete, zog der Geruch von gebratenem Fleisch herüber.
Von der Batterie drang das Lachen Cantors und Vanneaus zu ihr, die sich mit den Mädchen des Königs amüsierten, und von irgendwoher tönten die Lieder der Matrosen. Jedes Mitglied der Besatzung, einschließlich der Wachen, hatte einen Schoppen des Weins zugeteilt bekommen.
Sie ging ein paar Schritte auf und ab, und trotz des lustigen Treibens um sie her war sie allein – im Zwiegespräch mit ihrem zweiten Ich, jenem wunderbaren Zustand, den nur ein Rausch vermitteln kann. Sie fühlte sich plötzlich lebensfroh und zuversichtlich.
»Wer könnte dir schon etwas anhaben?« sagte die andere, selbstbewußte Angélique. »Laß dich nicht von dem pessimistischen Carlon einschüchtern. Die Zukunft gehört dir! Du besitzt die Liebe, du bist schön, jung und stark. Du liebst das Leben, du verstehst es zu genießen, und vor allem stehst du unter dem Schutz eines Mannes, der unbesiegbar ist und der dich liebt... Du brauchst nur zu erscheinen, und du wirst Québec erobern!«

Ein Arm legte sich von hinten um ihre Schultern und zog sie sanft zurück, ein Mund vergrub sich in ihrem herrlichen, weichen Haar...
»Sie sind alle schon total betrunken«, sagte die Stimme Peyracs. Behutsam drehte er sie zu sich um und faßte sie zärtlich am Kinn, um ihr in die Augen sehen zu können.
»Du meine ganz große Liebe!« flüsterte er.
Sie spürte seine Hände auf ihrem Körper, sein Streicheln wurde fordernder... sie fühlte sich trunken – vor Liebe.
Und sie verloren sich in einen leidenschaftlichen Kuß.
Er hielt sie fest umschlungen, er schien sich von ihren Lippen nicht mehr lösen zu können.

»Meine kleine Treulose!« sagte er mit belustigter Nachsicht.
»Kommt, mein Liebling, der Küchenchef serviert gerade einen
Fasan ... Ihr müßt unbedingt die verschiedenen Pasteten probieren, die er als Beilage für uns zubereitet hat. Das wird Euch
helfen, Euren Schwips zu überwinden, und Ihr könnt uns wieder mit Eurer Anwesenheit beglücken. Das Fest ist arm ohne
Euch. Es fehlt an Licht, wenn Ihr Euch entfernt. Euer Charme
erfüllt uns mit neuem Leben.«

Einunddreißigstes Kapitel

Der Intendant Carlon sah inzwischen alles doppelt. Es waren
plötzlich zwei Richter, die ihm am oberen Ende der Tafel, wo
Peyrac wieder Platz genommen hatte, gegenübersaßen. Er
blinzelte irritiert, was ihm aber offenbar dazu verhalf, wieder
ein wenig klarer zu sehen.
»Ihr habt zuviel Macht über uns«, sagte er stockend mit belegter Stimme. »Ich verstehe, warum der König sich Eurer Person
entledigt hat. Ich kenne nur einen, der soviel Macht auf Menschen ausüben kann wie Ihr, und das ist Sebastian d'Orgeval.
Nur fehlt ihm das Gold für seinen endgültigen Triumph.«
»Dafür stehen ihm die himmlischen Legionen zur Verfügung,
wenn notwendig, manchmal sogar die des Teufels«, warf Ville
d'Avray ein.
Der Intendant reagierte nicht darauf. Unverwandt starrte er
Peyrac mit stieren Blicken an. Er schien für ihn die Gestalt Mephistos angenommen zu haben.
»Wir sind Euch auf Gedeih und Verderb ausgeliefert. Ihr wißt
zuviel über uns.«
»Nein, Ihr täuscht Euch, Monsieur Carlon«, sagte Peyrac, dessen Interesse plötzlich geweckt war. »Ihr seid für mich noch
immer ein Unbekannter, denn ich kenne nur das von Euch, was
Ihr mir zeigen wollt. Wir alle verbergen unser Wesen auf die
eine oder andere Weise und enthüllen der Öffentlichkeit nur
einen winzig kleinen Teil unserer Persönlichkeit. Aber Ihr

müßt doch zugeben, daß es manchmal gut wäre, das Bild, das die anderen von uns haben, zu korrigieren. Wir sind durch dieses Bild eingeengt, unfrei und oftmals sogar gelähmt. Ich möchte Euch deshalb für heute abend ein Spiel vorschlagen: Stellen wir das Bild doch einmal auf den Kopf. Spielen wir das Wahrheitsspiel. Zeigen wir uns einmal von der anderen Seite, die unsere Gefühle und Sehnsüchte beinhaltet, die eigentlich das Wesentliche unseres Selbst ist. Heute abend sind wir unter uns, unter Freunden, nicht unter Feinden. Schauen wir uns offen in die Augen, ohne uns verstecken zu müssen. Der Mensch braucht solche Augenblicke des gegenseitigen Vertrauens.
Ihr seid bei mir auf meinem Schiff, fern von den Zwängen und Bedrohungen der übrigen Welt. Es ist Nacht, sie begünstigt solche Stimmungen, sie beflügelt die Phantasie . . . Blicken wir also in unsere Seelen und entdecken wir . . . ohne Scham, ohne Zögern . . . was wir sind. Zeigen wir uns ohne Schminke . . . Was wäret Ihr zum Beispiel gern geworden, Monsieur Carlon, hättet Ihr nicht in der Verwaltung Karriere gemacht?«
»Nein, nur das nicht!« rief Carlon verzweifelt, als wolle man ihm bei lebendigem Leibe das Herz ausreißen.

Der ungewöhnliche Vorschlag Peyracs hatte plötzlich die gesamte Atmosphäre verändert. Die Männer erwachten zu neuem Leben und versuchten, in den Rauchschwaden der Zigarren Visionen vergessener Träume entstehen zu lassen.
»Macht Ihr den Anfang, Herr Intendant!« forderte ihn Joffrey de Peyrac nochmals auf.
»Nein, niemals!« wehrte Carlon lautstark ab, und in seiner Trunkenheit schlug er mehrmals mit der Faust auf den Tisch, um seinen Worten den nötigen Nachdruck zu verleihen. »Da spiele ich nicht mit . . . Ich gehe!«
Er wollte sich erheben, fiel aber wieder kraftlos in seinen Stuhl zurück. »Also gut, dann werde ich eben mit gutem Beispiel vorangehen«, erklärte Peyrac.
Im goldenen Licht der Kerzen sahen sie, wie sein Gesicht sich entspannte. Es flöße Furcht ein, sagte man. Vielleicht wegen des durchdringenden Blicks der dunklen Augen? Seine Ge-

sichtsfarbe war so dunkel, daß man fast glauben konnte, er habe Negerblut in den Adern, und die Narben, die sich über sein Gesicht zogen, trugen nicht gerade dazu bei, es weniger erschreckend wirken zu lassen. Im Gegensatz dazu stand sein anziehender Mund, dessen wunderbar geschwungene Lippen eine starke Sinnlichkeit ausstrahlten. Sie ließen sein ganzes Gesicht weicher erscheinen. Wenn man die Lachfalten betrachtete, die sich um sie rankten, ertappte man sich unwillkürlich bei dem Wunsch, ihn lachen zu sehen.
Für Angélique bedeutete sein Lächeln das ganze Glück der Erde. Wie oft hatte sie es entstehen sehen, wenn er sie unerwartet ansah. Und es erfüllte sie immer wieder mit einem tiefen, fast schmerzlichen Glück.
Er versuchte, seiner Vision Gestalt zu geben, um die Wünsche und das Streben seines Wesens genau schildern zu können.
»Viel lieber als der Abenteurer, der ich heute bin, der Vermögen aufbaut und wieder verliert, der Land und Positionen erobert und verteidigen muß, ein Zustand, der, das will ich gar nicht leugnen, einer gewissen Seite meines Wesens entspricht, da mir jegliche Monotonie verhaßt ist«, begann er, langsam sich vorwärtstastend. »Viel lieber als der Fürst einer Provinz zu sein, der ich durch meine Herkunft wurde, mit all der damit verbundenen Verantwortung, mit Ehre, Ruhm und Knechtschaft, wäre ich ein geheimnisvoller, sich selbst und seinen wissenschaftlichen Ideen überlassener Mann. Voraussetzung dafür wäre allerdings, daß ein großzügiger Mäzen mein Laboratorium mit den schönsten Instrumenten, Glaskolben und Destillierapparaten ausstatten würde, damit ich nicht kostbare Zeit verschwenden müßte, um das Geld zu beschaffen, das dafür notwendig wäre; Aufgaben, die einen Wissenschaftler meist überlasten, der sich dann in derselben Lage befindet, wie ein Vogel mit gestutzten Flügeln. Er sieht! Er weiß! *Aber er kann nicht.* Es fehlen ihm die Mittel, die Zeit . . . die Ruhe . . . Welch ein Genuß, sich einzuschließen wie in einer Zelle und sich über die dem menschlichen Auge unsichtbaren, unbekannten Welten zu beugen, in denen das Leben endlos wimmelt; nicht mehr wissen, ob es Tag oder Nacht ist; teilhaben

an dem Wunder einer ständig sich erneuernden Schöpfung; wissen, daß man das Können und die Macht besitzt, noch tiefer in diese Welt einzudringen; die Grenzen des menschlichen Wissens erweitern...«
»Ich glaube Euch kein Wort«, unterbrach ihn Ville d'Avray. »Ihr seid viel zu sehr Ökonom und Krieger, um Euch bei einem solchen Leben wohl zu fühlen. Und der Ruhm? Und der Erfolg?«
»All das bedeutet mir nur sehr wenig.«
»Und die Frauen, mein Freund? Auf sie könntet Ihr ja wohl nicht so leicht verzichten.«
»Ich habe nie behauptet, daß ein Gelehrter, der seine Kraft der Wissenschaft widmet, deshalb auf die Freuden des Lebens verzichten müßte.«
»Ist ein Leben inmitten von Glaskolben nicht ein wenig monoton?« warf Grand-Bois ein.
»Die Faszination, die Wissenschaft ausüben kann, ist schwer in Worte zu fassen und ist für den Laien nicht nachvollziehbar. Es gibt viele Bereiche, für die das zutrifft. Moulay Ismaël, der Herrscher von Marokko, ein Souverän, der Prunk bis zur Lüsternheit liebt, verriet mir eines Tages, daß eine seiner größten Leidenschaften das Gebet sei. Doch für den, dem der Zugang zur Mystik verschlossen ist, wird das immer unbegreiflich bleiben. Wenn Moulay Ismaël nicht als Thronfolger von Marokko geboren wäre, hätte er ohne weiteres ein großer Asket der Wüste werden können.«
»Wollt Ihr vielleicht gar behaupten, daß auch die Wissenschaft verborgene Leidenschaften in sich birgt?«
»Ja, genau das!«
Und das Lächeln, das Angélique so sehr liebte, spielte dabei um die Lippen des Rescators.
»Barssempuy, habt Ihr genug Mut?... Jetzt ist die Reihe an Euch.«
Der ehemalige Offizier Colin Paturels, auch Goldbart genannt, wurde verlegen. Er war ein gutaussehender junger Mann, liebenswürdig und intelligent, mit einer soliden Militärausbildung. Ein Paradebeispiel für die jüngeren Söhne einer Familie,

denen für eine standesgemäße Karriere nur die Armee, die Kirche oder das Abenteuer blieb. Er hatte sich schließlich doch für das Abenteuer entschieden. Er persönlich sah keinen sehr großen Unterschied darin, ob er nun an Bord eines Piratenschiffes oder eines Kriegsschiffes des Königs kämpfte. Auf jeden Fall hatte er auf dem ersteren größere Chancen, sein Glück zu machen; wenigstens hatte er das anfangs geglaubt. Der Tod seiner großen Liebe, der sanften Marie, hatte ihn jedoch schwer getroffen, und er war schwermütig und verbittert geworden.
»Ich wäre lieber mein älterer Bruder gewesen«, begann er. »Weniger der Ehre und des Vermögens wegen, das ihm als Erstgeborenem zufiel, sondern vielmehr wegen des Gutes, auf dem unsere Familie seit Jahrhunderten lebt. Ich hätte es noch verschönert und dort rauschende Feste gegeben, wie Fouquet in Vaux-le-Vicomte. Ich hätte einen kleinen Kreis von Schriftstellern und anderen Künstlern um mich versammelt, die ich unterstützt hätte. Ich hatte schon immer eine besondere Vorliebe für die Freuden des Geistes. Mein Bruder aber lebt am Hofe, unterdrückt die Bauern, um sich seine Macht zu erhalten, und das Gut verkommt zusehends. Ich versuche zu vergessen, denn ich kann es nicht ändern. Der Platz, den wir bei der Geburt einnehmen, entscheidet nun einmal über unser Schicksal.«
»Wie viele ältere Brüder habt Ihr denn noch außer diesem einen?« fragte jemand.
»Keinen. Wir sind Zwillingsbrüder«, antwortete Barssempuy schlicht.
Die Tischrunde schwieg, durch die Schicksalhaftigkeit dieses Zufalls betroffen.
»Warum habt Ihr ihn denn nicht einfach getötet?« fragte Ville d'Avray nach einer Pause ohne Umschweife.
»Um dieser Versuchung aus dem Weg zu gehen, habe ich Frankreich verlassen.«
»Wer weiß, mein Sohn, vielleicht ist der Tag gar nicht mehr so fern, an dem er dir seinen Platz überlassen wird«, meinte Grand-Bois tröstend.
»Er hat Söhne.«
»Bedauert nichts, Monsieur de Barssempuy«, schaltete sich

Angélique ein. »Heutzutage kann man kaum noch auf seinen Ländereien leben. Ihr würdet Euch nur die Gunst des Königs dadurch verscherzen. Nur wenn man sich ständig in Versailles und in der Umgebung des Königs aufhält, bewahrt man sich Rang und Vermögen.«
Erikson unterbrach die Unterhaltung, indem er rundweg erklärte, es sei schon immer sein größter Wunsch gewesen, König von Polen zu werden.
»Warum ausgerechnet Polen?« erkundigte sich Ville d'Avray erstaunt.
»Einfach so.«
»Was für eine Sehnsucht nach Macht!«
»Aber er hat doch seine Krone niedergelegt und sich in ein Kloster zurückgezogen.«
»Nicht der, ich meine einen anderen.«
Niemand war mit der Geschichte Polens sonderlich vertraut, aber da man wußte, daß eine Einführung in die Geschichte des polnischen Herrscherhauses bei Erikson sehr weitschweifig ausfallen würde, stellte man die Klärung dieser Frage zurück.
Fallières bekannte darauf, er habe sich lange Zeit gern als Musketier des Königs gesehen. Aber erstens sei er nicht zum Helden geboren, zweitens fehle ihm das nötige Geld, um in diesen erlauchten Kreis aufgenommen zu werden, und außerdem ließe seine Geschicklichkeit im Fechten einiges zu wünschen übrig. Infolgedessen sei er dann bei einem Baumeister in die Lehre gegangen.
Die Enthüllungen wurden immer aufschlußreicher. Der Wein tat sein übriges, und bei so vielen überraschenden Offenbarungen vergaß man ganz zu essen. Einer meinte, er habe nie von etwas anderem geträumt, er bereue nichts und sei mit sich und der Welt vollauf zufrieden, er nähme das Leben eben so, wie es komme. Es gab auch ein paar, die sich an ihre Jugendträume nicht mehr erinnern konnten, aber die meisten wußten doch von irgendwelchen unerfüllten Sehnsüchten zu berichten. Grand-Bois gestand, daß es schon immer sein größter Wunsch gewesen sei, sehr reich zu sein, viel Dienerschaft zu beschäftigen, eine Karosse zu besitzen und eine Perücke zu tragen – und

vor allem, nie sein Haus verlassen zu müssen. Ausgerechnet er, der sein ganzes Leben zwischen Bergen und Schluchten verbracht hatte und mit seinem Boot die Flüsse Akadiens entlanggerudert oder in der Französischen Bucht herumgesegelt war. Aber unglücklicherweise hatte er immer leere Taschen gehabt, und damit adieu Schloß, Karosse und gesichertes Leben.
»Aber wie hättet Ihr Euch denn als Seigneur die Zeit vertrieben?« fragte ihn Angélique.
»Ich hätte Karten gespielt, meine Diener verprügelt, meinen Wein probiert, Rosen gezüchtet und jede Nacht in meinem Bett eine Frau vorgefunden ...«
»Jede Nacht eine andere?«
»Nein, immer dieselbe. Eine Frau, die nur mir gehörte und immer für mich dagewesen wäre ... das fehlt mir schon lange. Das rauhe, einsame Leben auf dem Saint-Jean-Fluß ist eigentlich nichts für mich. Vielleicht kehre ich eines Tages nach Frankreich zurück ...«
Vauvenart hatte eine ganze Weile schweigend dagesessen und war sehr nachdenklich geworden.
»Ich sehe mich als Priester«, gestand er schließlich. »Ja sogar als Jesuit.«
Diese abrupte Erklärung, die der Junker aus Akadien in ernstem Ton vorgebracht hatte, weckte allgemeine Verwunderung. Gerade er, dessen Jovialität und Unternehmungsgeist, dessen hitziges, kriegerisches Temperament nur allzu offenkundig war, hatte in ihren Augen absolut nichts von einem gelehrten Geistlichen an sich, und so brachen alle bei dieser Vorstellung in schallendes Gelächter aus. Er ließ sich dadurch jedoch keineswegs beirren und wartete geduldig, bis sie sich wieder beruhigt hatten.
»Ja, ich wollte Jesuit werden«, wiederholte er. »Ich hatte die besten Voraussetzungen. Ich war sogar ein Jahr im Seminar und sehr erfolgreich in meinen Studien ...«
»Und wie kam es dann dazu, daß Ihr nicht dabeigeblieben seid?« fragte jemand.
»Ich bekam Angst. Mir wurde klar, daß man als Geistlicher immer mit einem Fuß im Jenseits steht. Obwohl ich zugeben muß,

daß es ein wunderbares Gefühl ist, sich von der Erde zu lösen, und ich war dazu auch teilweise fähig. Für Orgeval, zum Beispiel, ist es etwas ganz Natürliches. Ich habe ihn einmal von Sonnenaufgang bis Sonnenuntergang beten sehen, ganz wie der heilige Ignatius. Und alle sagten sie mir: Ihr gehört zu den Begnadeten, Ihr habt einen Sinn für die Mystik. Das stimmt zweifellos, aber ich habe das Priesterseminar trotzdem verlassen. Doch wenn ich heute die Indianer sehe, wie sie mit ihren Göttern sprechen, kommt mir das gar nicht so schrecklich vor, und ich muß mir eingestehen, daß ich mich bestimmt an diese Art von Leben gewöhnt hätte. Das sind dann die Augenblicke, in denen ich mich des Gefühls nicht erwehren kann, ich hätte in meinem Leben etwas versäumt.«
»Willst du uns auf den Arm nehmen, oder hast du einfach zuviel getrunken?« fragte Grand-Bois, dem die Äußerungen seines Freundes unfaßlich waren.
»Keins von beiden. Ob du es nun glaubst oder nicht, solche Dinge gibt es. Du kannst Cavelier de la Salle fragen, wenn er von seiner Mississippi-Expedition zurückkommt. Auch er ist früher Jesuit gewesen.«
»Du machst mir direkt Angst«, sagte Grand-Bois. »Wenn wir erst tot sind, haben wir noch lange genug Zeit, das alles kennenzulernen. Laßt uns lieber auf das Leben anstoßen . . . Ist das Faß etwa schon leer?«
»Und nun zu mir! Ich werde Euch vielleicht ein wenig schokkieren«, sagte Ville d'Avray mit einem zaghaften Lächeln. »Aber ich hatte immer schon den Wunsch, eine Frau zu sein. Ich beneidete diese wundervollen Geschöpfe um die Fröhlichkeit, die eigens für sie geschaffen zu sein scheint. Ich beneidete sie, weil sie sich nur gut zu verheiraten brauchen, um sich ein schönes Leben nach ihrem Geschmack einrichten zu können. Die sich herausputzen und überall herumflattern, ohne sich irgendwelche Sorgen um eine berufliche Karriere machen zu müssen. Aber inzwischen habe ich mich doch mit meinem Schicksal abgefunden. Ich sehe jetzt die Vorteile, die sich aus meiner Stellung ergeben, und bedaure es nicht mehr, ein Mann zu sein.«

»Herr Intendant, jetzt seid aber wirklich Ihr an der Reihe.«
»Ich habe nichts zu berichten.«
»Aber mir könnt Ihr es doch beichten«, schmeichelte Angélique und faßte über den Tisch hinweg seine Hand.
Mit dieser Geste gelang es ihr, den Widerstand Carlons zu brechen.
»Also gut! . . . Als ich achtzehn Jahre alt war, hatte ich eine wichtige Begegnung.«
»War sie schön?«
»Es war keine Frau!«
»Wer war es dann?« fragte Angélique mit liebenswürdigem Lächeln.
»Molière«, sagte Carlon so leise, daß man es kaum hören konnte.
»Damals in Orléans, wo wir zusammen die Rechte studierten, nannte er sich noch Poquelin. Jean Baptiste und ich also, wir schrieben gemeinsam Tragödien und entwarfen Bühnenstücke. Ich wollte seinem Beispiel folgen und mich ganz dem Theater widmen. Aber mein Vater war strikt dagegen. Er hätte mich verstoßen, wenn ich gegen seinen Willen ein Komödiant geworden wäre. Er hatte sich für seinen Sohn eine ehrenvollere Zukunft vorgestellt, und ich folgte dem Weg, der mir vorgezeichnet war.«
»Und das mit großem Erfolg«, bemerkte Angélique. »Molière seinerseits natürlich auch. Dennoch war es für Euch vielleicht besser, daß Ihr auf Euren Vater gehört habt, Monsieur Carlon. Das Leben eines Komödianten ist hart, und Ihr ehemaliger Kommilitone muß sich den Beifall am Hofe teuer erkaufen.«

»Also sind wir eigentlich doch alle letzten Endes mit unserem Schicksal zufrieden«, sagte Peyrac abschließend und hob sein Glas. »Was mich betrifft, bin ich froh über die steinigen, qualvollen Wege, die ich gegangen bin, weil sie mich hierhergeführt haben zu diesem glücklichen Abend mit Euch. Trinken wir also auf all das, was uns das Leben beschert hat! Auf unsere Erfolge! Auf unsere Träume! Und . . . auf Molière!« fügte er hinzu und prostete dem Intendanten zu.

»Ja, auf Molière«, wiederholte Carlon mit trauriger, leiser Stimme.
Während sie ihre Gläser erhoben, in denen der Burgunder tiefrot schimmerte, hörten sie von weitem Cantors Gitarre, die Flöten und die Klampfen, die ihn begleiteten, und den fröhlichen Gesang der jungen Männer.
»Die Jugend ist noch unbeschwert«, sagte Ville d'Avray. »Diese jungen Burschen wissen noch nicht, daß sich einige ihrer Sehnsüchte nicht erfüllen werden. Sie blicken voller Erwartungen in die Zukunft und glauben, alle Wege stünden ihnen offen. Trinken wir auf ihre Hoffnungen! . . . Prosit! Das ist lateinisch und heißt: Es möge nützen«, fügte er belehrend hinzu. Ab und zu konnte er der Versuchung einfach nicht widerstehen, seine gute Bildung an den Mann zu bringen.

Langsam und bedächtig leerten sie ihre Gläser. Und auf dem Grund sahen sie die Sonne der Küsten Frankreichs, das lustige Treiben der Weinlese in der vom Herbst vergoldeten Landschaft ihres Heimatlandes.
»Auf Burgund! . . . Auf den französischen Wein! . . . Auf den König von Frankreich!« rief Ville d'Avray in lyrischem Crescendo.
Bei dem Gedanken an das geliebte Frankreich, das so weit entfernt war, stiegen ihm Tränen in die Augen. Er wurde sich der harten Wirklichkeit des Exils bewußt, und sein Herz krampfte sich vor Heimweh zusammen.
Angélique erhob sich. Sie wollte die Männer mit sich und dem Wein alleinlassen und sich zu Bett begeben. Leichter Schwindel erfaßte sie, sie war nicht mehr ganz sicher auf den Beinen.

»Madame, Ihr habt uns ja noch gar nichts von *Euren* geheimen Wünschen erzählt«, hielt eine protestierende Stimme sie zurück.
»Aber meine Herren, was hätte ich so schwerwiegenden Bekenntnissen hinzuzufügen? . . . Ich weiß nur noch, daß ich schon immer nach Amerika fahren wollte.«
»Ah! Seht her!«

»Aber damals war ich noch ein halbes Kind. Später, nach all den Schicksalsschlägen, die ich erlitten habe, sehnte ich mich nur noch nach einem komfortablen, eleganten Heim und nach einem Mann, der mich lieben und den ich lieben würde, und nach vielen kleinen Kindern . . .«
»Ein wahrhaft bescheidener Traum . . . wie der von Grand-Bois. Habt Ihr denn niemals davon geträumt, wie so viele andere Frauen, Versailles zu erobern . . . dem König zu gefallen?«
»Ich habe dem König gefallen, Messieurs, doch es hat mir gefallen, ihm letztlich zu *mißfallen*.«
»Hat man so etwas schon gehört?!«
»Ihr wollt uns doch wohl nicht glauben machen, Ihr hättet den Hof verachtet!«
Schon im Gehen begriffen, drehte sie sich noch einmal um und sagte:
»Der Hof ist ein goldener Käfig, in dem sich allzu viele Giftmischer eingenistet haben!«
Diese Erklärung schien ihnen völlig an den Haaren herbeigezogen zu sein und löste in der Tischrunde allgemeines Gelächter aus . . . Doch Angélique ließ sich nicht im geringsten dadurch beirren und wartete geduldig, bis sich die erheiterten Gemüter wieder beruhigt hatten.
»Das ist auch der Grund, weshalb ich hier bin.«
»Und dazu noch in den Händen eines Piraten«, fügte Peyrac hinzu, der genüßlich eine der langen Zigarren rauchte, die er so sehr liebte.
»Also stimmt es doch? . . . Ihr habt auch sie erbeutet, Monseigneur?«
»Nicht ganz . . . aber man könnte es fast so nennen.«
»Erzählt!«
Angélique trat zu Joffrey, beugte sich leicht zu ihm hinunter und legte einen Finger auf seine Lippen, denn er schien gerade zu einer Erklärung ansetzen zu wollen.
»Nein, Chéri, schweigt! . . . Ihr werdet die Herren langweilen, es ist eine zu lange Geschichte.«
Peyrac ergriff ihre zartgliedrigen Finger und küßte sie voller

Leidenschaft, ohne sich durch die Anwesenheit der Gäste stören zu lassen.
Und sie fuhr ihm mit einer zärtlichen Geste durch sein pechschwarzes, dichtes Haar.
Der Wein hatte die Schranken geöffnet, die manchmal in der Öffentlichkeit den Austausch von Zärtlichkeiten zwischen ihnen verhinderten.

Als Angélique sich anschickte, zur Tür zu gehen, hielt Ville d'Avray sie noch einmal zurück.
»Nicht wahr, wenn wir erst einmal in Québec sind, werdet Ihr mir alles erzählen? Die ganze Geschichte Eurer Liebe.«
»Wenn es überhaupt dazu kommen wird. Ihr habt doch gehört, was der Intendant gesagt hat ... Man wird mich höchstwahrscheinlich auf dem Scheiterhaufen verbrennen ...«
»Aber Madame, wie könnt Ihr nur so etwas sagen!« rief Carlon voller Entrüstung. »Ihr habt mich völlig mißverstanden ... Ich meinte ... ich wollte Euch doch nur warnen ... Ich bin sicher, daß sie Eurem Charme nicht widerstehen können ... *ganz Québec wird Euch zu Füßen liegen ...*«
»So viel verlange ich eigentlich gar nicht«, rief Angélique mit einem Lachen. »Monsieur Carlon, ich verzeihe Euch *alles* für dieses liebenswürdige Kompliment ... Hoffentlich habt Ihr es morgen, wenn Ihr wieder nüchtern seid, nicht vergessen ...«
Sie schenkte ihm ein strahlendes Lächeln und verließ den Salon.

Zweiunddreißigstes Kapitel

Peyrac hatte das Gespräch zwischen seiner Frau und dem Intendanten amüsiert verfolgt. Sie waren beide reichlich beschwipst, das stand außer Frage ... Carlon, dieser trockene, kühle Bursche, war also auch ihrem Charme erlegen.
Das Geheimnis von Angéliques Faszination war einfach, daß sie immer sie selbst war. Und durch den Wein, der ihre Wangen

erröten und ihre Augen strahlen ließ, der dieses unvergleichliche Lächeln auf ihre Lippen zauberte, kam das nur noch deutlicher zum Ausdruck. Sie lachen zu sehen, war immer wieder von unbeschreiblichem Reiz. Sie war die Verführung in Person.
Er sah Angélique in Versailles vor sich, wie sie dem König zulachte. Welcher Mann konnte ihr da noch widerstehen? . . . Ob König, Bauernbursche oder Intendant – sie bezirzte sie alle . . .
Ja, *sie* würde Québec erobern! . . .
Ein jäher Schmerz, der oft unendlich tiefes Glück begleitet, ergriff sein Herz. Es fiel ihm manchmal schwer, ihr Lächeln mit anderen zu teilen. Er beobachtete immer wieder, wie leicht es ihr fiel, das Herz der Menschen zu erobern, und was für eine Macht sie auf Männer ausübte. Und er wurde überwältigt von der Liebe und der Bewunderung, die er für sie empfand.
Er überraschte sich selbst dabei, daß er wie gebannt auf die Tür blickte, hinter der sie verschwunden war.
Seit der Marquis beobachtet hatte, wie liebevoll Angéliques Abschied von Joffrey gewesen war, blickte er nachdenklich vor sich hin.
Dann brach es unvermittelt aus ihm heraus:
»Es ist einfach unglaublich!«
»Was meint Ihr, mein Lieber?«
»Aber sie liebt Euch«, rief der Marquis ganz aufgebracht. »Sie liebt Euch *wirklich*. Sie ist verrückt nach Euch. Es gibt für sie nur einen Mann, der zählt, und der seid Ihr.«
»Seid Ihr Euch da so sicher?«
»Es springt einem ja förmlich ins Auge.«
»Woran wollt Ihr das erkennen, Marquis?«
Was Ville d'Avray darauf erwiderte, ließ sich zwar nicht ganz aus den vorangegangenen Ereignissen ableiten, aber niemand von ihnen war zu dieser vorgerückten Stunde noch in der Lage, allzu logische Erklärungen abzugeben, und er war schließlich in Tidmagouche lange Zeit mit ihr zusammen gewesen.
»*Ihr allein habt die Macht, sie leiden zu lassen*«, sagte er endlich.
Peyracs Gesicht leuchtete auf, als er diese Worte Ville d'Avrays vernahm. Sie klangen ihm wie herrliche Musik in den Ohren:

»Sie liebt Euch wirklich« und dann »Ihr allein habt die Macht, sie leiden zu lassen«.
Aber er hatte ja recht – genau darin lag der Beweis. Warum hatte er das nur bis jetzt nicht begriffen? Daran konnte man die Liebe erkennen. Wenn man meint, es zerreiße einem das Herz, dann weiß man, daß man liebt ... ein merkwürdiges Erkennungszeichen!
Und er erinnerte sich daran, wie er sie an dem Abend, an dem er sie zurückgestoßen hatte, vor seiner Tür wie ein hilfloses Kind hatte weinen hören. Er war damals zutiefst betroffen gewesen, hatte sich aber unbewußt dagegen gewehrt zu erkennen, was dieses Geständnis bedeutete.
Er allein hatte die Macht, sie bis ins Herz zu treffen, diese wundervollen smaragdgrünen Augen, die andere so kalt und erbarmungslos anblicken konnten, unendlich traurig zu machen!
Plötzlich beneidete er seine Rivalen nicht mehr, denen sie mit so kühler Freundlichkeit und jener verletzenden Gleichgültigkeit begegnen konnte, die typisch war für Frauen, die daran gewöhnt waren, von Männern umschwärmt zu werden, von denen sie schmeichelnde Komplimente mitnahmen, um sie dann ohne Gewissensbisse fallen zu lassen. Der König! ... Moulay Ismaël! ... Wie bedauernswert sie doch waren!
Er als einziger von allen ihren Geliebten hatte sie vor sich knien sehen ...
Er konnte noch immer nicht ganz daran glauben, aber er empfand doch gleichzeitig ein verwirrendes Gefühl lustvollen Triumphs, das sich des Menschen bemächtigt, wenn er sich bewußt wird, daß ein anderes Wesen ganz seinem Willen ausgeliefert ist.
Er hatte sich im Verdacht, daß er in Versuchung kommen könnte, diese Macht zu mißbrauchen, um der Genugtuung willen, einen demütigen Blick von ihr zu erhaschen oder ihren grazilen Nacken gebeugt zu sehen ... Aber bei Angélique war Vorsicht geboten! Er mußte lächeln. Er wußte nur allzu gut, daß er in ihr einen ebenbürtigen Partner gefunden hatte ...

Ungeachtet der Wirkung, die seine Worte auf den Grafen Peyrac haben mußten, fuhr Ville d'Avray ungerührt fort:
»Aber warum gerade Ihr? Wo liegt da das Geheimnis? Was für eine Ungerechtigkeit! Ihr seht nicht eben gut aus ... eher abstoßend, ja eigentlich furchterregend. Zugegeben, dafür seid Ihr reich! Aber das sind wir schließlich alle ... Und im übrigen ist es nicht das, was diese Frau an Euch fesselt. Das Leben eines Abenteurers ist sicher aufregend, aber ist es gerade das Richtige für eine so außergewöhnliche, königliche Frau? ... Ja, jetzt habe ich das richtige Wort gefunden: *königlich*. Sie gehört nach Versailles, das habe ich schon oft gesagt ... Aber halb so schlimm! Wennschon nicht Versailles, werde *ich* sie wenigstens zur Königin von Québec machen.«
Er sah Peyrac von der Seite an.
»Seid Ihr etwa eifersüchtig?« – »Ich könnte es werden.«
Der Marquis strahlte über das ganze Gesicht.
»Dann habt also auch Ihr Eure Schwächen! ... Aber das ist ja wunderbar. Jetzt seid Ihr für mich endgültig ein richtiger Mann. Ihr könnt sogar eifersüchtig sein. Ich verstehe nun auch, warum sie Euch liebt. Ihr besitzt alle Fähigkeiten, die sich eine Frau an einem Mann nur wünschen kann, obwohl ich mir noch immer nicht vorzustellen vermag, wie sich zwei so gegensätzliche Wesen begegnen konnten!«
Peyrac beugte sich über den Tisch zu Ville d'Avray hinüber.
»Ich will Euch die Geschichte anvertrauen, mein Freund ... Ich habe sie, als sie siebzehn Jahre alt war, wegen einer Silbermine gekauft. Dieser Schurke von einem Vater wollte mir die Mine nur überlassen, wenn ich dafür auch seine Tochter zur Frau nähme. Ich bin auf den Handel eingegangen. Ich hatte das Kind, um das es dabei ging, noch nie vorher gesehen ...«
»Und das Kind war sie?«
»Ja, es war Angélique.«
»Ihr hattet schon immer unverschämtes Glück, Peyrac!«
»Nein, nicht immer. Sie wurde meine große Liebe, aber man hat uns getrennt.«
»Wer konnte denn so etwas tun?« fragte Ville d'Avray entrüstet.

»Der König.«
»Also ist der König Euer Rivale?«
»Nein, viel schlimmer. *Ich* bin der Rivale des Königs.«
»Ah! Ich verstehe! . . . Das heißt, daß der König sie liebt, aber daß sie *Euch* liebt.«
»Ja.«
Ville d'Avray schien angestrengt nachzudenken.
»Das sieht wirklich schlimm aus. Hoffen wir . . . Vielleicht hat der König sie vergessen . . .«
»Ich glaube, nicht einmal ein König könnte sie vergessen.«
Ville d'Avray nickte zustimmend. Die Geständnisse Joffrey de Peyracs, die ebenso sensationell wie unerwartet waren, gaben ihm offenbar neuen Auftrieb.
Er rieb sich zufrieden die Hände.
»Ho! Ho! Wie mir scheint, wird die Situation immer komplizierter. Das ist ja großartig! Ich sage ja immer: das Leben ist schön!«

Ja, dieses siebzehnjährige Mädchen war seine Frau geworden – seine Angélique, der Magnet seines Lebens.
Während er sich mit Ville d'Avray über sie unterhielt, stiegen Erinnerungen an nächtliche Stunden mit ihr, an ihre Liebesbegier, die in seinen Armen Befriedigung suchte.
Plötzlich sah er sie vor sich, wie sie in den zerwühlten Kissen lag, wie sie ihn erwartete, wie ihre Brüste unter seinen fordernden Händen bebten. Und er wußte: Drüben im Salon liegt sie – er brauchte nur hinüberzugehen und würde diese wunderbare Frau besitzen.
Sein Verlangen, bei ihr zu sein, steigerte sich so sehr, daß er Ville d'Avray seinem geliebten Burgunder überließ und zu ihrem Schlafgemach hinüberging.
Er öffnete die Tür. Das erste Morgenlicht fiel in den Raum. Angélique lag nackt auf dem Bett.
Wie gebannt blieb er stehen, versunken in den Anblick dieses wundervollen, im Schlaf gelösten Körpers, der sich ihm darbot. Die Faszination, die ihre Weiblichkeit auf ihn ausübte, war für ihn immer wieder ein ganz neues Erlebnis. Getrieben von der

Begierde, in seinen Umarmungen die Lust ihres Körpers erwachen zu lassen, näherte er sich dem Alkoven.
Er beugte sich über sie. Er spürte die Wärme ihrer Haut, den leisen Hauch ihres Atems, und seine Lippen gruben sich in einem wilden, wollüstigen Kuß in ihren Nacken. Sein ganzer Körper, sein ganzes Sein verlangte nach ihr. Er glaubte, vor Leidenschaft zu verbrennen. Seine Hände suchten die sanften Rundungen ihres Körpers, und voller Lust streichelte er die samtene Haut ihrer leicht geöffneten Schenkel. Da lief ein Zittern durch ihren Körper. Ihre Arme schlossen sich um ihn und zogen ihn mit sanfter Gewalt zu sich. Unfähig, zwischen Traum und Wirklichkeit zu unterscheiden, verlor sich Angélique in dem Taumel ihrer Erregung. Alle Gedanken waren wie weggewischt. Sie spürte nur noch diesen Mann und sein heißes Begehren, das zu erwidern ihr einziger Wunsch war. Und sie ließ sich mitreißen in einen anderen, neuen Traum, aus dem sie nie mehr erwachen wollte . . .

Sechster Teil
Ankunft und Abschied

Dreiunddreißigstes Kapitel

Bardagne wartete ... Angélique sah ihn von ferne, wie er ungeduldig am Ufer auf und ab ging. Einige Gestalten in weiten Mänteln und Federhüten hielten sich ein wenig abseits und schienen seine einsame Ungeduld zu respektieren. Es mußte sich um Leute seines Gefolges handeln; ihre respektvolle Haltung charakterisierte ihr Verhältnis zu ihm und unterstrich die Bedeutung seines Ranges.
Die Dinge offenbaren sich oft deutlicher aus der Ferne durch ganz bestimmte, verräterische Einzelheiten.
Was man durch ein Fernrohr sieht, kann nicht lügen – man entdeckt plötzlich Wahrheiten, die von nahem unkenntlich sind. Behaupten nicht auch die Philosophen seit Jahrhunderten, daß man nur mit der nötigen Distanz den Dingen auf den Grund kommen könne?
Nicolas de Bardagne erwartete hier am Strand von Tadoussac die schöne Domestikin aus La Rochelle, und sein ganzes Benehmen verriet brennende Sehnsucht. Er schien nur von einem Gedanken beherrscht: Würde sie kommen?

Seit sie den St.-Lorenz-Strom hinauffuhren, drängte sich ihr hin und wieder die Vorstellung auf, daß sie sich in geheimnisvolle Gebiete vorwagten, wo schattenhafte Gestalten auf ihr Kommen warteten. Hier trat nun eine von ihnen aus dem Nebel hervor: Nicolas de Bardagne. Und hinter ihm Desgray, Monsieur de la Reynie, der königliche Polizeipräfekt, und schließlich der König selbst. – Der König, auch er ein Phantom, das ihr mit gedämpfter Stimme zurief: »Angélique! ... Meine unvergeßliche Angélique!«
Gestern abend war Nicolas de Bardagne aus dem Schoße der Vergangenheit aufgetaucht, er hatte sie in seinen Armen gehalten, und sie hatte durch ihn die Lippen all dieser Vergessenen geküßt.

Seit diesem obskuren Augenblick und dem neuen Morgen schien eine Ewigkeit vergangen zu sein.
Vergeblich suchte sie in ihrem Gedächtnis nach den Ereignissen der lustigen Abendgesellschaft, aber jegliche Erinnerung schien wie ausgelöscht.
Als sich die Gäste der *Gouldsboro* gegen Morgen von der Tafel erhoben, waren sie nur noch fähig gewesen, sich auf ihre Betten fallen zu lassen oder sich der Liebe und ihren unermeßlichen Freuden hinzugeben . . . Sie für ihren Teil hatte sich, aus tiefem Schlaf kommend, in den Armen Joffreys wiedergefunden.
Sie hatte das Gefühl gehabt, alles nur geträumt zu haben, auch das ganze frühere Leben, seine Dramen und seine Torheiten . . .
Ein neuer Tag war angebrochen. Die eisige Luft war kristallklar, der Fluß, in dem schon vereinzelte Eisschollen schwammen, schimmerte wie mattes Silber – und dann war die nüchterne Realität wieder über sie hereingebrochen: Bardagne war hier und mit ihm die lauernde Gefahr.
Wenn der König schon Erkundigungen über den Herrn von Gouldsboro und Wapassou im amerikanischen Staate Maine einholen wollte, der nach Ansicht einiger Leute seine Besitzungen in Übersee bedrohte, warum hatte er dann ausgerechnet Bardagne ausgewählt?
Joffrey sah darin mehr als einen Zufall. Aber durch wen konnte der König erfahren haben, daß Nicolas de Bardagne Angélique in La Rochelle begegnet war? Der ehemalige Gouverneur der Hafenstadt hatte jedenfalls offensichtlich nicht die leiseste Ahnung, daß sie jemals ihren Fuß ins Schloß von Versailles gesetzt hatte. Sie, die arme Dienstmagd einer gutbürgerlichen Hugenottenfamilie.
». . . Ohne Zweifel eine sehr beliebte Dienerin«, hatte Joffrey lachend gesagt. Aber sein Blick war durchdringend gewesen. Angélique erinnerte sich an seine Eifersucht auf Berne, und es war schließlich noch gar nicht so lange her, als sie sich Colin Paturels wegen beinah entzweit hatten. Hatte er nicht sogar den Leutnant de Pont-Briand im Duell getötet, der es gewagt hatte, sie zu begehren?

»Das kann ja heiter werden«, sagte sie sich. »Dieser Bardagne ist unmöglich. Aber das war er ja schon immer. Er weigerte sich beharrlich, mein Nein zu akzeptieren. Ich habe ihn tausendmal abgewiesen, doch er hat es immer wieder von neuem versucht.«
Sie mußte sich aber auch eingestehen, daß es ihm trotz des Widerwillens, den sie damals gegenüber männlichen Annäherungsversuchen empfunden hatte, doch manchmal gelungen war, ihr Interesse zu wecken.
»Und jetzt ist er hier in Kanada, um wie wir den Winter in Québec zu verbringen . . . Wenn das nur gutgeht!«
Angesichts der Aussicht, sich an Land zu begeben und ihrem ehemaligen Verehrer am hellichten Tag zu begegnen, zögerte Angélique. Sie beobachtete ihn durch ihr Fernrohr.
Wo blieb nur Joffrey? Es wäre ihr lieber gewesen, dem Gesandten des Königs diesmal gemeinsam mit ihm entgegenzutreten, damit Bardagne endlich einsah, daß sie wirklich seine Frau war, und daß es kein Einvernehmen zwischen ihnen geben konnte, wenn nicht *der Pirat*, wie er ihn nannte, mit von der Partie war.
Als hätte sie ihn mit ihren Gedanken herbeigerufen, sah sie, wie Joffrey de Peyrac, gefolgt von seiner spanischen Leibgarde, auf Nicolas de Bardagne zuging.
Ihr Herz begann wie rasend zu klopfen.
Aber es gelang ihr, sich gleich wieder zu beruhigen. Schließlich mußten sie beide darauf bedacht sein, jeglichen Konflikt zu vermeiden. Ihre Verantwortung war zu groß, als daß sie es sich hätten erlauben können, persönliche Differenzen in den Vordergrund zu stellen.
Sie sah, wie sie sich mit äußerster Höflichkeit begrüßten, sich auf höfische Art tief voreinander verneigten, so daß die Federn ihrer Hüte den Boden fegten.
Nicolas de Bardagne war etwas kleiner als Joffrey, aber beiden war die gleiche stolze Haltung eigen, ohne dabei arrogant zu wirken.
Sie unterhielten sich wie Herren von hohem Rang bei einer diplomatischen Begegnung, die unter Umständen verschiedene

Interessen vertreten, deshalb aber nicht weniger darauf bedacht
sind, eine für ihre Unternehmung wünschenswerte Basis des
Einverständnisses zu finden.
Angélique legte ihr Fernrohr beiseite und schickte sich an, in
die Schaluppe zu steigen, um die beiden Männer noch zu treffen, bevor sie sich wieder trennten.
Doch als sie sich dem Ufer näherte, stellte sie mit Bedauern fest,
daß Joffrey sich bereits von dem Gesandten verabschiedet hatte.
Nur der Graf de Bardagne befand sich noch am Strand, um auf
sie zu warten.
Er stand unbeweglich und blickte nachdenklich in Richtung der
Gouldsboro. Vermutlich suchte er ihre Gestalt auf der Brücke
des fernen Schiffes und kam gar nicht auf den Gedanken, daß
sie sich in dem kleinen Boot befinden könnte, das sich langsam
dem Ufer näherte. Sie enthielt sich auch tunlichst jeder freundschaftlichen Geste.
»Er hat tatsächlich etwas von Philippe!« dachte sie bei sich.
»Wieso habe ich das nicht schon in La Rochelle bemerkt?«
Vielleicht rührte es von dem melancholischen Ausdruck her,
den er früher noch nicht gehabt hatte.
Die liebenswerten Züge hatten etwas Hoheitsvolles angenommen. Ohne Bart sah er jünger aus, und sein von Natur aus hel-
ler Teint bildete einen vortrefflichen Gegensatz zu seinen
leuchtend blauen Augen.
Man konnte nicht leugnen, daß er eine gute Erscheinung war.
Er gehörte zu den Männern, die einen Mantel noch mit Non-
chalance zu tragen wußten – eine selten gewordene Spezies in
dieser Zeit der Emporkömmlinge.
Bardagne trug eine Perücke und einen runden Federhut nach
der neuesten Mode. Er wirkte alles in allem überaus vornehm.
Er bemerkte sie sogleich, als sie ihren Fuß an Land setzte, und
strahlend kam er auf sie zu.
»Liebste Angélique, wie ich mich freue«, rief er aus. »Was ich
im Dunkel des gestrigen Abends nur ahnen konnte, bestätigt
sich jetzt ... Nein, Ihr seid noch schöner ... Ich muß Euch gestehen, ich habe heute nacht kein Auge zugetan aus Sorge, ich
wäre einem bloßen Trugbild zum Opfer gefallen.«

»Und wir haben uns eine schöne Nacht gemacht«, dachte Angélique beschämt, »ausgerechnet mit *seinem* Burgunder. Es ist eine Schande!«
Aus ihrem schlechten Gewissen heraus reichte sie ihm artig die Hand. Er küßte sie hingerissen.
»Ich habe gerade gesehen, daß Ihr meinen Mann getroffen habt«, sagte sie fest.
Bardagnes Blicke verfinsterten sich.
»Welch entsetzlicher Schlag für mein wundes Herz. Das ist wohl auch der Grund, warum er sich mir mit so ausgesuchter Höflichkeit vorgestellt hat. Als ich ihn mit diesen finsteren Gestalten ankommen sah, wußte ich gleich, mit wem ich es zu tun hatte. Eine spanische Leibwache! Als ob wir nicht mit Spanien im Krieg lägen! Eine Herausforderung mehr! . . . Kurz gesagt, es war nicht schwer zu erraten, daß dieser Herr mit dem Gehabe eines Condottiere auch Euer Eroberer war.
Sein Gesicht kann einem wahrhaft Furcht einjagen. Dennoch kam er mir mit großer Freundlichkeit entgegen und versicherte mich seiner Ergebenheit dem König von Frankreich gegenüber, die ich allerdings stark bezweifle, und betonte darüber hinaus, daß ich vollkommene Bewegungsfreiheit hätte. Das kommt reichlich spät! Vielleicht verdanke ich Euch diese plötzliche Nachsicht. Er bestätigte mir, daß wir schon morgen weiterreisen können, da die Instandsetzungsarbeiten der *Saint-Jean-Baptiste* dann beendet sein würden. Ich kann mich wirklich nicht über seine Haltung beklagen. Aber es braucht mehr, um meine Zweifel zu zerstreuen . . .«
Er verstummte einen Augenblick, dann fuhr er nachdenklich fort:
»Wenn er wirklich der Rescator ist, dann ist er auch der Pirat, mit dem Ihr aus La Rochelle geflohen seid. Ich erinnere mich, daß sein Name in diesem Zusammenhang gefallen ist . . . Das Segelmanöver vor den Mauern La Rochelles schien auch ganz nach seiner Manier . . . Ah, jetzt verstehe ich alles! Auf diese Weise habt Ihr ihn also getroffen!«
Nicht ganz, wollte Angélique sagen, aber er ließ sich nicht unterbrechen.

»Natürlich! Er hat Euch genötigt, und Ihr seht in ihm Euren Retter. Das ist typisch für die weibliche Sentimentalität, die sich so leicht überzeugen läßt. Ihr wolltet ihm Dankbarkeit erweisen . . . aber warum ihn deshalb gleich heiraten? Unglückliches Kind! Was für ein Unheil! Warum habt Ihr nur nicht auf mich gewartet . . .«
»Ich konnte wirklich nicht ahnen, daß Ihr Euch nach Kanada begeben würdet«, erwiderte sie ironisch.
»Aber das meine ich doch gar nicht! . . . Bis ich nach La Rochelle zurückgekommen wäre, natürlich. Warum seid Ihr nur so überstürzt geflohen?«
»Wir sollten alle eingesperrt werden. Baumier hat mir die Liste selbst gezeigt. Und im übrigen kündigte er mir an, daß Ihr nicht zurückkommen würdet, da Ihr in Ungnade gefallen wäret.«
Bardagne knirschte mit den Zähnen.
»Dieser Schuft! Ich bedaure, ihn nicht mit meinem Degen durchbohrt zu haben, diese stinkende Ratte.«
»Das hätte überhaupt nichts geändert.«
»Lassen wir diese unglückliche Geschichte!« seufzte Monsieur de Bardagne. »Hier und heute steht Ihr vor mir als Madame de Peyrac.«
»Nicht erst seit heute!«
Sie wollte eben zu der Erklärung ansetzen, daß sie Joffrey de Peyrac schon viel früher geheiratet und nach einer Trennung von fünfzehn Jahren wie durch ein Wunder in La Rochelle wiedergefunden habe, aber ein unbestimmtes Gefühl hielt sie zurück . . . Er war ohnehin schon geneigt, sie für eine hemmungslose Lügnerin zu halten, und er gehörte zu den Männern, die nur das hören wollten, was ihnen gefiel. Würde er es ertragen können, daß sie seine Illusionen zerstörte? Warum sich also durch unbedachte Geständnisse an ihn ausliefern? Es wäre immerhin möglich, daß er in Québec alles ausplaudern würde. Man verdächtigte sie ohnehin schon aller nur erdenklichen Missetaten. Es war deshalb unnötig, auch noch Wasser auf die Mühlen ihrer Widersacher zu gießen.
Sie war sich außerdem völlig bewußt, daß sie von ihrer einstigen Rolle als Rebellin des Poitou her immer noch die französi-

schen Gesetze zu fürchten hatte. Man hatte schließlich einen Preis auf ihren Kopf ausgesetzt. Ihre Lage war daher noch gefährlicher als die Joffreys, den man im geheimen amnestiert hatte. Zu all den Bedrohungen, die ohnehin schon in Neufrankreich auf sie lauerten – auf sie, die das Mal der Lilie trug wie eine gemeine Verbrecherin –, kam also noch die Gefahr, erkannt und verhaftet zu werden.
Ihre ganze Geschichte zu erzählen, hieße sich auf Gedeih und Verderb dem Gesandten des Königs auszuliefern. Aus Liebe zu ihr würde er zwar nicht allzu hart gegen sie vorgehen, aber sie durfte nie vergessen, daß der König ihm den Auftrag gegeben hatte herauszubekommen, ob die Frau, die den Grafen Peyrac begleitete, die Rebellin des Poitou war.
Es würde nicht immer leicht sein, die Ahnungslose zu spielen.
– Während er ihr begeistert von seiner Unterredung mit dem König berichtete, in dessen Armen sie einmal gelegen hatte, und von der Schönheit von Versailles schwärmte, war sie versucht, ihn zu unterbrechen und ihn zu fragen: Hat man die neue Orangerie schon gebaut? Welche Stücke hat Molière in dieser Saison gegeben? Aber sie hielt sich gerade noch rechtzeitig zurück und wechselte das Thema: »Oh, ich vergaß ganz, Euch zu fragen . . . Seid Ihr eigentlich verheiratet?«
»Verheiratet?« Er rang nach Atem. »Ich? . . . Wo denkt Ihr hin?«
»Warum nicht? Innerhalb von zwei Jahren hättet Ihr Euch ja wohl dazu entschließen können!«
»Ich . . ., der ich zwei Jahre lang die Qualen der Hölle durchlitten habe? Ihr könnt Euch gar kein Bild davon machen, was ich alles erduldete . . . Meine Verzweiflung über Euren Verlust . . . die Ungnade des Königs . . . Verheiratet! Ihr habt ja keine Ahnung!«
Er, der früher stets so zufrieden mit sich und der Welt gewesen war, schien ernstlich erschüttert.
Das erinnerte sie an die Frage, die ihr schon lange Zeit auf der Zunge brannte.
»Sagt, war es eigentlich Desgray, der Euch für den Dienst der Krone in Kanada empfohlen hat?«

Wenn es so war, dachte sie, würde das alles erklären!
»Genau genommen eher Monsieur de la Reynie. Aber es war Desgray, der mich nach Versailles begleitete ... Das war auch das einzige Mal, wo er sich diskret gezeigt hat. Er zog sich in eine Ecke des königlichen Arbeitszimmers zurück, während ich mich mit Seiner Majestät unterhielt. Versailles schien auf ihn mächtigen Eindruck gemacht zu haben. Er verbeugte sich fast bis zum Boden, wenn er nur die Türen öffnete ... Endlich hatte er einmal begriffen, wo sein Platz war.«
Jetzt wurde Angélique einiges klar. Joffrey hatte also gar nicht so unrecht gehabt mit seiner Vermutung ... Der arme Bardagne schien der einzige zu sein, der keine Ahnung davon hatte, daß er bewußt auf die Fährte der Frau gelockt worden war, die er so sehr geliebt hatte.
Sie sah Desgray vor sich, der sich bewußt im Hintergrund gehalten hatte und um dessen Lippen im Schutze der langen blauen Vorhänge mit den goldenen Lilien ein spöttisches Lächeln spielte.
Es mußte ihm ein diebisches Vergnügen bereitet haben, die Fäden dieser Intrige in der Hand zu halten. Sie sah ihn vor sich. Er hatte ihr zwar in La Rochelle adieu für immer gesagt, aber vielleicht hatte er hier eine Chance gesehen, *die Marquise der Engel* doch noch wiederzufinden ...
»Desgray, mein alter Freund«, dachte sie plötzlich, von einem seltsamen Heimweh ergriffen ...
»Ihr denkt an Desgray!« stieß der Graf de Bardagne in bitterem Ton hervor. »Ihr braucht gar nicht zu leugnen, es ist nicht zu übersehen. Jedesmal, wenn von ihm die Rede ist, habt Ihr dieses sanfte Leuchten in Euren Augen. Aber ich darf nicht undankbar sein, wie widerwärtig es mir auch sein mag. Schließlich verdanke ich ihm, daß ich mich heute als freier Mann in Kanada und in Eurer Nähe befinde, statt auf dem feuchten Stroh des Gefängnisses langsam dahinzusiechen.«
Unschuldiger Bardagne!
Plaudernd waren sie am Kai entlanggegangen, ohne auf das bunte Treiben im Hafen zu achten.
Unter diesen Kanadiern, einer seltsamen Rasse, den vielen

Waldläufern und den Scharen von Freibeutern fühlte sich Bardagne als der einzige, der sie wirklich kannte.
Sie kamen beide aus Europa, aus La Rochelle . . . Er tröstete sich mit dem Gedanken, daß er in ihrem Herzen den ältesten Platz einnähme, und daß sie durch gemeinsame Erinnerungen verbunden seien.
»Ich liebe La Rochelle«, gestand er.
»Ich auch.«
»Ich träume oft davon. Ich habe die glücklichste Zeit meines Lebens dort verbracht. Die Stadt hatte etwas Belebendes, sie ließ alle Probleme in einem helleren Licht erscheinen. Es war ohne Zweifel eine Stadt mit besonderem Charakter. Dort bin ich *Euch* begegnet. Aber ich mochte auch die unduldsamen, ernsten Hugenotten. Sie hatten einen Familiensinn, der mir gefiel: Strenge Gesetze und verständige Frauen. Weil wir gerade davon sprechen: Es gab eine Zeit, da trug ich mich mit dem Gedanken, um die älteste Tochter Manigaults, die hübsche Jenny, zu werben. Ihr könnt Euch nicht vorstellen, wie entsetzt die Familie reagierte, als ich es wagte, davon zu sprechen. Ich war für sie der leibhaftige Teufel. Und man zog mir doch tatsächlich einen kleinen Offizier namens Garret vor, der zwar dumm, aber hugenottisch war.«
Die Erwähnung Jennys hatte Angélique traurig gemacht. Arme, kleine Jenny! Sie war von Wilden verschleppt worden und für immer in den dunklen Wäldern Amerikas verschwunden . . . Was für ein grausames Land!
Bardagne drang jedoch nicht in sie, und sie hielt es für besser, ihm nicht mitzuteilen, was aus ihr geworden war. Sie hätte ihm nur unnötig Schmerz zugefügt.
»Was habe ich schon von ihnen verlangt?« fuhr der Gesandte des Königs fort. »Nichts weiter, als daß sie zum katholischen Glauben übertritt. Was ist daran so schlimm? Man kann doch nicht zulassen, daß die Anarchie sich ausbreitet, daß das Königreich wegen des Glaubens in zwei Staaten zerfällt, von denen der eine Teil dem König den Gehorsam verweigert. Wenn man den König abschaffen will – wodurch soll man ihn ersetzen? Die Engländer haben den ihren einen Kopf kürzer gemacht. Ihr

seht, wohin das heute führt. Hat Cromwells Diktatur denn Verbesserungen gebracht? Ich habe lang und breit mit diesen eigensinnigen Hugenotten darüber diskutiert, aber es war absolut nichts zu machen. Sie zogen es vor, alles zu verlieren, was sie sich im Laufe ihres Lebens aufgebaut hatten, nur um sich nicht beugen zu müssen ... Dickköpfe sind das! Und Ihr habt ihnen auch noch recht gegeben. Ihr standet eben ganz unter dem Einfluß dieses Berne. Ein Vollblutmann mit einem großen Appetit, das konnte man deutlich sehen. Er begehrte Euch, das habe ich sehr wohl bemerkt. Er vermied es zwar tunlichst, in meiner Gegenwart den Blick auf Euch zu richten, aber ich habe ein Gespür für solche Dinge ... Ob er den Versuchungen widerstanden hat, die solche Nähe wecken mußte, bezweifle ich doch sehr stark ...«
»Wann werdet Ihr endlich den armen Berne in Ruhe lassen?« seufzte Angélique. »Er ist weit weg, und Ihr werdet kaum in Verlegenheit kommen, ihm zu begegnen. Begreift endlich, daß ich nicht mehr seine Magd bin, und außerdem bin ich verheiratet.«
»Das ist wahr«, seufzte er. »Dieser furchterregende Pirat hat Euch mit seinem Vermögen den Kopf verdreht. Aber ich werde das nicht so ohne weiteres hinnehmen. Ihr müßt meine Geliebte werden!«
»Hier vielleicht?« fragte Angélique spöttisch und zeigte auf den kleinen Dorfplatz, in dessen Mitte sie stehengeblieben waren.
Als sie seine bestürzte Miene sah, brach sie in Lachen aus.
»Ich darf Euch bitten, lieber Monsieur de Bardagne, Eure Worte etwas vorsichtiger zu wählen. Ihr verratet mir zwar ein Gefühl, das mir wirklich schmeichelt, aber wir müssen vernünftig sein. Ihr habt die Frau des Grafen Peyrac vor Euch. Das bedeutet, auch wenn es Euch mißfällt, daß ich ihm Liebe und Treue geschworen habe. Ich sage Euch sicher nichts Neues, wenn ich Euch daran erinnere, daß Männer seines Schlages einen sehr ausgeprägten Ehrbegriff haben. Und Ihr selber gehört auch nicht zu denen, die aus Angst vor einem Duell zurückschrecken. Wollt Ihr also bitte in meiner Zurückhaltung nur die

Freundschaft sehen, die ich für Euch empfinde. Es würde mich außerordentlich betrüben, Euch unglücklich zu sehen.«
Sie merkte plötzlich, daß Bardagne, der ihr mit träumerischer Andacht lauschte, offenbar viel mehr auf den Klang ihrer Stimme achtete als auf den Sinn der kleinen Predigt, die sie ihm hielt. Er lächelte hingerissen.
»Ihr habt so etwas Mütterliches an Euch, das mich schon immer fasziniert hat«, seufzte er selig. »Ich kann mir vorstellen, wie Ihr ein großes Haus mit fester und doch nachsichtiger Hand führt. Wie gut habt Ihr es doch schon immer verstanden, mit Kindern umzugehen. Ich war sogar eifersüchtig auf den kleinen Sohn Bernes, der bei Euch Geborgenheit und Strenge fand. Ich ertappte mich bei dem Wunsch, eines Tages in Euren Armen zu liegen und von Euch genauso zärtlich gescholten zu werden.«
»Ich habe Euch ja eben gescholten.«
»Ja, aber ich liege dabei leider nicht in Euren mütterlichen Armen.«
Die Spannung war gewichen, und sie lachten miteinander wie gute Freunde.
Der Graf hakte sich bei Angélique ein.
»Fürchtet nichts! Ich habe den Verweis zur Kenntnis genommen und werde mich danach richten ... Zugegeben, es kommt mich hart an, aber« – er küßte ihr galant die Hand – »Ihr seid zu schön, als daß ich Euch lange böse sein könnte. Ich habe zwar viel Liebesleid durch Euch erfahren, aber Ihr habt mich andererseits auch wieder unendlich glücklich gemacht. Es wäre undankbar, Euch weiter zu bedrängen. Ich verspreche Euch hoch und heilig, in Zukunft vernünftig zu sein. Nur entflieht mir nicht mehr.«
»Wohin sollte ich denn fliehen, lieber Freund?« fragte sie mit ihrem bezauberndsten Lächeln. »Seht Ihr denn nicht, daß die Eisschollen uns allmählich den Rückweg versperren? Wir werden wie Ihr den Winter in Québec verbringen.«
»Dann werde ich Euch sehen ... ich werde Euch oft sehen ...«, wiederholte er immer wieder, als ob er sein Glück nicht fassen könne. »Das ist mehr, als ich zu hoffen wagte. Un-

sere neuerliche Begegnung ist nicht nur ein wunderbarer Zufall, sondern ein Zeichen der Vorsehung.«
Angélique war diesbezüglich nicht unbedingt seiner Ansicht. Sie sah vielmehr die Vorsehung in Gestalt des ironisch grinsenden Degray. Doch als sie sich das Leben in Québec vorzustellen versuchte, mit all den Fallen, die für sie aufzustellen man sicher nicht versäumt hatte, schien es ihr doch, daß die Anwesenheit Bardagnes von Nutzen sein könne. Wenn er sie wirklich so sehr liebte, würde er sicher zu allem bereit sein, nur um ihr zu gefallen. Schließlich schuldete sogar Monsieur de Frontenac ihm in gewisser Weise Gehorsam.
Bekleidet mit der geheimnisvollen Macht, eine Zeitlang etwas wie das auf der Kolonie ruhende Auge des Königs zu sein, würde man um sein Wohlwollen buhlen, in der Furcht, daß ein ungünstiger Bericht aus seiner Feder königliche Ungnade nach sich ziehen könnte. Wenn man alles genau bedachte, war es doch ein großes Glück, daß *er* für diese Aufgabe ausgewählt worden war und nicht irgendein anderer.
Dieser Gedanke erleichterte sie unendlich, und sie merkte gar nicht, wie sie sich enger an Bardagne schmiegte, während sie weitergingen. Durch diese zärtliche Vertrautheit überrascht, warf er ihr einen freudig-erstaunten Blick zu.
In diesem Augenblick entdeckte Angélique, während sie verträumt auf das friedliche Wasser des Flusses hinaussah, einen weißen Fleck am Horizont, der langsam immer größer wurde: ein Segel.
Am Hafen liefen die Leute zusammen, und ein paar Dorfjungen kamen auf sie zugerannt und riefen: »Die *Maribelle*!«

Vierunddreißigstes Kapitel

»Die *Maribelle*!« rief Nicolas de Bardagne. »Ist das nicht das Schiff des Königs, das mir aus Québec zu Hilfe kommen soll?«
»Hat man Euch vielleicht angegriffen?« herrschte Angélique ihn zornig an.

Sie entriß ihm heftig ihren Arm.
»Hört doch endlich auf, überall Gefahren zu wittern! Niemand bedroht Euch! Und betet, daß dieses Schiff dort hinten kein Verrückter kommandiert, der auf die Idee verfällt, uns zu beschießen. Und macht Euch außerdem endgültig klar, daß alles, was meinen Gatten betrifft, auch mich angeht. Es wäre sinnlos, weiter auf meine Freundschaft zu hoffen, wenn Ihr Euch zu seinen Feinden zähltet.«
Sie ließ ihn verwirrt und betrübt zurück und lief zum Ufer, wo sie die Kinder und ihre Begleiter antraf.
Beinah wäre sie mit Marguerite Bourgeoys zusammengestoßen, die, gefolgt von ihren Mädchen und einer Gruppe von Passagieren der *Saint-Jean-Baptiste*, soeben an Land gekommen war. Sie begrüßten sich erfreut, denn sie hatten sich in den letzten beiden Tagen nicht gesehen.
»Ihr habt nichts zu befürchten, Mutter Bourgeoys«, sagte Angélique lebhaft. »Die Ankunft des Schiffes wird nichts ändern. Wir sind nicht gekommen, um zu kämpfen . . .«
»Ich teile Eure Zuversicht«, erwiderte Mutter Bourgeoys ruhig.
Die Bevölkerung schien jedoch unruhig zu werden. Doch die Zweifel, die die Leute von Tadoussac gegen ihren Willen erfaßt hatten, legten sich bald wieder. Man sah, wie sich Gruppen bewaffneter Matrosen in aller Ruhe rund um das Dorf verteilten und am Strand Posten bezogen.
Peyracs Männer wirkten eher defensiv, aber ihre Haltung entmutigte doch diejenigen von vornherein, die möglicherweise mit dem Gedanken gespielt hatten, in der Aufregung des Augenblicks für die eine oder andere Seite Partei zu ergreifen, bevor überhaupt ein Kanonenschuß abgefeuert worden war.
Ein Blick auf die Reede zeigte Angélique, daß sich die Anordnung der Schiffe verändert hatte.
Ohne daß jemand darauf geachtet hätte, hatten sie Segel gesetzt und ein geschicktes Manöver eingeleitet. Das Schiff Barssempuys kreuzte hinter der *Gouldsboro*, die noch vor Anker lag, hin und her, um ihr Deckung zu geben. Die hochgezogenen Luken ließen die schwarzen Rachen der Kanonen sehen. Je nach

Lage der Dinge würden sie sich auf die *Saint-Jean-Baptiste*, deren gesamte Mannschaft an der Reling stand, oder auf die sich langsam nähernde *Maribelle* richten.
Die beiden Yachten und ein anderes Schiff schirmten den Hafen massiv gegen das offene Wasser ab. Wie vor kurzem, als sie der *Saint-Jean-Baptiste* zu Hilfe gekommen waren, hielten sie sich in einem Halbkreis und riegelten so die Einfahrt in die Mündung des Saguenayflusses ab.
Der Neuankömmling hatte, wenn er passieren wollte, keine andere Wahl, als Tadoussac anzusteuern und sich wohl oder übel in die Falle zu begeben, die man zu seinem Empfang aufgestellt hatte.
So hatte Joffrey de Peyrac, während Angélique mit dem Gesandten des Königs geplaudert hatte und jedermann sorglos seinen Geschäften nachgegangen war, eine vollständige Verteidigungslinie aufgebaut, die sie zumindest vor einem Überraschungsangriff schützen würde.
Er war wie immer rechtzeitig gewarnt worden.
Zusehends wurde die *Maribelle* größer und glitt langsam dem Hafen zu.
Sie schien die Lage richtig einzuschätzen und zu erkennen, daß ihr keine Chance blieb zu entkommen.
Die Frage war nur, ob es der richtige Empfang für ein Schiff des Königs war.
»Es täte mir leid, auf ein Schiff Seiner Majestät schießen zu müssen«, murmelte Peyrac.
Er war unbemerkt hinter Angélique getreten.
»Hättet Ihr die Güte, mit mir auf die *Gouldsboro* zurückzukehren, Madame?« fragte er sie zuvorkommend. »Es könnte sein, daß wir dort recht bald den Kommandanten der *Maribelle* empfangen müssen, und Eure Anwesenheit kann unserer Unterhaltung nur förderlich sein.«
Er grüßte höflich zu Nicolas de Bardagne hinüber, der sich etwas abseits hielt, und half Angélique, mit den Kindern, Yolande und Adhémar, in der Schaluppe Platz zu nehmen.
Angélique war so aufgeregt, daß sie ganz vergaß, Bardagne noch einmal zuzuwinken.

Die *Maribelle* war jetzt schon so nahe, daß man die von der Kommandobrücke kommenden Befehle hören konnte.
Man sah die Matrosen die Haltetaue hinaufklettern. Segel spannten sich, andere fielen herab und wurden rasch zusammengefaltet. Das schwere Schiff wendete nach Backbord, von den Zuschauern am Strand und im Boot wie gebannt beobachtet.
»Es fährt nach Québec zurück!« rief Adhémar. Doch die *Maribelle* hatte vermutlich nur die Absicht, an der Mündung des Saguenayflusses vor Anker zu gehen.
»Wenn sie dort an Land gehen, könnten sie Tadoussac von hinten angreifen«, flüsterte Angélique angstvoll.
»Es besteht absolut kein Grund zur Aufregung, Madame. Beide Ufer des Saguenay sind bewacht, und unsere Leute halten den Hafen besetzt«, antwortete Peyrac.
Eben entschwand die *Maribelle* hinter dem Kap, und nur die Marssegel waren noch über den Baumwipfeln zu sehen.
Endlich hörte man das Rasseln der schweren Ankerketten.
»Gar nicht so dumm, dieses Schiff! Ich glaube nicht, daß die Herren von der königlichen Marine dieses Manöver auf sich nehmen würden, wenn sie sich mit uns anlegen wollten.«
Sie waren inzwischen an Bord gegangen, von wo sie wieder vollen Ausblick hatten, und sahen, wie sich ein kleines Beiboot von der *Maribelle* löste und der *Gouldsboro* zusteuerte.
»Habe ich Euch nicht Besuch angekündigt!« sagte Peyrac.
Ville d'Avray tänzelte nervös auf den Zehenspitzen. Er war begierig zu erfahren, um wen es sich handelte. Wo hatte er nur sein Fernrohr gelassen?
»Diese bornierten Sonderlinge von der königlichen Marine! . . . Sie tun immer so, als befänden sie sich auf erobertem Gebiet . . . und dann auch noch *Maribelle*! Ich frage Euch, ist das etwa ein adäquater Name für ein Schiff? Wer nennt schon sein Schiff *Schöne Marie* – wie ein Liebhaber? . . . Aber wenigstens kann's ihnen nicht passieren, für ein englisches Schiff gehalten zu werden.«
»Wie wollt *Ihr* eigentlich Euer neues Schiff nennen?« fragte Honorine.

»Ich weiß es noch nicht, mein Kind. Ich muß es mir noch überlegen . . . aber auf keinen Fall wieder *Asmodée* wie der Hüter der höllischen Pforten. Man darf den Teufel eben doch nicht an die Wand malen . . . Oh, mein schönes Schiff!«
Es war ihm noch immer nicht gelungen, über den Verlust dieses Schiffes, das die Komplicen der Dämonin in die Luft gesprengt hatten, hinwegzukommen.

In dem Boot saß außer den Ruderern nur ein einzelner Mann von kräftiger Statur. Der Kragen seines Mantels war hochgeschlagen und verdeckte sein Gesicht. Er trug eine Pelzmütze.
»Das kann nicht der Kommandant der *Maribelle* sein!« schloß Ville d'Avray scharfsinnig. »Gewöhnlich sind sie von oben bis unten mit Orden und goldenen Litzen dekoriert und sehr stolz auf ihre Perücken.«
Man begab sich an den Bug des Schiffes, um den Gast in Empfang zu nehmen.
Der Mann stieg mit erstaunlicher Behendigkeit die Strickleiter herauf, die man für ihn hinuntergelassen hatte.
Mit einem Satz sprang er auf Deck. Sein Spitzenjabot war nur nachlässig arrangiert, an den Füßen trug er derbe Stiefel aus Seehundsfell, aber er war mit einem Degen bewaffnet.
»Der Herzog d'Arreboust!« riefen sie wie aus einem Munde, als sie in ihm den Ersten Syndikus der Stadt Québec erkannten, der im Verlaufe des letzten Winters ihr Gast in Wapassou gewesen war.
Er sah erstaunt von Angélique zu Peyrac und darauf wieder zu Angélique, strahlte dann alsbald über das ganze Gesicht und ging mit ausgestreckten Armen auf sie zu.
»Meine Liebe, welche Freude, Euch zu sehen!«
Galant küßte er ihr die Hand. Er schien sich allmählich von der anfänglichen Verblüffung zu erholen, der ihr Anblick als große Dame bei ihm ausgelöst hatte, nachdem er sie im Fort nur als Pionierfrau kennengelernt hatte.
Als er dann auch noch Ville d'Avray und den Intendanten erblickte, stockte er abermals. Er hatte sicher nicht erwartet, gerade sie als Gäste Peyracs auf der *Gouldsboro* vorzufinden.

Endlich wandte er sich an den Grafen, der als Kommandant einer Flotte und vermutlicher Herr über Tadoussac ebenfalls einen unerwartet imposanten Anblick bot. – Ein Tag der Überraschungen für den Herzog d'Arreboust.
»Willkommen an Bord der *Gouldsboro*«, sagte Joffrey de Peyrac im Näherkommen. »Bringt Ihr uns eine Botschaft Eures Kapitäns?«
»Nein, warum?« antwortete d'Arreboust verwundert.
Er warf einen Blick zur *Maribelle* zurück.
»De Luppé muß selbst wissen, was für ein Verhalten ihm seine Würde und seine Sicherheit vorschreiben. Das geht mich nichts an... Aber ich habe darauf bestanden, daß man mir ein Boot zur Verfügung stellt, denn ich hielt es für notwendig, Euch sofort zu begrüßen und vor allem Euch *zu warnen*.«
»Aber wovor denn?«
Ein Ausdruck des Schreckens flog über das Gesicht des Herzogs.
»Die flammenden Geisterschiffe sind über Québec erschienen«, sagte er fast feierlich.

Fünfunddreißigstes Kapitel

– Die flammenden Geisterschiffe –
Unheilvolles Schweigen hatte sich unter ihnen ausgebreitet...
Sie wußten fast alle, wie abergläubisch die Kanadier waren.
Entsetzt blickten sie auf d'Arreboust.
Unmittelbar hinter ihm war am grauen Ufer des St.-Lorenz-Stroms unter dem blaurosa Himmel ein Schiff zu sehen, aufgetaucht aus dem Winternebel, die Maste mit den gerafften Segeln hochaufgerichtet.
Nicht von ihm drohte ihnen unmittelbare Gefahr, wie sie zunächst befürchtet hatten, fast im Gegenteil. Mit ihm war d'Arreboust aufgetaucht, ein wahrer Freund, der sie vor kommendem Unheil bewahren wollte. Doch in seiner Stimme hatte Verzweiflung mitgeschwungen.

Angélique hatte den Eindruck, daß er nahe daran war, hinzuzufügen:
– Kehrt um oder Ihr seid verloren! –
Sie blickte in die Runde, um festzustellen, wie die Nachricht von den anderen aufgenommen worden war.
Sie, die aus dem Poitou kam, wo die Menschen fast genauso abergläubisch waren wie die Kanadier, erriet, daß es nichts Gutes bedeuten konnte.
In ihrer Provinz sprachen die Leute von einem furchterregenden Jäger, der mit seiner wilden Meute über den Himmel raste. Tod und Pest waren sein Gefolge. Aber die meisten der Offiziere Peyracs schienen sich der Bedeutung solcher Himmelszeichen nicht bewußt zu sein und nahmen die Nachricht verhältnismäßig ruhig auf. Um Joffreys Lippen spielte ein ironisches Lächeln. Es gab nichts und niemand, wovor er sich fürchtete. Carlon war augenscheinlich völlig niedergeschmettert, Ville d'Avray schien eher amüsiert.
»Das kann ja heiter werden«, bemerkte der Intendant.
»Ich muß zugeben, diese Schauermärchen sind für mich nicht ganz ohne Reiz«, belustigte sich Ville d'Avray. »Geht es Euch nicht auch so?« fragte er Angélique neugierig. »Ihr müßt wissen, meine Liebe, man erzählt sich hier, daß von Zeit zu Zeit Geisterschiffe über den Himmel fahren. Die Leute nennen das *die wilde Jagd von Kanada*. Was bei Euch im Westen Frankreichs der Jäger mit seiner Meute ist, sind hier in Kanada die flammenden Geisterschiffe ... Das ist durchaus nichts Besonderes. Die Leute suchen Zerstreuung in der Welt der Phantasie, und sie haben es bitter nötig, die armen Teufel. Sie sind wirklich auf die Zeichen des Himmels angewiesen ... Aber nichtsdestotrotz – ich habe sie selbst schon gesehen. Das war im Jahre 1660 zur Zeit des großen Erdbebens ... Erinnert Ihr Euch, d'Arreboust?«
»Und ob ich mich erinnere«, pflichtete ihm der Herzog eifrig bei. »Nur zu gut! Deshalb warne ich Euch ja so eindringlich, Monsieur de Peyrac: Die Boote der wilden Jagd sollen lange Zeit über Québec erschienen sein ... Eine große Zahl von Leuten, deren Aussage nicht in Frage gestellt werden kann, bezeu-

gen es. Die meisten behaupten sogar, sie hätten gesehen, wie eine ganze Flotte von fünf Schiffen den Himmel in Richtung Ville-Marie überquert habe. Ein Mann, der seine Bärenfelle vor dem Winter markieren wollte, weiß sogar zu berichten, daß er ein Schiff ganz in seiner Nähe lautlos vorübergleiten sah ...«
»Und wer war an Bord?« fragte Ville d'Avray begierig, wobei er sich vor Spannung die Lippen leckte.
»Die heiligen Märtyrer, Pater Brébeuf, Pater Lallemant und ein weiterer Waldläufer, den er aber nicht erkennen konnte, weil die Flammen sein Gesicht umzüngelten ... Aber er glaubt, es sei Nicolas Perrot gewesen.«
»Nicolas Perrot?« rief Angélique erschüttert aus, als habe man ihr den Tod ihres kanadischen Freundes angekündigt. »Es darf ihm kein Unglück geschehen!«
»Jetzt aber Schluß mit dem Unsinn«, befahl Carlon, eine Spur zu ungeduldig. »Wir wissen doch alle, daß das nur Aberglauben ist.«
»Seid nicht so voreilig, mein Freund«, unterbrach ihn Ville d'Avray. »Ich sagte Euch eben, daß ich sie mit meinen eigenen Augen gesehen habe.«
»Ach, Ihr! Ihr wollt immer alles gesehen haben! Ich für mein Teil habe sie noch nie zu Gesicht bekommen ... Im übrigen spielt es gar keine Rolle, ob man sie gesehen hat oder nicht. Die Stadt Québec ist jedenfalls in Aufruhr. Wie ich sie kenne, hat sich die eine Hälfte der Bevölkerung in die Kirchen geflüchtet, die andere Hälfte hat auf der Stadtmauer Stellung bezogen.«
»Ihr liegt ganz richtig. Die Ursulinerinnen haben schon damit begonnen, Bittgebete zum Himmel zu richten, daß er die Schiffe des Grafen Peyrac zum Kehrtmachen veranlassen möge. Das wird Eure Ankunft nicht gerade erleichtern.«
»Kommt Ihr im Namen der erschreckten Bevölkerung zu uns, Herzog?« fragte Peyrac. »Um mich wie Attila vor den Mauern von Paris zu beschwören, auf Geheiß der heiligen Genoveva umzukehren?«
Arreboust schien verdutzt über diese Frage, sein Gesicht lief rot an, und er schüttelte heftig den Kopf.
»Nein, nein, ich habe keinerlei Auftrag. Im Gegenteil!«

»Was wollt Ihr damit sagen: im *Gegenteil*?«
Der Herzog ließ den Kopf sinken.
»Ich bin auf dem Weg nach Frankreich«, sagte er. »Deshalb befinde ich mich auch an Bord der *Maribelle*.«
Er schien von tiefer Traurigkeit überwältigt.
»Man hat mich verhaftet«, fügte er leise hinzu.
»Verhaftet? *Euch*?« riefen sie entsetzt.
»Aus welchem Grunde nur?« fragte Angélique, tief erschüttert.
D'Arreboust blickte ihr fest in die Augen: »Euretwegen!«
Eine lange, bedrückende Stille folgte. Monsieur d'Arreboust war schließlich so etwas wie ein Mitbegründer Kanadas. Seine Verhaftung war ihnen ein völliges Rätsel. Und ebensowenig konnte man sich erklären, wie Angélique ihn ins Unglück gestürzt haben sollte.
»Wenn ich sage: Euretwegen ... verzeiht, Madame, dann meine ich nicht nur Euch, sondern auch Monsieur de Peyrac. Kurz, ich habe mich als einer Eurer treuesten Bundesgenossen erwiesen.«
»Da sieht man, was uns erwartet!« ließ sich die bittere Stimme Carlons aus dem Hintergrund vernehmen.
Joffrey de Peyrac sah nachdenklich vor sich hin, dann fragte er, auf die *Maribelle* weisend: »Glaubt Ihr, daß diese Herren da drüben uns als Feinde betrachten?«
»Das glaube ich eigentlich nicht unbedingt. Monsieur de Luppé, der Kommandant des Schiffs, der mit mir verwandt ist, kümmert sich normalerweise wenig um die Streitereien der Kanadier. Deshalb bin ich auf seinem Schiff auch nur Gefangener auf Ehrenwort. Und trotzdem ... Wärt Ihr denn geneigt, mit ihm zu verhandeln?«
»Aber selbstverständlich.«
»Also gut. Habt Ihr eine weiße Flagge oder sonst etwas Weißes, womit ich ihm ein Signal geben könnte?«
»Seht Ihr, Ihr habt eben doch eine Mission zu erfüllen!«
Ville d'Avray reichte ihm die Schärpe, an der sein Degen hing, und der Herzog schwenkte sie mehrmals in der Luft hin und her.

Die Besatzung der *Maribelle* reagierte auch sogleich auf diese Friedensbezeugung, denn sie sahen von weitem, wie gleich darauf ein Boot in den Fluß hinuntergefiert wurde.

»Ich habe ihm gegenüber zwar oft genug Eure Ehrenhaftigkeit betont, aber ich möchte Euch doch darauf vorbereiten, daß er von Natur aus etwas mißtrauisch ist. Man darf auch nicht vergessen, daß über Eure Person die schlimmsten Gerüchte kursieren, und als wir die Anker lichteten, hatte die Hysterie in Québec durch das Erscheinen der flammenden Geisterschiffe gerade ihren Höhepunkt erreicht.«

Monsieur de Luppé war ein gutaussehender, junger Offizier von beachtlicher Größe. Er trug eine etwas überhebliche Miene zur Schau, eine ziemlich verbreitete Haltung unter den Höflingen. Er glich darin dem Marquis de Vardes oder dem Bruder der Louise de La Vallières. Verwöhnte Kinder einer ausschweifenden Welt, aufgrund ihres stattlichen Aussehens beweihräuchert, waren sie doch bei ihrem Kommando, fern vom Hofe, nicht weniger sachkundige und verantwortungsbewußte Männer.
Sechs mit Musketen bewaffnete Marinesoldaten begleiteten ihn. Er war sich aber augenscheinlich darüber im klaren, daß er sich in der schwächeren Position befand, denn gleich nachdem er sich an Bord der *Gouldsboro* begeben hatte, wandte er sich an den Grafen de Peyrac:
»Monsieur, darf ich Eurer *friedlichen* Geste entnehmen, daß Ihr keine feindlichen Absichten hegt?«
»Diese Frage müßte ich an Euch richten, Monsieur«, antwortete Peyrac bescheiden.
Der Marquis de Luppé warf einen unmißverständlichen Blick in die Runde und deutete dann auf die anderen Schiffe des Grafen, die immer noch in Bereitschaft auf dem Fluß manövrierten.
»Ich habe recht gute Augen, Monsieur, und es bereitet mir auch keine allzu große Schwierigkeit, bis fünf zu zählen. Ich stehe allein gegen fünf Schiffe. Ich habe von höherer Stelle keine

Euch betreffende Order. Ihr habt mich weder angegriffen noch befindet sich Frankreich im Kriegszustand mit Eurer Nation, welche es auch sein mag. Warum sollte ich Euch also feindliche Gefühle entgegenbringen?«
»Gut, dann sind wir quitt, Monsieur, Ihr könnt Eure Fahrt unbehelligt fortsetzen!«
»Ich würde gern zwei Tage in Tadoussac bleiben, um Trinkwasser und Feuerholz an Bord zu nehmen.«
»Ganz wie Ihr wünscht, vorausgesetzt, daß Ihr Euch an die gleichen Abmachungen haltet wie ich und Eure Leute dazu verpflichtet, keine Kriegshandlungen gegen mich zu unternehmen.«
»Und noch eins, mein Lieber«, warf Jean Carlon ein. »Ihr müßt mir Bauholz und Schiffsmasten für Le Havre mitnehmen . . .«
»Aber mein Schiff ist voll beladen!« rief der Offizier entrüstet.
». . . Wer seid Ihr überhaupt, daß Ihr in solchem Ton mit mir sprecht? Ich kann mich nicht erinnern, Euch jemals vorgestellt worden zu sein?«
»Wer ich bin? Das werdet Ihr gleich erfahren, mein Junge!« rief der Intendant von Neufrankreich und erhob sich zu seiner vollen Größe.
Angélique wartete das Ende dieser Unterredung, die stürmisch zu werden versprach, nicht ab. Joffrey würde als Vermittler fungieren, sie hatte jetzt Wichtigeres vor.
Sie zog Monsieur d'Arreboust in den Spielsalon, denn sie brannte darauf zu erfahren, durch welche Umstände er in Ungnade gefallen war, und welche Rolle *sie* dabei spielte.

Sechsunddreißigstes Kapitel

»Was ist nur geschehen?« fragte sie ihn auch sogleich, als sie sich bei einem Glas Burgunderwein gegenübersaßen – dem berühmten Allheilmittel.
»*Ihr* fragt danach! Nun denn, ich werde es Euch erklären«,

seufzte er. »Ich habe Euch ja bereits gesagt, daß *Ihr* es wart . . . Das heißt, natürlich war es auch unsere Schuld – Loménies und die meine. Wir haben uns zum Gespött der Leute gemacht. Als wir aus Wapassou nach Québec zurückkehrten, erzählten wir allen, ob sie es hören wollten oder nicht, daß wir in die Dame vom Silbersee verliebt seien, das heißt in Euch.«
»Ich kann mir beim besten Willen nicht vorstellen, daß Monsieur de Loménie solche Erklärung abgeben könnte«, sagte Angélique lachend. »Das paßt so gar nicht zu unserem gottesfürchtigen Malteserritter.«
»Dieser Ansicht waren auch die meisten Leute in Québec, und deshalb hat seine Haltung auch noch mehr Anstoß erregt als meine. Aber Ihr kennt ihn schlecht. Monsieur de Loménie ist ein sehr freimütiger Mann, und wenn es um seine Überzeugung geht, schreckt er vor nichts zurück . . . Wie Ihr vielleicht wißt, hatte man uns zu Euch geschickt, um uns an Ort und Stelle eine Meinung zu bilden. Ich war naiv genug, mir einzubilden, man wolle unsere ehrliche Überzeugung hören. Leider erkannte ich zu spät, daß man nicht den geringsten Wert darauf legte, sondern nur eine bereits vorgefaßte Meinung bestätigt haben wollte. Man erhoffte, ja man erwartete praktisch von uns, daß wir Euch als Feinde denunzierten, die man bekämpfen müsse. Da wir diese ihre Hoffnung jedoch nicht erfüllten, verloren wir Ansehen und Würde. Man beschuldigte uns, wir hätten uns umgarnen und kaufen lassen, wir wurden in ihren Augen sogar zu Verrätern. Wir aber hatten uns nicht das Geringste vorzuwerfen.
Wir dachten, wenn wir ihnen alles wahrheitsgemäß berichteten, würden sich die Gemüter schon beruhigen – naive Narren, die wir waren. Wir hielten uns deshalb bei unserem Bericht immer nur an Tatsachen, wenn wir gelegentlich auch ins Schwärmen gerieten und einige Späße zum besten gaben. Darf man denn jetzt in Neufrankreich nicht einmal mehr scherzen? Nein, offenbar nicht! Die Reaktion war wenigstens alles andere als *spaßig* . . .«
»Trinkt erst einmal«, unterbrach ihn Angélique, da sie sah, daß er mit seinen Nerven völlig am Ende war. War das noch der

ausgeglichene, ruhige Mann, den sie letztes Jahr in Wapassou beherbergt hatten?
»Das ist echter Burgunder ...«
»Er ist wirklich hervorragend. Der reinste Nektar. Jetzt geht es mir schon viel besser ...«
»Beruhigt Euch, lieber Freund, Ihr seid jetzt bei uns. Wir werden Euch helfen ...«
»Das ist unmöglich ... Ich bin in Ungnade gefallen. Alles, was mich noch erwartet, ist die Bastille.«
Mittlerweile hatte der Marquis de Ville d'Avray den Spielsalon betreten. Er schien glänzender Laune zu sein und rieb sich freudig die Hände.
»Das läßt sich ja alles ganz wunderbar an. Die Überfahrt der *Maribelle* erlaubt es mir, an Madame de Pontarville eine Botschaft zu schicken, um sie zu bitten, mir einen ihrer kleinen Mohren abzutreten. Auf diese Weise gewinne ich eine ganze Saison.«
Er setzte sich zu ihnen und goß sich genüßlich ein Glas Wein ein.
»Da Ihr gerade von der Bastille spracht, Herzog. Macht Euch deswegen nur keine Sorgen. Wer hat nicht schon alles einen kleinen Abstecher dorthin gemacht? ... Ich selbst war auch öfter dort. Aber ich habe mir immer meinen Diener und meinen Koch mitgenommen. Ihr dürft vor allem nicht zögern, nur die beste Bedienung zu verlangen. Dazu ist man dort sehr wohl in der Lage.«
»Ich bedanke mich für die guten Ratschläge«, meinte d'Arreboust bitter.
»Ihr werdet mir jedenfalls bei unseren abendlichen Spielpartien sehr fehlen.«
Der Herzog betrachtete nicht ohne Groll das fröhlich lächelnde Gesicht des kleinen Marquis.
»Euch wird das Lachen ebenfalls noch vergehen, Marquis. Unter Umständen werdet auch Ihr eines Tages abgeschoben werden.«
»Ich? ... O nein, niemand würde es wagen, Hand an mich zu legen«, rief der Marquis, ganz empörte Würde.

»So hätte ich vor einigen Monaten auch noch gesprochen«, erwiderte der Herzog mit einem Blick auf Angélique. »Aber wie Ihr seht, haben sich die Dinge sehr zum Schlechten gewendet. Loménie und ich haben uns ahnungslos einer Zerstörungswut sondergleichen entgegengestellt, die erst befriedigt war, als man wußte, welche Feinde man angreifen konnte. Eine geheimnisvolle Gefahr bestärkt immer den Glauben und den Zusammenhalt der Menschen und gibt Tapferkeit und Mühen einen Sinn.
Indem wir sie des Grundes beraubten, sich als Auserwählte des Himmels zu fühlen, arbeiteten wir für die Hölle.
Ich habe es nur zu spät begriffen, weil ich mich weigerte, eine so verbohrte Idee ernst zu nehmen, die, einmal geboren, zur Ausführung drängte. Haben wir denn nicht genug an den Irokesen, die uns in Atem halten? . . . Die Welt ist verrückt! Wir sind verrückt . . . Wie dem auch sei, eines Morgens kamen die Leute vom Marschallamt und verhafteten mich, mich, den Ersten Syndikus der Stadt Québec.«
»Was sagt Ihr da? . . . Vom Marschallamt?« rief Ville d'Avray entsetzt und riß die Augen auf. »Das kann doch nicht wahr sein! Ihr wollt mir doch nicht etwa weismachen, daß Frontenac etwas Derartiges angeordnet hat.«
»Nein, aber er hat sich von Castel-Morgéat überrumpeln lassen. Er ist, wie Ihr wißt, schließlich Militärgouverneur Neufrankreichs, das dürfen wir nicht vergessen. Er war es, der die Leute geschickt hat . . .«
»Und Eure Frau?« fragte Ville d'Avray. »Wird sie mit Euch nach Frankreich zurückkehren?« Und ohne eine Antwort abzuwarten, fuhr er aufgeregt fort: »Aber natürlich, Lueille muß an Bord der *Maribelle* sein! Schnell eine Schaluppe, damit ich sie besuchen kann, diese wunderbare Freundin.«
»Nein! Sie ist nicht an Bord!« schrie d'Arreboust und sprang auf, um den begeisterten Marquis zurückzuhalten. »Nein, sie ist nicht bei mir! Ihr müßtet doch wissen, daß sie seit einem Jahr in Montréal eingesperrt ist.«
»Eingesperrt? . . . Eingesperrt!!!« wiederholte Ville d'Avray, als wenn er nicht verstanden hätte. »Ihr wollt sagen: lebendig

begraben ... schlimmer als eine Nonne im Kloster? Wie konntet Ihr das nur gestatten? ... Und Ihr bringt es fertig, nach Europa zu reisen und sie zurückzulassen? Ihr seid ja ein Ungeheuer! Ich an Eurer Stelle wäre stehenden Fußes dorthin gerannt und hätte die Zellentür mit einer Hacke eingeschlagen. Lueille eingesperrt ... eine so herrliche Schönheit hinter Gittern? ... Sie hat den vollkommensten Busen der Welt, und Ihr tut nichts für sie?«

»Schweigt, Marquis, Ihr vergeßt Euch!« brauste d'Arreboust auf, packte den Marquis unsanft bei der Halsbinde und schüttelte ihn. »Seid endlich still! Ihr stoßt mir mit voller Absicht einen Dolch ins Herz!«

Sein Gesicht war so rot angelaufen, daß Angélique einen Herzschlag für ihn befürchtete.

Sie schickte sich gerade an, die beiden Streithähne auseinander zu bringen, als d'Arreboust auch schon von Ville d'Avray abließ. Er war sich gerade seiner Unhöflichkeit ihr gegenüber bewußt geworden.

»Verzeiht, Madame«, sagte er zerknirscht. »Das alles hat mich zu sehr mitgenommen, und Ville d'Avrays Provokation war einfach zuviel für mich.«

Ville d'Avray bemühte sich indessen, seine zerzauste Kleidung wieder etwas in Ordnung zu bringen. Er war sehr ungehalten:

»Was, Ihr raubt mir Lueille und erwartet auch noch, daß ich Euch dafür tröste! Verschwindet! Hoffentlich sperrt man Euch wirklich in die Bastille! Ihr verdient es ...«

Und er wandte sich mit indignierter Miene ab und verließ würdevoll den Salon, um seinen Brief an Madame de Pontarville zu schreiben.

»Er hat ja recht«, sagte der Herzog d'Arreboust verzweifelt. »Wenn ich Kanada verlasse, werde ich sie nie wiedersehen, das fühle ich. Sie, in Ville-Marie eingesperrt, und ich hinter den dicken Mauern der Bastille – so unendlich weit voneinander entfernt. Niemand wird sich um uns kümmern! Unser Leben ist zerstört!«

Sie schilderte Joffrey in kurzen Worten, was ihr der Baron anvertraut und wie er sich durch seine Loyalität ihnen gegenüber kompromittiert hatte.

»Wenn er nach Europa gebracht wird, wird er sie vielleicht nie wiedersehen. Und wer wird sich dort dafür einsetzen, daß er aus der Bastille herauskommt? Jahre werden vergehen . . . Ich habe ihm vorgeschlagen, an Bord der *Gouldsboro* zu bleiben, aber er sagt, er habe Luppé sein Wort als Ehrenmann gegeben . . .«

Joffrey de Peyrac sah nachdenklich zum Kommandanten der *Maribelle* hin, der sich gerade an Land rudern ließ, um Pelze einzuhandeln.

Er hatte mit dem Offizier über d'Arreboust gesprochen und aus seinen Worten herausgehört, daß er sich zwar auf keinen Fall der Zusammenarbeit mit einem Piraten schuldig machen würde, es ihn aber letztlich wenig kümmerte, ob Monsieur d'Arreboust nun in Kanada bliebe oder in der Bastille verschwände. Außerdem war es zum Glück nicht Monsieur de Frontenac gewesen, der ihn in die Rolle eines Kerkermeisters gedrängt hatte und dessen Befehl er während seines Aufenthalts in Neufrankreich unterstand. Eine Rolle, die um so unangenehmer sein mußte, als die Familie d'Arreboust mit der seinen weitläufig verwandt war . . .

»Wir werden eine Lösung finden!« sagte Peyrac.

Gemeinsam mit Angélique betrat er den Spielsalon, um mit dem Baron zu sprechen.

»Möchtet Ihr in Kanada bleiben, Monsieur?«

»Was für eine Frage! Mit tausend Freuden! Hier ist mein Herz, mein Leben. Aber ich habe keinen Platz mehr in Kanada, der hohe Rat hat mich abgesetzt . . . Und was viel wichtiger ist: Ich habe Monsieur de Luppé mein Ehrenwort gegeben, keinen Fluchtversuch zu unternehmen.«

»Was heißt das schon, mein Freund! Ihr seid machtlos gegen den Willen eines Piraten . . . Diesmal werde ich mich nicht scheuen, das Bild, das man sich von mir macht, zu bestätigen . . . Ihr seid in meine Hände gefallen, ich brauche Geiseln.

Monsieur de Luppé wird sich den Forderungen eines Freibeuters beugen müssen.«
»Was wollt Ihr damit sagen?«
»Ganz einfach, Monsieur d'Arreboust, hiermit nehme ich Euch gefangen.«

Siebenunddreißigstes Kapitel

Angélique saß an ihrem Sekretär im Salon der *Gouldsboro* – sie war allein. Sie hatte sich früh zurückgezogen, um einen Brief an Desgray zu schreiben. Draußen war es bereits dunkel. Eine Öllampe auf einer Konsole tauchte alles in sanftes gelbes Licht. Die wilden Eskimos aus dem hohen Norden tauschten diese mit Robbenöl gespeisten primitiven Nachtleuchten gegen Salz und Perlen. Sie gaben Licht und wärmten zugleich. In diesem honigfarbenen, warmen Licht nahm Angéliques Gesicht träumerische Züge an.
Sie war an diesem Tag nicht mehr an Land gegangen. Das Schicksal Monsieur d'Arreboust hatte sie vollauf beschäftigt, und zudem hatte sie keine Lust verspürt, Bardagne wiederzusehen, obwohl ihr gesagt worden war, daß die *Saint-Jean-Baptiste* morgen Segel setzen wollte. Es würden sich noch genügend Gelegenheiten ergeben, ihren Anbeter in Québec zu treffen.
Im Augenblick beschäftigten sich ihre Gedanken viel mehr mit *dem Mann im Hintergrund* – mit Desgray. Desgray – ihr Freund, der ihr immer wieder geholfen hatte. Er, der Joffrey so unerschrocken verteidigt hatte, als er als Hexenmeister angeklagt gewesen war, der dabei sogar seine eigene Existenz aufs Spiel gesetzt hatte. Der Mann mit dem Hund, der am Hof der Wunder gefürchtet, aber auch geachtet war.
Der Gedanke, daß Desgray mit im Spiel war, beruhigte sie, denn er war mittlerweile sehr einflußreich geworden. Aber bewies das nicht auch, daß die Lage sehr bedrohlich war: Desgray war immer nur dann aufgetaucht, wenn es ganz besonders schlecht um sie stand.

Der Graf de Bardagne ahnte zwar absolut nichts von den wahren Hintergründen. Er glaubte, Desgray habe ihn seiner Verdienste wegen nach Kanada geschickt. Aber Angélique war sich durchaus bewußt, daß Desgray absichtlich einen Mann ausgewählt hatte, der ihr nicht gefährlich werden konnte, und der sich sicherlich an seine Instruktionen halten würde, um sich nicht im Gefängnis wiederzufinden. Die Tatsache, daß d'Arreboust verhaftet und Loménie-Chambord ebenfalls in Ungnade gefallen war, machte ihr das ganze Ausmaß der Verschwörung deutlich. Schließlich lastete auch ernstliche Bedrohung auf Ville d'Avray, mochte er seinen Optimismus noch so lautstark hinausposaunen. Und sogar der realistische Intendant Carlon fühlte sich mit Recht bedroht, einfach nur deshalb, weil er in Akadien ihre Hilfe angenommen hatte.
Da war Ambroisine gewesen. Sie war für sie die Verkörperung der Feindschaft gegen sie. Sie war ein Bindeglied zwischen den Verschwörern beider Welten gewesen, die sich größtenteils überhaupt nicht kannten.
Sie war tot. Aber andere würden auftauchen. Es kam ihr vor, als müßten sie gegen eine hundertköpfige Hydra kämpfen. Zur Abwechslung erschien nun wieder einmal Desgray. Er nahm erneut seinen Platz im Reigen der Akteure ein. Wahrscheinlich hatte er ihn nie verlassen . . .
Sie versuchte sich zu erinnern. Es stimmte, Ambroisine hatte ihr von Desgray erzählt, der die Absicht gehabt hatte, ihre Freundin, die Marquise de Brinvilliers, zu verhaften. Die Giftmischerin . . . Sie hatte gesagt: »Ich bin seinetwegen geflohen. Er war zu neugierig, er war hinter mir her . . .«
Sie sprang plötzlich auf. Etwas Unsichtbares hatte ihr Kleid gestreift und bewegte sich nun neben ihr. Erschrocken wich sie zurück, fast hätte sie aufgeschrien. Die Geschichte mit der Dämonin hatte ihre Nervenkraft reichlich strapaziert und sie schreckhaft gemacht.
»Ach, du bist es! . . . Du hast mir einen schönen Schrecken eingejagt . . . Komm, kleiner Kater!«
Der Kater war ihr wahrscheinlich wie gewöhnlich bis in den Salon gefolgt, oder er hatte es sich auf dem Bett gemütlich ge-

macht und geschlafen. Mit geschmeidiger Behendigkeit sprang er nun auf den Tisch und schmiegte sich schnurrend an ihre Wange, den Schwanz hoch aufgerichtet.
Große goldene Augen senkten sich in einer Mischung aus Neugier und Zweifel in die ihren, als wollten sie fragen: Was ist mit ihr? Ist sie krank oder könnte man mit ihr spielen?
Sie fing an zu lachen.
»Komm, mein Liebling!« Sie nahm ihn auf den Schoß, kraulte ihn sanft hinter den Ohren und versuchte, seine geheimnisvollen Augen zu ergründen.
»Du hast sie gesehen!« dachte sie. »Du hast gleich das teuflische Feuer erkannt, das von ihrem verführerischen Gesicht ausging. Deine Haare sträubten sich, und du hast sie angefaucht . . . das Böse! . . . Du hast es instinktiv gefühlt, kleine Katze!«
Piksarett, ihr indianischer Freund, hatte es ebenfalls gespürt: »Diese Frau steckt voller Dämonen«, hatte er gesagt. Er, der sie, Angélique, seine Gefangene nannte, weil er ihr einmal das Leben gerettet hatte und sie von dieser Minute an wie ein Schatten bewachte. Nachdem die Herzogin in den Wäldern umgekommen war, hatte er sich von ihr mit den Worten verabschiedet: »Ich werde dich in Québec wiedersehen. Auch dort wirst du meiner Hilfe bedürfen.« Würde er wirklich kommen?
Gedankenverloren streichelte sie das zarte Fell des Katers. Sein zufriedenes Schnurren übte eine beruhigende Wirkung auf ihre angegriffenen Nerven aus. Im Augenblick witterte er nichts Böses und rollte sich behaglich in der Nähe der wärmespendenden Lampe zusammen, um ein Nickerchen zu machen. Unwillkürlich mußte sie daran denken, wie sie ihn eines Nachts blutverschmiert und mit verbrannten Pfoten gefunden hatte. Jemand hatte das arme, unschuldige Tier grausam gequält. Erst später hatte sie erfahren, daß es das eifersüchtige Werk der Dämonin gewesen war.
Eine andere, noch schrecklichere Szene, die sie in Versailles erlebt hatte, kam ihr in den Sinn. Barcarole, der Zwerg der Königin, den sie vom Hofe der Wunder her kannte, hatte sie damals vor einem Mordanschlag der Montespan, der auf sie eifersüchtigen Favoritin des Königs, warnen wollen. Er hatte sie

durch einen düsteren Geheimgang geführt, wo sie durch einen Spalt in der Wand Zeuge einer grausamen Szene wurde: Man hatte im wahnwitzigen Rausch einer schwarzen Messe ein neugeborenes Kind ermordet.
Die spöttisch lachende Stimme der Voisin klang ihr noch in den Ohren: »Keine Gefahr, sie werden den Korb mit dem Leichnam nicht untersuchen. Die Protektion, die ich hier genieße, läßt sie eher Bücklinge vor mir machen, wenn sie mich vorbeikommen sehen.«

Jetzt war es an der Zeit, Desgray aufzuklären!
»Mit all den Dingen, die ich weiß, werde ich diese giftigen Nattern, diese scheinheiligen Eiferer am Hofe endlich zum Schweigen bringen!« dachte sie befriedigt.

Mit trägem Blick aus halb geschlossenen Augen verfolgte die Katze die ungewohnten Vorbereitungen:
Sie hatte eine spezielle Schublade für ihre Schreibutensilien: Pergamentblätter, Tintenfaß, sorgfältig gespitzte Gänsefedern, Radiermesser, Federmesser, Siegelstangen und schließlich eine goldgefaßte Perlmuttschale mit feinem Sand kamen zutage.

Sie nahm die Feder zur Hand:
»Desgray, mein lieber Freund!
Wie Ihr ja bereits wißt, schreibe ich Euch aus einem fernen Land. Monsieur de Bardagne hat mir zwar keine ausdrücklichen Grüße von Euch übermittelt, aber ich habe auch so verstanden ... Habt Ihr nicht schon immer alles über mich gewußt?«
Sie lehnte sich einen Augenblick zurück. Zärtliche Dankbarkeit erfüllte sie, während ihr immer klarer wurde, wie oft er ihr doch aus der Patsche geholfen hatte. Ob nun in jener Nacht, als sie mit den Leuten vom Hof der Wunder in eine Apotheke eingebrochen war, oder in La Rochelle ...
»Ich danke Euch sehr, sehr ... für alles, was Ihr so oft für mich getan habt und immer noch tut. Und nun komme ich zu dem eigentlichen Grund meines Schreibens. Vielleicht erinnert Ihr Euch noch, daß ich vor sechs oder sieben Jahren zu Euch kam,

weil ich mich bedroht fühlte. Ich brachte damals ein Hemd von mir mit, von dem ich glaubte, es sei irgendwie präpariert worden. Ich fürchtete um mein Leben, weil ich einigen Attentaten schon fast zum Opfer gefallen wäre. Ich erinnere mich noch, daß Ihr mich nicht gleich ernstgenommen habt, dabei hatte ich eine schwarze Messe mit eigenen Augen beobachtet, die zu dem Zwecke abgehalten wurde, den Mord an mir vorzubereiten. Ich wollte mich nur nicht hinreißen lassen, berühmte Namen nennen zu müssen, denn ich wollte um jeden Preis einen Skandal vermeiden. Aber Ihr habt trotzdem Nachforschungen angestellt, und als Ihr dann den Beweis in Händen hieltet, daß es sich tatsächlich um Gift handelte, war ich undankbar genug, mich in Schweigen zu hüllen. Aber vielleicht versteht Ihr meine Beweggründe besser, wenn Ihr erst über die näheren Zusammenhänge Bescheid wißt. Denn ich habe mich entschlossen, endlich zu sprechen.«
Ihre Feder hastete über das Papier ... Sie sah die Szene im Büro Monsieur de la Reynies lebendig vor sich; wie sehr hatten er und Desgray sich doch bemüht, irgendwelche Namen von ihr zu erfahren. Ihr lieber Freund Desgray war sogar nicht davor zurückgeschreckt, sie mit einem stark alkoholhaltigen Likör betrunken zu machen.
»Ich kenne ein kleines Haus an der Ecke Rue des Blancs-Manteux und Place Triquet. Dort wohnt oder wohnte zumindestens bis vor kurzem eine Wahrsagerin namens Deshayes-Mauvoisin. Außerdem hat sie noch in La Gravois, in der Nähe des Faubourg Saint-Denis, eine sehr schöne Wohnung und wahrscheinlich noch andere Schlupfwinkel. Jedenfalls ist sie diejenige, die die Fäden in der Hand hält und schon einige Giftmorde arrangiert hat. Dort werden auch die unerwünschten Kinder umgebracht...«
Mißtrauisch verfolgte die Katze das Kratzen der weißen Feder auf dem Papier und versuchte, ihr hin und wieder mit ihren Pfoten einen leichten Schlag zu versetzen.
Doch Angélique achtete nicht darauf. Sie war ganz in Gedanken versunken. Es wurde ihr klar, daß ihre Eröffnungen eine Welt aus den Angeln heben konnten. Sie würden den Hof der Lä-

cherlichkeit preisgeben und gewisse Leute dem Beil des Scharfrichters ausliefern, ja sogar dem Scheiterhaufen der Inquisition. Sie würden hochgeachtete Persönlichkeiten ins Exil bringen, unzählige Karrieren zerstören und schließlich den König selbst mitten ins Herz treffen ...
Damals hatte sie geschwiegen ... Aber heute, da der Kampf, den man ihnen angesagt hatte, sich seiner entscheidenden Phase zu nähern schien, da man nicht einmal mehr vor gefährlichen Verleumdungen und heimlichen Machenschaften zurückschreckte, würde sie reden. Sie erkannte, daß dies der einzige Weg war, ihre unsichtbaren Feinde, die ihr diesen Kampf ums Überleben aufgezwungen hatten, zum Schweigen zu bringen und ihnen vielleicht gar den Todesstoß zu versetzen.
»Die Voisin hat ausgezeichnete Beziehungen zum Hof, es wäre daher sehr gut, wenn Ihr eine Demoiselle Desœillet ausfindig machen könntet. Ich habe sie einmal beim Falschspiel erwischt, sie beliebte, sich mit dieser kleinen Nebenbeschäftigung etwas Taschengeld für das kostspielige Leben bei Hof zu verdienen. Ihr versteht? ...«
Desgray mußte lange auf diese Gelegenheit gewartet haben. Selbst wenn er gewisse Personen verdächtigt haben mochte, konnte er nicht ohne stichhaltige Beweise einen Haftbefehl gegen sie erwirken.
»Mit diesem Mädchen werdet Ihr eine wichtige Schlüsselfigur in der Hand haben. Sie ist die Zofe einer der angesehensten Damen aus der Umgebung des Königs. Dort müßt Ihr suchen ...«
Sie hielt inne und rief sich Madame de Montespan vor Augen, ihre einstige Mitschülerin im Kloster von Poitiers, die später zu Maitresse des Königs avanciert war. Warum hatte sie nur solchen Haß gegen sie empfinden können, daß sie sogar vor Mord nicht zurückschreckte? Nur weil sie glaubte, in ihr eine Rivalin um die Gunst des Monarchen zu sehen? ... Sie sah sie vor sich, blond mit großen blauen Augen – eine überaus geistreiche Frau.
Sie zögerte, den schillernden Namen ganz auszuschreiben: Athenais de Montespan. Doch Desgray würde Bescheid wissen,

das genügte. Und wenn der Brief in fremde Hände fiele, wäre es besser, wenn nicht jeder alles verstehen könnte.
Monsieur d'Arreboust hatte ihr zwar versichert, daß sein Diener auf alle Fälle nach Europa zurückzukehren wünsche und alle vertraulichen Botschaften zuverlässig an ihren Bestimmungsort bringen werde, doch man konnte nie wissen, was alles passieren würde ...
Aber es war höchste Zeit, daß Desgray endlich einen Schlüssel fand, der ihm die Tür zur Hochburg der Verbrechen wenigstens einen Spaltbreit öffnen würde. Die Festung war wohl bewacht von Angehörigen des Hofs, die arrogant, unmoralisch, mit gesicherten Privilegien und stolz auf ihre Laster eine untergeordnete Dynastie von Komplicen züchteten. Diese Diener, Zofen, Beichtväter und Kaufleute waren alle zu sehr darauf bedacht, sicher im Kielwasser der Großen mitzuschwimmen, als daß sie ihre Existenz durch unvorsichtige Bekenntnisse aufs Spiel gesetzt hätten. Die gefährlichen Krallen de la Reynies kratzten vergeblich an den Portalen von Versailles. Man fischte Leichen aus der Seine, es gab einiges Geschrei wegen eines allzu plötzlichen Todes, aber niemand wagte es ernstlich, seine Nase in Dinge zu stecken, die ihn eigentlich nichts angingen. Was sie auch wagten, selbst die kühnsten Polizisten, sie bekamen nichts zu fassen.
War nicht die Herzogin de Maudribourg ein Beispiel für diese vergebliche Jagd auf schönes Wild? Aber sie hatte es trotzdem letztlich vorgezogen, das Weite zu suchen und ihre Untaten jenseits der Meere fortzusetzen. Angélique erinnerte sich, daß Ambroisine vieles über ihre Vergangenheit gewußt hatte: daß sie am Hofe als Marquise du Plessis-Bellière eine Rolle gespielt, und daß Athenais sie immer gehaßt hatte ... War es Desgray nicht trotz allem gelungen, Madame de Brinvilliers zu erwischen? Aber wenn man es recht bedachte, war diese Giftmischerin im Verhältnis zu den anderen nur ein kleiner Fisch. Sie war nur eine Randfigur gewesen, die diese *chemischen Spielereien* nur zu ihrem eigenen Vergnügen inszeniert hatte. Es war leicht gewesen, sie als etwas abnormal abzutun. Glazer, der ihr das Gift beschafft hatte, mußte außerdem ein vorsichtiger

Mann gewesen sein und sicher weniger freigiebig als die Voisin, die ganz Paris mit ihren Allheilmitteln versorgte.
Nachdem Desgray die Brinvilliers zum Schafott geführt hatte, lief die Polizei Gefahr, plötzlich wieder mit leeren Händen dazustehen. Der andere Vogel, Ambroisine, war ausgeflogen, und die Großen waren nicht zu fassen.
Es war schwer, einen Ansatzpunkt zu finden, wenn es keine Möglichkeit gab, über die Mittelsmänner an den Kopf der Bande heranzukommen, da die Täter in der besten Gesellschaft zu suchen waren. Selbst wenn man die Voisin fassen würde, konnte man nicht sicher sein, daß man sie auf der Folterbank zum Sprechen bringen könnte, denn was immer man gegen sie sagen mochte, war sie doch eine willensstarke Person.
Plötzlich fiel Angélique eine wichtige Einzelheit ein. Und mit einer heftigen Bewegung, die die Katze im Schlaf zusammenzucken ließ, ergriff sie von neuem ihre Feder:
»... Um alles genau zu erfahren, öffnet bitte den Umschlag, den ich seinerzeit bei Monsieur de la Reynie hinterlegte, mit der Bitte, ihn erst nach meinem Tode zu öffnen. Auf meinen ausdrücklichen Wunsch sollt Ihr das Siegel jedoch schon heute brechen. Dort ist alles genauestens geschildert, was Ihr über das Attentat, dem ich in Versailles beinahe zum Opfer gefallen wäre, erfahren müßt. Es möge Euch als Beweis dienen! Ihr werdet dort Namen lesen, deren Kenntnis Euch erlauben wird, nach jenen Elenden zu forschen, die in der Gewißheit ihrer Unantastbarkeit nicht davor zurückschreckten, zu morden und sich damit dem Satan auszuliefern.«
Irgendeiner jener Handlanger, deren Namen sie damals hatte herausfinden können, die für klingende Münze ein Auge zugedrückt hatten, würde gewiß auf der Folterbank den Namen der Madame de Montespan preisgeben... Irgendwann einmal mußte auch sie bezahlen, die Ehrgeizige... Sie mußte an die unzähligen Neugeborenen denken, die hatten sterben müssen, um die unersättliche, pervertierte Liebesgier dieser Frau zu befriedigen... Dieser Gedanke ließ sie erschauern.
Angélique holte tief Atem.
Sie waren in Gelächter ausgebrochen, als sie ihnen gestern

abend erklärt hatte, daß sich in Versailles allzu viele Giftmischer eingenistet hätten.
Welche Gerüchte auch immer in Paris und anderswo kursieren mochten – man pflegte nur darüber zu lachen: Giftmischer am Hofe? Aber nein, das war doch absurd! Wer glaubte schon daran angesichts dieser harmlosen Adligen, die ganz von ihrem ausschweifenden Lebenswandel in Anspruch genommen zu sein schienen? Nur Desgray war zäh genug, ihr Lachen im Keim zu ersticken und es in Heulen und Zähneknirschen zu verwandeln.
»Mein Freund, nun komme ich zu meiner Bitte an Euch und der Forderung, die ich an meine Enthüllungen knüpfe.
Ich beschwöre Euch, von nun an darauf zu achten, was man sich über *uns* erzählt« – er würde erraten, daß sie von sich und Joffrey sprach –, »damit wir die Feinde ausfindig machen können, die wir im Königreich haben und die auf unseren Untergang bedacht sind. Bitte, versucht auch, soweit Euer Einfluß reicht, unsere Interessen beim König zu verteidigen.«
Sie strich den letzten Satz wieder aus. Desgray war sehr wohl fähig, selbst daran zu denken, ihre Interessen beim König zu vertreten. Denn es war der König, der die Geschicke aller in Händen hielt.
Sie begnügte sich hinzuzufügen:
»Ich danke Euch, Ihr Teufelskerl – lebt wohl, mein Freund.«
Dann zögerte sie etwas, bevor sie unterschrieb: »*Marquise der Engel.*«
Er würde sie vor sich sehen, wie sie – fast noch ein Kind – leichtfüßig durch die Straßen von Paris vor ihm floh. Die Nachtluft voller übler Gerüche . . . sein bissiger Spürhund auf ihren Fersen.
»Sorbonne, du hast mich damals gleich wiedererkannt, du hast mir nichts getan«, flüsterte sie vor sich hin.
Er mußte längst tot sein, der Hund Sorbonne. Der Schreck, den sie bei diesem Lauf ausgestanden hatte, ließ sie nachträglich noch erzittern. Sie hatte damals gedacht, ihr Herz müsse zerspringen . . .
So würde Desgray sie vor sich sehen: Wie er sie in seinen Ar-

men aufgefangen hatte, mit zerzaustem Haar und so zerbrechlich, die berühmt-berüchtigte Marquise der Engel ...
Sie hob die Augen und begegnete dem Blick des Katers:
»Wir haben es geschafft, mein Kleiner. Das Leben hat sich erfüllt. Hier auf diesem Schiff erleben wir seinen Höhepunkt. Aber die Schwierigkeiten der Vergangenheit werden uns weiterhin begleiten. Verstehst du das?«
Die Katze schnurrte.
»Vielleicht erwartet uns am Ende des Weges der Triumph!«
Nachdenklich betrachtete sie den Brief, den sie geschrieben hatte. Eine Botschaft, die das Leben einiger Menschen in Paris auf grausame Weise verändern würde, von der aber auch ihr Schicksal abhing.
Ganz unten fügte sie noch ein Postscriptum an:
»P.S. Es könnte sein, daß wir eines Tages einen Bericht über die Herzogin von Maudribourg benötigen. Wäre es Euch möglich, uns die Akte zu schicken? Vermerkt bitte alles, was Ihr über sie wißt. Und wenn Ihr über einen vertrauenswürdigen Kurier verfügt, laßt uns bitte alles zukommen. Nochmals tausend Dank.«
Ambroisine war tot. Aber eines Tages würde man von ihnen über ihr Verschwinden Rechenschaft fordern. Es wäre besser, wenn man dann Beweise in der Hand hätte, um die gefährliche Persönlichkeit derjenigen zu entschleiern, die sich *Wohltäterin* hatte nennen lassen.
Da man mit allen Mitteln gegen sie kämpfte, sogar nicht davor zurückschreckte, mit falschen Aussagen und dubiosen Untersuchungen zu arbeiten, hatte man sie gezwungen, Dinge ans Licht zu bringen, die eine Welt erschüttern würden, eine Welt, die für sich den Ruf absoluter Integrität beanspruchte. Sie würde sie mit ihren eigenen Waffen schlagen. Entfernungen zählten wenig im Austausch tödlicher Geheimnisse.

Achtunddreißigstes Kapitel

Joffrey de Peyrac war eingetreten und blickte Angélique von hinten über die Schulter. Sie ahnte, daß er überrascht sein mußte, sie beim Schreiben eines Briefs vorzufinden. Es kam selten vor, daß sie sich an ihrem Sekretär niederließ, um ihre Gedanken zu Papier zu bringen.
»Hat unser Freund Ville d'Avray Euch mit seinem Schreibfieber angesteckt?« fragte er lachend. »Wer mag der unbekannte Adressat sein, dem dieser Brief gewidmet ist?«
»Er ist an den Polizeibeamten François Desgray.«
Sie erhob sich und reichte ihm den Brief.
»Wollt Ihr ihn lesen?«
Schweigend überflog er die Zeilen, unterließ es jedoch, sie zu fragen, was sie zu dem schwerwiegenden Entschluß veranlaßt habe, ihrem alten Freund diesen verhängnisvollen Brief zu schreiben. Aus welchem Grund sie durch diese Enthüllungen wieder eine Verbindung mit ihm anknüpfen wollte, obwohl ihre Flucht in die Neue Welt sie doch endgültig von ihm getrennt zu haben schien. Doch er wußte, daß sie immer ihrem Instinkt folgte. Ihren plötzlichen Eingebungen gehorchend, die jedoch meist gründlichen Überlegungen entsprangen und nach vorsichtigem Abwägen unbewußt in ihr gereift waren.
Er las, und es ergriff ihn ein Schaudern, als er sich der Tragweite dieser Entscheidung bewußt wurde. Durch die zarte Hand dieser Frau sollte der König von Frankreich mitten ins Herz getroffen werden.
Diese Zeilen bestätigten ihm ein Gefühl, das er schon lange undeutlich empfunden hatte, ohne es jedoch in Worte kleiden zu können. Diese Frau mußte einfach auf viele Menschen einen furchtbaren und erschreckenden Eindruck machen. Mit derselben Erbarmungslosigkeit, mit der sie früher um das Leben ihrer Kinder gekämpft hatte, brachte sie es heute fertig, mit einem einzigen Federstrich andere an den Galgen zu liefern, um ihn zu verteidigen – ihn, sich selbst, sie alle. Sie ging dabei mit einer so verblüffenden Raffinesse vor, daß man es fast schon Gerissenheit nennen konnte.

Er betrachtete sie voller Respekt, während sie zu ihm aufsah mit ihren klaren grünen, unendlich zart und träumerisch von langen dunklen Wimpern überschatteten Augen, in denen man den ganzen Liebreiz ihres Herzens lesen konnte, und auf seine Zustimmung wartete.
Wie sie so vor ihm stand im Schein der Öllampe, war sie wirklich von atemberaubender Schönheit. Ihr ebenmäßiges, offenes Gesicht, dessen edle Züge sich im Laufe der Jahre und mit fortschreitender Reife immer mehr verfeinerten, bot ein Bild vollkommener Harmonie.
Da war der vornehme Schwung ihrer Brauen, die feine Linie ihrer Nase und das betörende Rot ihrer vollen Lippen.
Und er fühlte sich wie magisch angezogen von dem Blick ihrer großen Augen, die sich ihm rückhaltlos auszuliefern schienen, und doch überkam ihn in diesem Moment die Empfindung, daß es nichts Unergründlicheres auf der Welt geben könne, als eben das tiefe Grün dieser Augen.
Das Gesicht einer Göttin, ja fast einer Madonna, auf dem die Schrecken, die Demütigungen und die ausgestandenen Torturen ihres Existenzkampfes keine Spuren hinterlassen hatten. Im Gegenteil, es war nur noch schöner geworden. Sie schien aus unendlichen Quellen der Kraft zu schöpfen, und ihr Selbsterhaltungstrieb war so stark, daß sie sogar aus der Hölle noch strahlend hervorging.
»Für den König werden Eure Enthüllungen ein schwerer Schlag sein«, sagte er und faltete den Brief zusammen.
»Und ich? Hat *er* denn gezögert, mich zu schlagen? Mich zu verfolgen? Bis heute? Bis in die Wildnis von Kanada?«
In kurzen, abgehackten Sätzen, von denen jedes Wort sie schmerzliche Überwindung zu kosten schien, fuhr sie fort.
»Er hat mich auf hundert Wegen verfolgt ... er hat von mir verlangt, daß ich öffentlich Abbitte leiste ... und die Krönung meiner Demütigung wäre mit Sicherheit meine restlose Selbstaufgabe gewesen ... in seinem Bett! Er hat mich zum Äußersten getrieben mit all der Macht, die ihm zur Verfügung stand, um mich zum Nachgeben zu zwingen.«

Plötzlich unterbrach sie sich, und als seien ihr unversehens Zweifel gekommen, fragte sie ihn beunruhigt:
»Was haltet Ihr davon?«
»Wovon? Von diesem Brief oder dem Entschluß, ihn zu schreiben?«
»Von beidem.«
»Ich finde, daß diese Epistel einem Kriegsschiff gleicht, das beladen mit Pulver und Kanonen in See sticht, zum Angriff gegen die feindlichen Schiffe, die es mit Mann und Maus versenken soll.«
»Vorausgesetzt, es wird nicht abgetrieben und erreicht unbeschadet sein Ziel, so daß es ungehindert losschlagen kann«, warf sie ein.
»In Gestalt von Monsieur Desgray, der die Lunte anzünden und die Explosion auslösen wird.«
»Ja ... Desgray ... Er ist der einzige Verbündete, den wir in Frankreich noch haben.«
Gedankenverloren blickte sie in die Ferne. Sie legte ihre Hand auf seine Brust und streichelte unbewußt über den Samt, unter dem sein Herz schlug.
»Erinnert Ihr Euch an ihn? War er damals nicht Euer Anwalt?«
»Ja, natürlich. Ich erinnere mich noch gut an ihn. Er hat mich in dem Prozeß mit Brillanz verteidigt.«
Angéliques Streicheln war wie eine süße Liebkosung, deren Glut er durch den Stoff hindurch spürte. Die zarte Hand einer Frau, die so viel Macht besaß. Er fühlte seine Liebe aufwallen unter ihrer Berührung.
»Nach dem Prozeß trachtete man ihm nach dem Leben. Er mußte in Paris untertauchen, und man hörte nichts mehr von ihm«, murmelte sie. »Sonderbar ... mir wurde eben klar, daß unser beider Leben schon sehr lange miteinander verbunden ist, da wir bis weit zurück in die Vergangenheit einen gemeinsamen Freund haben ... nämlich Desgray. Als ich ihn wiederfand, war er Polizeibeamter geworden und ich eine gehetzte ... eine gesuchte Frau. So stand unser Wiedersehen unter völlig veränderten Vorzeichen.«

»Er war natürlich vernarrt in Euch?«
»Desgray ist niemals vernarrt, er ist ja schließlich kein Narr«, antwortete sie mit einem kleinen Lächeln.
»Aber Ihr seid die berühmte Ausnahme, die die Regel bestätigt, nicht wahr?«
»Vielleicht ein bißchen, aber sein Gefühl ging nie bis zur Vernarrtheit.«
»Immerhin bis zur Fluchthilfe. Ohne ihn wäre es Euch nie gelungen, aus La Rochelle zu fliehen. Für einen hochgestellten Polizeibeamten will das etwas heißen. Allein deshalb bin ich ihm Dank schuldig.«
Rasch klärte sie ihn darüber auf, welche Geheimnisse der bei de la Reynie deponierte Brief enthielt, und beim Klang ihrer Stimme wurde ihm das Ausmaß des unerbittlichen Kampfes klar, der bis in die höchsten Kreise hinein geführt wurde. Das erklärte auch ihre mitunter verletzenden Reaktionen, als ob sie sogar von seiner Seite irgendwelche Rache oder menschliche Bosheit zu befürchten hätte.
Dieses Mißtrauen hatte sie ein Dasein gelehrt, das ganz auf die Verteidigung gegen den Mann ausgerichtet war, gegen seine anmaßenden Forderungen einer vollständigen Unterwerfung, gegen die egoistischen Gesetze der Männer. Männer, immer nur Männer, die Verbote aussprachen, Gehorsam forderten und sie mit ihrer Begierde bedrängten. An ihrer Spitze wieder ein Mann – der König. Ein Mann, dessen Macht ausgereicht hatte, Mademoiselle de La Vallière dazu zu bringen, gegen die Gesetze ihres Glaubens zu verstoßen, um sich ihrer Macht über ihn zu vergewissern. Seinetwegen hatte Madame de Montespan ihre Rivalinnen ermordet und sich dem Teufel ausgeliefert. Um sich zu verteidigen, hatte Angélique sich mit allen ihr zur Verfügung stehenden Kräften gewehrt ...
Plötzlich sagte sie: »Mir ist gerade etwas eingefallen.«
»Ja? ... Sprecht Euch aus, Madame! Ich höre.«
»Ich *habe* dem König damals sogar *meine Unterwerfung angeboten*. Damals im Schloß von Plessis, wo man mich seit meiner Rückkehr aus Marokko wie eine Gefangene hielt. Molines, der langjährige Verwalter der Familie de Plessis, hatte mich schon

lange dazu zu überreden versucht. Ich verfaßte also einen Brief, in dem ich *Ihm* versicherte, daß ich mich vor ihm beugen und mich nach Versailles begeben würde, um vor versammeltem Hofe Abbitte zu leisten . . . Ich versprach, vor ihm auf die Knie zu fallen, wie es einer ergebenen Vasallin zukam. Es stimmt, ich weiß noch ganz genau, daß ich diesen Brief schrieb . . . weil . . . weil ich einfach am Ende war. Ich konnte nicht mehr mitansehen, wie die Beutegier der Soldaten des Königs meine Provinz verwüstete, wie die hugenottischen Bauern von den Missionaren in Uniform gequält wurden, während ich selbst unter Arrest stand und tatenlos zusehen mußte.
Da war vor allem unser Sohn Florimond, der das ganze Elend miterleben mußte. Eines Tages war er zu mir gekommen, um mir zu sagen, daß er fort wolle. Er wollte Charles-Henri, meinen Sohn aus meiner Ehe mit dem Marquis du Plessis-Bellière, mitnehmen, weil er um ihrer beider Zukunft fürchtete. Ich versuchte, ihn damit zu trösten, daß Charles-Henri ja das Schloß erben würde, und er fragte: Und ich? Was besitze ich? Und ich mußte ihm antworten: Du besitzt nichts, mein Sohn, mein schönes, stolzes Kind . . . Man hatte ihm alles genommen, weil er der Sohn des Grafen Peyrac war. Und er hatte nur mich zu seiner Verteidigung. Mich, eine ohnmächtige Gefangene in meinem eigenen Schloß, mich, deren einzige Hilfe der König war. Und ich hatte es gewagt, ihm die Stirne zu bieten! Deshalb schrieb ich diesen Brief. Molines brach alsbald auf, um ihn zu überbringen. Aber es war bereits zu spät!«

Es kam Joffrey vor, als sehe sie in ihm ihren Beichtvater, von dem sie Absolution erwarte.
Er hörte ihr aufmerksam zu und hütete sich, auch nur durch die geringste Geste zu verraten, ob er Rührung oder Zorn empfand. Endlich sprach sie! Er spürte, daß sie aus dem Gleichgewicht geraten war, und wenn sie sich dazu überwunden hatte, ihm alles zu gestehen, dann wandte sie sich nicht nur an ihn, sondern über ihn hinweg an einen allgemeineren Gegner – den Feind im Manne! Und sie schien ihm in diesem Augenblick unendlich zart und zerbrechlich.

»Zum Glück gelang es Florimond, rechtzeitig zu fliehen«, fuhr sie fort. »Er hatte schon immer diese seherischen Fähigkeiten ... Er hatte einen Traum ... er sah Euch und Cantor in Amerika vereint ... Er wollte zu Euch ...«
Ihre Stimme erstarb. Sie blickte ins Leere und schwieg.
»Und was geschah dann?« fragte er.
»Was dann geschah ... Habe ich Euch noch nie davon erzählt? ... Sie kamen noch am selben Abend, als Molines gerade auf seinem Maultier fortgeritten war, um dem König meine Botschaft zu überbringen. Sie zündeten das Schloß an, brachten meinen kleinen Sohn um, metzelten meine Dienerschaft nieder ... Sie haben ... alles verwüstet und zerstört, sie haben mich ...«
Die Stimme versagte ihr, sie brachte es nicht über sich, weiterzureden. »Es war eine Nacht des Grauens ... Könnt Ihr mich nun verstehen?«
Als er nicht reagierte, sprach sie rasch weiter:
»Wie ich jetzt weiß, hatten sie keinerlei Befehl. Es lag einfach in der Luft. *Und wir waren ihre Opfer*. Ich hatte meine Unterwerfung zu lange hinausgezögert. Aber was in jener Nacht geschah, dieses Aufflackern der Gewalt, kam mir damals so vor, als führte der König einen letzten Schlag gegen mich. Hier ging in meinen Augen ein tyrannischer Monarch bis zum äußersten, um mich zu zerstören.
So bin ich die Rebellin des Poitou geworden, und ich habe meine Truppen gegen die königlichen Garnisonen geführt.«
Er hörte ihr immer noch schweigend zu.
»Heute bin ich froh über diesen Brief, denn er könnte ins Gewicht fallen, wenn der König den Fall der Rebellin des Poitou im Zusammenhang mit dem des Rescators wieder aufrollt.«
Angélique fühlte sich nach dieser Aussprache wie von einer schweren Last befreit.
»Ich werde Desgray sagen, daß er sich mit dem alten Molines in Verbindung setzen soll ... wenn er noch lebt«, beschloß sie.
Und von neuem kratzte die Feder über das Papier. Sie war ganz in ihrem Element. Einzelne blonde Locken fielen ihr in die

Stirn, was sie wesentlich jünger aussehen ließ. Er beobachtete sie gerührt. Wie gewandt und flüssig sie doch schrieb! Er mußte fast lachen über die Kühnheit, die sie entwickelte, seitdem sie sich entschlossen hatte, Krieg zu führen.
Über Angéliques Kopf hinweg traf sein Blick den der Katze, die ihn durchdringend musterte. »Ach ja, Herr Kater«, dachte er. »Was sind wir schon, wir Herren der Schöpfung, gegenüber gewissen Frauen?! . . .«
Nachdem sie geendet hatte, bestreute sie die noch frische Tinte mit Sand, blies auf die Lunte, um das Ende eines Stäbchens aus rotem Wachs zu schmelzen, mit dem sie die zusammengefaltete Botschaft versiegelte. In das noch weiche Wachs drückte sie das Wappen ihres Ringes. In Gedanken war sie bei Desgray in Paris. Sie sah ihn vor sich, wie er mit geschickter Hand das Siegel brechen würde. – Peyrac betrachtete sie voller Zärtlichkeit. Sie war weit weg und doch so nahe bei ihm. Sie durchlebte noch einmal ihre Kämpfe von damals, aber diesmal war er bei ihr, und er würde sie beschützend in seine Arme nehmen, wenn die alte Angst erneut von ihr Besitz ergreifen würde.
Sie hob die Augen zu ihm auf.
»Das hätten wir geschafft. Desgray weiß nun Bescheid. Wir werden uns hier zur Verteidigung rüsten, während er sich in Paris für uns einsetzen wird.«
Nach längerem Schweigen fuhr sie nachdenklich fort:
»Das Schwierige ist nur, daß wir gegen Schatten kämpfen müssen. Ja, es ist eine Verschwörung der Schatten aus der Vergangenheit, die uns nun in Québec erwartet. Man muß sie ans helle Licht des Tages holen, den schemenhaften Gesichtern Namen geben. Man muß ihnen die Maske vom Gesicht reißen . . . Ich habe Angst, besonders vor dem mächtigen Jesuitenpater d'Orgeval, der mich mit seinem Haß verfolgt, ohne mich je gesehen zu haben. Er ist für mich wie eine dunkle Gestalt aus einer Legende. Ich frage mich manchmal, ob er überhaupt existiert. Er hat Dinge wieder auf den Plan gerufen, die in Vergessenheit geraten waren, vielleicht ohne es zu wissen, denn er *konnte* ja nicht über *alles* informiert sein. Aber jetzt könnte auch er die Lawine, die einmal ins Rollen gekommen ist, nicht mehr auf-

halten, selbst wenn er es wollte. Wir werden also kämpfen müssen.«
Als sie seinen leidenschaftlichen Blick gewahr wurde, rief sie voller Entrüstung aus:
»Ihr seid wirklich wie Nicolas de Bardagne! Er hörte mir mit entzücktem Gesichtsausdruck zu, während ich dabei war, ihn mit strengen Worten in seine Schranken zu weisen . . . Und ich erzähle Euch von unserem vielleicht gefährlichsten Feind in Kanada und Ihr . . . Ihr schaut mich nur verliebt an.«
Er verneigte sich vor ihr mit gespielter Unterwürfigkeit.
»Aber ich liebe Euch, meine gestrenge Herrin.«
Er nahm sie lachend in seine Arme.
»Da habt Ihr wieder den Beweis Eurer Macht, Madame. Selbst Sébastien d'Orgeval wird angesichts Eures Charmes die Waffen strecken. Ich bin seinetwegen durchaus nicht so beunruhigt wie Ihr. Ihr dürft nicht vergessen, daß wir jetzt schon zwei Fürsprecher haben, auf deren Meinung er große Stücke hält . . .«
»Zwei? Wen könntet Ihr außer Mutter Bourgeoys wohl meinen?«
»Den Grafen de Loménie-Chambord. Er ist ein Jugendfreund von ihm, sie haben dieselbe Klosterschule besucht. D'Orgeval liebt ihn wie einen Bruder . . . Aber was viel wichtiger ist, Ihr selbst werdet unsere beste Fürsprecherin sein, Ihr werdet mit Eurem Liebreiz, Eurer unvergleichlichen Schönheit und Eurer beispielhaften Eleganz alle Herzen erobern. Euer Licht wird die Schatten vertreiben. Ihr werdet wie eine Königin Einzug in Québec halten. Habt Ihr Euch eigentlich schon Gedanken darüber gemacht, welches Kleid Ihr in dieser Stunde tragen werdet?«
»Welches Kleid? Nein, daran habe ich tatsächlich noch nicht gedacht.«
»Dann könnt Ihr das jetzt nachholen! Ihr habt die Auswahl, Madame. Es sind drei: ein blaßblaues von der Farbe gefrorenen Wassers, ein goldenes wie jenes, das Ihr in Biarritz zur Hochzeit des Königs trugt, und eines aus purpurrotem Samt. Das blaue kommt aus Paris, das goldene aus England und das rote aus Italien.«

Angélique wurde blaß vor Staunen: »Daran habt Ihr gedacht?« rief sie aus. »Aber wann denn nur?«
»Immer. Denn es ist immer mein Wunsch, Euch schön zu sehen, glücklich, bewundert von der Menge.«
»Oh, Ihr seid wunderbar!«
Sie warf sich in seine Arme. Was er gesagt hatte, ließ ihr Herz höher schlagen. Sie würde schön sein! Sie würde Erfolg haben ... sie alle verführen, ihre Vorurteile aus der Welt schaffen. Was gab es Wirkungsvolleres für dieses Volk von Gaffern, als ihren Heißhunger nach immer neuen Sensationen mit Schönheit und Eleganz zu stillen. Sie würde ihre Erwartungen nicht enttäuschen.

Neununddreißigstes Kapitel

Von Delphine und Kouassi Bâ gefolgt, die ihre Körbe trugen, lief Angélique durch den dichten Nebel über dem Ufer.
Es war noch sehr früh am Morgen, aber sie fürchtete, die *Saint-Jean-Baptiste* sonst nicht mehr rechtzeitig vor ihrer Abfahrt zu erreichen. Die *Maribelle* würde gegen Mittag aufbrechen. Der Marquis de Ville d'Avray hatte seine Korrespondenz noch nicht beendet, und der Kapitän war noch mit dem Kauf von Pelzen beschäftigt. Ungeachtet dessen hatte Angélique gleich nach dem Frühstück den Diener Monsieur d'Arrebousts aufgesucht und ihm das geheime Schreiben an Desgray übergeben. Sie hatte ihm alles eindringlich eingeschärft, was er wissen mußte. Der Mann schien verläßlich zu sein. Die Treue, die er seinem Herrn erwies, indem er sich bereit erklärt hatte, ihm bis in die Bastille zu folgen, sprach ohnehin schon für ihn.
Angélique hatte ihm den wohlgefüllten Beutel mit Goldstükken, den Peyrac ihr mitgegeben hatte, regelrecht aufdrängen müssen. Er war sofort einverstanden gewesen, den Auftrag und die damit verbundenen Risiken aus reiner Ergebenheit anzunehmen. Dieses Geld würde es ihm erlauben, etwas bequemer und sicherer zu reisen. Er könnte sich in Le Havre ein Pferd lei-

hen oder eine Kutsche mieten, um schneller nach Paris zu kommen. Er würde imstande sein, nötigenfalls Helfershelfer zu bezahlen. Möglicherweise würde er auch gezwungen sein, den Argwohn gewisser Leute, die Vorurteile gegen den Herzog hegten, mit klingender Münze zu beruhigen. Sie gab dem Diener tausend gute Ratschläge mit auf den Weg. Er mußte vor allem die Adresse Desgrays auswendig wissen, ebenso einige Namen und Ortsangaben, die er ihm übermitteln könnte, falls er gezwungen sein sollte, das Dokument zu vernichten. Um keinen Preis durfte der Brief in falsche Hände geraten.

Der undurchdringliche Nebel, der über dem Fluß lag, verzögerte die Abfahrt der *Saint-Jean-Baptiste*, die allem Anschein nach nicht einfach zu werden versprach.
Ein glücklicher Zufall für Angélique; sonst hätte sie Mutter Bourgeoys vielleicht gar nicht mehr erreicht. Im Vorbeigehen sah sie Joffrey auf der Brücke im Gespräch mit Nicolas de Bardagne und dem Kapitän des Schiffes, der sogar aus dieser Entfernung reichlich verkatert aussah. Er gab ihnen augenscheinlich letzte Instruktionen. Sie sollten die baldige Ankunft von Peyracs Flotte in Québec ankündigen.
Als sie die Mole erreichte, sah sie Mutter Bourgeoys mit ihren Mädchen von Dorfbewohnern umringt, unter ihnen natürlich Cathérine-Gertrude, ihre Gastgeberin.
Briefe und Botschaften für Québec und Montréal mußten noch ausgetauscht werden.
»Ich habe Euch hier einige Vorräte und Heilmittel mitgebracht«, sagte Angélique zu der Oberin. »Hier ist auch noch eine Flasche Lebertran, die ich von bretonischen Fischern an der Ostküste bekommen habe. Man erzählt sich wahre Wunderdinge über seine Heilkraft, besonders bei Unterernährung. Er wird dem Kind guttun. Ihr könnt auch seine Wunden und Hautausschläge damit behandeln. Im übrigen werden wir sehr bald nachkommen. Wir werden uns doch in Québec wiedersehen?«
Die Nonne gab sich wortkarg und ziemlich kühl. Angélique hatte so etwas schon vermutet.

Der Nebel war mittlerweile so dicht geworden, daß man kaum noch die Hand vor Augen sehen konnte und Mühe hatte, den Nächststehenden zu erkennen. Angélique fühlte, daß etwas Ungreifbares sie voneinander trennte. Sie zog Mutter Bourgeoys zur Seite.
»Marguerite, was ist mit Euch? Wollt Ihr nicht mehr meine Freundin sein?«
Sie sah in den Augen der anderen das gleiche Mißtrauen wie am Anfang.
»Ich weiß, was Euch beunruhigt. Ihr habt gehört, daß die flammenden Geisterschiffe über Québec erschienen sind. Ist es das?«
»Ja«, sagte Mutter Bourgeoys. »Ihr müßt uns verstehen. Wir haben in diesem Land so oft den Tod vor Augen gehabt – wir leben in ständiger Angst vor den Irokesen. Und jedesmal sind wir vorher durch die Zeichen des Himmels gewarnt worden. Wenn wir die Unglückszeichen also sehen, ergreift uns maßlose Furcht. Wir müssen uns fragen, vor welcher neuen Gefahr Gott uns warnen will. Will er uns vorwerfen, daß wir uns nicht wachsam genug gegenüber den Versuchungen des Bösen gezeigt haben? Wir sahen die flammenden Geisterschiffe am Himmel über Québec zum letztenmal, als der Indianerkrieg so heftig wütete, daß wir nur einen Finger breit von unserem vollständigen Untergang entfernt waren. Die Irokesen drangen sogar bis zur Orléans-Insel vor und massakrierten alle ihre Bewohner. Kurz zuvor, als in Montréal ein Erdbeben war, hatte man in den Lüften über der Stadt Trois-Rivières Klagegeschrei vernommen und die gleichen hell in Brand stehenden Schiffe in Richtung Québec schweben sehen. Hinterher war es ein leichtes, die Zeichen zu deuten: Das Erdbeben kündigte den Überfall der Irokesen an, das Klagegeschrei war das der entführten Gefangenen, die flammenden Schiffe symbolisierten die feindlichen Boote, die mit ihren wilden Insassen an die Küsten kamen, brennende Pfeile in die Häuser schossen und die unglücklichen Bewohner in den Flammen umkommen ließen, nachdem sie ihnen zuvor unzählige Grausamkeiten angetan hatten. Wie sollen wir die Zeichen diesmal deuten? Was kommt

mit Euren so gut ausgerüsteten Schiffen auf Québec zu? Das Böse oder das Gute?«
»Herr des Himmels!« entfuhr es Angélique spontan. »Wir werden einander doch nicht wegen irgendwelcher flammender Visionen mit Mißtrauen begegnen. Bitte, Marguerite, Ihr, die Ihr die Vernunft in Person seid, bedenkt doch, daß wir keine feindlichen Irokesen sind. Jedermann wird Euch bestätigen, daß in diesem Sommer so gut wie keine Überfälle mehr stattfanden. Und ich kann Euch versichern, daß dies das Ergebnis unseres Einflusses auf den großen Häuptling Uttakeh ist, den wir überreden konnten, seinen Traum von der Vergeltung aufzugeben. Unsere Schiffe sind eine Realität, sie nähern sich Euren Küsten, aber wir haben, soviel ich weiß, noch niemals irgend jemand ins Feuer geworfen. Befindet sich nicht das Böse, vor dem wir uns fürchten, vielmehr in jenen, die hinter ihren Masken ganz bewußt schreckliche Gerüchte in die Welt setzen, um unsere friedlichen Absichten zunichte zu machen? . . .«
»Der Nebel steigt«, hörte man jemand rufen.
Und in der Tat begann sich allmählich wieder klare Helligkeit auszubreiten.
Die Silhouette des Schiffes wurde wieder sichtbar.
Angélique fürchtete, den Grafen Bardagne auftauchen zu sehen. Falls er sie bemerkte, würde er sicher nicht versäumen, sich wortreich von ihr zu verabschieden, und ihr Sinn stand augenblicklich nicht nach Komplimenten. Sie würden bald vor den Mauern Québecs sein, und sie war vor allem darauf bedacht, freundliche Fürsprecher dort zu wissen.
Man mußte sich hüten, die Lunte ans Pulverfaß zu legen. Im Falle eines Angriffs würden sie zurückschießen müssen, und der Ausbruch eines Gemetzels hinge an einem seidenen Faden. Unter diesen Umständen war jede Fürsprache wertvoll, wenn sie nur die Panik eindämmte.
Mutter Bourgeoys, die das Vertrauen aller genoß, würde die Geister beruhigen können.
»Marguerite«, sagte sie eindringlich. »Ich bitte Euch nicht, für uns zu lügen, sondern nur das zu sagen, was Ihr *mit eigenen Augen gesehen habt.*«

Marguerite Bourgeoys wies darauf hin, daß sie in Québec wenig Einfluß habe. Ihre Wirkungsstätte sei Ville-Marie auf der Insel Montréal, wohin sie sich möglichst rasch begeben wolle. Sie habe erfahren, daß dort nicht alles zum besten stünde.
Angélique bemerkte, daß die arme Nonne recht angegriffen aussah. Sie selbst fühlte sich ebenfalls erschöpft vom vielen Debattieren. Sie spürte, daß Marguerite Bourgeoys ihr entglitt und daß ihr anfängliches Wohlwollen durch das Gerücht von den flammenden Geisterschiffen ins Wanken geraten war. Aber da war noch etwas anderes, was die Nonne zu belasten schien. Die Nebelschwaden berührten sanft ihre Gesichter.
»Die Passagiere können noch nicht an Bord«, rief eine Stimme wie von weither. »Die Nebelgeister sind wieder gekommen.«
»Gott sei Dank! So kann ich Euch noch ein Weilchen hierbehalten. Wir dürfen nicht so auseinandergehen, Marguerite. Es gibt etwas, was Euch quält, und es hat nichts mit den Erscheinungen zu tun. Ihr könnt Euch mir unbesorgt anvertrauen. Ich beschwöre Euch, sprecht.«
»Ich habe erfahren, daß meine Gemeinschaft in Ville-Marie durch den Bischof aufgelöst werden soll«, gestand die Nonne verzweifelt. »Ich werde nur noch Bruchstücke meines Werkes vorfinden . . . Man hat mich als Oberin abgesetzt und eine Augustinerin aus Québec für dieses Amt bestimmt . . . Schließlich hat auch noch Monsieur de Loménie-Chambord den Verstand verloren.«
»Was sagt Ihr da? Loménie-Chambord? Das ist unmöglich!« rief Angélique aus.
Sie erinnerte sich jetzt, daß die beiden in den Anfängen von Ville-Marie zusammengearbeitet hatten.
»Wie konnte das nur geschehen?«
»Er ist verliebt in Euch«, brach es aus Mutter Bourgeoys hervor, und sie schlug verzweifelt die Hände vors Gesicht. »Ein so heiliger, untadeliger Mann! Oh, mein Gott, es ist abscheulich.«
»Aber es ist ja nicht wahr!« protestierte Angélique energisch. »Ihr wißt so gut wie ich, daß Monsieur de Loménie-Chambord weit davon entfernt ist, derartige Gefühle zu empfinden.«

Mutter Bourgeoys schüttelte entmutigt den Kopf.
»Genauso wie Pont-Briand und so viele andere, die Ihr ins Unglück gestürzt habt. Die nach einem Blick auf Euch, nach einer Stunde in Eurer Nähe bereit waren, alles zu verleugnen: Ihre Gelübde und ihre Freunde, um mit den Gegnern des Königs und den Feinden Gottes gemeinsame Sache zu machen...«
»Das geht zu weit! Wie konnte ich nur vergessen, daß wir hier in Frankreich sind. Nie läßt man die Liebe aus dem Spiel, weder im guten noch im bösen. Marguerite, seid doch vernünftig und wartet ab, bis Ihr Monsieur de Loménie in Québec wiederseht. Das sind doch alles Hirngespinste. Wir sind ihm zweimal während unserer Feldzüge begegnet, das war alles. Als gescheiter, diplomatischer Mann ist er nur der Ansicht, daß die Dinge sich auch ohne Blutvergießen regeln lassen, und das scheint einigen Leuten nicht gepaßt zu haben, denn es gibt bedauerlicherweise allzu viele, die Blut sehen wollen.« Mit einer impulsiven Geste ergriff sie die Hände der Nonne und zwäng sie, sie anzusehen. »Ich bitte Euch inständig, laßt Euch nicht vom Gerede der Leute beeinflussen. Ihr habt doch schon viel schlimmere Situationen gemeistert. Und ich weiß, daß Ihr tief in Eurem Innern die Wahrheit schon kennt. Meint Ihr nicht auch, daß es zwischen uns eine andere Lösung geben sollte als Massaker und Rache, Auge um Auge, Zahn um Zahn? Auch ich kenne die Heilige Schrift. Ich bin bei den Ursulinerinnen von Poitiers erzogen worden. Und ich weiß, daß Jesus gesagt hat: Friede auf Erden allen, die guten Willens sind. Sollte sich denn hinter den frommen Reden der Kirche in Wirklichkeit nichts anderes verbergen als das uneingestandene Verlangen nach Gewalt und Unterdrückung der Andersdenkenden?«
»Ihr verwirrt mich«, sagte Marguerite Bourgeoys. Aber trotzdem schienen sie die Worte Angéliques beruhigt zu haben. Sie bückte sich, um den Proviant, den Angélique ihr mitgebracht hatte, in ihrem armseligen Reisesack zu verstauen.
»Aber das ist doch unnötig!« rief Angélique. »Bitte, nehmt die Körbe mit... Ihr könnt sie uns ja in Québec zurückgeben... Und vergeßt nicht, was ich Euch gesagt habe: Friede auf Erden... Wenn wir Frauen uns nicht ein bißchen anstrengen, die

Dinge ins rechte Lot zu bringen, können wir natürlich auch von den Männern keine Wunder erwarten...«
Man begann, die Schaluppe zu beladen, und half den Frauen und Kindern beim Einsteigen.
»Darf ich Euch zum Schluß noch um den kleinen Gefallen bitten, ein wenig auf den armen englischen Krämer aufzupassen?« fuhr Angélique fort. »Er will seinen Bären nicht verlassen, und ich fürchte, daß er unter der Mannschaft zu leiden haben wird, sobald das Schiff außer Reichweite von Tadoussac ist.«
Mutter Bourgeoys blickte sie erstaunt an.
»Ihr wißt anscheinend nicht...«
»Was?«
»... daß Monsieur de Peyrac einige Mitglieder seiner Mannschaft aufs Schiff geschickt hat, die uns nach Québec oder wenigstens bis zur Orléans-Insel begleiten sollen. Ich weiß nicht, ob es in der Absicht geschah, um beim Manövrieren zu helfen, oder uns als Kriegsbeute zu bewachen. Aber wie dem auch sei, in ihrer Gegenwart wird Euer Engländer kaum Gefahr laufen, mißhandelt zu werden.«
»Das ist aber eine gute Neuigkeit, sowohl für den Engländer als auch für Euch und Eure Reisegefährten. Joffrey hatte mir noch gar nichts davon gesagt... Wenn ich es vorher gewußt hätte, hätte ich mir weniger Sorgen zu machen brauchen. Das erleichtert mich sehr.«
»Mich auch, das kann ich wohl behaupten«, gab Marguerite gutgelaunt zurück. Sie schien ihre alte Zuversicht wiedergewonnen zu haben, obwohl sie die Grausamkeit der Ereignisse einen Augenblick aus der Fassung gebracht hatte. Die Worte Angéliques hatten wesentlich dazu beigetragen.
»Es ist wirklich besser, die Dinge auf sich zukommen zu lassen, bevor man sich über ungelegte Eier den Kopf zerbricht«, sagte sie humorvoll und warf Angélique von neuem einen prüfenden Blick zu.
Die Frauen wurden gebeten einzusteigen. Mutter Bourgeoys nahm Platz, und einer der Matrosen reichte ihr ihr Pflegekind ins Boot.
Sie hatte keinerlei Versprechungen gemacht, aber Angélique

hoffte im stillen, daß ihre Worte auf fruchtbaren Boden gefallen waren.
Es dauerte noch einen Augenblick, bis das Boot flott gemacht werden konnte. Marguerite nützte die Gelegenheit, um Angélique noch einmal heranzuwinken. Es war ihr offenbar noch etwas Wichtiges eingefallen. Angélique beugte sich zu ihr hinunter.
»Ihr habt mir ganz schön die Leviten gelesen, Madame«, sagte die Nonne. »Und ich bin Euch sehr dankbar dafür. Jetzt ist es an mir, auch Euch an etwas zu erinnern.«
»Ich höre.«
»Erinnert Ihr Euch an die Überlegung, die Ihr mir unlängst mitgeteilt habt, als wir darüber sprachen, daß man sich von seinem Nächsten häufig ein falsches Bild macht? Ich habe Eure Worte noch ganz deutlich im Gedächtnis: Zu oft sieht man nur das Schreckgespenst und vergißt darüber den Menschen, der sich dahinter verbirgt.«
»Ja, ich erinnere mich.«
»Versucht daran zu denken, wenn Ihr Pater d'Orgeval gegenübersteht.«
Das Boot legte ab.

Vierzigstes Kapitel

Mutter Bourgeoys hatte mit ihren letzten Worten ins Schwarze getroffen. Unmerklich hatte sich Angéliques im Laufe des vergangenen Jahres ein immer bedrückenderes Gefühl der Angst bemächtigt, wenn von der legendenumwobenen Gestalt des Jesuitenpaters die Rede war. Eine Mischung aus Wut und Abscheu, seit sie seinen Namen mit denen Ambroisines und ihres teuflischen Bruders Zalil in Verbindung brachte. Die Worte der Dämonin hatten ihr seltsame Perspektiven auf die Kindheit dieses Mannes eröffnet, der heute als geistiger Vater Kanadas galt.
». . . Als Kinder streiften wir gemeinsam durchs Land, drüben

in der Dauphiné, er, Zalil und ich . . . In uns loderten die Flammen, wir waren stark. Aber er war stärker als wir alle, er mit seinen magischen blauen Augen . . .«
Angélique erschauerte bis ins Mark. Sie gab sich Mühe, die Erinnerung an die höhnische Stimme dieser Wahnsinnigen zu vertreiben. Aus dem Kind von damals war ein Mann geworden. Und hatte Ambroisine nicht auch gesagt: »Er wollte sich auf die Seite des Guten schlagen, er ist verrückt.« Und Loménie-Chambord war sein Jugendfreund, das sprach ebenfalls für ihn. Sie würde ihm ruhig entgegentreten, wenn er in der Soutane und der schwarzen Pelerine seines Ordens vor ihr erscheinen würde. Sie mußte dem Blick dieser blauen Augen, von denen alle Welt sprach, nur furchtlos standhalten. Dann würde vielleicht wirklich die menschliche Seite dem Guten zum Sieg verhelfen. Die schwelende Feindschaft würde erlöschen.
– Er hat mich ja noch niemals gesehen! – Bei diesem Gedanken verdichtete sich eine bisher vage Vorstellung zu einer Reihe allzu deutlicher Bilder, und sie begann etwas zu verstehen, das ihr bis zu diesem Augenblick unerklärlich geblieben war.
Diese plötzliche Erkenntnis trieb ihr flammende Röte ins Gesicht, die sich vertiefte, je mehr Widerwillen sie gegen den sich ihr aufdrängenden Gedanken empfand.
Man hatte ihr gesagt, daß *jemand* aus Kanada sie im vergangenen Jahr in Maine beobachtet habe, als sie an einem glühendheißen Herbsttag nackt im See gebadet hatte.
Dieser Tag hatte ihren Ruf als unmoralische, verruchte Frau besiegelt. Sie hatte sich damals gefragt, wer es gewesen sein könnte. Nun wußte sie es. Etwas in ihrem Inneren sagte ihr, daß sie recht hatte.
– D'Orgeval war es! . . . Und deshalb haßt er mich! –
Es dauerte einen Augenblick, bis sie ihr Gleichgewicht wiederfand. Dann beschloß sie, ob es nun stimmte oder nicht, dieser Sache keine allzu große Bedeutung beizumessen. Es würde noch früh genug sein, darüber nachzudenken, wenn er ihr persönlich gegenüberstand. Oder nein, es wäre wahrscheinlich klüger, in diesem Augenblick die ganze Angelegenheit völlig zu ignorieren.

Sie mußte lachen. Das Leben war schon seltsam. Die Menschen waren voller Widersprüche, ohne jede Logik in ihren Leidenschaften und Phantasievorstellungen. Keiner glich dem anderen. Gerade hatte man sie noch gefürchtet, und schon flößten sie einem Mitleid und Nachsicht ein.
Und sie war nicht allein. Sie würde Joffrey an ihrer Seite haben . . .

Einundvierzigstes Kapitel

Die *Saint-Jean-Baptiste* hatte abgelegt und schleppte sich schwerfällig den Sankt-Lorenz-Strom hinauf, während die *Maribelle* mit geschwellten Segeln stromabwärts dem Meer entgegentrieb. Angélique beneidete sie nicht.
Die Passagiere der *Maribelle* erwartete eine unsichere Fahrt über den winterlichen Ozean. Tödlicher Kälte ausgesetzt und mit dem Geheul der Stürme um die Ohren, würden sie sich durch peitschende Regenfluten kämpfen müssen, um sie herum bleifarbener Schaum. Sie würden den entfesselten, rasenden Elementen ausgeliefert sein und wehrlos von den Wogen hin und her getrieben werden. Auf einem von Salz und Nässe triefenden Schiff würde ein Haufen halbtoter Menschen dahinvegetieren, zwischen Selbsterhaltungstrieb und Selbstaufgabe schwankend.
Jeder von ihnen trug sein kleines, ihm vorausbestimmtes Schicksal im tiefsten Grunde seines Herzens mit sich, und die Hoffnungen und Sehnsüchte eines Menschen auf Überleben, Glück und Ruhm würden sie bis zuletzt nicht verlassen.

». . . Am Ende der Rue des Blancs-Manteaux werdet Ihr ein Haus finden . . . dort werden auch die kleinen Kinder umgebracht . . .«
– Majestät, ich flehe Euch um Gnade und Gerechtigkeit an! –
». . . Madame, würdet Ihr deshalb die Güte haben, mir einen Eurer kleinen Mohren zu schicken . . .«

Hinter diesem endlosen Meer lag Europa mit seinen Menschen, seinen aufsprießenden Städten, seinen Türmen mit ihren Wetterfahnen, den Häusern auf den Wällen und dem ewigen Geläute der Glocken ... Es war wie eine Vision, ein farbiges Gemälde, das sich am Horizont abzeichnete ... Ein fernes Paris, mehr Legende als Wirklichkeit ...
Die Wirklichkeit war Kanada: die unendliche Wasserwüste dieses Stroms, die majestätisch aus dem Nebel aufragenden Berge, die Inseln voller Vögel und in noch weiter Ferne, auf einsamem Posten – Québec.
Die beiden letzten Tage hatten soviel Wirbel verursacht, daß man in dem Bestreben, Klarheit zu schaffen, kaum zu Atem gekommen war. Unter Schimpfen und Fluchen hatte man geholfen, die *Maribelle* zur Hälfte zu entladen, um die Fracht des Herrn Intendanten verstauen zu können.
Jetzt war die Flotte Peyracs an der Reihe, sich startklar zu machen. Auf den Schiffen herrschte geschäftiges Treiben. Als Angélique sah, daß die Seeleute große Ballen scharlachroten Stoffs mit breiter Goldborte einer eingehenden Prüfung unterzogen, wußte sie, daß die Vorbereitungen sich dem Ende näherten.
Das waren die Behänge, mit denen die offenen Balustraden und die darüber hinausragenden Geländerstäbe bespannt wurden. Einst dafür gedacht, die Männer im Anfangsstadium des Kampfes zu verbergen, verliehen sie dem Schiff ein so stolzes Aussehen, daß sie jetzt nur noch benutzt wurden, um es bei Festen und Einfahrten in die Häfen zu schmücken.

Am letzten Abend kam die Bevölkerung von Tadoussac, um sich zu verabschieden. Man stieg gemeinsam zum Saguenay hinab, um ein letztes Mal die Schönheit der Natur zu genießen.
So kurz vor der Abenddämmerung war der Fluß glatt wie ein seidenes Tuch. Die steilen Küsten hatten ihn noch nicht in ihre kalten Schatten getaucht. Er glitzerte rotgolden im Widerschein der untergehenden Sonne. Als sie in der Nähe des Wegkreuzes anlangten, konnten sie sehen, wie seine Wasser in der Strömung aufblitzten, sich teilten und wieder zusammenflos-

sen und dabei den Blick auf gigantische Fischrücken freigaben.
Die Kinder stürzten mit wildem Geschrei zum Strand hinunter.
»Mama, Mama! Seht nur! Die Walfische kommen!« rief Honorine aufgeregt.
Nachdem in diesen Gewässern allzu lange Jagd auf sie gemacht worden war, hatten die Wale die Küsten meist gemieden. Doch geschah es manchmal, daß sie sich zur Zeit ihrer Wanderung von den Eisfeldern des Nordens nach den wärmeren Gefilden der südlicheren Meere in den St.-Lorenz-Strom verirrten und dort altvertraute Strömungen wiederfanden.
Hier waren sie nun, diese schönen Urtiere, ein riesiges und drei kleinere, darunter ein Junges, das alle Bewegungen und Drehungen seiner Mutter genau nachahmte und ihrem Beispiel folgend immer wieder ein- und auftauchte.
»Sie sind für uns gekommen, nur für uns!« riefen die Kinder und hüpften vor Freude.
Der kleine Niels Abbial setzte seine Hirtenflöte an die Lippen und entlockte ihr einen langen, reinen Ton, der fast einer Beschwörung gleichkam. Cantors Gitarre nahm ihn auf und setzte ihn in einen fröhlichen Rhythmus um, der sich genau den Bewegungen der Wale anpaßte.
Angezogen von der Musik, liefen die Kinder aufeinander zu, faßten sich an den Händen und bildeten einen Kreis.
»Um Gottes willen!« rief Cathérine-Gertrude. »*Die Kinder tanzen*!« Ihre Großmutter, die 1630 mit den Auswanderern aus dem Périgord gekommen war, hatte ihr immer gesagt, daß es sehr gefährlich sei, wenn die Kinder anfingen zu tanzen. Das Périgord mit seinen Eichenhainen, die so reich an aromatischen Trüffeln waren, war ebenso reich an heidnischen Überlieferungen. In jenen Zeiten hatte man nicht selten Gelegenheit, die Kinder wie »vom Teufel besessen« in den Wald rennen zu sehen. Folgte man ihnen, fand man sie in rosiger Nacktheit, wie übermütige Elfen und Kobolde um eine große Eiche tanzend. Man glaubte daher, Kinder seien besonders empfänglich für die Zauberei.
Chathérine-Gertrude lief davon, um Weihwasser zu holen.

Angélique, die sich ihre plötzliche Erregung nicht recht erklären konnte, ging zum Strand hinab.
Die Kinder tanzten. Aber es geschah aus Freude und Begeisterung. Sie tanzten zu den Klängen der Flöte und der Gitarre, von der Musik und der untergehenden Sonne verzaubert wie die glücklichen Walfische, die sich in den goldenen Wellen des Saguenay wiegten – es war ein unvergeßliches Schauspiel.
»Alles wird gutgehen«, flüsterte Angélique beglückt unter dem Eindruck dieses wunderbaren Augenblicks, der ihr wie ein Versprechen des Himmels erschien.
Die Nacht brach herein. Die Sonne verschwand hinter den hohen Bäumen des Waldes, und die Lichter verblaßten allmählich. Am Strand flammten schon hier und da ein paar Lagerfeuer auf. Als sie den Fluß hinaufblickte, dorthin, wo die Schatten undurchdringlich wurden, war ihr, als sähe sie eine Bewegung, die von anlegenden Indianerbooten herrühren konnte, sich aber sogleich in der Dunkelheit des Schattens der Steilküste verlor. Sie glaubte, die Silhouette Joffreys zu erkennen; es sah so aus, als sei er aus einem der Kanus gesprungen. Aber das konnte nicht mit rechten Dingen zugehen. Sie hatte ihn doch eben erst am Rande des Dorfs verlassen.
»Fange ich allmählich an, den Verstand zu verlieren?« fragte sie sich besorgt.
Cathérine-Gertrude war ihr nachgekommen. Die Kinder hatten aufgehört zu tanzen. Artig suchten sie Muscheln. Die gute Bäuerin hatte ihr Weihwasser umsonst geholt.
Auch sie blickte in die Richtung, in die Angélique noch immer wie gebannt starrte.
»Man sagt, es handele sich um Waldläufer vom Mistassin-See. Sie werden schöne Marderfelle mitbringen. Da muß ich unbedingt hin. Vielleicht ist mein Vetter Eusebius dabei.«
Als sich Angélique zur *Gouldsboro* umwandte, sah sie Joffrey im Gespräch mit seinen Offizieren, von denen einer mit dem Ladeplan in der Hand darüber wachte, daß die richtigen Kisten heraufgeholt wurden, in denen sich die für die bevorstehende Ankunft benötigten Dinge befanden, angefangen von Hausgeräten bis hin zur Kleidung, nicht zu vergessen die Gastge-

schenke für die Honoratioren. Alles war mit Umsicht beschriftet worden. Das Durcheinander auf der Brücke deutete an, daß die Operation schon eine ganze Weile im Gange war.
»Wart Ihr nicht gerade eben noch am Ufer des Saguenay?« fragte Angélique verwundert, als sie zu ihm trat.
Er blickte sie erstaunt an und versicherte ihr, er sei nach der Trennung von ihr auf direktem Wege zur *Gouldsboro* zurückgekehrt.
»Ich bildete mir ein, Euch dort gesehen zu haben.«
»Die Aufregungen der letzten Tage scheinen mir doch sehr zugesetzt zu haben«, dachte sie bei sich.
Später kam Cantor, um sich die Katze für sein Schiff auszuleihen. Er hatte Mäuse im Lagerraum entdeckt, die die Vorräte anknabberten. Und Wolverine, sein Vielfraß, war seit einigen Tagen verschwunden, worüber sich Cantor keine Sorgen machte, denn es war nicht das erste Mal, daß das Tier es vorzog, dem Schiff in einigem Abstand an Land zu folgen. An den Handelsplätzen stieß es dann wieder zu ihm. Diese Tiere hatten einen hohen Grad an Intelligenz, der dem der menschlichen fast gleichkam.
»Hoffentlich platzt er nicht mitten in unser offizielles Ankunftszeremoniell«, meinte Cantor bedenklich. »Schon deshalb, weil die Kanadier – wie die Indianer – den Vielfraß zu den Tieren zählen, in denen der Geist des Teufels wohnt . . . Ich kann dem nur entgegenhalten, daß er das schlaueste Tier der Schöpfung ist«, fügte er mit einem schelmischen Lächeln hinzu. Es dauerte eine ganze Weile, bis er die Katze, die auf Erkundigungsreise gegangen war, gefunden hatte. Honorine hatte natürlich die Gelegenheit beim Schopf ergriffen, nicht zu Bett gehen zu müssen. Sie mußte ihrem großen Bruder ja helfen, ihren Freund, den Kater, zu suchen. So kam es, daß sich die ganze Familie, dazu noch Monsieur de Ville d'Avray, vereint auf der Brücke fand, als ein seltsames Gefährt dem Schiff zusteuerte.
Flackernde Lichter näherten sich langsam auf der dunklen Wasseroberfläche. Die Indianer, die im Kanu saßen, hoben ihre Fackeln hoch, um ihre Ankunft anzukündigen.

»Seht doch nur! Was soll denn dieser Karneval?« rief Cantor verblüfft.
Aus dem Schatten tauchte eine schreckliche, zottige Maske auf, ein Büffelkopf mit rotbemalten Hörnern und riesigen Augen aus weißen Steinen, der auf den Schultern eines in Leder und Pelz gekleideten Mannes saß.
»Ein Medizinmann! Was kann er nur von uns wollen?«
Das Boot legte am Fuß der Strickleiter an, wo auch Cantor sein Gefährt gelassen hatte. Ein anderer Insasse des Kanus, den sie wegen seines Federschmuckes und der Lederfransen zuerst für einen Indianer gehalten hatten, richtete sich auf – er war erstaunlich klein, und eine helle Stimme rief herauf:
»Hallo? Ihr Europäer, wollt Ihr die schönsten Pelze der Welt? Wir bringen sie aus dem hohen Norden, direkt von der Station Rupert.«
Beim Klang dieser Stimme stieß Ville d'Avray einen Schrei aus und beugte sich hinunter:
»Aber das ist doch Anne-François de Castel-Morgéat!«
»Derselbe! Wer hat mich gerufen?«
»Der Marquis de Ville d'Avray.«
»Entzückt, Euch wiederzusehen, Marquis. Durch welchen glücklichen Zufall finde ich Euch hier in Tadoussac?«
»Darf ich fragen, wo Ihr herkommt, mein Freund?«
»Ich komme vom Hudson und bringe wunderbare Pelze.«
»Einen nach Alkohol, Indianern und Leder stinkenden Händler, das hat man nun aus meinem schönen Pagen gemacht! . . . Was für ein Jammer!«
Ein helles Lachen antwortete ihm, und unter der Büffelmaske schien ein Echo hervorzudringen.
»Und wer ist dieses Ungeheuer in Eurer Begleitung, das sich allem Anschein nach auch noch über mich lustig macht?«
»Jemand, der auf diesem Schiff nicht erkannt werden will. Ihr könnt ja mal raten!«
Der Mann mit dem Büffelkopf erhob sich ebenfalls, und Angélique vermutete, daß es derselbe war, den sie vorhin mit Joffrey verwechselt hatte.

Honorines zarte Stimme klang recht energisch, als sie stolz hervorbrachte: »Ich ... ich weiß es!«
Durch die Ritzen der Reling hindurch hatte sie die Büffelmaske mit den roten Hörnern eingehend studiert, die sie aus mehreren Gründen besonders anzog.
»Ich weiß, wer es ist!« versicherte sie noch einmal und genoß sichtlich die Spannung, die ihre Worte unter den Erwachsenen ausgelöst hatten. »Ich habe ihn an seinen Händen und seinem Messer erkannt. Es ist *Florimond*!«
Er war es wirklich! Ihr verloren geglaubter Sohn!

Zweiundvierzigstes Kapitel

Die Orléans-Insel zog langsam an Backbord vorbei. Sie wirkte wie ein riesiger Haifisch mit kantiger Rückenflosse. Der Fluß wurde plötzlich schmal, und man hatte Mühe, sich durch den engen Kanal hindurchzulavieren. Jenseits des Kaps, das wie ein massiver Wall in der Ferne auftauchte, lag Québec. Der Himmel war düster und wolkenverhangen. Nebelfetzen hingen um die sich auftürmenden Küsten. Das Wasser war meergrün.
Die Wintersonnenwende stand bevor. Es war die Zeit der geheimen Ängste, in der alles zu sterben scheint und die Menschen das Gefühl haben, sich in eisiger Finsternis zu bewegen. Mitten am Tage wurde es Nacht. Auf den Schiffen, über die ab und zu wirbelnde Schneeböen fegten, verstärkte sich von Tag zu Tag die rege Aktivität. Nichts war erstaunlicher als der Kontrast zwischen der trüben Atmosphäre der Landschaft und der freudigen Erwartung, die an Bord dieser auf den Wogen schaukelnden Riesen herrschte, die sich, vom Wind vorangetrieben, unaufhörlich der Stadt näherten.
Man durfte nicht vergessen, die Galauniformen herzurichten, es galt, die Trommler und die wappengeschmückten Herolde zu instruieren, die mit ihren langen Messinghörnern die Ankunft des Grafen Peyrac mit vielfachem Echo ankündigen würden.

Adhémar brauchte dringend eine neue Uniform. Honorine und Cherubin mußten lernen, wie man anmutig knickste und einen formvollendeten Diener machte.

Die für ihren feierlichen Einzug in Québec so wichtigen Vorbereitungen beschäftigten die Gemüter so sehr, daß ihnen gar keine Zeit blieb, auf das schlechte Wetter zu achten. Die vielen Truhen offenbarten dem staunenden Auge unermeßliche Schätze, und der Marquis de Ville d'Avray versorgte sich ungeniert mit allem Nötigen.

»Den von der Welt Verschmähten ist alles erlaubt«, sagte er zufrieden. »Wer sollte sie daran hindern, inmitten des Eises ein Tänzchen zu wagen.«

In der Ankunft Florimonds und seines Freundes Anne-François sah Angélique ein günstiges Vorzeichen. Wer würde es schon fertigbringen, diesen prächtigen Jünglingen, die so ganz Franzosen waren, mit düsterer Miene zu begegnen. Vornehme Ritter, die an Redegewandtheit und Auftreten den Helden der *Weißen Rose* und der *Gralsrunde* in nichts nachstanden.

Die Umstände, die sie an den Grenzen des hohen Nordens zusammengeführt hatten, blieben noch ziemlich im dunkeln, denn Florimond konnte bei seinem Bericht nicht in alle Einzelheiten gehen, da das Vorrücken der Flotte auf Québec und die damit verbundenen Vorbereitungen alle Aufmerksamkeit in Anspruch nahm. Sie hatten sich zufällig in einem Handelsposten an der Hudsonbai getroffen, und da einer im anderen den Gaskogner erkannte, hatten sie die Reise gemeinsam fortgesetzt. Sie waren unberührt von den Intrigen und Lastern der Städte und wußten nichts von der Verschwörung, die Angélique und Joffrey in Neufrankreich erwartete. Sie hatten lange in der Wildnis gelebt, frei und ungebunden. Doch mit der Flexibilität der Jugend vertauschten sie ihre Lederkleidung gegen seidene Röcke und freuten sich schon unbändig darauf, mit den jungen Damen von Québec zu tanzen.

Im Verein mit Cantor hörte man sie lustige Lieder singen, wenn das Segelmanöver der *Mont-Désert* ihrer kleinen Mannschaft ein wenig Muße ließ. »Drei Schiffe auf dem Meer sind mein, zwei sind voll Gold und Edelstein ...«

Angélique war selig, Florimond auf so unerwartete Weise wiedergefunden zu haben. Dieser glückliche Zufall schien die Meinung vieler Kanadier zu bestätigen, Kanada sei kein gewöhnliches Land, man lebe hier unter dem Schutz der Heiligen und Engel. Sie hatte sich große Sorgen um das Schicksal ihres ältesten Sohnes gemacht, der zusammen mit Cavelier de La Salle in den Wäldern verschollen war. Yann Le Couénnec war damals bald nach dem Aufbruch der Expedition wieder in Wapassou eingetroffen, weil er sich bei einem Sturz verletzt hatte. Er hatte berichtet, daß es nicht leicht sei, mit dem Anführer Cavelier auszukommen. Florimond konnte das nur bestätigen. Er hatte sich aus diesem Grunde auch geweigert, weiter mit ihm in den Süden zu ziehen.

Der Graf de Peyrac konnte seinen Sohn gut verstehen. In der Odyssee Florimonds, der aufgebrochen war, um die Gebiete des Mississippi zu erforschen, und schließlich doch wieder in den Norden zurückkehrte, erkannte Peyrac die gleiche Abenteuerlust, die ihn in seiner Jugend durch die halbe Welt geführt hatte. Über die Tatsache, daß Florimond sich von de La Salle abgesetzt hatte, weil er fand, daß der Führer der Expedition »keine Ahnung habe« und er selbst mehr von Kartographie zu verstehen glaubte – was ohne Zweifel stimmte –, würde er mit seinem Sohn noch ein ernstes Wort zu reden haben. Aber er hätte in dem Alter auch nicht anders gehandelt und es nie bereut, so wie jetzt auch der junge Herr Florimond sehr wohl mit sich zufrieden war und keins seiner Abenteuer missen wollte. Etwas Schöneres, als mit seiner Familie in Neufrankreich zusammenzutreffen, hätte er sich gar nicht vorstellen können, ganz abgesehen von den Ergebnissen seiner Entdeckungsfahrt, die er in Form von Notizen und Karten in seinem Tornister mitgebracht hatte.

Dreiundvierzigstes Kapitel

»Wenn die Leute entdecken, wie schön Ihr seid, wird sich ihnen eine ganz neue Welt offenbaren: die Welt der Schönheit!« sagte Peyrac. »Die Schönheit, die sich nicht verleugnen läßt, die alle entzückt und für die Ungerechtigkeiten des Lebens entschädigt.«
»Bin ich denn wirklich so schön, wie man sagt?«
»Die Sage von Eurer Schönheit eilt Euch voraus«, murmelte er. »Und Ihr seid wirklich sagenhaft schön, Madame.«
Angélique lächelte seinem Spiegelbild zu.
»Bei soviel Großzügigkeit dürfte das ja wohl auch keiner Frau Schwierigkeiten bereiten.«
Er wollte ihr bei der Auswahl des Kleides, das sie anläßlich ihrer Ankunft in Québec tragen würde, behilflich sein. Das war gar nicht leicht, denn sie waren alle wundervoll.
Im Augenblick trug sie das purpurrote aus Italien. Die schweren Falten des kostbaren Samtkleides umschmeichelten ihre Figur und gaben ihr etwas Majestätisches.
Joffrey trat hinter sie. Spielerisch bedeckte er die Blöße ihres Ausschnitts mit einem kostbaren Kollier: Es bestand aus kunstvoll aneinandergereihten Diamanten, die von Rubinen eingefaßt waren, und schmückte den Ansatz ihrer Brüste wie unzählige Blumen. Er unterzog ihr Spiegelbild einer kritischen Prüfung. Und unwillkürlich wurde sie an jenen Tag erinnert, als er sein erstes Geschenk um ihren zarten Hals gelegt hatte. Damals war sie gerade ganze siebzehn Jahre alt gewesen. Und wieder zitterte sie unter der sanften Berührung seiner gebieterischen Hände. Sein Blick hatte immer noch das alte Feuer des Troubadours aus dem Languedoc – der goldenen Stimme von Frankreich.
»Sollten wir nach all den Jahren an den Ausgangspunkt unseres Weges zurückgekehrt sein?« fragte sie sich.
Mit Joffrey de Peyrac zu leben, war ein Abenteuer ohnegleichen. Unwillkürlich hatte sie an ihn denken müssen, als die drei jungen Männer vorhin jenes Lied gesungen hatten:
»Drei Schiffe auf dem Meer sind mein,

zwei sind voll Gold und Edelstein,
im dritten fährt die Liebste mein . . .«
Sie dachte an all die Geschenke, die er für die verschiedensten Leute mit Bedacht ausgesucht hatte. Man fragte sich, wie er seinen unfehlbaren Geschmack für das Schöne hatte bewahren können und wann er neben all seinen Abenteuern die Zeit gefunden hatte, kostbare Dinge zu sammeln, die das Leben schöner und leichter machten. Sie hingegen neigte dazu, das Leben manchmal nur noch unter dem Aspekt von Mühsal, Tränen und Unheil zu sehen. Doch er konnte plötzlich seine Hand öffnen und einen strahlenden Diamanten hervorzaubern. Oder er beschloß, die Menge zu erfreuen, und ließ Weinfässer anstechen und an arme Einwanderer Goldstücke verteilen, um ihnen neuen Mut zu machen.
Seine Begeisterungsfähigkeit und seine Lebensfreude hatten durch keine seiner schlimmen Erfahrungen eine Einbuße erlitten. Im Gegenteil, sie hatte sogar den Eindruck, daß er die Güter dieser Welt heute noch mehr zu schätzen wußte. Er betrachtete sie mit Hochachtung, ja oftmals fast liebevoll. Er würde nie aufhören, ein Werk, in das ein Künstler seine ganze uneingeschränkte Meisterschaft gelegt hatte, zu bewundern.
Dieselbe strahlende Bewunderung lag in seinem Blick, während er das Bild seiner schönen Gemahlin in Purpur mit den Augen verschlang. Eine Königin – wie ein Bild aus dem Louvre. Es wurde ihm wieder einmal klar, welche Macht eine so vollkommene Erscheinung ausüben konnte.
In Québec würde man im Augenblick nur an die Verteidigung der Stadt denken. Keiner würde auf die Idee kommen, *sein Herz* gegen Eroberung zu wappnen.
Er lächelte bei diesem Gedanken.
»Ihr seht ausgesprochen zufrieden aus.«
»Das kann schon stimmen. Ich denke an unsere Gegner und an das, was auf sie zukommt.«
»Werdet Ihr Euch sehr unerbittlich zeigen?«
»Wohl kaum. Ihr seid meine einzige Waffe.«
»Aber Joffrey . . . ich? Glaubt Ihr denn wirklich, daß ich stark genug sein werde, Euch zum Triumph zu verhelfen?«

»Nicht weniger stark als früher. Was ist schon eine Stadt für Euch, die Ihr selbst den König erobert habt?«
»Heute ist nicht damals. Ich bin eine andere geworden. Nicht mehr so ... stürmisch vielleicht. Die Liebe macht uns Frauen sanfter.«

Vierundvierzigstes Kapitel

An jenem Abend ging man an der äußersten Spitze der Orléans-Insel vor Anker. Zwei Männer kamen an Bord. Es waren Maupertuis und dessen Sohn Pierre-André.
Mittlerweile war bekannt geworden, daß die Ankunft Peyracs in Québec kurz bevorstand, und seitdem glich die Stadt einem Bienenstock. Deshalb hatte es Maupertuis für klug gehalten, sie schon auf der Insel zu erwarten.
Angélique war über die Treue der beiden sehr gerührt.
Der Graf Peyrac forderte ihn auf, ihm einen detaillierten Bericht über die Gesamtlage zu erstatten.
»Man bereitet ein Fest vor. Monsieur de Frontenac und mit ihm fast alle Vertreter des hohen Rates sind sehr darauf bedacht, Euch mit höchsten Ehren zu empfangen. Der Bischof hält sich als einziger zurück. Über die Jesuiten kann ich nicht viel sagen ...
Monsieur de Castel-Morgéat hat zum Widerstand aufgerufen. Und seit die flammenden Geisterschiffe erschienen sind, hat die Zahl seiner Anhänger zugenommen ...
Auf der Hochebene hinter der Stadt haben sich Horden von Indianern versammelt. Auch sie sind durch die Himmelszeichen beunruhigt. Wenn Castel-Morgéat, der großen Einfluß auf sie hat, sie auf seine Seite bringen kann, könnte es schlecht für Euch aussehen.«
»Und Piksarett? Wo ist er?« fragte Angélique.
»Das weiß niemand. Aber die Wilden sind unberechenbar. Man kann sich nicht unbedingt auf sie verlassen, Madame.«
»Doch! Piksarett wird mich nie im Stich lassen!«

Monsieur d'Arreboust, der der Unterhaltung beiwohnte, blickte sie erstaunt an:
»Also ist es doch wahr. Nach dem Irokesen Uttakeh habt Ihr auch noch seinen Erzfeind Piksarett, den Häuptling der Abenakis, gezähmt. Es ist nicht zu glauben! Und das innerhalb weniger Monate. Wie habt Ihr es nur fertiggebracht, derart verschlossene Menschen an Euch zu binden. Anscheinend braucht Ihr nur auf der Bildfläche zu erscheinen, um die Herzen zu erobern. Das ist ja das Unheimliche an Euch. In Québec sind die Wetten bereits in vollem Gange ...«
»Wir sind Freunde, das ist alles.«
»Freunde? ... Als ob das bei Indianern so einfach wäre ... Und du, Maupertuis, sagst, die Wilden hätten sich auf den Höhen hinter der Stadt versammelt? Die Huronen und die Abenakis hassen einander, und es fehlte uns gerade noch, daß sich unsere getauften Indianer Eurer Ankunft in Québec oder vielmehr der Streitigkeiten wegen, die sie auslöst, gegenseitig umbringen.«

Aus dem Munde Pierre-Andrés, der sich etwas abseits mit Ville d'Avray unterhielt, drang ein Name an Angéliques Ohr, und sie ging rasch zu den beiden hinüber.
»Habt Ihr nicht gerade von Nicolas Perrot gesprochen?«
»Ja, ich habe ihn kürzlich getroffen, es ist noch keine zwei Tage her ...«
»Ah, was für ein Glück! Ich hatte solche Angst um ihn!«
Seit ihr zu Ohren gekommen war, daß man den tapferen Kanadier unter den Insassen der flammenden Geisterschiffe zu erkennen geglaubt hatte, war sie überzeugt gewesen, daß ihm irgendein Unheil zustoßen würde. Sie stellte fest, daß sie sich durch diese Gespenstergeschichten hatte beeinflussen lassen.
Joffrey de Peyrac betrachtete sie mit einem leisen Lächeln.
»Meine kleine Abergläubische aus dem Poitou«, sagte er zu ihr, als sie wieder unter sich waren.
»Ich sehe ja ein, daß ich mich dumm benommen habe. Hier am Ende der Welt ist alles dazu angetan, einen in Schrecken zu versetzen. Die Menschen leben in so großer Einsamkeit, daß es ganz natürlich ist, wenn sie das Eingreifen überirdischer Mächte

erhoffen . . . Das erinnert mich an die Schauermärchen, die mir unsere Amme erzählte, und die uns vor Angst nicht schlafen ließen, meine Schwestern und mich . . . Und dennoch zwingen sie uns manchmal zu der Erkenntnis, daß die Welt größer und geheimnisvoller ist, als unsere Augen es erfassen können.«
»Daran zweifele ich nicht im geringsten«, sagte Peyrac. »Und besonders die Neue Welt ist reich an ungeklärten Rätseln, die die Wissenschaft eines Tages lösen wird. Ich will damit nur sagen, daß man sich deshalb nicht davor zu ängstigen braucht. Ich habe selbst gesehen . . .«
Er zögerte eine Weile, ehe er fortfuhr.
»Es war auf hoher See in der Nähe von Florida. Seltsame Lichter hatten meine Leute zu Tode erschreckt. Und es gibt keinerlei logische Erklärung für das, was wir an jenem Tag gesehen haben. Man muß sich damit abfinden. Wir müssen die Welt annehmen, wie sie uns gegeben wurde, und wir sollten ob dieser Rätsel nicht ungeduldig werden, wenn wir in unserer Schwäche noch nicht reif genug sind, sie zu verstehen.«
Er schaute nachdenklich in die Ferne.
»Und vergeßt nicht, daß in den letzten Jahrhunderten die Seefahrer, die sich ins Meer der Stürme vorwagten, in dem Glauben dorthin gesegelt sind, der Ozean sei flach und ende in einem riesigen Loch, in das die Schiffe hineinfallen würden. Und trotzdem hielt sie nichts davor zurück, zu dieser Fahrt ins Unbekannte aufzubrechen – mit tödlicher Furcht im Herzen, doch getrieben von ihrem Entdeckergeist und ihrem Instinkt, der ihnen sagte, daß sie neues Land erobern würden.
Und die Erde war rund. Wer nicht wagt, gewinnt nicht.«
Dann wechselte er das Thema und fragte sie:
»Habt Ihr nun eigentlich mit Euren Zofen besprochen, welches Kleid Ihr bei unserem Einzug in Québec tragen wollt?«
»Nein, noch nicht«, seufzte Angélique. »Und im übrigen habe ich doch gar keine Zofe mehr.«
»Das ist natürlich das schlimmste Unglück, das einem auf dieser Welt passieren kann«, erwiderte er lachend.

Angélique verließ den Salon, fest entschlossen, endlich mit diesen Ausflüchten Schluß zu machen. Sie würde Delphine du Rosoys Angebot, ihre Zofe zu werden, endlich annehmen. Das war die beste Lösung. Sie würde sie bitten, über das Mal der Schande auf ihrer Schulter Stillschweigen zu bewahren – verflucht seien die Häscher des Königs und ihr schreckliches Brandeisen! Es war demütigend für sie, sich Delphine ausliefern zu müssen, obgleich sie sicher war, daß das junge Mädchen ihr Vertrauen nicht mißbrauchen würde. Sie würde ihr erklären, wie es dazu gekommen war . . . daß man sie damals in La Rochelle fälschlicherweise für eine Ketzerin gehalten hatte . . .

An der Tür zur Batterie hörte sie, daß die Mädchen des Königs gerade ihr Abendgebet sprachen. Froh, einen Aufschub gewonnen zu haben, kehrte sie um und nutzte die Zeit zu einem kleinen Abendspaziergang auf dem Schiff.
Sie trat an die Reling und schaute hinunter ins Wasser, wo die Wellen gurgelnd den Rumpf des Schiffes schlugen. Die Nacht war tiefschwarz, und doch hatte sie ein Gefühl, als sei die Dunkelheit wie erfüllt von einer seltsamen Klarheit, einem unbestimmten Leuchten.
Hinter ihnen erkannte sie die Umrisse der Insel wie ein riesiges graues Bollwerk, und vor ihr lag die Unendlichkeit der Nacht, die sich wie ein Tuch aus schwarzem Samt über das Wasser und den Wald breitete. Es gab kein Zurück mehr. Die Angst war überwunden. Plötzlich erschien ihr alles ganz klar. Sie spürte, daß sie mit frischer Kraft ein neues Leben beginnen konnte. Sie wußte, wer sie war und welche Rolle ihr das Schicksal zugedacht hatte.

Sie wollte zurückgehen, doch plötzlich wurde ihre Aufmerksamkeit auf etwas gelenkt, das über ihr in der Luft zu schweben schien. Als sie die Augen hob, erkannte sie inmitten des unendlichen Firmaments einen großen, hellaufleuchtenden Fleck, der sich, kaum hatte sie ihn entdeckt, wieder ins Nichts aufzulösen schien, als lösche eine gigantische Hand die Flamme einer Kerze. Wie versteinert blieb sie stehen.

Was war das gewesen? Ein Blitz? Ein Wetterleuchten?
Das Schiff trieb langsam vorwärts.
Mit einer ruckartigen Bewegung riß sie sich aus ihrer Erstarrung und lief zu Joffrey, der gerade die Treppe zum Achterdeck hinaufstieg. Plötzlich spürte sie, wie eiskalt der Nachtwind über das Schiff fegte. Mit erstickter Stimme versuchte sie ihm zu erklären, was sie gesehen hatte.
»Ihr habt soeben den Schrecken aller Seeleute am eigenen Leibe erfahren«, sagte er und nahm sie beschützend in die Arme. »Dieses Phänomen haben sogar schon der Entdecker Kolumbus und seine Männer erlebt. Doch niemand weiß eine Erklärung. Seltsamerweise habe ich Euch ja gerade vorhin davon erzählt. Aber seid unbesorgt. Es wird nichts geschehen.«
Er hüllte sie in seinen Mantel und drückte sie fester an sich. Trotz seiner beruhigenden Nähe konnte sie es nicht verhindern, daß sie ein Gefühl der Unwirklichkeit beschlich, als ob sie beide weit und breit die einzigen Menschen wären. Jegliches Gefühl für Raum und Zeit schien ihr verlorengegangen zu sein.
»Oh, da sind sie wieder!« schrie sie entsetzt auf. »Dort! Seht nur!«
»Aber nein, mein kleiner Dummkopf.«
»Was sind das sonst für leuchtende Punkte dort am Horizont?« fragte sie ängstlich.
»Schaut genauer hin, dann werdet Ihr es wissen. Unser Schiff hat seine Fahrt wieder aufgenommen. Was Ihr dort seht, sind die *Lichter von Québec*. Wir sind am Ziel.«

Fünfundvierzigstes Kapitel

Nachdem sie in der Nacht so gut wie gar nicht zur Ruhe gekommen waren, galt es im Morgengrauen, die letzten Vorbereitungen zu treffen. Noch war es Nacht, doch auf dem Schiff herrschte bereits eine Geschäftigkeit wie am hellichten Tage. Yolande klopfte an die Tür des Schlafgemachs von Madame de

Peyrac. Angélique saß vor ihrem Frisiertisch und legte eben ein wenig Rouge auf. Vor ihr standen alle nur erdenklichen Arten von Crèmetiegeln, Puderdosen und anderen Schminkutensilien, und es bereitete ihr sichtliches Vergnügen, den passenden Lidschatten auszuwählen, den sanften Schwung ihrer Brauen zu unterstreichen, ihre Lippen nachzuziehen und ein wenig Puder aufzutragen.
Die frühen Morgenstunden ihrer Toilette zu widmen, schien ihr der richtige Auftakt für diesen bedeutungsvollen Tag zu sein.
In ihrem Innern spürte sie ein tiefes Glücksgefühl. Sie war ganz ruhig. Die Befürchtungen und Ängste der vergangenen Wochen waren vergessen. Vor ihnen lag Québec – Ziel ihrer Sehnsüchte und Träume, und intuitiv spürte sie, daß es ein Tag des Triumphs sein würde.
Da kam auch schon Delphine. Sie und Henriette würden ihr beim Ankleiden behilflich sein und sie beim kunstvollen Frisieren ihres Haars unterstützen.
In diesem Augenblick erst bemerkte sie das junge Mädchen, das leise eingetreten war.
»Wie hübsch du bist, Yolande!« sagte sie beim Anblick der Akadierin, die wirklich reizend aussah in ihrem orangefarbenen Seidenkleid mit weißem Spitzenkragen und frisch gestärktem Häubchen. »Wie schade, daß du deine Korallenohrringe eingetauscht hast! Sie würden so gut zur Farbe deines Kleides passen!«
»Ja, das war dumm von mir«, gestand Yolande bekümmert. »Aber wenn man die Pelze vor sich ausgebreitet sieht, verliert man leicht den Kopf. Und jetzt ist es zu spät.«
»Was gibt es denn, mein Kind?« Angélique schwanten bereits neue unliebsame Überraschungen.
Ratlos berichtete Yolande, daß es Schwierigkeiten gäbe. Honorine habe beim Aufstehen erklärt, daß sie kein Kleid tragen, sondern sich wie ein Junge anziehen wolle. Auf jeden Fall aber werde sie vor dem Gouverneur keinen Knicks machen.
»Bring sie zu mir«, sagte Angélique, die die Angelegenheit nicht weiter zu irritieren schien. »Ich werde mit ihr reden.«

Sie schraubte die perlmuttbesetzten Crèmetiegel zu und warf einen mit Hermelin abgesetzten Morgenmantel aus Satin über, denn trotz der wärmespendenden Kohlebecken war es recht kühl im Salon.
Yolande war gegangen, um Honorine zu holen, und sie überlegte inzwischen, wie sie ihre Tochter umstimmen könne. Ein paar überzeugende Argumente hatte sie schon gefunden, aber sie wußte nur allzu gut, wie schwierig es war, ihr etwas auszureden, was sie sich einmal in den Kopf gesetzt hatte.
Da stand sie auch schon in der Tür mit ihrem trotzigsten Gesicht. Sie trug ihre kleine Musketieruniform, hatte die Hosen jedoch offenbar verkehrtherum angezogen. Peyrac hatte sie ihr einmal geschenkt, da er wußte, daß es ihr sehnlichster Wunsch war, ein solches Kostüm zu besitzen.
»Mein Liebes«, rief Angélique aus, »wie kannst du nur eine so unvorteilhafte graue Uniform deinem hübschen Kleidchen vorziehen?«
Das für Honorine angefertigte Kleid war in der Tat sehr süß – ein Gedicht aus duftigem himmelblauen Taft. Es war ein vollendetes Kunstwerk, und Yolande hielt es ehrfürchtig in die Höhe. Doch Honorine würdigte es keines Blicks.
»Weil es bald Krieg geben wird«, sagte sie ungerührt, »und wenn die Schießerei losgeht, will ich wie ein Soldat aussehen.«
»Aber wenn man ein Fest feiert, muß man wie eine Prinzessin aussehen. Schau, ich werde ja auch mein schönstes Kleid tragen.«
»Du bist ja auch die *Dämonin*«, gab Honorine zurück. »Von dir erwarten sie das.«
Und eindringlich fügte sie hinzu: »Du *mußt* schön sein!«
Angélique verschlug es die Sprache. Honorine entging aber auch nichts, was in ihrem Beisein gesprochen wurde. Gott sei Dank, daß Honorine während des verhängnisvollen Sommers nicht in Gouldsboro gewesen war. Die vom Teufel besessene Ambroisine hätte in ihrer Mordlust auch vor ihrem geliebten Kind nicht haltgemacht. Bei dieser entsetzlichen Vorstellung krampfte sich ihr Herz zusammen. Sie nahm Honorine in die Arme und drückte sie fest an sich.

»Mein Kleinod! Mein allerliebster Schatz!«
»Also macht es dir nichts aus, wenn ich als Junge gehe?« fragte
Honorine überrascht.
»Doch, ich bedaure es sehr, aber was soll's – ich möchte nicht,
daß du unglücklich bist. Ich glaube nur, daß Monsieur de Loménie-Chambord enttäuscht sein wird, dich an einem so festlichen Tage wie heute in Jungenkleidung zu sehen.«
Dieser Einwand schien Honorine zu denken zu geben. Sie hatte
eine ausgesprochene Schwäche für den Malteserritter. Sie zögerte offensichtlich. Da kam Angélique eine Idee.
»Und was die Begrüßung anbelangt, kannst du natürlich dem
Gouverneur auch allein deine Aufwartung machen, wenn dir
das lieber ist.«
Sie hatte genau ins Schwarze getroffen. Die wahre Ursache dafür, daß Honorine für das Begrüßungszeremoniell so wenig Interesse zeigte, war nämlich, daß sie es im Grunde ihres Herzens
verabscheute, dem Gouverneur zusammen mit dem tollpatschigen Cherubin ihre Reverenz machen zu müssen. Ihm war
alles zuzutrauen. Er wäre fähig, sie im ungünstigsten Moment
stolpern zu lassen, und ihr ganzer Auftritt wäre verdorben.
Sie warf einen überlegenen, triumphierenden Blick auf ihren
Spielgefährten, der auf allen vieren auf dem Teppich herumkroch und nach der Katze suchte. Schließlich war sie die Tochter
des Grafen de Peyrac, was sollte sie sich da mit einem so ungeschickten kleinen Jungen lächerlich machen.
Natürlich! Sie würde allein vortreten! Dann konnte sie auch ihr
hübsches blaues Kleid anziehen, und Monsieur de Loménie
würde sehr zufrieden mit ihr sein.
Yolande nützte ihre Nachdenklichkeit und begann, ihr die
Musketieruniform auszuziehen. Honorine ließ es bereitwillig
geschehen. Sie war eben doch schon eine kleine Frau.
Im Innern des Salons trat eine kaum merkliche Veränderung
ein. Die Helligkeit der Kerzen und der Öllampen verblaßte.
Und plötzlich sah Angélique vor den Fenstern des Salons ein
purpurfarbenes Licht aufflackern, als lodere draußen unversehens ein Feuer auf.
»Mein Gott! Es brennt!«

Sie stürzte zum Fenster und riß es auf.
Sie wußte nicht, was ihr mehr den Atem raubte, die eiskalte Luft, die von draußen hereindrang, oder das wundervolle Bild, das sich ihr bot. Das Schiff lag noch dort vor Anker, wo sie am Abend zuvor an der Seite Joffreys die Lichter der Stadt aus dem Dunkel hatte auftauchen sehen. Eben zog die Morgenröte herauf. Was sie vorhin noch für eine Feuersbrunst gehalten hatte, waren in Wirklichkeit die Strahlen der aufgehenden Sonne, die Québec in einen blaßrosa Schimmer tauchten und die Fensterscheiben der Häuser in tausend sprühenden Funken rot aufleuchten ließen. In der klaren Luft des Morgens wirkte die Stadt wie ein Gebilde aus Kristall. Die gotischen Kirchtürme schienen aus ziseliertem Silber zu sein. In der Nacht mußte es geschneit haben, und die Dächer der Häuser sahen aus wie mit Zuckerwatte überzogen: ein Märchen aus Tausendundeiner Nacht . . .
»Honorine!« rief sie überwältigt. »Komm, mein Herz, und schau dir die Stadt an!«
Sie nahm die Hand ihres Kindes und empfand eine unbeschreibliche, tiefe Freude, die kleine, weiche Hand in der ihren zu halten, während sie beide das Bild genossen, das sich ihnen darbot.
Der Wind trug Glockengeläute herüber, doch im Hafen war alles ruhig. Die Stadt schien noch zu schlafen.

In diesem Augenblick trat Joffrey de Peyrac ein, gefolgt von dem Schneider und seinen Gehilfen, die die drei Kleider trugen: das blaue, das purpurne und das goldene. Hinter ihnen erschien Kouassi Bâ mit federgeschmücktem Turban. Auf einem violetten Samtpolster trug er eine mit Edelsteinen besetzte Schatulle aus Palisanderholz. Ihr Deckel war geöffnet und ließ funkelnde Diademe, Perlenketten, Diamantbroschen und goldene Armbänder erkennen.
Wieder war Joffrey de Peyrac der große Zauberer, der seinen Zauberstab hob.
»Hier sind die Roben«, sagte er, »und hier die Geschmeide! *Das Fest kann beginnen.*«